btb

## Buch

Die angesehene Arztfamilie Shirai bildet seit Generationen den sozialen Mittelpunkt eines kleinen Dorfes in Japan. Das Leben in der Großfamilie verläuft wohlgeordnet im Rhythmus des Tages und der Jahreszeiten. In diese Welt wird Anfang des Jahrhunderts das Mädchen Haruko hineingeboren; hier wächst sie in Wärme, Geborgenheit und Sicherheit auf, wie schon ihre Eltern, Großeltern, Urgroßeltern. Selbst Schicksalsschläge wie der frühe Tod des geliebten Vaters können diesem Lebensgefühl nichts anhaben. Dafür akzeptiert Haruko die ungeschriebenen Gesetze der Konventionen: Ehen werden von der Familie arrangiert, und Frauen sind den Männern von Natur aus unterlegen.
Doch dann kommt der Krieg, und innerhalb weniger Jahre bricht alles zusammen, was in Jahrhunderten gewachsen war. Haruko folgt ihrem Mann in die besetzte Mandschurei und muss sich mühsam mit fremden Menschen, mit Armut und Feindseligkeit auseinandersetzen. Doch sie empfindet nicht nur Angst; mit Erstaunen spürt sie den – wenn auch eisigen – Hauch der Freiheit. Sie begreift, daß die alte Welt unwiederbringlich verloren ist und daß es gilt, die Chancen der neuen Welt zu nutzen.
Zurück in Tokio, steht Haruko nach dem Krieg vor den Trümmern des alten Japan. Aus den unerschütterlichen Werten in ihrem Innern und den Freiheiten der neuen Zeit beginnt sie, für ihre Familie eine neue Heimat zu bauen. Sie begreift ihre Stärke als Geschenk ihrer Herkunft, und sie ist stolz darauf, ihre Töchter über die Schwelle ins neue Japan geleitet zu haben, ohne die alten Werte zu verraten.

## Autorin

Ruriko Pilgrim wuchs in Japan und in der Mandschurei auf. In New York studierte sie Anthropologie bei Margaret Mead und bereiste mit ihrem Mann und ihren drei Töchtern die ganze Welt. Ihr Buch »Frühlingsnebel« basiert auf der Lebensgeschichte ihrer Mutter.

Ruriko Pilgrim

# Frühlingsnebel

## Die Geschichte einer japanischen Familie

Roman

*Deutsch von Kristin Ruppert*

btb

Die Originalausgabe erschien 1999
unter dem Titel »Fish of the Seto Inland Sea«
bei HarperCollins, London.

Umwelthinweis:
Alle bedruckten Materialien dieses Taschenbuches
sind chlorfrei und umweltschonend.

btb Taschenbücher erscheinen im Goldmann Verlag,
einem Unternehmen der Verlagsgruppe Random House GmbH.

1. Auflage
Genehmigte Taschenbuchausgabe August 2001

Umschlaggestaltung: Design Team München
Umschlagfoto: Premium/OrionPress
Satz: Uhl + Massopust, Aalen
TH · Herstellung: Augustin Wiesbeck
Made in Germany
ISBN 3-442-72783-9
www.btb-verlag.de

*Für meine Eltern*
*Itsuji und Shizuko Kumoi*

# *INHALT*


Die wichtigsten Personen 9

## 1. TEIL

1 Die Familie des Grundbesitzers 13
2 Die Russen 24
3 Haruko und ihr Vater 31
4 Shobeis Garten 35
5 Frühjahr 40
6 Harukos Onkel 55
7 Das Hochwasser 68
8 Takeko mit siebzehn 78
9 Der Ahornbaum 89
10 Der Arzneiladen 101
11 Der Freund des Chefingenieurs 111

## 2. TEIL

1 Aufbruch in die Mandschurei 133
2 Die Abschiedsfeier 147
3 Die Stadt der Akazien 156
4 Wolken ziehen auf 166
5 Bambusspeere 179
6 Sommer 1945 189
7 Chinesen und Russen 196
8 Der Weg nach Shenyang 204
9 Überleben 219
10 Heimwärts 227

## 3. TEIL


1 Die zerstörte Stadt 241
2 Die Ming-Schale 256
3 Harte Zeiten 267
4 Kei und ihre Kinder 279
5 Die Schwestern 295
6 Ayako und ihre Töchter 304
7 Ein Gott, der dir zu Hilfe kommt 316
8 Auf bessere Zeiten 326


## ANHANG


Harukus Stammbaum 342
Anmerkung der Autorin 345
Glossar 347
Danksagung 349

# *DIE WICHTIGSTEN PERSONEN*

| | |
|---|---|
| *Shobei Miwa* | ein wohlhabender Grundbesitzer |
| *Shintaro Miwa* | Shobeis Sohn, Arzt der europäischen Medizin |
| | |
| *Ayako* | Shintaros Frau |
| | |
| *Takeko* | Shintaros älteste Tochter |
| *Noriyasu Katsura* | Takekos Mann |
| *Akira* | ihr Sohn |
| *Namiko* | ihre Tochter |
| | |
| *Haruko* | Shintaros zweite Tochter |
| *Nozomi Sanjo* | Harukos Mann |
| *Emi* | ihre ältere Tochter |
| *Mari* | ihre jüngere Tochter |
| | |
| *Sachiko* | Shintaros dritte Tochter |
| *Hitoshi Asada* | Sachikos Mann |
| *Sakae* | ihr Sohn |
| | |
| *Shuichi* | Shintaros Sohn |
| *Yaeko* | Shuichis Frau |
| *Hajime* | ihr Sohn |
| | |
| *Rinji Miwa* | Shobeis zweiter Sohn |
| *Tetsu* | Rinjis Frau |
| | |
| *Tei-ichi Shirai* | Ein Arzt der traditionellen Medizin |

| | |
|---|---|
| *Kei* | Seine Frau |
| *Yasuharu* | Tei-ichis ältester Sohn |
| *Tatsuko* | Yasuharus Frau |
| *Ryoichi* | Yasuharus Sohn |
| *Teiko* | Ryoichis Frau |
| | |
| *Masakazu* | Tei-ichis dritter Sohn |
| *Miki* | Masakazus Frau |
| *Reiko* | Masakazus Tochter |
| *Nobuhiko* | Masakazus Sohn |
| | |
| *Hideto* | Tei-ichis jüngster Sohn |
| *Kazuko* | Hidetos Frau |
| | |
| *Genzo* | Nozomis jüngerer Bruder |
| *Yoshi* | dessen Frau |
| *Genta* | ihr Sohn |
| *Teruko* | ihre Tochter |
| | |
| *Toshie* | Nozomis Nichte |
| *Kensaku* | Nozomis Neffe |

# 1. TEIL

## 1

### *Die Familie des Grundbesitzers*

Shobei Miwa war ein wohlhabender Grundbesitzer. Seine Ländereien erstreckten sich weit über die Grenzen des Dorfes Takao hinaus. Von seinem Haus aus konnte er zu Fuß in etwa vierzig Minuten den nächsten Bahnhof erreichen, ohne das Land eines anderen zu betreten. Es war Shobei, der das Land für die Eisenbahn und den Bahnhof an die Regierung verkaufte.

Shobei Miwa hatte zwei Söhne, Shintaro und Rinji. Shintaro, der ältere, wurde mit vierzehn nach Tokio geschickt. Damals gab es die Eisenbahn noch nicht, und so nahm er in Begleitung eines Dieners die Hauptstraße nach Tokio. Sie waren fast einen ganzen Monat unterwegs. Der Diener verwahrte Shintaros Geld einschließlich des Schulgeldes sicher in einem Bündel, das er um die Taille geschnürt hatte und auch nachts zum Schlafen nicht ablegte. Die Gasthauszimmer hatten Schiebetüren ohne Schlösser, und es wimmelte von Räubern. Der junge Herr und sein Diener gaben sich reserviert, wollten sich aber auch nicht zu vorsichtig verhalten und womöglich Aufmerksamkeit erregen.

Am Ufer des Flusses Oigawa angekommen, traute der Diener dem Fährmann nicht und trug Shintaro auf den Schultern übers Wasser. In der Mitte des Flusses reichte ihm das Wasser bis zur Brust.

Bis zur Fertigstellung der Eisenbahn machte er diese Reise jedes Jahr einmal, um Shintaro Geld zu bringen.

Shobei machte sich keine großen Sorgen um Shintaros studentischen Lebenswandel. Als ihm zu Ohren kam, daß Shintaro gern dem Alkohol zusprach, lachte er und sagte: »Ein Mann, der keinen Alkohol verträgt, wird es im Leben nicht weit bringen.«

Auch was die Ausgaben seines Sohnes anging, war er sehr großzügig. »Er soll es sich gutgehen lassen. Man ist nur einmal jung.« Seine einzige Sorge war, daß Shintaro in der Fremde etwas Ernsthaftes mit einer Frau anfangen könnte. Shobei war daran gelegen, daß sein Sohn ein Mädchen aus einer guten, wohlbekannten Familie heiratete.

»Nach harter Arbeit ist gelegentlich Entspannung zwar notwendig, aber vergiß nie deine Pflicht gegenüber deiner Familie«, ermahnte er ihn in jedem Brief. Seine Briefe waren mit Pinsel und Tusche geschrieben und schwer zu entziffern, doch Shintaro kannte die letzten Sätze schon auswendig.

Studenten der Kaiserlichen Universität hatten gute Zukunftsaussichten und wurden von ehrgeizigen Müttern mit ledigen Töchtern ins Visier genommen. Doch Shintaro kehrte ohne Zwischenfälle nach Takao zurück, das Dorf seines Vaters. Aufgrund Shobeis einflußreicher Stellung hatte Shintaro eine vielversprechende Zukunft vor sich. Er begann seine berufliche Laufbahn als Leiter eines neuen Krankenhauses, dem größten in der Umgebung. Er war der begehrteste Junggeselle mehrerer Verwaltungsbezirke.

»Wer wird wohl die Glückliche sein?« rätselten die Leute. Es gab viele junge Damen aus geeigneten Familien. Eltern mit Töchtern im heiratsfähigen Alter meldeten sich bei Bekannten der Miwas, damit diese sie dort vorstellten. Im Krankenhaus tauchten häufiger als sonst junge Frauen in Begleitung eines Dienstmädchens oder ihrer Mutter auf und klagten über unbedeutende Beschwerden.

Shobei wies all diese Anträge zurück, ohne Shintaro etwas davon zu sagen. »Vielen Dank für Ihr Interesse, aber er war so lange weg und steht jetzt am Anfang seiner Karriere. Er muß sich erst einmal auf seine Arbeit konzentrieren«, war seine immer gleichlautende Antwort. Doch er wußte genau, daß ihm das keiner abnahm.

»Was hat er nur vor? Will er Dr. Shintaro etwa mit der Tochter eines Edelmanns verheiraten?« Die Leute redeten. In Wahrheit war ihm wohl bisher keine der Familien gut genug gewesen.

Als Shobei einen Antrag der Abes ablehnte, einer Familie, die reicher und älter war als die Miwas, stellte seine Frau ihn erstmals zur Rede.

»Verzeih, aber Shintaro-san ist inzwischen über dreißig. Ich würde gern wissen, was du dir denkst. Shintaro-san wird ewig Junggeselle bleiben, weil du zu ...«, sie wollte sagen »anspruchsvoll bist«, beendete den Satz aber mit: »Nun ja, weil du zu vorsichtig bist.«

»Wir können die Tochter der Abes nicht akzeptieren«, erwiderte Shobei entschieden.

»Darf ich wissen, weshalb?« fragte seine Frau. »Es heißt, sie sei schön und ohne Makel. Und ihre Familie ist natürlich über jede Kritik erhaben.«

»Sie mag ja akzeptabel sein, aber sie hat zwei Brüder.«

»Das ist doch gut. Was stört dich daran?« Seine Frau war verwirrt. Hatte eine Familie keine Söhne, mußte die Tochter zu Hause bleiben und einen Mann in die Familie bringen, damit der Familienname weitergegeben wurde. Sie konnte also nicht in eine andere Familie einheiraten. So wurde der Stammbaum fortgesetzt. Dieses System nannte sich *yoshi,* Adoption.

»Abes Söhne sind faul und dumm. Der jüngere ist außerdem boshaft.«

»Verzeih, erklär mir bitte, wovon du sprichst. Wenn du dir über jedes Familienmitglied Gedanken machst, wirst du immer ein Haar in der Suppe finden. Shintaro-san soll schließlich nicht ihre Brüder heiraten.«

»Wahrscheinlich machen die Söhne keine Probleme, solange der Vater am Leben ist. Aber warte nur, bis sie die Familienangelegenheiten in die Hand nehmen. Als erstes werden sie ein abgelegenes Stück Land verkaufen, um ihre Spiel- und Weiberschulden zu bezahlen. Dann werden sie sich allmählich immer höher verschulden. Die Brüder werden sich streiten. In zehn Jahren ist nichts mehr übrig. Und dann leihen sie sich bei Shintaro Geld. Er wird unweigerlich mit hineingerissen werden. Nicht nur, weil er ein netter Kerl ist, sondern weil er nicht tatenlos zusehen kann, wie sich die angeheiratete Verwandtschaft ruiniert. Der schlechte Ruf der Familie seiner Frau wird den Namen der Miwas entehren.«

»Ich verstehe. Nun, ich hoffe, Shintaro-san wird eines Tages heiraten können.«

»Natürlich wird er heiraten.«

»Aber…«

»Ich habe schon eine Frau für ihn ausgewählt.«

»Wirklich?«

»Ja. Die Tochter der Shirais im Nachbardorf.«

Seine Frau war völlig verdutzt. »Du meinst Dr. Shirais Tochter?«

»Ja, Dr. Shirai aus dem Dorf Kitani.« Seinem entschlossenen Tonfall hörte sie an, daß seine Entscheidung endgültig war.

»Sie haben vier Söhne!« Sie sah ihm direkt in die Augen, was sie sonst nie zu tun wagte. Sie war mit der Wahl ihres Mannes nicht zufrieden, denn die Shirais waren die bisher ärmsten aller Kandidaten.

»Und alle vier sind intelligent. Der Vater ist ein ordentlicher Kerl und noch jung. Die ganze Familie wird Shintaro und seinen zukünftigen Sohn sehr unterstützen.«

»Die Tochter ist sehr jung, und einer der Söhne ist noch ein Baby.«

»Ich weiß. Deshalb mußte ich warten. Sie hat einen sehr guten Ruf. Außerdem ist sie mit den Abläufen in einem Arzthaushalt vertraut, auch wenn Shintaros Leben von dem ihres Vaters etwas abweichen dürfte.« Shobei klang selbstgefällig. Er hatte bereits einiges über Dr. Shirais Tochter Ayako in Erfahrung gebracht.

»Wenn du meinst«, räumte seine Frau ein.

Niemand konnte verstehen, weshalb die Tochter der Shirais als Shintaros Braut auserkoren worden war. Die Shirais waren seit vielen Generationen Ärzte der traditionellen Medizin. Sie waren Leibärzte der Lehensherren gewesen, bis das System gegen Ende des 19. Jahrhunderts abgeschafft wurde. Seitdem kümmerte sich das derzeitige Familienoberhaupt Tei-ichi mit seinem Schatz althergebrachten Wissens und langjähriger Erfahrung um die Menschen in der Umgebung. Er war fortschrittlich eingestellt und hatte sich bei Shintaro schon manchen Rat in medizinischen Fragen geholt. Tei-ichi war angesehen und beliebt, doch finanziell war es um seine Familie nicht gut bestellt.

In Tei-ichis Haus wimmelte es immer von armen Patienten. Bauern, deren Rücken und Knie gekrümmt waren von der Härte des Lebens, brachten ihre kranken, entkräfteten Kinder zu ihm.

Dann schrie Dr. Tei-ichi wütend: »Warum bringst du dein krankes Kind erst jetzt?«

»Es tut mir sehr leid... Wir haben unsere letzte Arztrechnung noch nicht bezahlt und...«

»Wer redet denn von Geld? Siehst du nicht, daß dieses Kind krank ist, weil du es vernachlässigt hast?«

Sie ließen sich gern von Dr. Tei-ichi ausschelten.

Viele seiner Patienten waren arm, daher wurden die Arztrechnungen oft nicht bezahlt oder mit einer kleinen Menge Fisch, Obst und Gemüse beglichen. Andererseits schickten die Händler, bei denen die Arztfamilie einkaufte, zweimal im Jahr ihre Rechnungen, nahmen es mit der Bezahlung ihrerseits aber auch nicht allzu genau. All das war Shobei bekannt.

Die Shirais wohnten in einem alten Haus, das von einem Graben und einer hohen Steinmauer umgeben war. Eine hölzerne Brücke führte zu einem großen Tor, geradeaus war der Haupteingang. Das Tor war gewöhnlich geschlossen, und man gelangte durch eine kleine Seitentür in den Hof. Von dort gingen auch Besucher ums Haus herum und betraten es durch den Familieneingang oder die Küche.

Tei-ichis Frau Kei war offenherzig und fröhlich.

»Nun, was fehlt dir diesmal?« fragte sie die Dörfler, die ängstlich in der Küchentür standen. »Hereinspaziert. Vom draußen Rumstehen wirst du nicht gesund.«

Und sie schilderten ihr ihre Symptome, Sorgen und Probleme.

»Das klingt genau wie Yoheis Krankheit neulich. Ihm geht's wieder gut. Geh rein zum Arzt. Sag ihm nur nicht, was du von deiner Krankheit hältst und was andere gesagt haben. Sterben wirst du nicht gleich.«

Kei hatte wundervolle Haut. Sie wusch ihr Gesicht jeden Morgen mit einem kleinen Baumwollsäckchen voll Reiskleie und zog das Thermometer zu Rate, bevor sie ihre Kleidung für den Tag auswählte. Tei-ichi hatte das Thermometer als Dankeschön von einem seiner bessergestellten Patienten erhalten; es war das einzige Thermometer weit und breit. Manchmal kamen Lehrer mit ihren Schülern vorbei, um es ihnen zu zeigen. Kei benutzte kein Makeup, ihr Haar war immer modisch frisiert, und im Sommer trug sie einen Schirm, um das Gesicht vor der Sonne zu schützen. Die Dörfler nannten sie »Oka-sama«, was soviel wie Mutter heißt, und grüßten herzlich, wenn die adrette Person, gefolgt von einem Dienstmädchen, die Dorfstraße entlangeilte.

Sie kaufte im Stoffladen heruntergesetzte Ware. Sie war sehr geschickt im Schneidern von Kimonos und staffierte die ganze Familie hübsch aus. Alle in ihrem Haus hatten gute Manieren und waren diszipliniert. Auch das wußte Shobei.

Außerdem stellte Kei eine Salbe zum Verkauf her, eine einfache Mischung aus Bienenwachs und einigen anderen Komponenten. Es handelte sich zwar nicht um ein Geheimrezept, aber es bedurfte ihres besonderen Geschicks, um die Zutaten richtig zu erhitzen und zu kneten. Das fertige Produkt wurde in versiegelten Muscheln angeboten und als »Shirais Wund- und Heilsalbe« landauf, landab verkauft. Die Einnahmen sparte Kei gewissenhaft für die Ausbildung ihrer Söhne. Sie hatte beschlossen, daß ihre Söhne wie Dr. Shintaro die Kaiserliche Universität besuchen und als moderne Ärzte in die Fußstapfen ihres Vaters treten sollten. Für ihre Tochter Ayako hegte sie keine ehrgeizigen Pläne. Sie sollte eines Tages heiraten, aber nicht in eine Familie, derentwegen die Shirais viel Geld in eine große Aussteuer investieren mußten. Kei hoffte, daß Ayako nach ihrer Heirat freundlich von der Familie ihres Mannes aufgenommen und gut versorgt werden würde. Da Ayako ein hübsches Mädchen war, schien das nicht zuviel verlangt.

»Als Arzt hat er bestimmt ein Geheimrezept, weshalb seine Tochter so hübsch ist«, bemerkten die Dorfbewohner, wenn sie Ayako sahen.

Sie trug den Spitznamen »Fall von der Brücke«. Dieser merkwürdige Name ging auf einen Mann aus einem anderen Dorf zurück, der gerade eine schmale Brücke überquerte, als er die ihm entgegenkommende Ayako erblickte. Er hatte sie ihrer Schönheit wegen mit offenem Mund angestarrt, dabei hatte sein Fuß irgendwie die Brücke verfehlt, und er war in den Fluß gefallen.

Tei-ichi war verblüfft, als eine entfernte Verwandte den Heiratsantrag der Miwas überbrachte. Er hatte Ayako bisher nicht als Frau gesehen. Rannte sie nicht mit ihren Brüdern herum und fing Fische im Fluß? Als er sie das letzte Mal auf einem Baum gesehen hatte, war er nahe daran gewesen, sie zu tadeln, weil sie sich wie ein Junge benahm. War das nicht erst ein paar Jahre her? Zudem hätte er nie in Erwägung gezogen, daß der begehrteste

Junggeselle weit und breit um die Hand seiner Tochter anhalten würde.

»Laß mich darüber nachdenken«, sagte er schließlich zu der Heiratsvermittlerin. Zuerst konnte er es nicht glauben, dann ließ er sich die Sache genauer durch den Kopf gehen.

»Nun, wir sind gar keine so schlechte Familie. Es gibt nichts, wofür wir uns schämen müßten, und Ayako ist ein intelligentes, hübsches Mädchen.«

Aber er hatte nicht damit gerechnet, sich so bald von ihr trennen zu müssen. Ayako schien gänzlich unvorbereitet für die Rolle der jungen Ehefrau in einer so vornehmen Familie. Gab er sie Shintaro jedoch nicht zur Frau, würde sich bestimmt nicht noch einmal so eine gute Partie wie dieser perfekte junge Mann finden. Tei-ichi wollte liebend gern Schwiegervater eines so gebildeten Arztes werden. Außerdem wäre Shintaro ein gutes Vorbild für seine Söhne. Unentschlossen rief er Ayako zu sich. Ohne jede Scheu blickte sie ihrem Vater in die Augen und sagte: »Dr. Miwa, Vater? Aber ja, ich heirate ihn.«

»M-moment mal. Du mußt nichts übereilen. Überleg es dir gut«, stammelte er verwirrt. »Du kennst ihn doch gar nicht. Ich sage gar nicht, daß – daß du ihn heiraten mußt.« Er hatte erwartet, daß sie verschämt oder zögerlich reagieren oder zumindest unschuldig dreinschauen würde.

»Ich habe schon viel von ihm gehört«, sagte sie, »und ich habe ihn auch schon gesehen.«

»Was?« Tei-ichi hatte das Gefühl, sein strenges Regiment über den Haushalt zerbröckle vor seinen Augen. »Wann?«

»Ich war mit Yasuharu-san am Bahnhof, als Dr. Miwa aus Tokio zurückkam; ich wollte ihn mir ansehen.«

Yasuharu war einer ihrer jüngeren Brüder. Die Familie pflegte sich untereinander mit dem respektvollen »san« am Ende des Namens anzureden.

»Sieh da!«

»Es heißt, er sei sehr intelligent und gütig«, sagte Ayako.

»Du verstehst nicht.« Tei-ichi bemühte sich, seine Fassung wiederzugewinnen. »Du weißt ja gar nicht, was eine Ehe bedeutet. Du hast keine Ahnung, hörst du? Du hast keine Ahnung. Das ist kein

Spiel. Du mußt uns und dein Zuhause für immer verlassen, um anderswo mit jemand anderem zu leben.« Noch strenger fuhr er fort: »Das ist was anderes, als bei deiner Cousine zu übernachten. Du kannst nicht zurückkommen. Das würde ich dir nicht erlauben.« Nach einer Weile fügte er versonnen hinzu: »Als Mitglied der Familie, meine ich. Du kannst uns natürlich besuchen, aber nicht hier wohnen.«

Ayako hörte höflich zu, aber Tei-ichi hatte nicht das Gefühl, daß seine Rede großen Eindruck auf sie machte.

»Ist dir schon aufgefallen, daß Ayako sich zu einem recht verwegenen, modernen Mädchen entwickelt?« beklagte sich Tei-ichi an jenem Abend, als er mit Kei allein war.

Kei stellte eine Schale Tee vor ihrem Ehemann ab und ließ sich ohne *zabuton* direkt auf den Tatamimatten nieder.

»Hat Ayako irgend etwas falsch gemacht?« fragte sie besorgt.

»Ich habe sie gefragt, was sie von einer Heirat mit Dr. Shintaro hält.«

»Lieb von dir, daß du sie gefragt hast.«

»Hmph!«

Tei-ichi wußte, daß er sich sehr rücksichtsvoll verhalten hatte. Viele Mädchen erhielten gar nicht die Gelegenheit, ihre Meinung zu äußern. Eine Ehe war eine Verbindung zweier Familien, die Gefühle der unmittelbar Betroffenen spielten dabei keine Rolle.

Kei hatte noch nichts von dem Antrag der Miwas gewußt.

»Du wirst sie also den Miwas geben?«

»Ich wüßte nicht, was dagegen spräche. Er ist ein prächtiger Kerl. Aber Ayako ist zu jung. Sie weiß nicht, was Ehe bedeutet. Sie weiß nichts über Männer und Frauen.«

»Und was hat Ayako gesagt?« drängte Kei, als Tei-ichi verstummte.

Tei-ichi erinnerte sich daran, wie sehr seine Tochter ihn verblüfft hatte.

»Unglaublich!« Er wurde auf einmal ganz lebendig und jung, als er Kei von seiner Entdeckung berichtete. »Sie ist kein Kind mehr, Kei. Sie sagt, sie will Dr. Shintaro heiraten, sie hat ihn sogar schon gesehen. Ist das zu fassen? Anscheinend weiß sie, was eine Heirat bedeutet.« Und er sagte noch einmal: »Ich dachte, sie sei noch ein Kind.«

Kei, die keineswegs beunruhigt war, sagte lachend: »Mädchen reifen früh.«

Durch das Verhalten von Mutter und Tochter fühlte Tei-ichi sich etwas beleidigt. Er reckte sich und setzte seine gewichtige Miene auf.

»Sie sagte, sie sei zum Bahnhof gegangen, um Dr. Shintaro zu sehen. So ein Benehmen ist unschicklich. Von nun an bring ihr Manieren bei und laß ihr nichts durchgehen. Du darfst sie nicht mehr allein weglassen.«

»Ja.« Kei verneigte sich und hörte auf zu lachen. Sie mußte zugeben, daß es sich für die junge, unverheiratete Tochter einer anständigen Familie nicht schickte, ohne das Wissen der Mutter und nur in Begleitung des Bruders auszugehen. Aber im Haushalt der Shirais gab es nicht genug Dienerinnen, die Ayako begleiten konnten. Kei mußte schon auf Shiges Dienste verzichten, wenn diese mit Ayako zum Nähunterricht oder zur Kotostunde ging. Keis jüngster Sohn, Hideto, war noch kein Jahr alt. Dann mußte eben Shiges Tochter Kiyo die Küche putzen, und vielleicht konnte Kei beim Kochen das Baby selbst auf dem Rücken tragen … Sie würde schon irgendwie zurechtkommen. Es war der Mühe wert, wenn Ayako eine so gute Partie machen würde.

»Wir müssen dafür sorgen, daß sie des ältesten Sohnes der Miwas würdig ist«, sagte Tei-ichi. »Ihre Beaufsichtigung darf nicht nachlässig gehandhabt werden. Dafür bist du verantwortlich.« Während er so mit Kei sprach, wurde die Heirat seiner Tochter für ihn zu einer beschlossenen Sache.

»Ja«, erwiderte Kei und hielt den Blick auf ihre im Schoß gefalteten Hände gesenkt.

»Auf uns kommen hohe Ausgaben zu, wenn wir den Miwas nicht nachstehen wollen. Wir dürfen uns keine Blöße geben. Wir müssen auch Ayakos Situation nach der Heirat bedenken und ihr eine anständige Aussteuer mitgeben. Vielleicht müssen wir die Ausbildung der Jungen noch einmal überdenken. Ich hoffe, du verstehst das«, verkündete Tei-ichi seiner Frau feierlich.

»Ja«, erwiderte Kei, aber sie machte sich um Geld weniger Sorgen als Tei-ichi. Sobald die Verhandlungen begannen, würde sie ihrem Mann vorschlagen, offen mit Shobei zu reden. Shobei kannte doch sicher die finanzielle Lage der Shirais. Hätte er es auf Geld abgesehen, hätte er die Tochter der Abes akzeptiert. Er war bestimmt nicht so weltfremd wie ihr Mann. Kei ahnte, daß die Aubildung ihrer Söhne jetzt noch viel wichtiger war. Denn ihre Söhne – und nicht eine große Aussteuer – waren das Kapital der Familie.

Sie ging wieder in die Küche, wo Shige Kiyo beaufsichtigte, die den Reis für den nächsten Tag abmaß und wusch. Kei hatte Shige bei ihrer Hochzeit als persönliche Dienerin mit ins Haus gebracht. Die beiden Frauen waren gemeinsam aufgewachsen.

»Shige-san«, rief Kei, »komm bitte mal kurz her!«

Als Shige in die *chanoma*, das kleine Wohnzimmer neben der Küche, trat, saß Kei auf einem *zabuton* vor dem *hibachi*, dem kunstvoll gearbeiteten Holzkohlebecken. Den ganzen Tag über stand hier ein eiserner Wasserkessel, dem jetzt mit leisem Pfeifen Dampf entströmte.

»Setz dich einen Augenblick.«

Kei deutete auf den Platz neben dem *hibachi*. Shige setzte sich, und Kei wisperte kichernd: »Ayako hat Dansama völlig überrascht.«

Sie mußte an die Verwirrung ihres Mannes denken und daran, wie er seine würdevolle, gewichtige Haltung verloren hatte.

»Er ist so naiv!« fuhr sie lachend fort. Auch Shige mußte lachen.

»Ach, alle Männer sind naiv.«

»Dabei denken sie, sie seien schlauer als wir.«

»Was ist denn hier los?« Shiges Mann, der gerade Holz hereinbrachte, streckte den Kopf in die *chanoma*.

»Geh weg. Wir führen Frauengespräche.« Shige wedelte mit der Hand, um ihn wegzuscheuchen. Die beiden Frauen setzten ihren Plausch fort und machten Gefühlen Luft, die sich durch die Strapaze ständigen Gehorsams in ihnen aufgestaut hatten.

Wie Kei gehofft hatte, wurde Ayako von Shobei und dessen Frau wie eine richtige Tochter aufgenommen. Ihre Mitgift bestand zum Großteil aus den »Willkommensgeschenken« der Familie Miwa, worüber sich die Shirais aber nicht grämten. Im Gegenteil, den

Leuten wurde bewußt, daß Shobei die Shirais hochschätzte, und so stieg auch ihr allgemeines Ansehen. Gleichzeitig bewunderte man Shobeis Großzügigkeit. Shintaro liebte seine reizende junge Frau, und Ayako betete ihn geradezu an. Es gab für sie keinen attraktiveren, intelligenteren oder freundlicheren Mann. Voller Verehrung sah sie zu ihm auf, wie zu einem Gott. Ihr Gehorsam ihm gegenüber war aufrichtig.

Zehn Jahre lang war der Familie Miwa nur Glück beschieden. »Über ihrem Haus scheint sogar die Sonne heller«, hieß es im Dorf.

Als Ayako ihr erstes Kind gesund zur Welt brachte, gab es eine große Feier, obwohl es eine Tochter war. Sie nannten sie Takeko. Zwei Jahre später, im ersten Jahr des neuen Jahrhunderts, wurde Haruko geboren. Die Ankunft der zweiten Tochter wurde mit leichter Enttäuschung begrüßt, aber schließlich war der Ehemann erst fünfunddreißig und die Frau erst neunzehn Jahre alt.

»Wir bekommen noch mehr Kinder«, sagte Shintaro zu Shobei.

»Natürlich«, erwiderte dieser.

Shintaro hatte seiner Frau zwar versichert, es sei ihm egal, ob das nächste Kind ein Sohn oder eine Tochter würde, dennoch mußte er nach der Geburt des dritten Mädchens eine Weile im Garten auf- und abgehen, ehe er seiner Frau eine glückliche Miene präsentieren konnte. Ihrer dritten Tochter gaben sie den Namen Sachiko.

Ayako war zum viertenmal schwanger, als sich ihr Schwiegervater Shobei eines Morgens aufmachte, um seine Holzkohlenhütte zu inspizieren. Er streifte eine wattierte Weste über und hastete vornübergebeugt los. Als er am Fuß einer steilen Steintreppe vorbeikam, die zu einem Tempel hinaufführte, fielen ihm ein Paar sorgsam nebeneinander abgestellte Frauenschuhe auf. Das überraschte ihn nicht. Der Tempel war berühmt dafür, daß kinderlose Frauen und Frauen, die keinen Sohn hatten, hier um Gottes Segen baten. Täglich stiegen sie barfuß die Stufen des Tempels hinauf und hinunter, damit ihr Wunsch in Erfüllung ging. Tagsüber traf man in der Nähe immer auf ein, zwei Frauen, die die weite Reise auf sich genommen hatten.

Im grauen Licht der Morgendämmerung sah er Kei die Stufen herunterkommen. Nicht ahnend, daß es Shobei war, der vorüberging, fiel Kei ein letztes Mal am Fuß der Treppe im Gebet auf die Knie. Offensichtlich kam Kei jeden Morgen, bevor Tei-ichi aufstand hierher, um dafür zu beten, daß Ayako einen Sohn gebären möge. Tei-ichis Abneigung gegen das, was er Aberglauben nannte, war wohlbekannt.

Schließlich brachte Ayako einen Sohn zur Welt: Shuichi. Shobei öffnete seine Sakefässer und lud die Dorfbewohner ein. Er bestellte rosafarbene und weiße Reiskuchen bei der größten Bäckerei am Ort und verteilte sie unter die Menge. Dem Tempel spendete er eine ansehnliche Summe. Auf diese Weise wollte er die stille Gestalt ehren, die in der eisigen Morgenkälte barfuß für ihre Tochter und deren Familie gebetet hatte. Das war sein wortloser Dank.

Den ganzen Tag über trafen Verwandte und Freunde ein. Zum Glückwunsch brachten sie eine große rote Seebrasse mit, Seidenstoffe, Kuchen und andere Geschenke. In der Küche wurden riesige Mengen Sushi zubereitet. Nur eine Person nahm nicht an der Feier teil. Ayako lag fest schlafend in dem ruhigen inneren Zimmer.

Es war ein glücklicher Tag für die Familie Miwa.

## *2*

## *Die Russen*

Bei Ausbruch des russisch-japanischen Krieges ernannte das Internationale Rote Kreuz Shintaro zum Zuständigen für Kriegsversehrte, da er einer der wenigen Ärzte im Land war, die sich mit europäischer Medizin auskannten. Er war auf der Insel Oki im Japanischen Meer stationiert, wo das Rote Kreuz ein Krankenhaus eingerichtet hatte. Shintaro vermutete, daß der Krieg länger als ein Jahr dauern würde, und war samt Frau und Kindern auf die Insel gezogen.

»Haruko-ojosama, am Strand ist ein Russe angespült worden. Kommen Sie, den sehen wir uns an«, sagte ein junger Diener zu Haruko.

Er wußte, daß sie ihn begleiten würde. Er brannte darauf, die Leiche zu sehen, fand es aber klüger, eines der Kinder mitzunehmen. Das machte einen besseren Eindruck, als die Arbeit allein zu verlassen. Die beiden jüngeren Kinder der Miwas waren noch zu klein, und Harukos ältere Schwester, Takeko, brauchte er gar nicht zu fragen. Takeko war mit ihren sieben Jahren bereits eine feine junge Dame. Haruko war anders. Sie stellte keine Fragen und zögerte nicht.

Sie rannte dem Diener voran durchs Tor. Kaum daß sie den Garten verlassen hatten, rollte der junge Mann die Hosenbeine seiner weiten *hakama* hoch, und Haruko schürzte den Rock ihres Baumwollkimonos. Beide entledigten sich ihrer *geta* und trugen sie in der Hand, als sie den staubigen Weg zum Strand entlangrannten.

Etwa fünfzig Menschen hatten sich dort eingefunden, um die Leiche zu begaffen, die mit dem Gesicht nach oben im Sand lag. Der Frühling war fast vorüber, und die Menschen genossen die leichte Brise.

»Der ist ja riesig!« stieß ein stark gebräunter, krummbeiniger Mann angesichts der Leiche hervor.

»Ihr Land ist groß, da ist es doch selbstverständlich, daß die Menschen auch groß sind«, sagte ein anderer. Er war von der Richtigkeit seiner Worte überzeugt, doch die Menge brach in Gelächter aus. »Sie mögen groß sein, doch wir haben sie trotzdem besiegt.«

Die japanische Kriegsflotte hatte eine russische Sondereinheit angegriffen und einen Sieg davongetragen. Alle waren so guter Stimmung, als seien sie persönlich für diesen Erfolg verantwortlich. Für einen Augenblick vergaßen sie den toten Mann.

Einige Kinder, die zwischen den Beinen der Schaulustigen hindurchzuspähen versuchten, wurden geschimpft und weggejagt; da entdeckte jemand Haruko und sagte: »Ah, die Arzttochter«, und ließ sie in den Kreis der Männer.

Haruko fand die Haarfarbe des Toten sehr merkwürdig, wie eine Weizenähre. Sein Gesicht war unnatürlich fahl, die Augen waren geschlossen. Haruko ging in die Hocke, um sich die Sache genauer zu betrachten.

»Haben Sie keine Angst, Haruko-ojosama?« fragte ein Krämer. Sie schüttelte den Kopf. Sie hatte vor kaum etwas Angst, war anders als die zimperliche Takeko, die sich vor nahezu allem fürchtete.

»Seht«, einer der Männer deutete auf die Brust des Toten. Um den Hals trug er eine Goldkette mit einer grünen Glaskugel. Haruko hatte sie schon bemerkt, wußte aber nicht, ob sie sie anfassen durfte. Die grüne Kugel hatte einen kleinen, von winzigen Diamanten eingefaßten Glasdeckel, der in der Sonne in allen Regenbogenfarben glitzerte.

Der Mann beugte sich über die Leiche, griff nach dem Medaillon und drehte es herum. Er richtete sich auf und forderte Haruko auf, durch den Deckel zu sehen. Der Deckel war gleichzeitig ein kleines Vergrößerungsglas. Sie staunte, als sie in der kleinen Kugel eine ausländische Dame sah. Man sah sie von der Seite, ihr Ellbogen ruhte auf einem Kissen. Sie hatte langes, rötlich goldenes Haar, blaue Augen und bloße Schultern. An ihrem Hals und ihren Ohren funkelte etwas Rotgoldenes.

»Haruko-ojosama«, flüsterte der Diener und knuffte sie in die Seite. Als sie sich entrüstet umdrehte, sah sie, daß sich ihr Vater mit mehreren Leuten, darunter das Dorfoberhaupt und der Polizeichef, der Gruppe am Strand näherte.

Ihr Vater unterhielt sich lebhaft mit den anderen darüber, daß man die Leiche identifizieren und zum Tempel bringen müsse.

»Faßt ihn nicht an. Die Toten muß man respektieren, ganz gleich, ob es sich um Feinde handelt oder nicht«, hörte sie ihn zu den Dorfbewohnern sagen. Zum Polizeichef gewandt fügte er hinzu: »Wahrscheinlich werden hier noch mehr Leichen angeschwemmt.«

Zwei Tage zuvor war Haruko mit dem gleichen Diener am Strand gewesen, und sie hatten am Horizont mehrere schwarze Rauchsäulen gesehen.

»Das sind fünfzig russische Kriegsschiffe«, sagte jemand, der offensichtlich gut unterrichtet war. »Sie kommen von der Nordsee und waren acht Monate unterwegs.«

»Acht Monate!« wiederholte ein Fischer verblüfft. »So lange kann kein Schiff ohne Nachschub auf See sein. Entenmuscheln und Meeresalgen setzen sich am Rumpf fest. Wenn man sie nicht entfernt, verliert das Schiff an Geschwindigkeit. Sogar unser kleines Boot...«

»Ja, ja.« Ungeduldig unterbrach der erste Sprecher diesen Wortschwall.

Die ganze Welt wußte von den Problemen der Sondereinheit und richtete ihr Augenmerk auf deren heldenhaftes Vorankommen durch Ostsee, Nordsee, den Atlantischen und den Indischen Ozean, das Südchinesische, das Ostchinesische und schließlich das Japanische Meer. Die Ankerplätze unterwegs waren zumeist Feindesland. Die lange Qual der Matrosen näherte sich ihrem Ende, und der Kampfgeist der Russen lebte wieder auf, je näher sie Japan kamen. Man schrieb das Jahr 1905.

Das Motiv für diese außergewöhnliche russische Expedition war die Sicherung der Vorherrschaft im Japanischen Meer, dies sollte durch die Unterstützung der in Port Arthur stationierten Ersten Pazifischen Flotte geschehen. Die Russen hatten diesen Hafen an der Südspitze der Mandschurei von den Chinesen gepachtet. Aber Port Arthur war gefallen, und die Erste Flotte war vollständig von der japanischen Kriegsmarine ausgelöscht worden. Das neue Ziel des russischen Kommandanten Roschestwenskij war, mit einer möglichst großen Kriegsflotte den Hafen von Wladiwostok zu erreichen. Er wollte unterwegs keinesfalls den Japanern in die Hände fallen.

Für die Japaner bedeutete die Konfrontation mit der russischen Flotte einen Höhepunkt ihrer seit einem halben Jahrhundert währenden Mühen und Vorbereitungen. Die japanische Technologie war rückständig, das Volk arm. Außer Hirse und getrocknetem Fisch hatten die meisten Menschen nichts zu essen. Dennoch hatte Japan seine Flotte gewaltig aufgerüstet. Die Regierung war sich der Verwundbarkeit eines Inselstaates bewußt, bei dem es an den zum Fortschritt nötigen Bodenschätzen mangelte. Ein nahe gelegenes Reich auf dem chinesischen Festland wäre eine Lebensader. Sollte sie die Seeschlacht gegen die Russen verlieren, wäre die japanische Armee, die in der Mandschurei gerade einen knappen Sieg errungen hatte, isoliert. Die Japaner würden dann bald aus China vertrieben werden.

Als sich die russischen Schiffe ihrem Ziel näherten, mußte eine Entscheidung getroffen werden: Sollten sie den direkten und kürzeren Weg nach Wladiwostok durch die Tsuschimastraße ins Japanische Meer einschlagen oder östlich des japanischen Inselreiches den Pazifik durchqueren? Japan verfügte nicht über genügend

Kriegsschiffe, um ihnen auf beiden Strecken den Weg abzuschneiden. Welchen Kurs würden die Russen wohl einschlagen? Diese Frage brannte dem japanischen Volk auf der Seele. Die Nervosität in der Kommandostelle der Marine drang bis zu den Menschen auf der Straße. Man munkelte, der Kaiserin sei im Traum ein weißgekleideter Samurai erschienen. »Sorgt Euch nicht«, hätte er gesagt. »Sie werden die Route durchs Japanische Meer wählen.«

Als Haruko am Strand stand und die schwarzen Rauchsäulen am Horizont betrachtete, hörte sie, wie jemand hinter ihr murmelte: »Gott sei Dank, sie haben diese Route genommen.«

Als Haruko und der Diener nach Hause kamen, hatte jemand aus dem Dorf bereits verraten, daß die beiden bei der Leiche am Strand gewesen waren.

»Was fällt dir ein!« Ayako seufzte und lächelte zugleich. »Kannst du dich nicht wie ein Mädchen benehmen?«

»Wie konntest du dir nur eine Leiche ansehen?« Takeko schlug entsetzt die Hände vor den Mund.

Haruko ignorierte ihre Schwester. Sie hatte nichts gegen die zwei Jahre ältere Takeko, konnte sie aber nicht respektieren.

Morgens, vor der Schule, klagte Takeko häufig: »Mir ist schlecht.« Und Kei, ihre Großmutter, sagte: »Dann bleibst du besser zu Hause.« Und Takeko blieb zu Hause. Schließlich war sie ein Mädchen und brauchte keine Ausbildung. Als Tochter einer wohlhabenden und alteingesessenen Familie hatte sie, solange sie hübsch war, gute Heiratsaussichten; allein darauf kam es an. Sogar in der Schule klagte Takeko oft, es ginge ihr nicht gut, und marschierte nach Hause, ihre Bücher und anderen Sachen ließ sie zurück, die sollte Haruko später mitbringen.

Haruko nahm die Schule ernst. Außerdem fiel ihr das Lernen leicht und machte ihr Spaß. In der Schule war sie den Dorfrüpeln überlegen. Sie gewann Preise und war mit ihren Hausaufgaben immer schon vor Ende der Stunde fertig.

An jenem Abend saßen die Kinder der Miwas auf Kissen auf den Tatamimatten, während ihr Vater zu Abend aß. Die Kinder aßen gewöhnlich schon früher mit ihrer Mutter an einem großen Tisch.

Dabei reichte eine Dienerin die Speisen. Shintaro aß später und wurde von seiner Frau bedient. Er hatte einen kleinen Tisch für sich, und Ayako saß, ein Tablett auf dem Schoß, neben einer Schale Reis. Es gab ausgesuchtere Speisen als beim frühen Abendessen. Suppe in einer schwarzlackierten, mit goldenen und silbernen Chrysanthemen bemalten Schale, außerdem gegrillten, garnierten Fisch sowie mehrere Teller mit Gemüse der Saison. Auch Sake wurde gereicht. Shintaro plauderte beim Essen mit seinen Kindern.

»Und, was hast du in dem Medaillon gesehen?« fragte er Haruko an jenem Abend. Er hatte seine Tochter am Strand sehr wohl bemerkt.

»Eine Dame. War das eine Russin?« Haruko war beruhigt, offensichtlich drohte ihr keine Strafpredigt.

»Sehr wahrscheinlich. Bestimmt seine Frau oder seine Verlobte.«

»Sie trug Juwelen um den Hals.«

»Haben sie dir gefallen?«

»Die Juwelen? Ich weiß nicht«, erwiderte sie. Sie waren ihr so unwirklich erschienen, daß sie außer einer gewissen Ehrfurcht gar nichts empfunden hatte. Shintaro lachte.

»Was ist ein Medaillon?« wollte Takeko wissen.

»Russen sind Feinde«, verkündete die dreijährige Sachiko.

»Haruko!« rief ihr Vater, als sie sich tags darauf für die Schule fertig machte. »Ich möchte, daß du mich heute auf das russische Lazarettschiff begleitest. Ich schicke jemanden, um dich von der Schule abzuholen.«

»Ich darf aber den Unterricht nicht versäumen.« Welch schreckliches Dilemma! Die Schule zu versäumen war schlecht, andererseits hatte man ihr gesagt, das Wort ihres Vater sei heilig.

»Ich schicke dem Lehrer eine Nachricht. Du wirst mit mir die Kranken besuchen und die Verwundeten etwas aufheitern.«

»Die Russen?« Staunend riß Ayako die Augen auf. Vergessen war ihre sonstige Ergebenheit, und sie protestierte: »Du kannst ein kleines Mädchen nicht mit zum Feind nehmen. Sie werden euch umbringen.«

»Das werden sie nicht. Die Männer auf dem Schiff sind genau wie ich Ärzte mit ihren Patienten.«

Das überzeugte Ayako nicht, aber sie schwieg.

»Im Ausland«, erklärte Shintaro leise, »gehört es zu den Pflichten der Ehefrau, ihren Mann bei solchen Anlässen zu begleiten.«

»Pah!«

»Doch, wirklich. Weißt du, ausländische Frauen besuchen auch Abendgesellschaften und kleiden sich wie die Dame, die Haruko in dem Medaillon gesehen hat, und unterhalten sich mit anderen Männern.«

»Essen ausländische Frauen an einem Tisch mit Männern?«

»Ja.«

»Warum?«

»Das finden sie gesellig.«

Shintaro bezog sein Wissen über das Leben in Rußland hauptsächlich aus der Lektüre von Übersetzungen der Romane von Dostojewski und Tolstoi.

Ayako verstand zwar nicht, weshalb Shintaro Haruko mit zu den Russen nehmen wollte, ließ aber trotzdem Harukos besonders schönen Kimono, der fürs Neujahrsfest gedacht war, auf den Tatamimatten ausbreiten und kleidete ihre Tochter an.

»Weich deinem Vater nicht von der Seite. Ich hab' gehört, daß Ausländer am ganzen Körper behaart sind, wie Tiere«, warnte sie ihre Tochter.

Eine Rikscha fuhr vor, und Haruko stieg nach ihrem Vater ein. Er hielt sie vor sich fest. Hinter einem großen Strauß Blumen, den der Diener ihr reichte, war sie fast nicht mehr zu sehen.

»Die Frauen der Ausländer benehmen sich wie Geishas«, teilte Ayako ihrer Dienerin Kiyo später im Vertrauen mit.

Das Lazarettschiff war ein nicht sehr großer Dreieinhalbtausendtonner, doch als Haruko in der kleinen Schaluppe daneben stand und an Bord gehievt werden sollte, erschien ihr der Schiffsrumpf wie eine steile Felswand. Sie wurden in einer Art Korb hochgekurbelt. Neben den Fischern und Bauern wirkte Shintaro sehr groß; aber der Mann, der ihnen jetzt auf dem Deck entgegenkam, gehörte einer fremden Art an. Er sah aus wie ein Bär. Ein rötlicher Bart, über dem eine riesige Nase herausragte, bedeckte die Hälfte seines

Gesichts. Ihre Mutter hatte recht. Auf seinen Händen, sogar auf den Fingerknöcheln, sprossen goldene Haare.

»Dieser Ojisan ist der Kapitän des Schiffs«, erklärte Shintaro seiner Tochter. »Ojisan« hieß eigentlich »Onkel«, doch Kinder benutzten diese Anrede auch häufig für Männer im Alter ihrer Eltern. Aber dieser Riese war kein gewöhnlicher Ojisan. Shintaro schüttelte ihm freundlich die Hand und sprach deutsch mit ihm. Dann drückte er Haruko den großen Blumenstrauß, den er für sie gehalten hatte, in die Hand und schubste sie auf den Russen zu. »Überreich dem Kapitän die Blumen«, forderte er sie auf.

Der Riese sagte etwas. Seine Stimme war tief und volltönend. Er nahm die Blumen entgegen und legte ihr, während er immer noch mit Shintaro sprach, eine große Pranke aufs Haar. Die Hand bedeckte ihren ganzen Kopf, und sie konnte seine Fingerspitzen sehen. Sie war sehr schwer. Haruko erschauerte ein wenig und erstarrte.

»Hattest du Angst?« fragte Takeko, als Vater und Tochter nach Hause kamen.

»Nein«, erwiderte Haruko. »Überhaupt nicht.« Sie hatte beschlossen, keiner Menschenseele je zu verraten, daß sie in die Hose gemacht hatte, als sich die große Hand auf ihren Kopf legte.

Bald nach der Seeschlacht von Tsushima ging der Krieg zu Ende, und die Miwas kehrten wieder dorthin zurück, wo sie hingehörten, nämlich in die südliche Präfektur auf der Hauptinsel nahe der Setonaikai, der Seto-Inlandsee.

## 3

## *Haruko und ihr Vater*

Im Herbst des zehnten Jahres seiner Ehe erkrankte Shintaro an einer Grippe, die er nicht mehr loswurde. Seine Freunde von der Universität, mittlerweile alles etablierte Ärzte, wurden zu Rate gezogen. Als Student hatte Shintaro an Tuberkulose im Anfangsstadium gelitten. Damals hatte man die Krankheit stoppen können, doch nun brach sie anscheinend wieder hervor.

Shintaro befürchtete, sein Leiden könnte ansteckend sein, und bangte vor allem um seine Familie. Deshalb kaufte er ein kleines Haus am Meer und zog sich dorthin zurück. Seine vier Kinder wurden damit getröstet, daß er sich bald erholen und wieder nach Hause kommen würde. Sie besuchten ihren Vater erst, als das Ende nahte.

Die Kinder waren entzückt, als sie hörten, daß sie endlich das Haus an der Küste sehen würden. Takeko, die Älteste, war zehn Jahre alt, Shuichi, der Jüngste, gerade vier.

Der Himmel an diesem milden Herbsttag war bewölkt, und die Wolken sahen aus wie Fischschuppen. Während die Erwachsenen sich über den heraufziehenden Sturm unterhielten, tollten die Kinder mit Ausnahme von Takeko im Garten herum und spielten Verstecken. Als sie ermahnt und geschimpft wurden, gab Shintaro mit einer Geste zu verstehen, man solle sie gewähren lassen, und sah ihnen vom Bett aus beim Spielen zu.

Eine Dienerin trat auf Haruko zu und sagte, ihr Vater habe nach ihr rufen lassen. Als sie sein Zimmer betrat, bedeutete Shintaro ihr mit einem Kopfnicken, zu ihm zu kommen. Er betrachtete sie eine Weile, dann sagte er: »Gib mir deine Hand.« Sie legte ihre kleine Hand in seine magere, von Adern durchzogene und flüsterte: »Versprich mir, Okasan bei Shuichis Erziehung zu helfen, hörst du? Ich kann mich doch auf dich verlassen?«

Haruko nickte ernsthaft. Sie spürte, wie sich die riesige Last der Verantwortung auf ihre Schultern legte. Sie wußte nicht, wie sie ihrer Mutter helfen sollte. Vielleicht würden sie arm sein wie viele ihrer Schulfreunde, doch das war kein Problem. Sie würde Wasser und Holz schleppen und Shuichi bekochen. Sie würde ihn vor den Jungen aus dem Dorf beschützen, falls sie ihm etwas antun wollten. Sie stellte sich vor, wie sie in einem zerrissenen Kimono hungrig zur Schule gehen würde, weil sie ihrem Bruder ihr Frühstück überlassen hatte. Ja, so würde sie sich verhalten.

»Ja, Otosan, das werde ich«, sagte sie, und Shintaro lächelte.

Es war eine Ehre, um so etwas gebeten zu werden. Haruko glaubte zu wissen, weshalb die Wahl auf sie gefallen war. Als sie fünf Jahre alt gewesen war, hatte sie mit Takeko ein Nickerchen in der Nähe eines *kotatso*, eines kleinen Kohleofens gemacht, als sie plötzlich von Takekos Schreien geweckt wurde. Takekos Fuß war zu nah an die Flammen geraten, und ihre *tabi*, ihre Socke, hatte Feuer gefangen. Haruko hatte ein Fenster aufgerissen, eine Handvoll Schnee ergriffen und auf den brennenden Fuß gelegt. Als die Erwachsenen herbeigeeilt kamen, schrie Takeko zwar immer noch, aber das Feuer war gelöscht. Die Verbrennung war nicht schlimm gewesen.

»Was bist du für ein schlaues Mädchen. Du hast einen kühleren Kopf bewahrt, als viele Erwachsene es getan hätten«, hatte ihr Vater gesagt und ihr über den Scheitel gestreichelt.

An dem Abend, als Haruko ihrem Vater versprach, sich um Shuichi zu kümmern, regnete es heftig. Das Tosen der Wellen in der aufgewühlten See klang sehr nah. Gegen Mitternacht ging die Schiebetür leise auf, und Kei betrat das Zimmer, in dem die Kinder schliefen. Sie weckte die drei Mädchen und hob Shuichi hoch.

Sie betraten Shintaros Zimmer und nahmen, wie ihnen geheißen, neben seinem Bett Platz. Shuichi unmittelbar neben seinem Vater, die Mädchen an seiner Seite. Ayako reichte ihnen eine Schale Wasser und einen Pinsel und forderte die Kinder auf, die Lippen ihres Vaters damit zu benetzen.

Der Arzt stand auf der anderen Seite des Bettes und umfaßte Shintaros Handgelenk.

»Es tut mir leid… Kümmere dich bitte um Shuichi und die anderen Kinder und hilf Ayako«, sagte Shintaro leise, aber deutlich. Nach konfuzianischer Weltanschauung galt Shintaro als ein ungehorsamer Sohn, da er vor seinen Eltern starb und ihnen damit Kummer bereitete.

»Mach dir keine Sorgen. Als Erbe der Miwas ist Shuichi gut aufgehoben. Die anderen Kinder natürlich auch«, sagte Tei-ichi, der hinter Shobei stand. Shobei stand mit verschränkten Armen reglos da.

»Danke«, sagte Shintaro und schloß die Augen.

Bambus peitschte im starken Wind gegen die Fensterläden. Die Glühbirne an der Decke schaukelte im Luftzug und warf unruhige Schatten an die Wand.

Am nächsten Morgen stellte Haruko fest, daß die weißen Hagiblüten im Garten verschwunden waren, der Wind hatte sie davongeweht.

»Er war zu reich gesegnet«, sagten die Leute. »Er war intelligent, gutaussehend und wohlhabend. Dazu noch eine so reizende Frau und Kinder. Bei soviel Glück auf einmal ist der Teufel neidisch geworden.«

Sie nahmen den Sarg mit nach Hause, und an jenem Abend gab es im Kreis der Familie eine stille Zeremonie. Die offizielle buddhistische Feier würde in drei Tagen stattfinden. Ayako trug einen schwarzen Kimono, die Kinder waren weiß gekleidet. Shuichi, als Haupttrauernder, saß dem Altar am nächsten, neben ihm Ayako, und schließlich folgten die Mädchen in der Reihenfolge ihres Alters.

Baron Kida, ein enger Freund Shobeis, war der Älteste des Bestattungskomitees. Viele Menschen waren bei der eindrucksvollen Trauerfeier zugegen, die vom Oberpriester des Familientempels zelebriert wurde. Die Kränze, die die Honoratioren geschickt hatten, waren so zahlreich, daß sie aus dem Tor bis auf die Straße quollen.

Die Trauergäste waren überwältigt von Ayakos Anmut. Mit achtundzwanzig Jahren hatte ihre vornehme Schönheit offensichtlich ihre Blüte erreicht. Der schwarze Kimono betonte ihre klassisch schönen Züge. Zur Brautausstattung gehörte traditionell auch ein schwarzer Trauerkimono, und Kei hatte damals teuerste schwarze Seide gekauft. Sie war sonst immer sehr sparsam, und Teiichi hatte angesichts des Preises einen Schrecken bekommen.

»So gute Qualität wäre nicht nötig gewesen«, hatte er protestiert.

Aber Kei war nicht davon abzubringen.

»Bei schwarzer Seide sieht man alles«, sagte sie. »Billiges Material hat eine trübe Farbe, das fällt auf, wenn alle Schwarz tragen. Die Schwiegertochter der Miwas darf nicht unelegant aussehen.«

Blaß, aber gefaßt saß Ayako zwischen Shuichi und Takeko. Die teure schwarze Seide leuchtete geradezu. Der Kragenrand über dem dunklen Kimono strahlte so weiß, daß es fast in den Augen weh tat. Als die Gäste Ayako sahen, vergaßen sie für einen Augenblick Riten und Weihrauch.

Shintaro hatte sie auf diesen Tag vorbereitet. Während seiner langen Krankheit hatte er oft mit ihr über ihr Leben nach seinem Dahinscheiden gesprochen.

»Ich hab' dich vom ersten Augenblick an geliebt«, hatte er gesagt, und Ayako, die solche Worte nicht gewohnt war, hatte ihn ausdruckslos angesehen. Er hatte ihre Hand ergriffen. »Ich werde dich immer lieben, egal, wo ich bin.

Er hatte ihr geraten, zum christlichen Glauben überzutreten, da er glaubte, die Anbetung Jesu könnte ein Ventil sein für die schlichte Verehrung, die sie ihm entgegengebracht hatte. Vielleicht würde sie in der christlichen Lehre Trost finden.

Unzählige Menschen aus der ganzen Umgebung nahmen an der langen Trauerfeier teil. Die dicken, weißen Weihrauchschwaden und das unablässige Rezitieren der Sutren nahmen kein Ende. Shuichi verhielt sich während der gesamten Feier still, und alle lobten das artige Kind.

Shobei, der hinter Shuichi saß, sagte sich ein ums andere Mal – wie um das Schicksal zu beschwören –, daß er noch zwanzig Jahre am Leben bleiben mußte. »Ich muß mich um Shuichi kümmern, bis er sein Studium abgeschlossen hat.«

Tags darauf holperte der Sarg auf einem Ochsenwagen langsam über die gewundene Dorfstraße zum Tempel. Die Dorfbewohner traten vor ihre Häuser, um Shintaro die letzte Ehre zu erweisen. Viele Frauen weinten; ihre Tränen galten dem vierjährigen Shuichi in seinem weißen Kimono, der, die Namenstafel seines Vater in der Hand, hinter dem Sarg ging. Neben ihm schritt Haruko. Eigentlich wäre es Ayakos oder Takekos Platz an Shuichis Seite gewesen, aber niemand erhob Einwände. Denn inzwischen hatte man in der Familie begonnen, auf Haruko zu vertrauen.

## 4

## *Shobeis Garten*

Shobei saß in seinem Arbeitszimmer. Der Raum war durch einen Gang mit dem Haupthaus verbunden und hatte einen eigenen Garten. Es war ein schöner Tag, alle Schiebetüren standen offen. Shobei saß vor einem großen Fenster am Schreibtisch, auf dem ein Akabus, ein Lackkasten mit Pinsel und Tuschestein und ein Holzkistchen mit zahlreichen Dokumenten standen.

Die Chrysanthemen im Garten leuchteten gelb. Shobei hatte gar nicht bemerkt, daß ihre Blütezeit schon wieder angebrochen war. Nach der Beerdigung waren sie mehrere Wochen mit Höflichkeitsbesuchen von Verwandten und Freunden beschäftigt gewesen. Im großen Teich sprang ein Karpfen.

Er erinnerte sich an den Tag, als er – förmlich in *hakama* und den Kimono mit dem Familienwappen gekleidet – in den Teich gewatet war, um für ein Mitglied der kaiserlichen Familie einen Karpfen zu fangen. Damals hielt der Kaiser in der nahe gelegenen Ebene drei Tage lang Manöver ab, und man hatte die Miwas auserwählt, einen Prinzen zu beherbergen. Zu diesem Anlaß hatten sie eigens einen Koch aus der Stadt kommen lassen, der den Karpfen fachgerecht auf der kaiserlichen Tafel kredenzte.

Shobei und Shintaro waren eingeladen, dem Prinzen bei Tisch Gesellschaft zu leisten und mit ihm die Speisen zu teilen. Sie wurden von Ayako bedient, die sich eigens einen dunkelblauen, bemalten und bestickten Kimono mit Chrysanthemen hatte schneidern lassen.

Zum Abschied bedankte sich der Prinz bei seinem Gastgeber und dessen Sohn, wobei er Shintaro mit ernstem Blick sagte: »Sie können sich wirklich glücklich schätzen, eine so bezaubernde Frau zu haben.«

Nachdem der Prinz gegangen war, bemerkte Shintaro: »Zum Glück ist die barbarische Feudalzeit vorbei. Sonst hätte er Ayako bestimmt mitgenommen.«

»Spotte nicht über die kaiserliche Familie«, hatte Shobei seinen Sohn damals gescholten, aber jetzt konnte er Shintaros Besorgnis um Ayakos Verletzlichkeit durchaus nachvollziehen.

Vor Shintaros Krankheit hatte Shobei sich immer glücklich geschätzt. Sie lebten im Süden Japans, wo das Klima mild war und die Erde fruchtbar. Die See war ertragreich, und er hatte gute Investitionen getätigt. Außerdem hatte er einen hervorragenden Sohn und einen Enkel, die den Familiennamen weitergeben würden.

Seufzend öffnete Shobei das polierte Holzkistchen, nahm einen Briefumschlag heraus und begann ihn zu zerreißen.

Er entsann sich, wie er zu Shintaro gesagt hatte: »Ich sterbe ganz gewiß vor dir. Falls du sie brauchen solltest, findest du alle Anweisungen, die unseren Besitz betreffen, in dieser Kiste.« Er erinnerte sich auch noch daran, daß Shintaro gezögert hatte, als wollte er sagen: »Du hast zweifellos noch ein langes Leben vor dir.« Statt dessen hatte er nach einer Weile einfach erwidert: »Ich werde deine Anweisungen ausführen, Otosan.«

Shobei wurde in seinen Erinnerungen unterbrochen.

»Du wolltest mich sprechen, Otosan?« Rinji, Shobeis zweiter Sohn, betrat das Zimmer.

»Ja, setz dich«, sagte Shobei. »Es ist sehr mild für November, nicht wahr?«

Rinji war es nicht gewohnt, von seinem Vater mit einer solch beiläufigen Bemerkung empfangen zu werden, und machte ein überraschtes Gesicht. Für gewöhnlich kam sein Vater sofort zur Sache, wenn er seinen Jüngsten zu sich zitierte. Vielleicht war Shobei einsam und deshalb sanfter gestimmt als sonst. Vater und Sohn blickten auf den sorgsam gepflegten Garten hinaus, und Rinji fragte sich, weshalb Shobei ihn gerufen hatte.

Shobei war zwar nie zu Ohren gekommen, wie die Dorfbewohner über seinen zweiten Sohn redeten, er konnte es sich aber denken. Sicher hieß es, bei den Miwas hätte der älteste Sohn alle Vorzüge mitbekommen und der jüngste sei zweite Wahl.

Shintaro war ein großer Mann gewesen, Rinji war klein. Sie hatten die gleichen Züge; Shintaro sah allerdings gut aus und hatte natürlichen Charme. Rinji mangelte es an Eleganz. Shintaro war intelligent gewesen, Rinji hatte in der Schule nicht viel gelernt.

Shobei hatte Tetsu, die Tochter eines Steinmetzen in der Nähe, als Frau für Rinji ausgesucht. Er war der Ansicht, sein zweiter Sohn bräuchte eine patente Frau, die seine Geschäfte in die Hand nehmen konnte, und kein unerfahrenes Mädchen aus guter Familie, das allzu behütet aufgewachsen war.

Als Hochzeitsgeschenk hatte Shobei ihm ein Drittel seiner Ländereien vermacht; außerdem mußte Rinji seinen eigenen Hausstand unabhängig von der Hauptfamilie gründen.

»Du könntest Rinji ruhig die Hälfte der Ländereien geben«, hatte Shintaro vorgeschlagen. »Du hast meine Ausbildung bezahlt, und ich bin durchaus in der Lage, meine Familie zu ernähren.« Doch Shobei blieb eisern. Zu Rinjis Erbe gehörten auch einige

Berge. Wurden sie anständig verwaltet, würden sie gutes Nutzholz liefern. Rinji hatte sich am anderen Rand des Dorfes ein neues Haus gebaut. Nach acht Jahren Ehe hatten Rinji und Tetsu noch keine Kinder.

Zu Shintaros Lebzeiten hatte Shobei keinen Anlaß gesehen, die Angelegenheiten der Familie zu ordnen. Jetzt, nach seinem Tod, hatte Shobei eine lange Zeitspanne zu überbrücken, bis Shuichi ihn als Oberhaupt der Familie ablösen würde. Um Shuichis willen mußte er jedes erdenkliche Hindernis aus dem Weg räumen und möglichst solide Fundamente legen.

Vor kurzem war Shobei ein unangenehmes Gerücht zu Ohren gekommen: Einer von Tetsus Neffen hatte angeblich das Steinmetzhandwerk an den Nagel gehängt und war wieder zu Hause. Wie es hieß, trieb er sich häufig mit Rinji herum.

»Die Leute munkeln, Tetsu würde ihrer Familie eine Menge Geld zustecken. Am Ende adoptiert sie ihren Neffen noch als Erben«, teilte Shobeis Frau ihm eines Abends mit. »Er hat überhaupt keinen guten Ruf. Ich glaube, du mußt einmal mit Rinji-san reden.«

Während sie so mit Shobei sprach, verspürte sie eine gewisse Genugtuung. Sie war in einer altehrwürdigen Familie aufgewachsen, die noch immer voller Stolz auf ihren ehemaligen Samuraistatus war. Daß ihre Familie sich nun mit Steinmetzen und Krämern abgab, paßte gar nicht in ihr Weltbild. Ihr Sohn Rinji hätte nicht wie ein Taugenichts behandelt werden dürfen. Sie rebellierte hin und wieder innerlich gegen Shobeis dogmatische Herrschaft und hatte sich damals so entschieden sie konnte gegen Rinjis Heirat mit Tetsu ausgesprochen.

Shobei wandte sich an Rinji.

»Ich habe gehört, daß Tetsu ihrer Familie viel Geld zukommen läßt. Stimmt das?« fragte er ohne weitere Umschweife.

»Du weißt, wie das ist, Vater. Sie hat ihnen vielleicht ein-, zweimal unter die Arme gegriffen.«

»Und ihr habt keine Pläne, den Neffen deiner Frau als Nachfolger einzusetzen, oder?«

»Ich denke nicht. Jedenfalls keine endgültigen.«

»Gut«, sagte Shobei. »Du wirst deine Nichte Haruko adoptieren. Sie wird eines Tages heiraten und deine Familie fortführen.«

Als Rinji nicht sofort antwortete, sagte Shobei: »Das ist der beste Plan für dich.«

»Ja, Vater.«

»Sobald Haruko ein wenig älter ist, werde ich es ihr erklären, und wir machen die Sache publik. Im Augenblick reicht es, daß wir beide zu einer Einigung gekommen sind.«

Haruko und Shuichi, diese beiden werden sicherstellen, daß der Familienname weitergegeben wird, dachte Shobei.

Gegen Ende des Jahres stattete Shobei Tei-ichi einen Besuch ab.

»Ich möchte mich bei euch entschuldigen«, begann er seine Rede. Kei brachte zwei Schalen Tee, verneigte sich und wollte wieder gehen. Shobei hielt sie zurück.

»Ich habe euch um eure Tochter gebeten und euch versprochen, wir würden sie glücklich machen. Jetzt haben wir sie zu einer jungen Witwe gemacht.«

»So ein Unsinn!« Tei-ichi war richtig gerührt. »Ayako hatte ein schönes Leben in eurer Familie, und jetzt hat sie wundervolle Kinder. Sie bereut nichts und wir auch nicht.«

»Danke.«

Nach einer Weile fuhr Shobei fort: »Ich möchte euch um einen Gefallen bitten. Ich habe in letzter Zeit viel über Ayako und die Kinder nachgedacht. Ihre Tage sind seit Shintaros Tod sehr einsam. Auch die Kinder brauchen eine lebhaftere Umgebung. Wärt ihr damit einverstanden, daß Ayako und die Kinder wieder zu euch ziehen? Das heißt nicht, daß ich sie euch zurückgebe. Wenn ihr einverstanden seid, würde ich natürlich für ihren Unterhalt aufkommen.«

Als Ayako in Shobeis Arbeitszimmer kam, um Abschied zu nehmen, versuchten beide, die Situation herunterzuspielen.

»Sagt Großmutter und Großvater Shirai schöne Grüße von mir, und benehmt euch. Ich komme euch bald besuchen«, ermahnte Shobei die vier Kinder.

Obwohl sein Arbeitszimmer vom Haupthaus abgelegen war und er die Kinder nur selten gehört hatte, war die Stille erdrückend.

»Mein Entschluß ist das beste für Ayako und die Kinder.« Das

Kinn in die Hand gestützt, sah er hinaus in den Garten. »Und für Shuichi sind die Söhne der Shirais ein guter Umgang. Er braucht andere Jungen um sich. Was Ayako betrifft... ich hätte es nicht ertragen mitanzusehen, wie eine schöne junge Frau ihre Tage in Einsamkeit verbringt und nur darauf wartet, daß ihre Kinder erwachsen werden. Ich glaube nicht, daß sie ein zweites Mal heiraten wird, auch wenn man ihr dazu raten würde. Sie denkt die ganze Zeit an Shintaro. Jede Ecke in diesem Haus erinnert sie an die glückliche Zeit mit ihm.

Ja, ich habe richtig gehandelt. Die Shirais sind eine lebhafte Familie, und Kei-san wird Ayako nicht gestatten, sich in der Vergangenheit zu verlieren. Ayako wird wieder zu der Fröhlichkeit finden, die Shintaro so sehr an ihr liebte. Die wir alle liebten...«

Shobei kam den ganzen Tag nicht aus seinem Arbeitszimmer.

## 5

## *Frühjahr*

Im Frühjahr krochen unzählige Schlangen aus dem Mauerwerk des Steinwalls, der das Haus der Shirais umgab. Haruko und Sachiko sammelten die abgestreiften Häute ein, die wie Spitze aussahen. Sie lebten inzwischen seit sechs Monaten mit ihrer Mutter im Haus der Großeltern.

»Ich wünsche euch einen guten Tag, ihr Mädchen«, sagte eine große, schwarze Gestalt. Die beiden Mädchen wechselten einen Blick, rannten los und versteckten sich hinter dem Haus.

»Wo ist Hiden-sama?«

Shiges Mann, der gerade Holz hackte, hielt inne und stützte die Hände auf den Griff der Axt. »Eben war er noch mit Shu-dansama im Garten«, sagte er. Die beiden Jungen übten sich dort mit selbstgebautem Pfeil und Bogen im Schießen. Die Mädchen rannten zu ihnen.

»Hiden-sama, Shu-chan.«

Hideto schenkte ihnen keine Beachtung, und Shuichi machte Hideto alles nach.

»Hört mal«, sagte Haruko schnaufend, und Sachiko kicherte. »Die Krähe ist da.«

»O nein.« Hideto ließ Pfeil und Bogen sinken und starrte die Mädchen entsetzt an.

»Ich hab' eine Idee«, sagte Haruko. »Wir verstecken uns im Wald. Kommst du mit, Hiden-sama?«

Hideto sollte sie in den Wald begleiten, damit er sie vor Schlangen, den Dorfbuben und anderen Gefahren beschützen konnte.

Die Kinder hatten Hochwürden Kondo wegen seiner langen schwarzen Robe den Spitznamen »Die Krähe« verpaßt. Er kam immer Mittwoch nachmittags aus der nahe gelegenen Stadt, um bei den Shirais eine christliche Messe zu feiern. Von allen, auch den Dienstboten, wurde erwartet, daß sie an der Messe teilnahmen. Shobei hatte für Ayako aus Tokio eine Orgel kommen lassen, die von einer ehemaligen Lehrerin gespielt wurde.

Die Kinder fanden den Gottesdienst schrecklich langweilig, außerdem hatte Hochwürden Kondo ein unnatürlich langes Gesicht. Wenn er Hymnen sang, fiel sein Kiefer tief nach unten, und die Mädchen und Dienerinnen in der letzten Bank standen fürchterliche Qualen durch, um nicht lauthals loszulachen. Einmal schlug eine Dienerin, die direkt hinter Haruko saß, dieser plötzlich auf den Rücken, japste: »O nein, Haruko-ojosama«, und kicherte hysterisch. Alle hatten sich umgedreht und Haruko angestarrt. Nein, dem Gottesdienst sahen sie wahrlich nicht mit Freude entgegen.

Nach der Messe ließ Tei-ichi die Kinder zu sich kommen.

»Hideto«, wandte er sich streng an seinen Sohn. »Es war äußerst ungezogen von dir, einfach wegzulaufen, wo doch Hochwürden extra aus der Stadt anreist, um uns etwas zu lehren.«

»Ja, Vater.«

»Du bist alt genug, um das zu wissen. Daß du die Jüngeren zum Mitmachen angestiftet hast, war besonders unartig.«

»Es tut mir leid.«

Harukos Herz pochte heftig, aber Hideto versuchte gar nicht, sich zu rechtfertigen.

»In den Lagerraum mit dir.«

Der Lagerraum am Ende des Korridors war feuersicher gebaut.

Die über einen Meter dicken Lehmwände hatten keine Fenster. Zwei stabile Eichentüren, die man im Falle eines Feuers mit Lehm versiegeln würde, trennten ihn vom Haupthaus. Im Lagerraum war es kalt und dunkel.

Darin eingesperrt zu werden, war die schlimmste Strafe überhaupt.

Als es Nacht wurde, trat Kei mit klapperndem Schlüsselbund, eine Lampe in der Hand, ein.

»Hideto?« rief sie, hielt die Lampe hoch und spähte in die Dunkelheit. »Komm mit, wir entschuldigen uns bei Vater.«

Kei und Hideto verneigten sich vor Tei-ichi, und Kei sagte: »Er hat eingesehen, daß er falsch gehandelt hat, und sagt, er wird es nie wieder tun. Bitte verzeih ihm.« Sie wandte sich an Hideto. »Entschuldige dich bei Otosan.«

Daraufhin setzte sie Hideto an den Tisch und servierte ihm das Abendessen, das sie für ihn aufgehoben hatte.

Haruko, Sachiko und Shuichi hingen Hideto den ganzen Sommer an den Fersen. Wenn Hideto auftauchte, ließen die Rüpel aus dem Dorf sie in Ruhe. Diese Stellung hatte sich Hideto durch Faustkämpfe und dem darausfolgenden Arrest im Lagerraum hart erkämpft.

Anders als die Miwas aßen die Shirais gemeinsam zu Abend. Da die drei älteren Jungen auf der Universität und der Schule waren, saßen Tei-ichi, Hideto und Shuichi am Kopf des Tisches. Mit einem Blick auf Kei am anderen Ende des Tisches sagte Tei-ichi eines Abends: »Heute habe ich im Dorf Äffchen auf einem Baum gesehen.«

»Tatsächlich?« wunderte sich Kei. »In dieser Entfernung von den Bergen sind mir noch nie welche untergekommen.«

»Es waren auch recht merkwürdige Äffchen. Sie trugen Kimonos.«

»Ach so«, erwiderte Kei. »Sag ihnen das nächste Mal am besten, sie sollen wieder in die Berge verschwinden.«

»Ich werd's versuchen. Ob sie mich überhaupt verstehen können?… Schließlich sind es Affen.«

Haruko und Sachiko waren ganz rot geworden und machten

sich so klein wie möglich. Ayako musterte sie amüsiert. Shobeis Wunsch entsprechend behandelten Tei-ichi und Kei sie wie eigene Kinder. Sie war nun viel entspannter und glücklicher.

»Als ich heute meine Runde machte, sah ich zwei nackte Mädchen, die mit den Dorfkindern im Fluß planschten«, sagte Tei-ichi ein anderes Mal. »Sie sahen genauso aus wie unsere Mädchen, aber ich kann mir nicht vorstellen, daß wir so ungezogene Kinder in unserer Familie haben. Was meinst du, Ayako?«

Alle lachten, sogar die Dienstboten, nur Haruko und Sachiko waren still.

Tei-ichi war der Meinung, wilde Mädchen müsse man zügeln; Shuichi andererseits sollte möglichst unternehmungslustig, ja sogar draufgängerisch sein. Die Miwas hatten die Verantwortung für Shuichi in seine Hände gelegt. Als Arzt war er nicht der sonst weitverbreiteten Ansicht, daß Tuberkulose erblich war; es konnte allerdings eine anlagebedingte Anfälligkeit für diese Krankheit bestehen. Shuichi war für sein Alter recht groß, hatte aber einen dünnen Hals und machte einen zerbrechlichen Eindruck. Tei-ichi fand, daß Shuichi von zu vielen Frauen verzärtelt wurde.

Es war ein Abend im Frühherbst, die Sonne stand noch hoch, aber es wurde schon kühler, und der Geruch verbrannten Laubs lag in der Luft. Im Haushalt brach die geschäftige Tageszeit an. Die Badewanne mußte gefüllt, die Wäsche hereingeholt und weggelegt, das Abendessen zubereitet werden. Shige stand am Brunnen und schuppte einen großen Fisch. Shobei, der oft frühmorgens fischen ging, hatte seinen Fang auf dem Heimweg ans Tor der Shirais gehängt, noch ehe das Haus wach geworden war.

»Mata-san!« rief Kei.

»Ich hab' ihn zum Einkaufen in die Stadt geschickt«, ertönte Shiges Stimme.

»Haruko-nesan«, sagte Sachiko. »Ich will einen Notizblock haben.« Nesan war die Bezeichnung für ältere Schwester.

»Ich hab' einen für dich. Er ist noch ganz neu.«

Sachiko tat ihren Mißmut durch Schweigen kund.

»Komm, wir gehen in die Stadt«, sagte sie schließlich.

Zu Fuß brauchte man etwa eine Stunde, und nach einem ungeschriebenen Gesetz durften die Kinder nicht allein in die Stadt gehen, schon gar nicht abends.

»Komm, Haruko-nesan, wir gehen in die Stadt«, drängte Sachiko. Seit sie bei den Shirais wohnten, hatte Kei ihre gesellschaftlichen Verpflichtungen zunehmend an Ayako abgegeben; Kei selbst war häufig außer Haus und tagelang unterwegs. Takeko, die von Anfang an Keis Liebling gewesen war, hielt sich meistens bei der Großmutter auf. Und Sachiko schloß sich immer mehr an Haruko an.

Als die beiden Mädchen aufbrachen, tauchte plötzlich Shuichi auf und heftete sich an ihre Fersen.

»Shu-chan, wir sind bald wieder zurück.« Haruko versuchte ihn abzuwimmeln. Sie wollten vor Anbruch der Dunkelheit zurück sein und hatten keine Lust, sich den Vierjährigen aufzubürden.

»Ich will mitkommen.« Er starrte Haruko an.

»Wo ist Hiden-sama?« fragte sie, obwohl sie genau wußte, daß Hideto schon den ganzen Nachmittag mit Freunden unterwegs war. Er kletterte sicher gerade Wasserfälle hoch oder sprang über Flüsse.

»Na gut, komm mit.« Haruko blieb stehen. Sie klopfte Shuichis Kimono ab und band seine Schärpe fester. Dann nahm sie ihn bei der Hand, und sie schlugen den Weg durch die Reisfelder ein.

Matabei begegnete ihnen, als er vom Einkaufen zurückkam. »Haruko-ojosama, Sachiko-ojosama, und Shuichi-dansama ist auch dabei? Wohin des Weges?« fragte er.

»Ach, wir gehen bloß kurz da rüber«, erwiderte Sachiko. Sie war geistesgegenwärtiger als Haruko.

»Da rüber?« Matabei legte den Kopf schief und musterte die Mädchen. »Bleibt nicht zu lange, Ojosama«, mahnte er.

»Nein, nein, wir sind bald wieder zurück«, erwiderte Sachiko.

Sie rannten los. Matabei, auf der Schulter die Tragestange, an deren beiden Enden die Einkäufe baumelten, sah ihnen nach. Dann ging er weiter, wobei er seine Schritte dem schaukelnden Rhythmus der federnden Stange anglich.

Als sie in der kleinen Stadt mit den engen Straßen ankamen, stand die Sonne bereits so tief, daß eine Straßenseite schon fast im Dunkeln lag. Hinter dem kleinen Laden, in dem man Schreibwaren,

Süßigkeiten und Kurzwaren kaufen konnte, stand ein großer Dattelpflaumenbaum; die roten Früchte leuchteten in der Abendsonne.

Die Frau des Ladenbesitzers wischte sich die Hände an der Schürze ab und staunte mit großen Augen.

»Shuichi-dansama, Haruko-ojosama und Sachiko-ojosama, ihr habt aber einen weiten Weg hinter euch.«

Sie hatten nicht gewußt, daß sie den Notizblock bezahlen mußten, doch die Frau machte sich deswegen keine Sorgen. Sie wußte, daß sie ihr Geld kriegen würde. Nachdem sie sich bedankt und den Laden verlassen hatten, rief sie ihnen hinterher: »Lauft schnell nach Hause. Die Sonne sinkt rasch!«

»Ich will heim«, jammerte Shuichi. Er war bestimmt sehr müde. Es wurde rasch dunkel, und Haruko und Sachiko sehnten sich ebenfalls zurück, zudem jetzt langsam auch die Angst vor Schelte in ihnen hochkroch.

»Ich hab' Hunger«, klagte Shuichi. Haruko und Sachiko waren ebenfalls hungrig.

»Am besten, wir laufen die Gleise entlang«, schlug Sachiko vor. Daran hatte Haruko auch schon gedacht. Entlang der Bahnlinie würden sie nur eine halbe Stunde für den Heimweg brauchen, aber Tei-ichi hatte ihnen wiederholt verboten, auf den Gleisen zu laufen. Sogar für Hideto, der sonst fast alles durfte, waren die Gleise tabu.

»Ich will nach Hause«, sagte Shuichi und ergriff Harukos Hand. Haruko entschied sich für den kürzeren Weg.

Sie hüpften von einer Schwelle zur nächsten und sangen Lieder. Es gab viele hübsche Kieselsteine zum Sammeln. Als sie zu der Bahnbrücke kamen, gingen sie in die Hocke und schauten zwischen den Schwellen hindurch. Tief unter ihnen rauschte das schwarze Wasser des Flußes Kitaka. Ihr Dorf Kitani lag noch ein Stückchen weiter flußaufwärts. Der Fluß war ihnen vertraut; im Sommer, wenn sie sich von Erwachsenen unbeobachtet fühlten, waren sie darin geschwommen.

Ihr Zuhause war nicht mehr weit. Jenseits der Brücke würden sie die Bahngleise verlassen, und dann waren es nur noch zehn Minuten bis zum großen Tor.

Haruko war erleichtert. Da vernahm sie das Tuten eines Zuges, und als sie den Kopf hob, sah sie ein Licht, das auf sie zuraste.

»Sachiko-san, setz dich hierher!« befahl sie. Ihre Stimme war vor Angst barsch. »Shu-chan, setz dich neben Sachiko!«

Haruko wurde von einem einzigen Gedanken beherrscht: Shuichi durfte nicht sterben. Schließlich hatte sie ihrem Vater versprochen, sich um ihn zu kümmern. Wie ihre Mutter weinen würde, wenn sie Shuichi verlöre!

Sie drückte sich gegen das Geländer und befahl Sachiko und Shuichi, es ihr gleichzutun. Sie schlang einen Arm um Sachikos Rücken und hielt Shuichi an der Schulter fest. Womöglich würde der Zug sie töten. Sachiko war hoffentlich in Sicherheit, aber vielleicht würde auch sie getötet. Immerhin war Shuichi hinter ihnen einigermaßen geschützt. Shuichi durfte auf keinen Fall sterben.

Sie begann zu beten: »Lieber Gott, es tut mir leid, daß ich nicht auf Hochwurden Kondo gehört habe. Bitte steh Shu-chan um Okasans willen bei.«

Da war der Zug auch schon donnernd an ihnen vorbeigerast.

»Shu-dansama, Haruko-ojosama, Sachiko-ojosama.« Sie sahen eine Laterne und hörten Matabeis Stimme. Ein Pachtbauer hatte Matabei erzählt, daß er die Kinder auf den Schienen gesehen hatte.

Tei-ichi erfuhr von Matabei, wie Haruko die beiden anderen beschützt hatte.

»Hattest du denn keine Angst um dich, Haruko?« fragte Tei-ichi mit unverhoffter Milde.

»Doch. Aber ich dachte, Hauptsache Shu-chan wird gerettet, damit Mutter nicht weint.« Soweit Haruko sich entsinnen konnte, hatte sie keine Furcht verspürt. Sie war viel zu sehr damit beschäftigt gewesen, Shuichi zu beschützen.

Tei-ichi schwieg. Haruko war überrascht, daß sie nicht im Lagerraum eingesperrt wurde. Die Augen ihres Großvaters waren ein bißchen feucht, auch das überraschte sie. Tei-ichi saß noch eine Weile da, dann sagte er: »Komm, laß uns zu Abend essen.«

Als Haruko zehn Jahre alt war, hatten sich Shobeis Befürchtungen hinsichtlich seines Sohnen Rinji erhärtet. Es war allgemein bekannt, daß Tetsus Vater Aufträge an Steinmetze im Nachbardorf verlor, da er zu trinken begonnen hatte. Auf seinen Sohn, Tetsus Bruder, waren nie große Hoffnungen gesetzt worden. Der Schuldenberg der Familie wuchs stets. Die Leute munkelten, es sei dem Steinmetz zu Kopf gestiegen, daß seine Tochter in eine wohlhabende Familie eingeheiratet hatte.

»Vielleicht sollten wir uns von ihr trennen«, murmelte Shobei im Beisein seiner Frau. »Sie hat keine Kinder. Wir könnten sie zurückgeben. Wir könnten ihr Geld geben …«

Es war die Pflicht der Braut, der Familie, in die sie eingeheiratet hatte, Kinder zu gebären. Die Miwas hatten daher das Recht, sich von Tetsu zu trennen. Shobei mußte unwillkürlich daran denken, daß die chinesischen Schriftzeichen für »unfruchtbare Frau« sich aus »Stein« und »Frau« zusammensetzten, doch anstandshalber behielt er diesen schlechten Witz für sich.

»Sicher, es wäre eine Lösung, Tetsu zurückzugeben«, sagte seine Frau. »Damit wirst du dich aber sehr unbeliebt machen. Selbst wenn du ihr eine Abfindung zahlst, wird ihre Verwandtschaft dir das übelnehmen. Für Shuichis Zukunft wäre das nicht gut.«

Da hatte sie recht. Der Junge sollte in einer möglichst wohlwollenden Atmosphäre aufwachsen. In dieser Gegend Japans, in der unter der Wintersonne Mandarinen reiften und man das Leben leichtnahm, waren Bauernaufstände zwar eher unwahrscheinlich, aber die Gesellschaft war im Wandel. Man hatte eine sozialistische Partei gegründet, und neuerdings gab es eine *Volkszeitung.* In Fabriken und Gruben wurde gestreikt. Shobei befürchtete, Shuichis zukünftiges Leben als Grundbesitzer könnte sich als schwieriger erweisen als das seinige.

Aber nicht nur der materielle Wohlstand war in Gefahr. Shobei hatte zwar nie ein politisches Amt bekleidet, galt aber dennoch als einer der mächtigsten Männer der Gegend. Beamte der Gemeindeverwaltung holten sich bei ihm Rat, und Kandidaten für ein Regierungsamt bedurften angeblich als ersten Schritt seiner inoffiziellen Zustimmung. Ein Mann in dieser Stellung mußt unbedingt darauf bedacht sein, einen Familienskandal zu vermeiden.

Shobei sagte zu seiner Frau: »Das ist sehr gut überlegt. Hast du einen Vorschlag?« Sie waren schon viele Jahre verheiratet, aber heute bat er seine Frau zum erstenmal um ihre Meinung.

»Ich finde, du solltest die Schulden von Tetsus Vater begleichen. Das wird dir nicht schwerfallen. Sollte tatsächlich Alkohol das Problem sein, wird er seine Geschäfte nicht wieder aufnehmen können. Am besten, du zahlst ihm eine Rente. Dann setzt du Haruko als Rinji-sans rechtmäßige Nachfolgerin ein, und kein Mensch wird dich grausam nennen.«

Shobei verschränkte die Arme und dachte über diesen Vorschlag nach. Er war von seiner Frau beeindruckt.

Tei-ichi fiel die Aufgabe zu, Haruko von der Adoption zu unterrichten.

»Du kennst doch Onkel Rinji und Tante Tetsu, nicht wahr?« fragte er zuerst.

Außer bei offiziellen Familienzusammenkünften hatte Haruko ihren Onkel nie gesehen. Seine gehemmte Art, wenn er mit den älteren Verwandten redete, war selbst den Kindern nicht entgangen. Im Vergleich zu ihrem Vater wirkte er eher farblos, und die Kinder hatten ihn nie als Onkel oder Freund geschätzt.

Das Verhältnis zwischen Rinjis Frau und den Kindern war sogar noch distanzierter. Mit der Kindern eigenen Sensibilität spürten sie, daß sie keine von ihnen war. Haruko hatte einmal gehört, wie Großmutter Miwa Tetsu ermahnt hatte: »Du mußt deinen Kimono etwas länger tragen, Tetsu-san. Die Herrin der Nebenfamilie der Miwas muß würdevoll auftreten.«

Haruko war schon aufgefallen, daß Tetsu ihren Kimono wie Shige und Kiyo trug, so daß die Knöchel zu sehen waren, während Großmutter Miwa und Ayakos Kimonosaum fast den Boden streifte; beim Gehen lugten nur die weißen Zehen ihrer *tabi* hervor.

Tei-ichi, der Harukos Schweigen als erwartungsvolle Gespanntheit interpretierte, fuhr fort: »Wie du weißt, haben Onkel Rinji und Tante Tetsu keine Kinder und wünschen sich einen Nachfolger. Großvater Miwa findet, daß du geeignet wärst, die Stelle ihres Kindes einzunehmen und ihren Namen fortzuführen.«

Haruko starrte Tei-ichi verwirrt und verständnislos an.

Tei-ichi fühlte sich unter dem durchdringenden Blick seiner Enkelin plötzlich ganz unwohl.

Haruko würde wahrscheinlich nicht zu einer großen und schlanken Frau wie Ayako heranwachen. Zierlich und lebendig wie sie war, hatte sie mehr Ähnlichkeit mit Kei. Sie hatte allerdings die Augen ihrer Mutter geerbt: Groß und feucht, hatten sie eine bei Japanern sonst ungewöhnliche Lidfalte.

Er wandte den Blick ab. Er konnte einer Zehnjährigen unmöglich begreiflich machen, weshalb es für die Familie von Vorteil war, Rinjis Besitz zu erben. Für ein behütet aufgewachsenes Mädchen waren diese Überlegungen nicht zu verstehen.

»Es wird Shuichi in der Zukunft zum Vorteil gereichen«, sagte er und merkte, daß er mit dieser Bemerkung ins Schwarze traf.

Haruko verstand zwar nicht, welchen Nutzen Shuichi daraus ziehen würde, wenn sie Rinjis Tochter wurde, aber die Kinder waren es nicht gewohnt, Erwachsenen Fragen zu stellen.

»Rinji-ojisans Haus ist nicht weit weg, und du mußt nicht immer dort bleiben. Du brauchst nicht einmal deinen Nachnamen zu ändern. Wenn du groß bist, übernimmst du einfach seine Nachfolge.«

»Muß ich sie Vater und Mutter nennen?« fragte Haruko besorgt.

»Nein. Nicht, wenn du nicht willst.«

Sie konnte zwar das gesamte Ausmaß der Angelegenheit nicht erfassen, aber Tei-ichi klang so, als sei das Geforderte nicht allzu schwierig. Sie mußte ihrem Großvater wohl vertrauen.

»Ich werde es für Shu-chan tun.«

»Danke«, sagte Tei-ichi feierlich.

Als Haruko aus dem Arbeitszimmer ihres Großvaters trat, fiel ihr Blick auf Ayako, die auf der Veranda saß. Die Sonne fiel auf ihr dickes, kunstvoll frisiertes Haar, so daß es dunkellila glänzte. Auf dem Schoß hatte sie ein Tuch ausgebreitet, auf dem sie eine Kaki schälte. In einem flachen Bambuskorb zu ihren Füßen lagen weitere Früchte. Rechts und links von ihr saßen Sachiko und Shuichi. Sachiko rückte dichter an ihre Mutter heran und machte auf dem *zabuton* Platz für Haruko.

Ein Küchenmesser in der Rechten, drehte Ayako die Kaki geschickt in der Linken. Das herabbaumelnde, orangefarbene Band wurde immer länger. Als die Frucht geschält war, viertelte sie sie und legte die Teile auf einen Teller. In jedes Stück spießte sie einen Zahnstocher.

Als sie den Teller herumreichte, wehte den Kindern ein Hauch von Kürbiswasser – einer Lotion, die Kei für die Familie herstellte – um die Nase.

Das letzte Stück aß Ayako selbst.

»Schön süß«, sagte sie lächelnd zu ihren Kindern. Dann legte sie den Teller in den Korb zurück und nahm die nächste Frucht.

»Mhm«, machte Shuichi. Ayako legte die Kaki zur Seite und hielt Shuichi die geöffnete Hand hin, in die er seinen Stein spucken durfte. Sie wischte ihre Hand an einem Tuch ab und hob die Frucht wieder auf.

Auf einmal wurde Haruko bewußt, wie ungerecht es war, daß sie die Familie verlassen mußte, während die anderen Kinder weiterhin in dieser liebevollen Umgebung bleiben durften. Wieso mußte sie zu diesem Onkel ziehen, den sie kaum kannte?

»Ich muß zu Rinji-ojisan ziehen«, sagte sie, und unversehens kullerten ihr warme, salzige Tränen über die Wangen. Ayako blickte auf, und Sachiko fragte: »Warum?« und fing ebenfalls an zu weinen. »O nein, du sollst nicht weggehen«, jammerte sie.

»Ich will auch nicht, daß du fortgehst«, heulte Shuichi.

Ayako legte das Messer zur Seite und sagte: »Hör zu, du mußt nicht fort, wenn du nicht willst. Weine nicht.« Sie schlang die Arme um ihre drei Kinder und hielt sie fest. »Nicht traurig sein. Das geschieht nur zum Besten der Familie. Kein Grund zur Sorge. Gott ist immer bei uns.«

Haruko wurde von großer Verzweiflung ergriffen. Sie hätte es nicht in Worte fassen können, aber sie spürte die Hilflosigkeit ihrer Mutter. Shuichi streichelte Harukos Hand. Sie lächelte ihn an. Sie mußte um Shuichis willen zu Rinji-ojisan ziehen. Ja, sie würde es tun, um Shuichi zu helfen.

In Rinjis Haus gab es keine wuchtigen, von der Zeit geschwärzten und von Generationen von Händen polierten Säulen wie in den Haupthäusern der Miwas oder Shirais. Die Zimmer waren zwar sehr sorgfältig eingerichtet, aber klein.

»Hier entlang«, sagte Rinji und führte Haruko in einen kleinen Raum, der auf den Garten hinausging. »Hier wohnst du. Wie du siehst, hast du ein eigenes Zimmer. Zufrieden?« Damit ließ er sie allein.

Sie setzte sich auf die Tatamimatten. Takeko könnte nicht hier leben, dachte sie, als sie sich vorstellte, wie dunkel und still es hier nachts sicher werden würde. Sie löste den Knoten ihres *furoshiki* und breitete ihre Schulbücher vor sich auf dem Boden aus, da es keinen Schreibtisch gab. Sie neigte sich über ihre Bücher und schlug sie auf.

Als es dunkel und kalt wurde, erschien Tetsu.

»Wir essen jetzt«, sagte sie und ging ihr voran in die Küche. Dort stand ein einfaches Mahl für zwei aus Reis, Misosuppe und gebackenen Bohnen bereit. In der Mitte des Tisches stand eine Schale mit Gewürzgurken. Tetsu sprach während des Essens kein Wort. Sie griff mit den Eßstäbchen nach einem Gurkenstück und kaute geräuschvoll. Das hätten Kei und Ayako bestimmt mißbilligt. Es gehörte sich, daß man die Gurke erst auf den eigenen Teller legte, bevor man sie aß. Als Tetsu mit dem Essen fertig war, schenkte sie Tee in ihre Reisschale. Bei den Shirais reichte man den Tee in eigenen Teeschalen.

»Ich zeig' dir, wie der Abwasch gemacht wird«, sagte Tetsu. Haruko, die in ihrem Leben noch nie abgewaschen hatte, fiel auf, daß Rinji und Tetsu keine Dienerinnen hatten. Sie holte Wasser am Brunnen, das war eine schwere Arbeit, aber sie fühlte sich erwachsen dabei. Nach dem Abwasch folgte Tetsu Haruko aufs Zimmer und zeigte ihr, wo die Futons gestapelt waren. Offensichtlich sollte Haruko keine Lampe bekommen, und es blieb ihr nichts anderes übrig, als sich ins Bett zu legen.

Sie fragte sich, wie es Sachiko ging. Weder Sachiko noch Haruko hatten je allein geschlafen. Sachiko machte noch oft ins Bett, und frühmorgens kroch sie häufig zu Haruko unter die Decke. Wenn Ayako nicht da war und sie nachts vom Wind wach wurden, schliefen alle drei Kinder aneinandergekuschelt unter einer Decke. Was Sachiko jetzt wohl machte? Und ob Kei Shuichi hörte, wenn er in der Nacht von Alpträumen wach wurde und schrie und schluchzte?

Die Schiebetür wurde geöffnet, und eine Männerstimme befahl: »Aufstehen!« Haruko sprang aus dem Bett. Bei den Shirais rief Kiyo immer leise, bevor sie das Zimmer betrat. Jedes Kind hatte eine flache Kiste, in der Ayako oder Kei die Kleider für den nächsten Tag zurechtlegten. Haruko merkte, daß sie in ihren Kleidern geschlafen hatte, sie würde also in einem zerknitterten Kimono zur Schule gehen müssen. Es war grau und kalt. Sie fröstelte.

»Ab heute gehörst du zu dieser Familie«, sagte Rinji. »Du mußt noch viel lernen. Früh aufstehen ist wichtig. Man darf nicht faul sein. So, als erstes wird die Veranda saubergemacht.«

»Man muß Kinder an Disziplin gewöhnen«, hatte er zu Tetsu gesagt. »Sie zu verwöhnen ist das schlimmste, was ihnen passieren kann.« Er war entschlossen, Haruko zu einer gehorsamen und fleißigen Frau zu erziehen, die einen Haushalt führen konnte.

Tetsu trat mit einem Eimer Wasser samt Wischlappen aus dem Haus und stellte ihn wortlos vor Haruko ab.

»Ich zeig' dir, wie man den Boden putzt«, sagte Rinji. Die Beine gespreizt, fiel er vor der verblüfften Haruko auf die Knie. Mit der ausgestreckten Linken stützte er sich ab und wischte, den Lappen in der rechten Hand, von rechts nach links; dann wendete er den Lappen und fuhr von links nach rechts über die Dielen. Er wiederholte diesen Vorgang, wobei er sich langsam rückwärts bewegte; dabei wackelte sein Hinterteil rhythmisch hin und her. Haruko fand diese Vorstellung äußerst würdelos. Und lachhaft obendrein. Das mußte sie unbedingt Sachiko erzählen. Ayako würde lächeln, und Kei würde lauthals lachen, da war sich Haruko sicher.

Haruko fragte sich, in welcher Phase seines Lebens Rinji wohl angefangen hatte, Böden zu putzen. Ihr war noch kein Mann untergekommen, der Hausarbeit machte. Bei den Shirais wurde nicht einmal von Matabei, der sonst fast alle Arbeiten erledigte, erwartet, daß er Böden putzte.

Rinji reichte ihr den Lappen, und sie versuchte, ihn ebenso wie Rinji auszuwaschen und auszuwringen. Das Wasser war eiskalt, und sie mußte an Tetsus große Hände denken. Der vollgesogene Lappen war viel zu groß, als daß eine Kinderhand ihn auswringen konnte. Er war schwer und tropfte.

»Paß auf!« schrie Rinji. »Das gibt Wasserflecken auf dem Holz. Du mußt ihn fester auswringen. Los, fester. Nach dem Frühstück zeig ich dir, wie die Zimmer gefegt werden.«

Haruko erschrak. »Ich muß zur Schule«, protestierte sie kleinlaut. Es war schon spät.

»Du brauchst heute nicht zur Schule gehen«, teilte Rinji ihr mit. »Für ein Mädchen gibt es hier Wichtigeres zu tun.«

Haruko mußte die Schiebetüren abstauben, Regale polieren und die Tatamimatten fegen. Bis auf die Geräusche, die Haruko machte, war es den ganzen Morgen über still im Haus.

Zu Rinji kamen kaum Besucher. Im Haus der Shirais herrschte stets ein großes Kommen und Gehen. Zum einen waren da die Patienten, zum anderen die Verwandten. Außerdem kamen viele Händler vorbei. Bei den Kindern war der Mann von der Zuckerbäckerei aus der Stadt am beliebtesten; er kam zweimal die Woche. An einem Seil um den Hals trug er einen flachen, in kleine Fächer aufgeteilten Bauchladen. In jedem Fach lag ein köstliches Probestück. Die Kuchen hatten als Grundlage zumeist Reis- oder Bohnenteig und schmeckten nicht nur vorzüglich, sondern waren auch von ansprechender Form und Farbe. Selbst ihre Namen klangen äußerst geschmackvoll: »Frühlingsschauer«, »Blütenregen«, »Herbstnebel«, »Chrysantheme in der Abensonne«, »Morgendämmerung« und so weiter. Je nach Jahreszeit hatte er andere Kuchen dabei. Der Kuchenmann bekam eine Schale Tee, während Kei ihre Auswahl traf. Die Kinder waren oft zugegen, in der Hoffnung, die Wahl ihrer Großmutter möge auf ihren Lieblingskuchen fallen.

Der Tofuhändler kam täglich, da Tei-ichi abends immer ein Gericht aus Tofu mit Ingwer und Frühlingszwiebeln aß. Kei bereitete dazu eine besondere Zitronen-Soja-Sauce zu. Der Tofuhändler trug auf der Schulter eine Tragestange mit einem Kübel an jedem Ende. Außerdem hatte er eine kleine Messingtrompete dabei, in die die Kinder – sofern Tei-ichi es ihnen gestattete – hineinblasen durften. Im Sommer, wenn der Goldfischhändler vorbeikam, erhielt jedes Kind etwas Geld aus Ayakos Brokatbörse.

Einmal jährlich im Herbst besuchte sie ein Mann aus Kioto mit einem großen Bündel auf dem Rücken. Selbst an kühlen Tagen wischte er sich mit einem gefalteten Taschentuch über den kahlen Schädel, wenn er seine Last im Wohnzimmer abstellte.

»Seid ihr alle wohlauf? Dannasama und dem jungen Hern geht's gut, ja?« fragte er immer höflich. Er brachte Seidenstoffe mit. Nicht die gewöhnliche Seide, aus der Kei Kimonos für jeden Tag schneiderte, sondern Seide für besondere Anlässe wie Neujahr zum Beispiel, zu denen man sich herausputzte. Der Stoffhändler hielt das Ende der Rolle fest und breitete mit einer flinken Armbewegung eine Stoffbahn neben der anderen auf den Tatamimatten aus. Kei und Ayako hielten eingehend Rücksprache miteinander und unterzogen jeden Stoff einer genauen Prüfung.

»Dieser hier würde Ihnen äußerst gut stehen, finde ich, junge Frau Miwa«, sagte der Mann zu Ayako. Und an Kei gewandt: »Weil Sie eine treue Kundin sind, mache ich Ihnen ein besonders günstiges Angebot. Wenn Sie kurz aufstehen würden, darf ich mal bitte?« Er drapierte eine lange, schmale Stoffbahn über Keis Schulter.

»Was sagen Sie dazu, Miwa-okusama?« fragte er Ayako.

Dann besprachen sie, welches Futter zu welchem Kimonomaterial paßte.

Gewöhnlich kauften Kei und Ayako diverse Stoffe für die ganze Familie ein, und für die Diener wurden Geschenke zur Seite gelegt.

Zu Rinji kam nur der Tofuhändler.

Am vierten Tag nach Harukos Ankunft brachte Matabei frühmorgens Fisch und Gemüse als Geschenk vorbei.

Abends, als Haruko Reis am Brunnen hinter dem Haus wusch, vernahm sie ein Flüstern: »Haruko-nesan.« Zuerst glaubte sie, es sei Einbildung. Sie dachte an Sachiko und ihr Zuhause. Es war eisig kalt, und sie hatte Heimweh.

»Haruko-nesan.« Es war tatsächlich Sachiko, die auf der anderen Seite der Hecke stand und ihren Namen rief.

»Schnell!« rief Sachiko. »Ich will dich holen. Los, wir gehen nach Hause.«

Haruko blickte sich unwillkürlich um. »Ich hole meine Schulsachen.« Sie schlich auf Zehenspitzen in ihr Zimmer und holte ihre Bücher und Stifte. Die Kleider ließ sie zurück.

Der Tofuhändler hatte Matabei von Harukos Not erzählt, und nachdem sich Matabei selbst ein Bild gemacht hatte, unterrichtete er Kei und Ayako.

»Die arme Haruko-ojosama! Bringt sie wieder zurück. Sie ist noch so klein, und der Dansama der Nebenfamilie weiß einfach nicht, wie man mit Kindern umgeht. Schließlich hat er keine Erfahrung.«

Kei und Ayako hatten sich bereits Sorgen gemacht, als sie von Sachiko erfahren hatten, daß Haruko nicht in der Schule gewesen war.

Sachiko lauschte heimlich, als die Erwachsenen sich beratschlagten, wie die Situation zu handhaben sei, und beschloß, ihre Schwester zu retten.

Die beiden Mädchen eilten durchs Tor. Dann rannten sie los. Am blaßblauen Himmel war bereits der Abendstern zu sehen. Sie rannten ein Stück, dann blieben sie atemlos, mit roten Wangen und kalten Händen, stehen.

»Haruko-nesan«, sagte Sachiko. Haruko ergriff Sachikos Hand, und die beiden Mädchen machten sich auf den Heimweg.

Noch am selben Abend legte Matabei, eine Laterne in der Hand, den gleichen Weg zurück. Er mußte zwei Briefe von Tei-ichi überbringen: ein erklärendes Schreiben für Shobei und eine schriftliche Entschuldigung für Rinji.

## 6

## *Harukos Onkel*

Das Drama war über den Aufregungen der bevorstehenden Neujahrsfeier und wegen des Besuchs von Harukos Onkel Yasuharu aus Tokio bald vergessen.

Tei-ichi freute sich ebenso wie die anderen auf das Wiedersehen mit seinem Sohn, doch um seine Würde zu wahren, setzte er am Tag von Yasuharus Ankunft ein besonders grimmiges Gesicht auf. Aber es gelang ihm nicht, sich der allgemeinen Aufregung zu entziehen.

»Kei.« Er kam aus seinem Behandlungszimmer. »Vielleicht möchte Yasu nach der langen Reise ein heißes Bad nehmen.«

»Ja«, erwiderte Kei. »Mata-san hat es schon vorbereitet.«

»Hm.« Ich will auch gar kein Aufhebens machen, aber ich dachte, das wäre das mindeste.«

Nach zehn Minuten kam er noch einmal.

»Was gibt es heute zum Abendessen, Kei? Er macht schließlich nur Ferien hier, du brauchst nichts Besonderes zu kochen. Und laß den Gartenpfad fegen, ja? Der Garten sollte immer ordentlich aussehen, egal, ob Yasu kommt oder nicht.«

Am Nachmittag holte Matabei den Karren. Die Kinder scharten sich um ihn und begleiteten ihn zum Bahnhof. Als sie Yasuharu, dem ein Gepäckträger folgte, hinter der Absperrung erblickten, schrien sie: »Yasu-ojisama!« Der Bahnhofsvorsteher trat aus seinem Häuschen, um ihn zu begrüßen. Reisende, die mit demselben Zug gekommen waren, verneigten sich und wünschten ihm schöne Ferien, bevor sie Abschied nahmen.

Für Yasuharu stand eine Rikscha bereit. Shuichi saß auf dem Gepäckkarren, und die anderen Kinder rannten abwechselnd plappernd und lachend vornweg oder schlenderten hinterher.

Das Tor zum Haus der Shirais stand weit offen. Yasuharu sollte das Haus durch den offiziellen Haupteingang betreten, nicht durch die Hintertür. Nach Tei-ichi war der älteste Sohn das wichtigste Mitglied der Familie, und Kei war darauf bedacht, die Formalitäten einzuhalten. Der ganze Haushalt hatte sich an der Eingangstür versammelt, um ihn zu begrüßen. Tei-ichi jedoch blieb in seinem Arbeitszimmer.

Als Yasuharu das Arbeitszimmer betrat, um seinen Vater zu begrüßen, sagte dieser beiläufig: »Ach, du bist's?« Und als wäre ihm gerade eben erst eingefallen, daß sein Sohn heute kam, hob er den Blick von seinen Büchern. »Wie geht es dir? Du siehst gut aus.«

»Danke, Otosan. Es geht mir sehr gut. Und es freut mich, daß auch du guter Gesundheit bist.«

Nach der formellen Begrüßung entließ Tei-ichi seinen Sohn mit den Worten: »Nach der langen Reise bist du bestimmt müde. Soweit ich weiß, ist ein Bad für dich bereitet. Erhol dich erst einmal, deine Neuigkeiten hören wir später.«

Yasuharu brachte immer viele Geschenke mit. Für seine Nichten hatte er kleine Seidentäschchen dabei. Takeko erhielt ein Paar rote, lacklederne *zori.*

»Zeig her.« Kei und Ayako bewunderten die Sandalen. »Was du in Tokio kaufst, ist wirklich immer von sehr guter Qualität.« Die beiden Frauen begutachteten die *zori* von allen Seiten.

»Eine sehr schöne Farbe, nicht wahr, Mutter?« sagte Ayako zu Kei. Dann reichte sie Takeko die Sandalen und sagte: »Pack sie gut weg. Du kannst sie an Neujahr anziehen, wenn wir Großvater und Großmutter Miwa besuchen.«

Sie bewunderten Shuichis Kaleidoskop, das englische Wörterbuch für Hideto, Bänder, Haarschmuck und Federmäppchen, Wasserpistolen und Spielzeugboote. »Wie schön!« riefen die Frauen. Für Kei, Ayako und die Diener hatte er auch immer passende Geschenke dabei.

Als alle zufrieden waren, sagte Yasuharu: »Haruko, ich hab' von deinem Abenteuer gehört. Das hier ist für ein besonders tapferes Mädchen.« Damit überreichte er ihr ein langes, schmales Buch, auf dessen glänzend grünem Einband drei europäisch gekleidete Bären miteinander tanzten. Haruko konnte den Titel auf dem Deckel nicht lesen.

Das Buch war wunderschön illustriert mit Zeichnungen der drei Bären und eines Mädchens. Das Mädchen hatte blaue Augen und goldenes Haar, wie der russische Soldat, den Haruko am Strand gesehen hatte.

Tags darauf erschien ein weiteres Familienmitglied. Tei-ichis jüngerer Bruder, Harukos Großonkel, war als Kind Novize in einem buddhistischen Tempel geworden. Es war üblich, intelligenten Jungen auf diese Weise eine gute Ausbildung zu sichern. Inzwischen war er ein hochrangiger Priester. Den Kopf kahl geschoren und in eine einfache schwarze Robe gekleidet, besuchte dieser ehrwürdiger Mann sein ehemaliges Zuhause, um für die Geister der Vorfahren zu beten. Er wurde immer von einem jungen Novizen begleitet, der ihn bediente.

Ein Dorfbewohner nach dem anderen machte ihm seine Aufwartung und verschwand dann hinter dem Haus, um etwas von dem Badewasser des Priesters zu erbitten. Die Ursprünge dieses Aberglaubens lagen im dunkeln, aber die Dorfbewohner waren davon überzeugt, daß ein Schluck vom Badewasser eines Erleuchteten den Geist zu reinigen und den Körper gesund zu erhalten vermochte.

Tei-ichi schalt sie aus, wenn er sie dabei erwischte. »Er soll ein Heiliger sein? Macht euch doch nicht lächerlich! Wie oft muß ich das noch sagen? Das ist ekelhaft. Leer sofort die Wanne aus,

Matabei! Badewasser trinken, pfui! Ihr werdet alle an Cholera sterben.«

»Sie wollen immer noch das Badewasser deines Onkels«, erzählte Kei Yasuharu. »Bauern sind so abergläubisch.«

Yasuharu lächelte nachsichtig. Er wußte, daß seine Mutter ebenfalls an viele merkwürdige Dinge glaubte.

»Erinnerst du dich an die Takanos aus dem Dorf Miura?« Das Gespräch über Aberglaube gab Kei die Gelegenheit, auf die sie gewartet hatte. »Ihr Sohn Fusataro ging mit dir zur Schule.«

»Ah ja, Fusatan.« Yasuharu griff unwillkürlich auf den Spitznamen aus der Kindheit zurück. »Ein sehr netter Kerl. Er war auf der Waseda-Universität. Ich traf ihn vor einer Weile zufällig in Tokio, und wir gingen zusammen essen.«

»Er ist jetzt der Repräsentant seines Dorfes und besucht deinen Vater ziemlich oft. Beide interessieren sich sehr für Fragen der Ernährung und der Hygiene.«

»Ah, das ist gut. Ich werde ihn demnächst einmal besuchen.«

Da die Unterhaltung in der gewünschten Bahn verlief, faßte Kei Mut.

»Du weißt, daß Fusataro-san eine jüngere Schwester hat.«

Daran konnte sich Yasuharu nicht mehr erinnern, aber ihm wurde plötzlich klar, worauf Kei abzielte.

»Okasan«, sagte er. »Ich bin nicht gegen eine Heirat. Im Gegenteil, ich weiß, wie wichtig das für mich ist.«

Dann erklärte er Kei, daß seine Welt sich nicht mehr auf das Dorf Kitani oder die Präfektur beschränke. Nein, sein Horizont gehe sogar über Japan hinaus.

»Das Erziehungsministerium hat ein Stipendium für Mediziner ausgeschrieben, um in Deutschland zu forschen. Ich habe noch nicht mit Vater gesprochen, aber ich würde mich in ein paar Jahren gern darum bewerben. Ich werde um seine Zustimmung bitten, sobald meine Pläne konkreter werden. Wie du siehst, Okasan, möchte ich erst bestimmte Dinge erreichen, bevor ich mir Verantwortung aufbürde.«

Daß Yasuharu Pläne schmiedete, ins Ausland zu gehen, erschreckte Kei nicht übermäßig, da das Dorf Kitani in ihrer Vorstellung nicht viel weiter von Deutschland entfernt war als von Tokio.

Sie nahm seine Einstellung zur Ehe gelassen zur Kenntnis und zeigte sich über seine ehrgeizigen Pläne erfreut. Yasuharu erzählte ihr, er wolle sich auf Augenheilkunde und die Trachom-Forschung spezialisieren.

»Oh, Yasuharu-san!« Sie war entzückt. »Das ist wunderbar! Geh nach Deutschland und forsche so lange wie nötig. Wenn du zurückkommst, kannst du Yone-san heilen und Katsus Mutter und Ken-san von den Matsudos und ... oh, wie erleichtert sie sein werden.«

»Okasan, so schnell wird niemand Yone-san oder den anderen helfen können«, warf Yasuharu hastig ein. Er stellte sich entsetzt vor, wie ihn bei seinem nächsten Besuch zu Hause eine Schlange Dorfbewohner und deren Freunde erwartete, die sich von ihm die Heilung ihres Trachoms erhofften.

»Das ist egal. Ich werde dem Trachom-Arzt eine gute Mutter sein und einfach warten, bis die Zeit gekommen ist.«

»Kann ich auch Arzt werden?« fragte Haruko plötzlich aus der Ecke. Sie hatte still in ihrem neuen Buch geblättert, daher hatten Kei und Yasuharu ihre Anwesenheit gar nicht bemerkt. Einige ihrer Schulfreunde hatten eitrig verklebte Augen. Sie wußte zwar nicht, woran diese Kinder litten, aber es war ihr streng verboten, diese Freunde an der Hand zu nehmen.

»Ich möchte auch Arzt werden und Menschen heilen«, sagte sie. Ihr Großvater trug eine weiße Schürze, wenn er Patienten empfing, ihr Onkel andererseits trug einen schönen weißen Kittel, wenn er Großvater half. Sie hatte überlegt, Lehrerin zu werden, aber der Arztberuf erschien ihr auf einmal viel interessanter und aufregender.

Kei betrachtete Haruko zärtlich und lächelte: »Was du für Ideen hast! Ein Mädchen kann nicht Arzt werden, das ist Männerarbeit. Aber eines Tages wirst du eine schöne Braut sein, genau wie deine Okasan, nicht wahr?«

Mit dem neuen Jahr begann offensichtlich ein neues Kapitel im Leben der Shirais. Am 7. Januar gab es traditionell Reisschleimsuppe mit sieben verschiedenen Kräutern zum Frühstück. In den Bergregionen mußte man die winzigen Sprossen oft noch unter dem Schnee suchen. Am 15. gab es zum Abschluß der Neujahrsfeierlichkeiten Reisschleimsuppe mit roten Bohnen. Das Federballspiel der Mädchen und die Drachen der Jungen wurden weggeräumt.

Als hätte er nur auf das Ende der Feiertage gewartet, verkündete Tei-ichi: »Kei, ich werde mich als Kandidat für die Präfekturversammlung aufstellen lassen.«

Kei nahm die Neuigkeit gelassen entgegen. Wenn auch die Welt der Männer großen Veränderungen und stetigem Fortschritt unterworfen war, ihre Rolle blieb immer die gleiche. Sie akzeptierte diese Tatsache und bot ihre Unterstützung an.

Sie hatte Tei-ichi oft sagen hören, Hygiene sei wichtiger als Medizin – »Ein Wunder, daß die Menschen bei diesen Zuständen nicht krank werden« –, und er hatte sich für den Bau eines Gesundheitszentrums begeistert. Sie hätte nie damit gerechnet, Ehefrau eines Politikers zu werden, aber sie würde ihr Bestes geben. Kei vermutete, daß es noch einen anderen Grund gab, weshalb Tei-ichi seine Kräfte in eine andere Richtung lenken wollte. Immer wenn Yasuharu zu Hause war, standen auf einmal einfältig grinsende Dörfler in der Tür und fragten: »Ähm, ob wohl der junge Doktor Yasuharu da ist?« Tei-ichi sagte dann mit sarkastischem Lächeln: »Diese gewitzten Schurken. Erst trinken sie Badewasser, und dann verlangen sie den neuen Doktor.« Keis Interpretation war zwar recht simpel, aber Tei-ichi merkte tatsächlich, daß die Zeit für eine neue Generation von Ärzten mit anderem Wissen und neuen Technologien angebrochen war. Mit Erfahrung allein ließ sich das Vertrauen der Leute nicht mehr gewinnen. Das hatte Tei-ichi schon seit langem bemerkt, eigentlich, seit Shintaro nach dem Studium nach Hause gekommen war.

Kei ging davon aus, daß er aufgrund seines guten Rufs und des Respekts, den er in der Bevölkerung genoß, die Wahl gewinnen würde. Als seien ihr diese Pläne schon seit langem vertraut, sagte sie: »Das ist ein guter Zeitpunkt.«

Ihr zweiter Sohn war von einer Grundbesitzerfamilie in einem nahe gelegenen Dorf adoptiert worden. Und Masakazu, der dritte, bedurfte ihrer Meinung nach keiner weiteren Ausbildung mehr.

»Warum?« Tei-ichi fragte sich, weshalb sie ihm von ihren Söhnen erzählte und wieso sie für Masakazus Ausbildung nichts mehr ausgeben sollten. Masakazu war schon immer Tei-ichis Sorgenkind gewesen. Als Shobei vor Jahren die Intelligenz der Shirai-Söhne lobte, hatte er den dritten Sohn übersehen. Masakazu war zwar ein lieber, fröhlicher Junge, aber er würde ein Studium nicht ohne große Ausgaben für Nachhilfelehrer schaffen, wenn überhaupt.

»Es wäre reine Geldverschwendung, noch mehr in seine Ausbildung zu investieren«, erkärte Kei.

Tei-ichi hatte Masakazu immer für einen Versager gehalten. Oft hatte er mit dem Jungen bis spät in die Nacht gesessen und versucht, ihm Dinge zu erklären, die dieser einfach nicht begriff. Um so verärgerter Tei-ichi wurde, desto verwirrter wurde der Junge, bis er selbst an Fragen scheiterte, die sogar Haruko beantworten konnte. Aber Tei-ichi wollte nicht aufgeben: Masakazu sollte so werden wie seine anderen Söhne.

»Daß er in der Schule nicht gut ist, heißt noch lange nicht, daß er nichts wert ist«, sagte Kei. »Er ist gutmütig und ehrlich. Der Postamtsvorsteher der Stadt hat versprochen, ihn einzustellen, wenn du einverstanden bist. Er kann im Frühjahr anfangen, sobald er mit der Schule fertig ist. So könnte er ein glückliches, ehrbares Leben führen.«

Hideto, fand Kei, sei ein aufgeweckter Junge. Falls sie es sich nicht leisten konnten, ihn auf die Universität zu schicken, könnte er auf die Militär- oder Marineakademie gehen. Die seien umsonst.

»Es macht nichts«, fuhr sie fort, »wenn wir unser Land verkaufen müssen. Kitani ist zu klein für unsere Kinder. Sie sollten fortgehen und sich ihren Platz in der weiten Welt suchen. Deine Vorfahren wären stolz auf dich, wenn du ihr Vermächtnis zum Wohl der Menschen hier einsetzen würdest.«

»Oho!« Tei-ichi starrte seine Frau ungläubig an und überspielte seine Verwunderung, indem er seine Frau hänselte. »Aus dir ist eine große Frau geworden.«

»O nein«, erwiderte sie bescheiden. »Ich wiederhole nur, was Yasuharu-san mir neulich erzählt hat.«

Tei-ichi Shirais Wahlkampf verlief fast oppositionslos, vor allem, seit Shobei sich rückhaltlos hinter ihn gestellt hatte. Shobeis Hoffnungen waren somit in Erfüllung gegangen: Die Shirais waren zur Hauptstütze seiner Familie geworden.

Tei-ichi hatte immer mehr zu tun und stieg innerhalb weniger Jahre zum Vorsitzenden der Versammlung auf.

Im Frühjahr trat Masakazu die Stelle im Postamt an. Kei kaufte ihm das erste Fahrrad im Dorf. Am Morgen seines ersten Arbeitstages entzündete sie in der Nische, in der die Namenstafeln der Vorfahren aufgereiht waren, frische Kerzen. Masakazu ließ sich neben ihr nieder, und beide beteten.

»Ich habe mich bei unseren Ahnen dafür bedankt, daß ein ordentlicher Mann aus dir geworden ist«, sagte Kei. »Sie sind gewiß sehr stolz auf dich.« Sie servierte ihm sein Frühstück. Dann stellte sie sich ans Gartentor und sah zu, wie er davonradelte, bis er winkend hinter einer Kurve verschwand.

Die Dorfbewohner gewöhnten sich mit der Zeit an die Fahrradklingel im frühen Morgennebel und sein fröhliches: »Guten Morgen.« »Kuma-san, wenn du wieder einen Brief an deinen Sohn schicken möchtest, schreibe ich ihn dir. Komm einfach aufs Postamt.« »Vielen Dank, Masakazu-dansama. Wenn's recht ist, komme ich morgen vorbei.« Die Leute sahen ihm auf seinem Fahrrad hinterher und sagten: »Die jungen Dansama der Shirais sind alle sehr fleißig und gut erzogen.« Keis Rechnung war aufgegangen.

»Es ist besser, der Kopf eines Huhns zu sein als der Schwanz eines Ochsen«, sagte Kei heiter, als sie mit Ayako über den jüngeren Bruder sprach. »Er wird geschätzt und ist wohlangesehen. Unter Gelehrten wäre es ihm schlecht ergangen.«

»Was soll das heißen, Großmutter?« fragte Haruko lachend. »Wieso ist er ein Hühnerkopf?«

Kei wurde ernst. »Das heißt, es ist besser, seinen Platz zu kennen, als sich an fähigere Leute zu hängen und es zu nichts zu bringen. Merk dir das. Das ist eine wichtige Lebensweisheit.«

Was ihren Jüngsten, Hideto, anging, war Kei zuversichtlich und machte sich kaum Sorgen. Er ging inzwischen aufs Internat in der Stadt. Er war zwar ein rechter Schlingel, bei seinen Freunden allerdings sehr beliebt. Kei war insgeheim davon überzeugt, daß er das

Zeug zu einem bedeutenden Mann hatte. Er wird ein Held unter Helden sein, dachte sie.

In der Schule wurden seine Streiche zumeist toleriert, und die Strafen fielen immer mild aus. Schließlich handelte es sich bloß um jungenhaften Übermut. An Winterabenden, wenn Hunger die Jungen plagte, klangen die Rufe der Straßenhändler besonders verlockend: »Gebackene Süßkartoffeln! Gebackene Süßkartoffeln!« oder »Buchweizennudeln! Heiße Nudeln!« Die Händler zogen Tonfässer mit glühenden Kohlen auf ihren Karren, in denen die Süßkartoffeln garten.

Dann wurde immer Hidet losgeschickt, um für alle einzukaufen, weil er am besten über die hohe Mauer des Internats klettern konnte. Als er eines Abends mit einer heißen Papiertüte von der Mauer in den Schulhof hinabsprang, wurde er dort schon von einem Lehrer erwartet. Er war auch oft an Schlägereien beteiligt; dabei nahm er allerdings meistens die Schwachen vor den Schultyrannen in Schutz. All diese Geschichten wurden seinen Eltern pflichtschuldigst mitgeteilt und von ihnen ignoriert.

»Sie haben ihn schon in der Schule bestraft«, sagte Tei-ichi dann. »Laß ihn. Wenn er mit achtzehn immer noch so ist, enterbe ich ihn.« Kei liebte diese Geschichten, sie fand sie verwegen und amüsant. Als er jedoch an einem Streik gegen das Lehrerkollegium teilnahm, konnten sie die Sache nicht einfach auf sich beruhen lassen. Auslöser war ein junger Geschichtslehrer gewesen, der von Demokratie und Freiheit begeistert war und die Jungen mit einem Idealismus, der schon an Antiimperialismus und Antimilitarismus grenzte, angesteckt hatte.

Das geschah in einer Zeit, als vierundzwanzig Männer zum Tode verurteilt worden waren wegen eines angeblich geplanten Attentats auf den Kaiser. Sozialismus war ein gefährliches Wort. Und die Militärpolizei griff immer härter durch. Obwohl Hideto nicht zu den Aufwieglern gehörte, galt schon allein die Teilnahme an dem Streik als schweres Vergehen. Tei-ichi war inzwischen nicht nur Vorsitzender der Versammlung, sondern auch Vorsitzender des Elternbeirats der Schule. Die Schule zögerte, das Fehlbetragen seines Sohnes publik zu machen. Wenn allerdings bekannt wurde, daß Hideto nachsichtiger behandelt wurde, weil er Dr. Shirais Sohn war, würde auch der Ruf seines Vaters darunter leiden. Wurde Hideto andererseits von der Schule suspendiert oder gar verwiesen, würde das seine Zukunftsaussichten verdüstern.

Kei sprach beim Schuldirektor, dem stellvertretenden Direktor, Hidetos Klassenlehrer und all seinen anderen Lehrern vor und entschuldigte sich bei jedem einzelnen. Sie war die Frau des Vorsitzenden der Präfekturversammlung, der zudem ein ehrbarer, allseits bekannter Arzt war. Ungeachtet der engen Beziehung ihrer Familie zu den hochangesehenen Miwas, hatte Kei demütig und höflich um Verzeihung für Hidetos Betragen gebeten und versichert, sie würden ihn in Zukunft strenger beaufsichtigen. Die Lehrer zeigten tiefes Mitgefühl und bewunderten die »äußerst kultivierte Dame«.

»Was hat er denn angestellt?« wollte Haruko wissen.

»Jungs lassen sich oft leidenschaftlich von neuen Ideen anstecken. Nur so lernen sie. Nur die Dummen geraten nie in Schwierigkeiten, solange sie jung sind. Dafür hat man dann Schwierigkeiten mit ihnen, wenn sie erwachsen sind«, erwiderte Kei.

»Um was für Schwierigkeiten ging es denn, Großmutter?«

»Ach, um Politik. Davon müssen wir Frauen nichts verstehen.«

Bald darauf hatte Hideto Gelegenheit, sich des Opfers seiner Mutter würdig zu erweisen.

In den Sommerferien kam Yasuharu nach Hause. Er brachte einen befreundeten Kinderarzt mit, der den Kindern als Dr. Komoto vorgestellt wurde. Auch wenn sie ihn weiter förmlich mit seinem Titel anredeten, beteiligte er sich bald an ihren Ringkämpfen und Spielen. Dank Dr. Komotos Hilfe machte Haruko mit dem Alphabet große Fortschritte und konnte bald von »Apfel« bis »Stift« buchstabieren.

Die Tage verstrichen sorglos, bis Yasuharu, Dr. Komoto, Hideto und Shuichi eines Tages beschlossen, zum Fischen aufs Meer hinauszufahren. Sie brachen frühmorgens auf. Yasuharu und Dr. Komoto trugen *yukata,* Hideto und Shuichi hatten einfach kurze Baumwollshorts an. Alle vier hatten Strohhüte auf dem Kopf, denn der Tag versprach schön zu werden. Shige hatte ihnen selbstgemachte Reisbällchen mitgegeben. Statt der üblichen eingelegten

Pflaumen hatte sie die Reisbällchen mit gekochtem Seetang gefüllt. Eingelegte Pflaumen verhinderten, daß der Reis sauer wurde, doch wenn man sie beim Angeln dabei hatte, würde man nichts fangen, behauptete Shige.

»Aha? Das geht wirklich nicht, Shige-san. Vielen Dank«, sagte Dr. Komoto höflich. Yasuharu lachte bloß in sich hinein.

Am Strand erwartete sie schon ein Fischer mit einem kleinen Boot. »Weiter draußen ist es recht windig«, warnte er sie. »Kommen Sie zurück, bevor das Wetter umschlägt.« Der Himmel war allerdings tiefblau, und es wurde immer wärmer. Die Sonne brannte schon sehr heiß. Sie bestiegen das Boot, und der Fischer schob sie ins Wasser.

Yasuharu, Dr. Komoto und Hideto ruderten abwechselnd, bis sie weit vom Ufer entfernt waren. Alle vier angelten gerade zufrieden, als Dr. Komoto plötzlich zum Himmel aufsah und ein überraschtes »Oh!« ausstieß.

Der Wind war kühler geworden, und er meinte, einen Regentropfen gespürt zu haben. Er achtete aber nicht weiter darauf, da Yasuharu und Hideto nicht besorgt zu sein schienen. Schließlich waren sie hier aufgewachsen, dachte er, sie werden sich schon auskennen. Doch obwohl Yasuharu und Hideto an der Küste aufgewachsen waren, hatten sie keine Erfahrung auf dem Wasser.

Als dicke Tropfen auf sie herabfielen, blickte Yasuharu zum Himmel auf. »Das zieht vorüber«, sagte er und fragte Shuichi, ob ihm kalt sei. Shuichi fing die Regentropfen, die ihm über die Wangen liefen, mit vorgestreckter Unterlippe auf und schüttelte den Kopf. Ihm wurde erst ein wenig angst, als das Boot zu schaukeln begann, aber er vertraute seinem Onkel und hielt sich schweigend am Bootsrand fest.

Der Wind wurde stärker, und eine Welle nach der anderen schlug donnernd gegen das kleine Boot.

»Hideto, nimm deinen Hut als Kelle«, befahl Yasuharu, und Dr. Komoto und Hideto begannen, Wasser aus dem Boot zu schöpfen.

»Shu-chan, hilf auch mit«, sagte Hideto. Das Boot wurde von einer riesigen Welle emporgehoben, krachte wieder nach unten und drehte sich im Kreis. Allen Anstrengungen zum Trotz, standen sie bald knöcheltief im Wasser.

»Shu-chan, komm her«, sagte Yasuharu und zog ihn auf seine Seite.

»Aus welcher Richtung kommt der Wind?« fragte Dr. Komoto. Hideto fand diese Frage inmitten des Sturms töricht, dann kam ihm der Gedanke, daß Dr. Komoto sich so vielleicht beruhigen wollte.

»Ich glaube, wir werden den Strand entlanggetrieben«, antwortete er.

Zu Hause saßen die drei Mädchen im Kreis um Kei und nähten Puppenkleider. Dafür bekamen sie meist dunkle, gestreifte Baumwolle, denn Seidenreste wurden eigentlich für Gästekissen oder ärmellose Hemdchen aufgehoben. Aber Kei hatte trotzdem jedem der Mädchen auch ein Stückchen buntgemusterte Seide spendiert, das sie aus der Schublade mit den großen Eisengriffen geholt hatte.

Während sie sich über Keis Nähkästchen beugten, fragte Tei-ichi von der Veranda: »Ist Yasu noch nicht zurück?«

»Bisher nicht«, verneinte Kei.

Sie hörten, wie Tei-ichi nach Matabei rief. Die Mädchen merkten erst jetzt, daß der Regen auf dem Gartenteich Kreise zeichnete. Die Blätter des Feigenbaums raschelten im Wind. »Ihr bleibt hier«, befahl Kei und eilte zu Tei-ichi hinüber.

Einen wasserdichten Umhang über den Schultern, rannte Matabei barfuß in den Regen hinaus Richtung Meer.

»Yasuharu ist bei ihnen. Da ist sicher nichts passiert«, sagte Tei-ichi und verschwand wieder in seinem Arbeitszimmer. Der Regen wurde stärker.

Rastlos geworden, packten die Mädchen ihre Nähsachen weg. Shige kam in die Küche und entfachte ein Feuer im Herd. In dem dunklen, feuchten Raum wurde es heiß und stickig. »Macht euch keine Sorgen«, sagte Shige. »Mata bringt sie bald zurück.«

Im Haus war es mittlerweile dunkel, auf dem Meer jedoch noch nicht. Es regnete jetzt stärker, und das Boot füllte sich immer mehr mit Wasser. Mit den Strohhüten ließ sich nichts mehr ausrichten. Das Boot war schon mehrmals beinahe gekentert, und Yasuharu war überzeugt, daß es bald sinken würde.

»Hideto!« rief er. »Du bist doch der beste Schwimmer in der ganzen Präfektur, oder?«

»Ja«, nickte Hideto. Aber die See heute war so anders als bei seinen Schwimmwettkämpfen.

»Hideto!« rief Yasuharu erneut und bemühte sich, das Gleichgewicht zu halten. »Nimm Shuichi auf den Rücken und schwimm ans Ufer.«

Hideto traute seinen Ohren nicht. Es stimmte, er war der beste Schwimmer der Präfektur. Zwei Jahre hintereinander war er aus allen Wettkämpfen als Sieger hervorgegangen, und selbst nach der Langstrecke hatte er keine Müdigkeit verspürt. Er erinnerte sich daran, wie die vielen Köpfe in einer Linie hinter ihm aus dem Wasser ragten, als wären sie an einer langen Schnur aufgereiht, und an das Dröhnen der Trommeln auf den mit bunten Fähnchen geschmückten Booten. Die Sommerwolken an dem strahlendblauen Himmel waren wunderschön gewesen, und von den Booten wurde den Schwimmern mit langstieligen Löffeln süßer Kristallzucker gereicht.

Hideto wollte gerade sagen: »Unmöglich. Das kann ich nicht«, als ihm sein Bruder mit der ganzen Autorität des Älteren befahl: »Du sollst nicht denken. Tu's einfach. Wir müssen Shu-chan retten… Schau mal da!« Yasuharu hatte einen schwachen Lichtschein entdeckt. Er löste seine Schärpe und legte sie um den schon mit Gänsehaut überzogenen Rücken des Kleinen, zog sie unter seinen Armen hindurch und um Hidetos Brust. Vorn überkreuzte er die beiden Enden und zerrte sie auf Hidetos Rücken fest zusammen.

»Los!« Hideto sprang ins Wasser. Er mochte zwar der beste Schwimmer der Präfektur sein, dennoch war ein achtjähriger Junge für einen Sechzehnjährigen eine schwere Last. Hin- und hergeschleudert von den Wellen war er mehrere Male kurz vor dem Ertrinken, aber Hideto schwamm weiter. Shuichi klammerte sich fest an ihn.

Am Strand hatte man ein großes Feuer errichtet. Auch Frauen und Kinder waren dabei, und wenn letztere zu nah am Feuer herumrannten, wurden sie von ihren Müttern und Großmüttern gescholten. Die Männer riefen abwechselnd: »Shuichi-dansama, Yasuharu-dansama, Hideto-dansama, Doktor Komoto.«

Plötzlich schrie jemand: »Seht nur, da sind Hide-dansama und Shu-dansama!« Im Schein der Fackeln sahen sie Hideto, der ihnen, auf einige Männer gestützt, die strandabwärts einen Suchtrupp gebildet hatten, entgegenwankte. Einer der Männer trug Shuichi auf dem Arm.

Kurz darauf erschienen auch Yasuharu und Dr. Komoto, die das sinkende Boot kurz nach Hideto verlassen hatten.

Die Arme um die Knie geschlungen, saß Hideto am Feuer. Kei streichelte ihm über den Rücken. Haruko sah ihre Großmutter zum erstenmal weinen. »Gut gemacht. Was für ein tapferer Junge. Gut gemacht«, stammelte sie ein ums andere Mal mit tränenüberströmtem Gesicht.

Sie konnten Tei-ichi nicht finden. Nur Matabei wußte, wo er war. Er stand einsam auf einer Klippe und starrte hinaus aufs Meer, aber das verriet Matabei niemandem.

Tags darauf rief Tei-ichi Hideto zu sich. »Ich möchte dir etwas geben.« Mit diesen Worten überreichte er ihm ein antikes, von einem berühmten Schwertschmied gefertigtes Schwert. Es handelte sich um den wertvollsten Schatz der Familie.

## *7*

## *Das Hochwasser*

In diesem Jahr kam der Herbst ungewöhnlich früh. Haruko war inzwischen vierzehn Jahre alt. Der Regen, der im September begonnen hatte, fiel ohne Unterbrechung bis Mitte Oktober. Anfangs hatte der durch die heftigen Regenfälle angeschwollene Kitani-Fluß noch gebraust und getost. Doch das Wasser war unaufhörlich gestiegen und leckte nun seit ein paar Tagen an der Deichkrone. Von dem dunkel dahinschießenden Fluß ging eine unheilvolle Stille aus.

Solange die Dorfbewohner denken konnten, hatte der Deich den Fluß gebändigt. Kopfschüttelnd standen sie am Wasser. Hier und dort trat das Wasser bereits in dünnen Rinnsalen über, und überall krabbelten kleine Krebse.

Eines Nachmittags frischte der Wind auf. Die Menschen gingen früher von der Arbeit nach Hause, um Fenster und Türen zu sichern. Als Masakazu sein Fahrrad im Schuppen abstellte, begegnete er seinem Vater, der sich am Brunnen die Füße wusch.

»Oh, Masa, bist du gut über den Fluß gekommen?« fragte Teiichi.

»Ich bin über die neue Brücke gefahren, Vater. Zum Glück ist sie fertig«, erwiderte Masakazu. Die Betonbrücke, die Kitani mit der Stadt verband, war dieses Jahr fertiggestellt worden. Shobei hatte eine großzügige Summe dafür gespendet.

»Ah, der neuen Brücke wird nichts passieren, aber es kann sich nur noch um Stunden handeln, bis der Deich bricht. Im Dorf werden sicher einige Häuser überschwemmt. Übrigens, Masa, wenn du reingehst, sag doch bitte, daß ich ein Handtuch brauche.«

Beinahe im gleichen Augenblick erschien Kei mit einem Handtuch und einem Paar trockener *geta.* »Entschuldige. Ich hab' gar nicht bemerkt, daß du schon zurück bist.«

»Habt ihr den Fluß gesehen?« fragte Kei die beiden Männer, ging in die Hocke und trocknete Tei-ichis Füße ab.

»Ich sagte gerade zu Masa, wahrscheinlich werden einige Häuser von Pachtbauern der Miwas überschwemmt.«

»Hier, nimm.« Kei reichte Masakazu das Handtuch. Dann fragte sie: »Soll ich Mata-san losschicken, damit er die Frauen und Kinder aus diesen Häusern holt?«

»Eine gute Idee. Und du, Masa, mobilisierst am besten die Jugendgruppe. Yohei und Mata sollen zu den drei Häusern gehen, die direkt am Fluß stehen.«

»Ja, Vater«, erwiderte Masakazu und ging zum Schuppen, um sein Fahrrad wieder hervorzuholen.

»Yohei!« Tei-ichi rief nach Shiges Mann. »Geh nach Kawabata und hol die Leute aus den drei Häusern am Fluß. Nimm Mata mit.«

»Shige-san«, hörte man Kei rufen. »Koch genug Reis, um Reisbällchen für alle zu machen. Wir brauchen bestimmt auch viel heißes Wasser.«

»Dürfen wir helfen?« Die Mädchen stürmten in die Küche.

»Ja, natürlich, wir brauchen alle Hilfe. Mutter soll euch ein paar Schürzen geben.«

»Großvater, darf ich mit Mata zum Fluß gehen und den Leuten helfen?« fragte Shuichi.

»Ja, aber bleib in seiner Nähe und halte dich vom Wasser fern, hörst du?«

Als sie sah, wie der Junge Matabei hinterherrannte, bemerkte Kei: »Er wird langsam raffiniert. Er weiß genau, daß ich nein gesagt hätte.«

»Er ist zehn Jahre alt. Du darfst ihn nicht verzärteln.«

Kei schwieg. Aber bei dem Gedanken daran, daß er beinahe ertrunken wäre, lief ihr immer noch ein Schauer über den Rücken.

Mit Anbruch der Dunkelheit wurde der Regen stärker. Masakazu kam nach Hause und wollte sich gleich wieder auf den Weg machen.

Tei-ichi rief ihn zurück: »Wie sieht es aus? Wie steht es um die Dörfer flußaufwärts?«

»Bis jetzt gibt es noch kein Unheil zu vermelden, aber ich glaube kaum, daß die Brücken das alles überstehen werden. Ich wollte nur mein Fahrrad zurückbringen. Bei diesem Wind kann man nicht fahren.«

Dann rief er laut: »Okasan, ich geh' mit den anderen, um den Dörflern flußaufwärts zu helfen. Mach dir keine Sorgen, falls es spät wird.« Seine Worte wurden fast vom Rauschen des sintflutartigen Regens übertönt.

»Hoffentlich ist mit Shu-chan alles in Ordnung«, sagte Kei zu Ayako und spähte hinaus.

»Er ist nicht dumm, Okasan, und Mata läßt ihn bestimmt nicht aus den Augen«, erwiderte Ayako. »Er wird sicher nicht auf den Deich klettern, und selbst wenn – die Deichkrone ist sehr breit. So leicht fällt man nicht in den Fluß, das weißt du ganz genau. Es ist noch nie jemand reingefallen.«

»Aber er ist bestimmt patschnaß. Leg trockene Kleider für ihn zurecht. Er soll ein heißes Bad nehmen, sobald er nach Hause kommt.«

Kei spähte noch einmal hinaus, bevor sie wieder in der Küche verschwand.

Gegen Mitternacht nahm der Wind an Stärke zu und brachte noch mehr Regen. Etwa fünfzehn Personen, darunter auch Kinder, waren aus ihren Häusern evakuiert worden und hatten bei den Shirais Unterschlupf gefunden. Ohne Zögern hatte Kei die Räume geöffnet, die für Gäste und besondere Anlässe vorgesehen waren, und das gesamte Haus stellte sich auf eine unruhige Nacht ein. Draußen heulte der Wind.

Ungefähr gegen vier Uhr ließ der Regen nach. Der Sturm flaute ab, und dem Morgengrauen folgte ein wunderschöner Tag, wie sie ihn schon seit Monaten nicht mehr gesehen hatten. Goldene Sonnenstrahlen brachen durch die Wolken. Das weiße Gefieder der Tauben auf dem nassen Dach leuchtete in der Sonne rosa, und die Spatzen lärmten. Die fernen Berge erstrahlten in Herbstfarben, und die wie sauber gewaschenen Blätter an den Bäumen glänzten. Masakazu kam schmutzverkrustet und barfuß nach Hause. Er nahm ein Bad, frühstückte und ging zur Arbeit. Vor jedem Haus hängten die Bewohner Kleider zum Trocknen auf.

Die Reisfelder waren zum großen Teil überschwemmt, und die weißen Wolken am klaren Himmel spiegelten sich in den weiten Wasserflächen. Wuchtige Bäume waren entwurzelt und fortgerissen worden; sie lagen hier und da quer, und vor ihnen sammelte sich Schutt an. Flußaufwärts war beträchtlicher Schaden entstanden, aber in Kitani selbst waren nur zwei Häuser zerstört worden, und zum Glück waren keine Toten zu beklagen.

Als am Nachmittag ein Diener der Miwas erschien, wurde Kei und Ayako bewußt, daß sie keinen Boten geschickt hatten, um sich nach dem Befinden von Shobei und seiner Frau zu erkundigen. Das Haus der Miwas war etwas höher gelegen, und es hatte eigentlich keinen Anlaß zur Sorge gegeben, dennoch hätten sie der Höflichkeit halber jemanden schicken sollen.

»Oh, Zen-san«, sagte Ayako. »Wie geht's Vater und Mutter? Es tut uns leid, daß wir noch niemanden geschickt haben. Wir hatten vergangene Nacht so viele Leute hier, es herrscht immer noch ein großes Durcheinander.«

»Es geht ihnen gut, Okusama, obwohl Dansama sich anscheinend erkältet hat. Er kommt morgen vorbei, läßt er ausrichten. Er wollte wissen, ob ihr Hilfe braucht.«

Ayako entsann sich, daß Shobei immer persönlich bei den Shirais vorbeigeschaut hatte, wenn etwas Ungewöhnliches – und sei es noch so unbedeutend – geschehen war.

»Ist mit Vater wirklich alles in Ordnung?«

»Ihr sollt euch keine Sorgen machen, sagt er.«

Tags zuvor, als der Wind immer stärker wurde, hatte Rinji nach seinen Eltern gesehen. Nachdem er sich vergewissert hatte, daß alles in Ordnung war, hatte er eine Schale Tee getrunken und war wieder gegangen. Shobei ging nach dem Abendessen aus, ohne daß es jemand bemerkte. Seine Frau sorgte sich nicht übermäßig, als sie ihn später nicht in seinem Arbeitszimmer vorfand. Shobei hatte Freunde, mit denen er des öfteren Go spielte; vielleicht war er dort, dachte sie, obwohl es nicht gerade ein geeigneter Abend für Besuche war.

»Dansama wollte flußaufwärts bei seinen Bauern nach dem Rechten sehen. Ich glaube, ihm war einfach nicht klar, wie schnell der Deich brechen würde. Er war vom Wasser eingeschlossen, bis die Jugendgruppe ihn heute früh rettete.«

Ayako runzelte die Stirn und entschuldigte sich für einen Moment, um einen frischen Kimono anzuziehen. »Ich dachte mir schon, daß er selbst vorbeigekommen wäre, wenn er wirklich krank wäre. Ich will sehen, wie es ihm geht.«

»Bleib am besten über Nacht. Ich möchte nicht, daß du im Dunkeln zurückkommst.«

Nachdem Ayako gegangen war, fing Kei an zu grübeln. Ihres Wissens war Shobei noch nie krank gewesen. Er war gesund und kräftig, und man sah ihm sein Alter kaum an. Aber er war inzwischen Ende Siebzig. Wie schnell doch die Zeit verging! Doch die Kunde von seiner Krankheit beunruhigte sie auch aus einem ganz speziellen Grund. Sie ging in die *butsuma,* um vor den Ahnentafeln zu beten.

Ins Gebet versunken, meinte sie auf einmal zu hören, wie Shuichi im Frühjahr gellend gerufen hatte: »Großvater! Ojiisama!« Teiichi hatte den Jungen ausgescholten, weil er wie ein junger Hund angerannt kam. »Ein Mann sollte nie in Eile sein, Shuichi«, hatte er gesagt. »Ja, Ojiisama«, erwiderte der Junge, konnte aber seine Erregung nicht verbergen.

»Nun, was gibt's?« hatte Tei-ichi gefragt.

»In der *butsuma* ist eine riesengroße, weiße Schlange, Ojiisama. Komm, sieh sie dir an. Sie hängt wie eine Brücke über den Balken. Das ist ein schlechtes Omen.«

»Im Frühjahr erwachen sie aus dem Winterschlaf. Es ist nichts Ungewöhnliches, eine im Haus anzutreffen. Im Gemäuer wohnen ganz viele Schlangen.«

»Aber Shige-san sagt, diese Schlange sei der alte Hausgeist, der sich nur blicken läßt, wenn etwas Schlimmes bevorsteht. Als er letztes Mal hervorkam, starb Vater.«

»Du kannst Shige sagen, hier gibt es nur einen alten Hausgeist, und der heißt Ojiisama.« Shuichi bemerkte das schalkhafte Flackern in den Augen seines Großvaters. »Und ich bewache das Haus nicht nur im Frühjahr, sondern immer. In unserer Familie wird nichts Schlimmes passieren.«

Lachend hatte Shuichi die weiße Schlange aus seinen Gedanken verbannt, aber Kei konnte sie nicht vergessen. Kei und Shige glaubten an die gleichen Vorzeichen. Seither war sie immer ein wenig nervös geworden. Als Ayako sich eine Erkältung einfing, sorgte sie sich mehr als sonst. Wenn Shuichi auf Abenteuerstreifzüge ging, betete sie, er möge unversehrt zurückkommen.

Kei saß eine geraume Weile in dem kleinen Zimmer. Schließlich stand sie auf und sagte sich, Shobei würde schon wieder gesund werden. Vielleicht war er zu Hause geblieben, weil ihm aufgegangen war, daß er besser auf sich achtgeben mußte.

Ayakos Aufenthalt bei den Miwas dehnte sich zuerst auf eine, dann auf zwei und schließlich auf drei Wochen aus. Da ihre Mutter nicht nach Hause kam, wurden die Kinder statt dessen zu den Miwas bestellt. Als Haruko mit den anderen Kindern das Haus betrat, sah sie am Eingang die Ölkleidung, den breitrandigen Hut und den Mantel, die einst Shintaro gehört hatten. Shobei war in diesen Ölsachen nach Hause gekommen und kurz darauf krank geworden. Bis jetzt war niemand auf die Idee gekommen, sie wegzuräumen.

Als Haruko ihrem Großvater ein paar Tage vor dem Hochwasser auf ihrem Schulweg begegnet war, hatte Shobei ebenfalls diese Ölkleidung getragen.

»Ojiisama!« hatte sie gerufen, als er an ihr vorbeigegangen war, ohne sie zu bemerken.

»Oh, Haruko.« Er hatte erst ein überraschtes Gesicht gemacht, dann aber gelächelt. »Alles in Ordnung?«

»Ja, Ojiisama.« Sie hatte genickt.

»Das ist gut. Das ist gut.« Sie hatte den Eindruck, er wollte ihr noch etwas sagen, doch dann waren dicke Regentropfen auf sie herabgefallen.

»Lauf schnell nach Hause. Du wirst ja ganz naß. Wir sehen uns bald.«

Er sah ihr noch eine Weile nach. Shobei hatte so gesund wie immer ausgesehen.

Anders als ihre Schwestern, die sich vor Großvater Shobei fürchteten, hatte Haruko zwar Respekt vor ihm, fühlte sich ihm aber auch sehr nah. Ihr Vater hatte ihr Vertrauen geschenkt, und sie spürte, daß Ihr Großvater ihr die gleichen Gefühle entgegenbrachte.

Haruko war überrascht, als sie sah, wie sehr Shobei sich innerhalb so kurzer Zeit verändert hatte. Sein Gesicht war aschfahl und ausgemergelt.

»Ich hab' Angst«, flüsterte Takeko, als sie das Zimmer verließen. Großmutter Miwa, Ayako und eine Krankenpflegerin wachten abwechselnd an seinem Bett.

Tei-ichi war gerade gegangen, und Rinji betrat den Raum.

»Wie geht es ihm?« Seine Lippen formten lautlos die Frage.

»Keine Veränderung. Immerhin hat er ein wenig Reisschleimsuppe zu sich genommen«, erwiderte seine Mutter leise. »Komm, iß mit uns zu Abend.«

Shobei lag in seinem Arbeitszimmer abseits des Haupthauses, trotzdem gingen alle auf Zehenspitzen und bemühten sich, keinen Lärm zu machen. Beim Essen tauschten sie leise Neuigkeiten aus.

»Ich setze mich zu Ojiisama«, bot Haruko an. »Damit die Pflegerin auch etwas essen kann. Ich hab' keinen Hunger. Ich esse später.«

»Danke, Haruko-san.«

Leise betrat sie das Zimmer. Ihr Großvater sah aus, als schliefe er, aber nachdem die Pflegerin die Schiebetür geschlossen hatte, winkte er Haruko sachte zu sich. Heiser und stockend begann er zu reden.

»Deine Rede… war… gut geschrieben.« Er hielt inne, und Haruko wartete. »General Akashi… war… sehr beeindruckt, ich auch… und der Direktor auch.«

Ein Lächeln spielte um seine Lippen.

Shobei sprach von dem General, der vor den Schülern von Harukos Schule eine Rede gehalten hatte, und wie so oft bei bedeutenden Besuchern, hatte Shobei ihn nachher zum Abendessen bei sich zu Hause eingeladen.

Als sie hörten, daß Shuichi auserwählt worden war, in der Schule die Dankesrede auf General Akashi zu halten, hatte Shobei Haruko zu sich zitiert, um ihr einige Ratschläge zu geben. Alle – die Lehrer eingeschlossen – verließen sich darauf, daß Haruko die Rede für Shuichi schrieb.

»Schade, daß du… daß du… kein Junge bist«, flüsterte Shobei nun kaum hörbar.

Um Spionin zu werden, Ojiisama? hätte Haruko beinahe gefragt, aber dann merkte sie, daß ihrem Großvater das Atmen schwerer fiel. Er machte dabei ein pfeifendes Geräusch.

»Geht's dir gut? Ich hole jemanden«, sagte sie. Als sie aufstehen wollte, blitzten seine Augen kurz auf. Er war ganz offensichtlich ungeduldig und erregt und versuchte, Harukos Aufmerksamkeit auf das Regal über seinem Kopf zu lenken, auf dem eine hölzerne Kiste stand.

»Meinst du die Kiste, Ojiisama?«

Er blickte zufrieden und erleichtert. Schwer atmend stieß er hervor: »Dein Shi'… Ojiisama… Okasan.« Er schloß die Augen, und sein Kopf fiel ein wenig zur Seite.

»Kommt schnell.« Schreiend rannte Haruko hinaus. Als erster kam ihr Onkel Rinji entgegen. Er stieß mit Haruko zusammen und hätte sie beinahe umgeworfen. Als sie sich am Haupthaus noch einmal umdrehte, sah sie, wie Rinji mit der Holzkiste unter dem Arm aus dem Zimmer lief. Mit seinen weit aufgerissenen Augen und dem wehendem Haar sah er aus wie eine Abbild des Teufels. Er ruderte mit dem freien Arm, als würde er die Luft durchschwimmen, und schwankte unter der Last der Kiste.

An einem klaren Herbsttag schlängelte sich ein langer Trauerzug durchs Dorf. Wieder folgte Shuichi dem Sarg als Haupttrauernder. Da er jetzt allerdings kein Kleinkind mehr war, trug er einen schwarzen Kimono und *hakama.* Haruko in einem weißen Kimono schritt mit Ayako und ihren Schwestern hinter ihm her.

Zahlreiche Pachtbauern aus Shobeis Dorf und den umliegenden Ortschaften waren gekommen, um ihrem Herrn die letzte Ehre zu erweisen.

Sie flüsterten und vergossen Tränen, als Shuichi vorbeiging. »Der arme Junge! Er wurde in so eine wunderbare Familie hineingeboren, und jetzt hat er schon zwei Beerdigungen erlebt, dabei ist er erst zehn Jahre alt.«

Nach der Beerdigung herrschte im weiträumigen Haus der Miwas großes Treiben. Verwandte und Freunde liefen ziellos umher, verloren einander aus den Augen und stießen unerwartet auf Bekannte. Niemand hatte damit gerechnet, daß Shobei so bald sterben würde.

Tei-ichi brachte den Priester zur Tür und dankte ihm. Auf dem Rückweg zum Wohnzimmer sah er Haruko, die im Flur auf ihn wartete.

»Großvater«, sagte sie. »Weißt du, was mit der Kiste passiert ist, die Rinji mitgenommen hat?«

»Welche Kiste?« Tei-ichi hatte sie ganz vergessen, obwohl Haruko ihm alles erzählt hatte.

»Ojiisama, das hab' ich dir doch gesagt. Die Holzkiste in Großvater Miwas Arbeitszimmer. Die über seinem Bett! Er hat mir oft gesagt, daß sie wichtige Papiere enthält.«

»Steht sie nicht mehr im Arbeitszimmer?« Die Frage entfuhr ihm mechanisch, obwohl er ganz genau wußte, daß die Kiste sich nicht mehr im Arbeitszimmer befand. Ihm dämmerte, wie unachtsam er gehandelt hatte, und war im nachhinein bestürzt, als er an die möglichen Konsequenzen dachte. Die Bedeutung dieser Kiste war ihm nicht ganz klargewesen. In der Miene seiner Enkelin las er Ungeduld und Besorgnis, sogar einen kleinen Vorwurf.

»Ja, ich weiß. Tut mir leid. Ich hatte so viel zu tun. Ich werde mit deinem Onkel Rinji reden. Er hat sie bestimmt in sicherer Verwahrung. Mach dir keine Sorgen. Ich kümmere mich darum.«

Nachdem er Haruko beruhigt hatte, fragte er sich bange, was er eigentlich unternehmen konnte. Shuichi war Shobeis Erbe, und diesen Status konnte ihm auch niemand streitig machen. Anders stand es um die materiellen Güter, die Shobei ihm vermacht hatte. Tei-ichi benötigte Dokumente, um das Anrecht seines Enkels zu beweisen. Er würde mit Rinji reden; aber falls dieser vorhatte, sich den Familienbesitz gewaltsam anzueignen, gab es wahrscheinlich keine Möglicheit, dies auf eine zivilisierte Weise zu verhindern.

Kurze Zeit nach der Beerdigung zog Rinji wieder in das Haupthaus. Gerüchten zufolge trieb er energisch die Kredite ein, die Shobei gewährt hatte.

»Nichts ist gefährlicher als ein Tölpel«, murmelte Tei-ichi besorgt.

Shobeis Bruder schaltete sich ein und schlug vor, die finanziellen Angelegenheiten und die Sache mit dem verschwundenen Testament vor Gericht klären zu lassen. Tei-ichi war entschieden dagegen; seiner Meinung nach würde ein Familienstreit direkt nach Shobeis Beerdigung den angesehenen Mann und dessen Familie entehren.

»Im schlimmsten Fall kann ich mich durchaus um meine Tochter und ihre Kinder kümmern«, verkündete er im Beisein aller Verwandten.

Letztendlich willigte Rinji ein, einen Teil des Landes samt der Pachteinnahmen für Shuichis Ausbildung zurückzulegen, unter der Bedingung, daß er, Rinji, das Geld bis zu Shuichis fünfundzwanzigstem Lebensjahr verwalten durfte. Mehr sollte Shuichi nicht bekommen von dem, was sein Großvater, einer der reichsten Grundbesitzer der Gegend, so sorgsam gehütet hatte, um es an seinen Enkel und dessen Nachkommen weiterzugeben. Für Ayako und seine drei Enkelinnen hatte er bereits ein Stück Land unter Tei-ichis Vormundschaft eintragen lassen.

# 8

## *Takeko mit siebzehn*

Ein Jahr nach Shobeis Tod kam Takeko aus der Schule; sie hatte zu dieser Zeit bereits einige Heiratsanträge erhalten. Es hatte Akayo einen kleinen Schock versetzt, als eine Bekannte sie zum erstenmal auf Takekos Heiratsaussichten ansprach, obwohl sie selbst bei ihrer Hochzeit noch jünger gewesen war. Es ließ sich nicht leugnen: Takeko war im heiratsfähigen Alter.

Ich habe vor achtzehn Jahren geheiratet, überlegte Ayako, während sie die Mundbewegungen der Besucherin verfolgte, die ihr und Kei von einer Familie erzählte, die ihrer Meinung nach für eine Tochter der Miwas durchaus akzeptabel war. Ayako, die bei ihren Eltern lebte, als wäre sie nie fortgewesen, hatte den Gedanken weit weggeschoben, daß ihr trautes Familienleben eines Tages vorbei sein würde, wenn eine Tochter nach der anderen aus dem Haus ging.

In ein paar Jahren würde Haruko sie verlassen, und dann Shuichi. Wenn Shuichi auf die Universität in Tokio ging, was Ayako sich für ihn erhoffte, was dann? Yasuharu würde heiraten. Masakazu würde heiraten. Ja, sogar Hideto würde irgendwann heiraten. Sie wurde in der Familie freundlich und zuvorkommend behandelt, aber irgendwann würde auch sie gehen müssen und zu Shuichi und dessen Frau ziehen. Und wo würde das wohl sein?

»Das wäre eine vorteilhafte Partie für Sie, dachte ich«, sagte die Frau gerade. »Es tut mir leid, daß ich das sagen muß, aber Ihre Familie ist nicht mehr das, was sie vor einem Jahr war. Über Rinji-san wird viel geredet, ich habe den Leuten zwar gesagt, das sei alles Unsinn, aber ihr wißt ja, wie die Dörfler schwatzen. Ich wies sie darauf hin, daß die Miwas immer noch eine angesehene Familie sind. Allerdings muß ich Ihnen sagen, Shobei-san wird in ein paar Jahren vergessen sein. Rinji-san verschleudert offensichtlich eine Menge Geld für irgendwelche Investitionen, in die der Sohn des Steinmetzen verwickelt ist. Gauner sind das, diese Leute. Aber wie gesagt, Sie dürfen das Gerede der Leute nicht ernst nehmen. Das ist jedenfalls eine großartige Partie, und, ehrlich gesagt, können Sie nicht mit einer besseren rechnen...«

Ayako entschuldigte sich und ging in die Küche, wo Kiyo auf einem Tablett das schöne Teeservice zusammenstellte.

»Wo ist Shige-san?« fragte Ayako, da Shige sonst den Tee für die Gäste zubereitete.

»Im Garten irgendwo. Sie sagte, sie kann diese Dame nicht leiden.«

»Oh.« Ayako täuschte Überraschung vor und nahm das Tablett. Als sie wieder das Zimmer betrat, wandte sich die Besucherin an sie.

»Ich sagte Ihrer Okasama gerade, die Matsudos besitzen sogar noch mehr Land als Ihr Schwiegervater seinerzeit. Es macht ihnen aber gar nichts aus, eine Tochter aus einer armen Familie zu nehmen, solange sie hübsch und nett ist. Um die Wahrheit zu sagen: Mehr Geld brauchen die wirklich nicht.«

Kei unterbrach sie mit tonloser Stimme. »Danke. Wir wissen sehr wohl, wer die Matsudos sind. Aber über ihren Sohn, der ja wohl unsere Takeko heiraten soll, wissen wir nichts. Wie alt ist er, und was ist er für ein Mensch?«

»Oh, ein sehr netter Mann. Wirklich, sehr nett. Ich glaube, er ist dreiundzwanzig Jahre alt, und er lebt zu Hause. Er hat die Schule besucht, aber das war ihm zu langweilig.« Sie lachte, wobei sie zwischen geschürzten Lippen ein gackerndes »Ho, ho, ho« ausstieß.

»Ich verstehe«, sagte Kei. »Sehr freundlich, daß Sie an uns gedacht haben. Wie Sie ja selbst sagen, hat ein vaterloses Mädchen keine guten Heiratsaussichten. Wir sind uns unserer Stellung bewußt und möchten einen passenden Mann für Takeko. Danke, daß Sie vorbeigekommen sind.«

»Okasan«, sagte Ayako, nachdem die Besucherin gegangen war. »Ob es klug war, sie uns zur Feindin zu machen? Sie wird irgendeine erfundene Geschichte verbreiten.«

»Ich dulde es nicht, daß sie uns in unserem eigenen Haus beleidigt. Und wer will schon einen Kerl, der nicht mal die Grundschule absolviert hat? Das kann nur ein fauler Nichtsnutz sein.«

Der Name Matsudo drang nicht an Tei-ichis Ohren, da Mutter

und Tochter sich gar nicht erst die Mühe machten, ihm von der Unterhaltung zu berichten; der nächste Antrag wurde ihm allerdings persönlich unterbreitet. Eine Bekannte suchte ihn auf, um auszukundschaften, ob eine Verbindung mit der Familie Tagawa, die auf der Einkaufsstraße der Präfekturhauptstadt ein großes Tuch- und Bekleidungsgeschäft besaß, in Frage käme.

Früher hätte Tei-ichi von vornherein gesagt, die sei keine überzeugende Partie, aber er war nicht mehr so wählerisch.

»Ein Händler?« Kei zog die makellos geformten Brauen hoch. Tei-ichi hatte ähnlich reagiert, als diese Verbindung an ihn herangetragen worden war.

Seit dem Ende der Tokugawa-Herrschaft war fast ein halbes Jahrhundert vergangen. Tei-ichi mußte daran denken, wie viele gesellschaftliche und technische Veränderungen sie erlebt hatten. Allerdings war er nicht gänzlich gegen das strikte alte Klassensystem gewesen. Schließlich war er zu einer Zeit auf die Welt gekommen, als Lehensherren noch in Palankins in die Hauptstadt reisten, die damals noch Edo und nicht Tokio hieß. Die Herren wurden von einer Schar Samurai begleitet, von denen jeder mit zwei Schwertern bewaffnet war und einen Haarknoten trug.

Die Samurai standen damals auf der obersten Stufe der gesellschaftlichen Hierarchie. Sie hatten das Recht, jeden zu töten. Auf der nächsten Stufe standen die Reisbauern, denn Reis war wichtig. Die wirtschaftliche Macht eines Lehensgebietes war von der dort produzierten Reismenge abhängig, die Entlohnung der Samurai wurde in Reis berechnet. Dann kam die Klasse der Handwerker. Die Kaufleute fanden sich auf der untersten Stufe. Sie durften keine Seide tragen, und ihre Häuser waren ständigen Kontrollen ausgesetzt, da sie nicht übermäßig luxuriös eingerichtet sein durften. Geldgeschäfte wurden verachtet, und ein Beruf, dessen Ziel letztlich das Anhäufen von Reichtum war, genoß dementsprechend das geringste Ansehen.

Als Tei-ichi noch ein Kind war, hatte ihm sein Vater die Geschichte von dem belagerten Schloß und den Samurai erzählt, die es verteidigten und den Lehm der Mauern aßen, um nicht zu verhungern. Sogar diejenigen, die ihren Lehensherren zu Friedensverhandlungen ins feindliche Lager begleiteten, verweigerten die angebotene Nahrung. Sie waren so stolz, daß sie jeglicher materiellen Versuchung widerstanden.

Seine Söhne hörten zwar zu, wenn Tei-ichi diese Geschichten erzählte, aber er wußte genau, daß es für sie einfach nur Heldenlegenden waren. Die Zeiten hatten sich geändert.

»Nun, wir leben in einem neuen Zeitalter«, sagte Tei-ichi zu Kei und Ayako. »Wir dürfen den modernen Denkweisen nicht voreingenommen gegenüberstehen. Die Feudalherrschaft ging schließlich zu Ende, weil die Samurai sich wirtschaftlich nicht halten konnten und auf die Kaufleute angewiesen waren. Versteht ihr, der Lebensstandard stieg immer mehr, aber die Reisernte konnte eine bestimmte Grenze nicht überschreiten. Es lag an der Wirtschaft...«

Tei-ichi hätte ihnen sicher weiter die Gründe für den Untergang der Meiji-Gesellschaft erläutert, aber die Frauen zeigten sich nicht beeindruckt. Sie lauschten zwar ehrfürchtig, doch als er das Zimmer verlassen hatte, sagte Ayako: »Es ist sehr traurig, daß der Status der Miwas so gesunken ist, Okasan. So einer Verbindung hätte früher niemand zugestimmt, ganz gleich, wie gut dieses Tuchgeschäft floriert.«

»Oh, es ist gut, viele Heiratsanträge zu bekommen. Sie anzunehmen oder abzulehnen ist unser Privileg. Wir müßten uns wirklich Sorgen um unseren gesunkenen Status machen, wenn niemand mehr an einer Verbindung mit uns interessiert wäre.« Kei versuchte, sich und Ayako aufzuheitern, und fügte voller Überzeugung hinzu: »Es ist nicht so, daß das Ansehen der Miwas gesunken ist, sondern das der Tagawas ist gestiegen. Das meinte Otosan mit ›einem neuen Zeitalter‹. Warte noch zehn Jahre, dann sitzen ihresgleichen in der Präfektenversammlung.«

Letztendlich entschlossen sie sich, einer Verbindung mit den Tagawas zuzustimmen. Der Sohn des Tuchhändlers wohnte in Tokio. Nach seinem Universitätsexamen hatte er vor, dort noch Englisch zu lernen, wurde ihnen mitgeteilt. Eigentlich hatte er in Europa Wirtschaftswissenschaften studieren wollen, da er davon überzeugt war, daß Japaner in Zukunft verstärkt europäische Kleidung statt des traditionellen Kimonos tragen würden. Doch die Lage in Europa hatte sich zugespitzt: Ein Krieg stand bevor. Deshalb wollte er in Japan bleiben und auf eine gute Gelegenheit warten. Aus dem gleichen Grund hatte Yasuharu seine Auslandspläne aufgeschoben. Man schrieb das Jahr 1914. In Sarajewo war Erzherzog Ferdinand ermordet worden, und die Auswirkungen des Attentats waren sogar im weit entfernten Kitani zu spüren.

Als Tei-ichi von den ehrgeizigen Plänen des Sohnes der Tagawas erfuhr, wurden seine letzten Vorbehalte aus dem Weg geräumt, und er sah dem Abschluß der Verhandlungen zuversichtlich entgegen.

Kei und Ayako wollten Takekos Heirat innerhalb eines Jahres, höchstens in zwei bewerkstelligen. Schließlich hatten sie zwei weitere Töchter, und es war notwendig, die Älteste zuerst zu verheiraten, sonst schwanden die Aussichten der jüngeren. Von der Familie ermutigt, besuchte Ayako die Heiratsvermittlerin.

»Wir sind sehr dankbar, daß Sie an unsere Takeko gedacht haben. Eine Verbindung mit den Tagawasas wäre wünschenswert, und ich bin gekommen, um Sie zu bitten, mit den Verhandlungen fortzufahren.«

Die Heiratsvermittlerin bekundete ebenfalls in formellen Floskeln ihre Freude darüber, von Nutzen sein zu können. Sie würde ihr Bestes tun, um diese Verbindung in die Wege zu leiten. Anfangs war sie ein wenig verwirrt und wußte nicht, wer Ayako war, bis sie etwas Zeit hatte, darüber nachzudenken. Diese Frau hier war doch höchstens Ende Zwanzig. Nein, wenn das Takekos Mutter war, muß sie mindestens vierunddreißig sein, rechnete sich die Heiratsvermittlerin aus und staunte über Ayakos jugendliches Aussehen.

Tagawa-ya selbst war ein pummeliger, zufrieden aussehender Mann mit bescheidenen Umgangsformen. Kei und Ayako waren schon öfter in dem Tuchladen gewesen und hatten gesehen, wie Tagawa-ya inmitten seiner jüngeren Angestellten saß, einen Kunden begrüßte, seinem Assistenten Anweisungen erteilte oder von einem Jungen um Rat gefragt wurde. Der Laden war immer voll, und sie sahen, daß das Geschäft sehr gut lief.

Ayako und die Shirais benötigten mindestens ein Jahr, um sich auf die Hochzeit vorzubereiten. Da Takeko in eine Familie einheiraten sollte, die mit Stoffen handelte, war es vielleicht nicht nötig, viele Kimonos anfertigen zu lassen. Auch eine Kommode, ein Toilettentisch, ein Schreibtisch und Bettzeug mußten in Auftrag gegeben werden. Lackierte Gebrauchsgegenstände mußte man in

Kioto bestellen, und gute Lackarbeiten brauchten mindestens ein Jahr.

Da Ayakos Hochzeit fast gänzlich von Shobei ausgerichtet worden war, war dies eine neue Erfahrung für Tei-ichi. Er seufzte, als er die Einkaufsliste sah. »Es heißt, drei Töchter seien der Ruin einer Familie, und das stimmt auch.«

Ayako hatte beschlossen, alles, was Shobei seinen Enkelinnen vermacht hatte, für deren Hochzeit auszugeben. Das war der letzte Luxus, den sich die Miwas leisten konnten.

Etwa einen Monat nach Ayakos Besuch bei der Heiratsvermittlerin sprach diese bei Kei und Ayako vor und teilte ihnen mit, daß Tagawa sich sehr über die Aussicht freue, Dr. Shirais Enkelin als Braut seines Sohnes zu sehen. Sie hätten jemanden bei Takekos Schule vorbeigeschickt, um mehr über sie in Erfahrung zu bringen. Man hätte ihnen gesagt, Takeko sei ein sehr höfliches, nettes Mädchen, mit dem es nie Schwierigkeiten gegeben habe.

Tei-ichi war in der Nachbarschaft als ehrbarer Mann bekannt, insbesondere, seit er es nicht zu einem Familienzwist wegen der Erbschaft hatte kommen lassen.

»Sie haben sich auch nach Ihrer zweiten Tochter, nach Haruko-san erkundigt«, fuhr die Heiratsvermittlerin fort. »Falls Sie noch einen anderen Antrag für Takeko-san haben, würden sie gern um Haruko-sans Hand bitten. Sie ist offenbar eine intelligente junge Dame, und Tagawa-san meint, sie wäre eine äußerst passende Frau für seinen Sohn, der ebenfalls Bücher und Wissen liebt. Schließlich leben wir in einer neuen Zeit. Für Mädchen ist es keine Schande mehr, Bücher zu lieben.«

»Das ist sehr zuvorkommend von Tagawa-san, aber Haruko ist erst fünfzehn Jahre alt, und wir hoffen, daß Takeko ihm eine gute Frau sein wird«, erwiderte Ayako höflich.

Die Shirais wollten die Verhandlungen zum Abschluß bringen und so bald wie möglich die Verlobungsgeschenke austauschen.

Dann geschah einige Monate überhaupt nichts. Bevor die Ehe endgültig beschlossen wurde, mußte als nächster Schritt ein Termin für ein Treffen der beiden jungen Leute festgelegt werden.

»Tagawa-san sagt, sein Sohn käme nächsten Monat aus Tokio, dann werden wir erfahren, wann das Treffen stattfindet«, hieß es.

»Wir sollten Frau Kawamatsu ein paar Geschenke bringen«, sagte Ayako zu Kei. »Sie vermittelt jetzt schon seit einiger Zeit zwischen unseren Familien.«

»Sie wird angemessene Geschenke bekommen, sobald alles offiziell geregelt ist. Es reicht fürs erste, wenn du sie mit einer Flasche Sake und ein paar Reiskuchen besuchst«, schlug Kei vor.

Ein weiterer Monat verstrich – keine Nachricht. Dann kam Frau Kawamatsu endlich wieder vorbei. Sie mußte gar nichts sagen, sie sahen ihr sogleich an, daß sie keine guten Neuigkeiten hatte.

Nach dem Austausch der Höflichkeitsfloskeln begann sie: »Ich will nicht um den heißen Brei herumreden. Ich sage Ihnen gleich, daß ich gekommen bin, um mich zu entschuldigen. Tagawa-san ist ebenfalls sehr beschämt und wütend.«

Tagawa-sans Sohn hatte in Tokio eine Frau kennengelernt, die er heiraten wollte – die Tochter seiner Wirtin. Doch da er mit der Ablehnung seiner Familie rechnete, war er lange nicht mit der Wahrheit herausgerückt.

»Er ist ein wohlerzogener junger Mann, er weiß nicht, wie die Menschen wirklich sind. Bestimmt hat ihn die verschlagene Wirtin hereingelegt. Die ganze Familie Tagawa ist entsetzt. Tagawa-san ist wütend und will seinen Sohn enterben. Er läßt bestimmt nicht zu, daß er diese junge Dame aus Tokio heiratet. Über ihre Familie wissen sie natürlich gar nichts. Die Tokioter Frauen sind so gefährlich!« Sie beugte sich vor und senkte die Stimme. »Offensichtlich tanzen Frauen und Männer in Tokio zusammen. Was für ein schändliches Benehmen! Für einen jungen Mann vom Land wimmelt es dort von unzähligen Versuchungen.«

Nach vielen Entschuldigungen und weiteren Geschichten über in der Hauptstadt stattfindende Orgien verabschiedete sich die Heiratsvermittlerin, und Kei und Ayako stießen jede einen tiefen Seufzer aus.

»Machen wir uns nichts draus. Es wird noch bessere Kandidaten geben. Vielleicht sind wir am Ende sogar froh«, sagte Kei. Es gelang ihr nur schwer, sich eines Gefühls der Demütigung zu erwehren.

»Die Tagawa-yas sind schuld«, fuhr sie fort. Als noch die Aussicht bestand, daß aus der Familie Tagawa Verwandtschaft werden könnte, hatte sie immer »Tagawa-san« oder »Tagawa-ya-san« gesagt, wenn sie von dem Tuchhändler redete, doch jetzt tat sie sie einfach mit »Tagawa-ya« ab. »Sie hätten ihren Sohn im Zaum halten müssen. Yasuharu-san hätte sich in Tokio nie von einer Frau in die Falle locken lassen. Shintaro-san auch nicht.« Dann verkündete sie würdevoll: »Wir sollten froh sein, daß wir unsere Takeko nicht diesem dümmlichen Kaufmannssohn zur Frau gegeben haben.«

Im November kam der nächste Antrag, und zwar von einer wohlhabenden Grundbesitzerfamilie in Kyushu. »Ein Antrag aus weiter Ferne«, sagte Tei-ichi.

Seit den Tagawa-yas hatte eine Flaute geherrscht, und Kei und Ayako hatten schon fast die Hoffnung begraben, innerhalb eines Jahres eine Hochzeit zustande zu bringen.

»Heutzutage, wo die Leute ins Ausland gehen, gehört Kyushu eigentlich zur unmittelbaren Nachbarschaft«, widersprach Kei, und Ayako, die den Fehlschlag mit den Tagawa-yas immer noch bedauerte, stimmte ihr zögernd zu.

»Der Vater des künftigen Bräutigams starb vor einigen Jahren, jetzt ist der junge Mann das Oberhaupt der Familie«, erzählte ihnen die Vermittlerin, eine Bekannte. »Deshalb ist er mit seinen dreißig Jahren noch Junggeselle. Er ist fleißig und in der Gegend sehr beliebt. Er versucht, verbesserte Reissorten anzubauen und eine Genossenschaft zu organisieren.«

»Ich denke, er ist der ideale Gatte.« Tei-ichi war zufrieden, aber Kei wollte unbedingt mehr über die Familie in Erfahrung bringen. Die Bekannte kehrte mit der Nachricht zurück: »Die Seite des Bräutigams möchte, daß alles schnellstmöglich über die Bühne geht. Wenn die Verhandlungen hinausgezögert werden, könnten unvorhergesehene Hindernisse auftauchen. Warum sagt ihr nicht zu und plant die Einzelheiten später?

Der zukünftige Bräutigam sagt, sobald ihr bereit seid, könne er jederzeit anreisen, um eure Familie kennenzulernen. Er ist ganz begeistert.«

»Wir können unsere Zustimmung nicht geben, bevor wir nicht wissen, ob dieser Mann Geschwister hat und dergleichen«, wandte Kei ein, und Tei-ichi schickte jemanden, um sich zu erkundigen. Ganz gleich, wie sehr sie sich beeilten, es war bereits Anfang Dezember, und die Verhandlungen würden sowieso nicht mehr in diesem Jahr zum Abschluß kommen.

»Glaubst du, dieses Mal klappt es?« fragte Sachiko Haruko. Von den Verhandlungen mit dem Sohn der Tagawa-yas war ihnen nichts erzählt worden, aber sie wußten ganz genau, was geschehen war.

»Wieso möchte er eine Frau, die so weit weg wohnt? Das würde ich gerne wissen«, sagte Haruko und fügte, Kei imitierend, hinzu: »Gibt es in Kyushu denn keine Frauen?«

»O, Haruko-nesan«, kicherte Sachiko. »Es ist komisch, daß er es so eilig hat, findest du nicht? Nachdem er sich bisher mit dem Heiraten so viel Zeit gelassen hat.«

Gleich zu Beginn des neuen Jahres erhielt Tei-ichi einen Brief von einem Freund aus Kyushu, der auf Tei-ichis Bitte hin Erkundigungen über die Familie des zukünftigen Bräutigams eingezogen hatte.

Lieber Dr. Shirai,
ich möchte diese Gelegenheit ergreifen, um Ihnen und Ihrer Familie ein glückliches, erfolgreiches Jahr zu wünschen. Wir haben uns schon lange nicht mehr gesehen, und ich wollte Ihnen schon längst einmal schreiben, um mich für Ihren Rat und Ihre Hilfe zu bedanken. Ich habe es Ihnen zu verdanken, daß wir unsere Apotheke vergrößern konnten. Ich würde Sie gerne einmal besuchen und Ihnen mehr darüber erzählen.
Um auf Ihre Bitte zurückzukommen: Die Familie ist wohlhabend und angesehen, über den Mann selbst gibt es nichts Nachteiliges zu berichten. Aber ich muß Ihnen leider mitteilen, daß er eine Schwester hat, die ans Haus gefesselt ist und die schon lange niemand mehr zu Gesicht bekommen hat. Nach dem, was die Händler und Bediensteten sagen, kam sie entstellt zur Welt und hat den Verstand einer Dreijährigen. Angeblich ist auch eine seiner Tanten zurückgeblieben.
Der junge Mann selbst ist sehr beliebt, und ich möchte seinem Glück nicht im Wege stehen, andererseits darf ich Ihnen diese Tatsachen nicht vorenthalten.
Bitte zögern Sie nicht, falls ich sonst noch etwas für Sie tun kann. Ich hoffe, wir sehen uns bald einmal wieder. Ihrer Enkelin wünsche ich alles Glück, das sie verdient.

»Ich frage mich, ob mit uns etwas nicht stimmt«, sagte Ayako. »Warum hat eigentlich jeder Antrag einen Haken?«

»Es ist nicht selten, daß man bei einer Heirat auf derartige Probleme stößt. Die meisten alten Familien haben ein, zwei Leichen im Keller«, erwiderte Kei. Eigentlich waren beide erleichtert, daß Takeko nicht weit wegziehen mußte.

Danach verstrichen einige Monate ohne Anträge. Takeko wurde achtzehn. Kei und Ayako machten sich Sorgen, und außerdem gab es neue Gründe, Takekos Heirat voranzutreiben.

Haruko war eines Tages nach Hause gekommen und hatte gefragt, ob sie an der Aufnahmeprüfung für ein Medizinstudium für Frauen in Tokio teilnehmen dürfe. Sie hatte sich bereits genauestens nach den Studiengebühren erkundigt.

»Bitte. Ich könnte das Geld verwenden, das ihr für meine Hochzeit zurückgelegt habt. Ich könnte bei Onkel Yasu wohnen. Das wäre nicht teuer. Und ich könnte im Haushalt mithelfen.«

»Wie kommst du denn auf diese Idee? Auf gar keinen Fall. Eine Frau als Arzt? So was Unanständiges.«

»Sich von einem Mann untersuchen zu lassen ist viel unanständiger, Okasan.«

»So etwas will ich nicht hören, Haruko-san!«

Ein paar Tage später kam Haruko aus der Schule und verkündete, daß sie in Nara Lehrerin studieren würde, falls sie nicht Ärztin werden dürfe.

»Das wäre kostenlos, Okasan. Die Regierung zahlt die Studiengebühren. Und wenn ich erst einmal Lehrerin bin, erstatte ich dir die Ausgaben für meinen Lebensunterhalt zurück. Außerdem kann ich dann Shu-chan unter die Arme greifen.«

»Du willst Geld verdienen! Du bist eine Frau!« Kei und Ayako waren entsetzt. Takeko mußte unbedingt verheiratet werden, damit Haruko endlich unter die Haube gebracht werden konnte.

Tei-ichi wurde bewußt, wieviel Glück er mit Ayakos Heirat gehabt hatte und was für ein feiner Mann Shobei gewesen war. Was Shobei wohl dazu sagen würde, daß es ihm nicht gelang, einen geeigneten Ehemann für seine Enkelin zu finden?

»Einen Mann wie Shintaro-san gibt es sowieso kein zweites Mal«, sagte Ayako.

Nächstes Jahr kam Haruko aus der Schule, dann hatten sie zwei Mädchen zu Hause. Kei und Ayako seufzten.

Der Sommer verstrich ergebnislos, und eines Morgens bemerkte Ayako, daß die Luft sich frischer anfühlte.

»Es wird Herbst«, sagte sie, als sie den Tee zubereitete.

»Der Tee riecht heute morgen besonders köstlich.« Kei setzte sich und ließ sich von Ayako eine Schale reichen.

Da trat Shige ein und wisperte: »Diese Frau ist wieder da.«

»Wen meinst du mit ›diese Frau‹, Shige-san?« Kei runzelte die Stirn. Shige stand offensichtlich nicht der Sinn nach weiteren Erklärungen, und sie verließ mißmutig das Zimmer.

»Ich seh mal nach.« Ayako erhob sich.

Die Frau, die ihnen den ersten Heiratsantrag unterbreitet hatte, war wieder da. Nach den förmlichen Begrüßungsfloskeln und einem kleinen Schwatz kam sie zur Sache.

»Ich habe mir gesagt, ich muß für diese hübsche, junge Dame unbedingt einen netten Mann finden. Ich habe sie schon lange nicht mehr gesehen, aber wenn sie so hübsch ist wie Sie, Ayako-san, ist sie bestimmt wunderschön. Ich weiß noch, wie reizend Sie bei Ihrer Hochzeit ausgesehen haben.«

Ob Ayako der Name Graf Ki-i ein Begriff sei?

»Ist das der Mann, der während der Meiji-Restauration wegen seiner Dienste für den Kaiser ausgezeichnet wurde?«

»Genau. Der Graf selbst lebt nicht mehr, aber er hat zwei Söhne. Genauer gesagt: einen ehelichen und einen von einer Mätresse. Der Sohn der Mätresse hat einen Teil des Vermögens erhalten und eine Nebenfamilie gegründet.«

Ayako lauschte der Lebensgeschichte dieses unbekannten Edelmanns und fragte sich, wohin das führen sollte. Als Sachiko von der Veranda hereinschaute, schimpfte Ayako: »Das ist nichts für Kinderohren. Geh und spiel mit den anderen.«

»Ich bin kein Kind mehr«, konterte Sachiko.

»Sachiko-san, tu, wie dir geheißen. Es tut mir leid, daß sie so ungehörig ist«, entschuldigte sich Ayako und nahm sich vor, ein Wörtchen mit Sachiko zu reden. In ein paar Jahren würde man sie schließlich als geeignete Braut präsentieren müssen.

»In dieser Nebenfamilie gibt es einen Sohn und eine Tochter«, nahm die Frau den Faden wieder auf. »Die Tochter hat bereits in eine bekannte Industriellenfamilie eingeheiratet.«

Der Sohn sei in Frankreich gewesen. Den Anlaß für die Frankreichreise kannte die Frau nicht, aber solch hochrangige Herren brauchten keinen Grund, um ins Ausland zu fahren. Jetzt sei er wieder zu Hause und hielte nach einer passenden Braut Ausschau.

»Als ich das hörte, mußte ich sofort an Ihre Takeko-san denken. Er war so lange im Ausland, er sehnt sich nach einem netten Mädchen aus der Heimat und möchte eine dunkelhaarige Frau heiraten, die so schöne Augen hat wie Sie. Ho, ho, ho.«

Nachdem sie gegangen war, erzählte Ayako Kei von dem Grafen, der Mätresse, dem unehelichen Sohn und dessen Schwester und daß er ein »dunkelhaariges Mädchen mit so schönen Augen wie meinen« suchte. Sie sahen einander an und lachten.

»Es gibt bestimmt viele nette, dunkelhaarige Mädchen mit schönen Augen«, bemerkte Ayako. »Wieso gerade unsere Takeko?«

»Genau das fragte ich mich, als Shobei-san um deine Hand für seinen Sohn bat.«

»Aber das war etwas anderes, Okasan. In Tokio gibt es so viele Menschen.«

»Nicht, wenn man etwas wirklich Schönes und Gutes sucht.«

Ja, diese Tokioter Mädchen waren dreist und sittenlos, dachten beide und mußten an die Frau denken, die den Sohn des reichen Tuchhändlers verführt hatte.

## 9

## *Der Ahornbaum*

Jetzt, da Rinji im Haupthaus der Miwas wohnte, waren die Shirais nur noch selten zu Gast; allerdings mußten Haruko und Shuichi ihn einmal im Monat besuchen. Sie gingen immer in Begleitung Matabeis gegen Ende des Monats, wenn die Pachtzinsen eingetrieben worden waren und Rinji, wie vereinbart, Shuichi einen Teil davon abgab. Shuichi mußte dann auf Rinjis Geheiß immer das Geld abzählen, und Haruko sah zu. Dann stellte sie eine Quittung in Shuichis Namen aus, beide verbeugten sich und sagten: »Danke, Rinji-ojisan.« Matabei trug das Geld, und die drei gingen wieder nach Hause.

Auch am Ende jeden Schuljahres besuchten Haruko und Shuichi das Haupthaus, dann gingen sie aber durch den Garten zu dem kleinen Anbau, in dem Shobeis Witwe ein zurückgezogenes Dasein führte. Sie hütete Shobeis buddhistische Namenstafeln und stellte, wie zu Shobeis Lebzeiten, die Schulzeugnisse der Kinder davor, und alle drei beteten gemeinsam. Es gab immer frische Blumen, Obst- und Kuchengaben.

Die Zeugnisse wurden bei dieser Zeremonie in den eigens für diesen Zweck bestimmten seidenen *furoshiki* eingewickelt. Auf dem grünen Tuch war in der Mitte ein Kranich als Glückssymbol aufgemalt. Schließlich kam Harukos letzter Besuch dieser Art; sie hatte die Mädchenschule als Jahrgangsbeste absolviert.

Als Shobei noch gelebt hatte, hatte Haruko ihren kleinen Bruder am Schuljahresende immer zu den Miwas begleitet. Shuichi hatte dann seine kleinen, von Ayako und Kiyo saubergeschrubbten Hände auf die Tatamimatten gestützt und sich verneigt. Mit piepsender Stimme hatte er aufgesagt, was ihm vorher eingetrichtert worden war.

»Großvater, dir und den Vorfahren habe ich es zu verdanken, daß ich dieses Schuljahr ohne Mißgeschick überstanden habe. Ich habe mein Bestes gegeben, und hier ist mein Zeugnis.«

Shobei hatte ihm jeweils zugehört, den Rücken gerade, die Hände auf dem Schoß, die Augen halb geschlossen.

»Ich freue mich sehr. Danke, daß du gekommen bist. Zeigen wir das Zeugnis zuerst deinem Otosan«, hatte er dann würdevoll erwidert und nach einem gemeinsamen Gebet sich das Zeugnis angeschaut. Shuichi war ein guter Schüler, und am Ende jeden Schuljahres hatte Shobei die Lehrer zum Dank zum Abendessen eingeladen.

Haruko durfte ebenfalls stolz auf ihr Zeugnis sein. Sie war eine »ausgezeichnete« Schülerin, und in allen Feldern stand das Schriftzeichen »exzellent«. Kei und Ayako freuten sich offensichtlich, sagten aber nur: »Gut gemacht.« Manchmal fragte sich Haruko, ob sie das auch sagen würden, wenn sie etwas anderes als »exzellent«

vorfänden. Tei-ichi zeigte mehr Begeisterung, aber Großvater Miwa war einfach der Beste. Immer, nachdem er Shuichis Zeugnis studiert hatte, las er Harukos Schulzeugnis aufmerksam durch und sagte dann: »Du bist ein außergewöhnlich kluges Mädchen. Schade, daß du kein Junge bist.« Und Haruko mußte daran denken, was Großmutter Kei einmal gesagt hatte: ›Aus einem Ahornbaum wird keine Eiche‹. Mädchen sind Ahornbäume und zweitklassig von Geburt an, das müssen wir akzeptieren.«

Dann war den beiden Kindern jeweils Tee und Kuchen serviert worden. Großmutter Miwa hatte sich zu ihnen gesellt, und Shobei hatte ihr von den guten Zeugnissen der Kinder erzählt. Dabei war er ganz gelassen gewesen und hatte lächelnd gesagt, daß er sich sehr über ihre Entwicklung freue.

Bei dieser Gelegenheit hatte er immer auf die hölzerne Kiste gedeutet, die im Regal neben seinem Schreibtisch stand, und zu Haruko gesagt: »In dieser Kiste befinden sich alle Papiere, die ihr braucht, wenn ich einmal nicht mehr da bin. Daran mußt du Großvater Shirai und deine Mutter erinnern. Denk dran, Haruko. Es ist sehr wichtig.«

Einmal hatte er ihr die darin aufbewahrten Unterlagen gezeigt. In dem großen Briefumschlag, hatte er gesagt, befänden sich die Papiere über die Kredite, die er ausgegeben habe. »Ohne diese Papiere weiß kein Mensch, wo das Geld einzutreiben ist. Hier sind die Papiere über unser Land und die Mietshäuser. Das hier sind Schuldurkunden, sie sind so gut wie eine Menge Geld. In den Papieren hier steht, was ich deiner Mutter und jeder von euch zur Hochzeit vermache. Hier ist eine Liste der wertvollsten Antiquitäten. Zum größten Teil sind es Familienerbstücke, die Shuichi erhalten wird, aber einige bekommst du, wenn du groß bist...«

Shuichi und Haruko saßen mit ihrer Großmutter in Shobeis ehemaligem Arbeitszimmer, in dem er auch gestorben war. Auf den kunstvoll gearbeiteten Regalen standen noch die gleichen Zierstücke, bis auf die Holzkiste. Haruko hatte niemandem erzählt, daß Rinji die Kiste am Todestag ihres Großvaters mitgenommen hatte, selbst Tei-ichi hatte sie nicht alle Einzelheiten geschildert. Ob Großmutter Miwa wohl etwas ahnte?

Die Großmutter gratulierte Haruko. »Ojiisama wäre sehr zufrieden gewesen.« Sie sprach immer sehr leise. »Und was hast du jetzt vor?«

Die Frage traf Haruko unerwartet. Alle schienen davon auszugehen, daß sie zu Hause blieb und ein bißchen Nähen, Ikebana und die Teezeremonie erlernen würde und wartete, bis ihre Großeltern und ihre Mutter einen geeigneten Ehemann für sie gefunden hatten.

»Ich weiß es nicht, Großmutter«, erwiderte sie. »Ich würde gern studieren, aber das darf ich nicht.«

»Wie schade, daß du ein Mädchen bist. Das hat dein Großvater auch oft gesagt, weißt du noch? Wie gern würde ich dir helfen. Eine Schande, daß Frauen unwissend bleiben müssen und schon vor ihrem zwanzigsten Lebensjahr so gut wie tot und begraben sind. Uns Frauen ist in diesem Leben keine Unabhängigkeit gegönnt. Und wer weiß, wie es im nächsten aussieht? Es heißt, eine Frau hat in drei Welten kein Zuhause: Als Mädchen lebt sie im Haus ihres Vaters, nach der Heirat bei ihrem Mann und im Alter dann im Haus ihres Sohnes.«

Keiner sagte etwas, und sie fügte leise seufzend hinzu: »Ich wünschte, statt meiner wäre dein Vater noch am Leben.«

Haruko und Shuichi gingen nebeneinander nach Hause. Die Feldlerchen trillerten, und die blühenden Kirschbäume überzogen die Berge mit einem rosafarbenen Schleier. Shuichi ließ sich nicht mehr an der Hand führen. Haruko fragte sich, wann das aufgehört hatte. Er überragte sie mittlerweile um ein kleines Stück.

»Heiratest du bald?« brach er das Schweigen.

»Hoffentlich nicht. Zuerst muß Takeko-nesan aus dem Haus.«

»Warum läufst du nicht weg, Haruko-nesan? Lauf weg und geh auf die Universität.«

»Wenn ich könnte, würde ich das tun.«

»Und warum kannst du nicht?«

»Wo soll ich hin, Shu-chan? Ich hab' kein Geld.«

»Heirate nicht, Haruko-nesan. Warte, bis ich groß bin. Ich werde viel Geld verdienen und dich auf die Universität schicken.«

Sie ging hinter ihm, damit er ihre Tränen nicht sah. Selbst wenn es ihr gelingen würde, nach Tokio zu fahren, konnte sie höchstens bei Yasuharu wohnen, und der kümmerte sich bereits um Hideto. Sie wünschte, Hideto wäre älter. Als er an Neujahr zu Hause war, erzählte er ihnen von Dr. Komotos Mutter, die den drei Männern den Haushalt führte.

»Sie hält viel von Bohnen. Abends kauft sie immer in Sojasauce gekochte Bohnen ein, die wir dann mit Reis essen. Ich bin gespannt, ob ich süchtig danach werde oder ob sie mir irgendwann so verhaßt sind, daß ich schon bei ihrem Anblick einen Ausschlag kriege.« Alle hatten gelacht.

»Du brauchst gesünderes Essen als Bohnen«, hatte Kei besorgt gesagt.

»Oh, Bohnen sind doch gesund, Mutter. Unser ganzes Volk ißt doch nichts anderes als Miso, Sojasauce und Tofu, und das sind alles Bohnengerichte. Und sieh uns doch an: Wir haben eine der besten Kriegsflotten der Welt. Wir haben die Russen geschlagen, auch wenn uns das nicht viel gebracht hat.«

Hideto hatte Haruko von einer Universität erzählt, an der Frauen Medizin studieren konnten.

»Du würdest die Aufnahmeprüfung mit Leichtigkeit bestehen.«

»Wie soll ich mir das leisten, Hiden-sama?«

»Ich wünschte, ich könnte dir helfen, Haruko-san. Das würde ich sehr gern. So kann ich nur sagen: Komm nach Tokio und nimm an unserem Bohnengelage teil.« Dann fügte er ernst hinzu: »Armes Mädchen! Das Leben ist ungerecht, nicht wahr?«

Die Menschen, die ihr gern geholfen hätten, waren hilflos.

Haruko spielte mit dem Gedanken, trotzdem nach Tokio zu gehen. Sie könnte einfach sagen, sie wolle in Tokio einige Monate Kotospielen oder Blumenstecken lernen; war sie erst einmal dort, würde sie ihren Weg schon finden.

Sie wälzte sich schlaflos in ihrem Bett hin und her. In manchen Nächten glaubte sie fest daran, daß es ihr schon irgendwie gelingen würde, ihren Lebensunterhalt zu verdienen. Tokio war schließlich eine große Stadt. Sie könnte Näharbeiten annehmen. Vielleicht könnte sie Schalen und Teller mit bunten Mustern bemalen, wie sie es schon einmal gesehen hatte. In anderen Nächten war sie nahezu am Verzweifeln. Ob sie ihre ehrgeizigen Pläne noch verfolgen konnte, wenn sie hungrig und in zerfetztem Kimono durch Tokios Straßen lief? Wovon sollte sie ihr Studium bezahlen?

Kei und Ayako hatten nichts gegen Harukos Idee, nach Tokio zu gehen.

»Vielleicht wird sie nach einem Aufenthalt in Tokio etwas ruhiger und häuslicher.«

»Haruko-nesan, willst du wirklich weggehen?« Sachiko war den Tränen nah. »Ich wünschte, ich könnte mitkommen.«

»Ich bin doch bald wieder zurück. Ich schreibe dir, das verspreche ich, und du kannst mich besuchen«, sagte Haruko. Insgeheim dachte sie allerdings: Vielleicht tauche ich in der großen Stadt unter. Ich werde nur Sachiko-san sagen, wo ich bin. Sie kann ein Geheimnis für sich behalten.

Haruko packte nur wenige Sachen für die Reise.

Am Abend vor ihrer Abreise klagte Sachiko über Schmerzen im Zeh. Sie war in einen Dorn getreten, der sich tief ins Fleisch gebohrt hatte; Haruko hatte sie zu einem Arzt in der Nähe gebracht. Der Arzt hatte mit dem Skalpell einen kleinen Schnitt gemacht und den Dorn entfernt.

»Du glühst richtig.« Haruko musterte ihre Schwester.

Ayako befühlte Sachikos Stirn. »Du hast Fieber«, sagte sie. »Du hast dich bestimmt erkältet. Geh ins Bett. Ich bitte Großvater um eine Medizin.«

Das Fieber stieg immer höher. Tei-ichi nahm den Verband ab und sah sich den Zeh an.

»Mata!« rief er. »Geh in die Stadt und hol den Arzt.« Er nannte einen anderen Arzt, den er gut kannte.

»Ich mach' das«, schaltete sich Masakazu ein. »Mit dem Fahrrad bin ich schneller.«

»Blutvergiftung?« fragte Tei-ichi, nachdem der Arzt sie untersucht hatte.

»Ja«, nickte dieser ernst. »Wann wurde der Zeh behandelt?«

»Mutter, Haruko-nesan«, rief Sachiko, »helft mir! Es tut so weh. Gehst du nach Tokio?« Sie sprach im Fieberwahn. »Doch, ich darf ihn anziehen, Okasan. Sie hat gesagt, ich kann ihren Kimono ausleihen, solange sie in Tokio ist.«

Derweilen saß der Arzt aus der Stadt mit Großvater im Nebenzimmer. »Wir warten mal ab, aber falls es nicht besser wird, müssen wir eventuell das Bein amputieren. Das wird sich innerhalb der nächsten Stunden entscheiden.«

»Nein!« rief Haruko und stürmte ins Zimmer. In der Eile vergaß sie die höflichen Umgangsformen, die ihre Großeltern und Ayako ihr eingeschärft hatten. Man sprach nicht im Stehen zu älteren, ehrwürdigeren Leuten, die auf Tatamimatten saßen. Die beiden Männer drehten sich um und starrten sie mit offenem Mund an. Sie setzte sich.

»Bitte, Großvater. Ihr dürft Sachikos Bein nicht amputieren. Was wäre das für ein Leben? Niemand wird sie heiraten. Das dürft ihr auf keinen Fall tun.«

»Wir besprechen gerade andere Möglichkeiten und andere Ärzte, die man hinzuziehen könnte, Haruko.«

Sachiko atmete schwer, aber sie schlief. Das Handtuch auf ihrer Stirn wurde sofort warm; Ayako und Haruko mußten es ständig wechseln und dauernd kaltes Wasser am Brunnen holen. Sachikos Bein war dick angeschwollen und dunkelrot. »Wäre ich bloß Ärztin«, ging es Haruko ständig durch den Kopf. »Dann wüßte ich, was zu tun wäre.« Es war schwer, tatenlos dazusitzen, während das Gift in Sachikos Körper mit jeder Sekunde weiter vordrang.

»Okasan, erinnerst du dich an den Arzt namens Sakamoto-sensei, der uns einmal besuchte, als Vater noch lebte?« fragte Haruko plötzlich.

»Ja, sie waren Studienfreunde, nicht wahr?«

»Schick ihm ein Telegramm. Er soll sofort kommen, Okasan.«

»Wie bitte?«

»Er muß sofort kommen.«

»Haruko-san, das ist ein berühmter Arzt. Er hat sicher viel zu tun. Wir können ihn nicht einfach mit einem Telegramm herbeizitieren.«

»Es geht um Leben und Tod. Großvater soll Dr. Sakamoto sagen, was er mitbringen soll, bitte. Immerhin ist er Shu-chans Pate. Großvater hat seine Adresse. Mata soll das Telegramm aufgeben. Entschuldigen und alles weitere kannst du dich später noch.«

Ayako starrte Haruko ungläubig an.

»Sonst muß vielleicht ihr Bein amputiert werden. Sie wird nie heiraten, Okasan. Das heißt, Shu-chan muß sich um seine verkrüppelte Schwester kümmern und wird nie eine Frau finden.«

Sie hörten, wie Tei-ichi sagte: »Shuichi, geh ins Bett. Du mußt morgen in die Schule. Schlaf aber, und mach dir nicht zu viele Gedanken, hörst du? Es gab einen General namens Napoleon, der jede Schlacht gewann, weil er immer und überall schlafen konnte.«

»Das stimmt nicht«, widersprach Shuichi. »Er kam mit sehr wenig Schlaf aus.«

Haruko fragte sich, woher Tei-ichi sein Wissen über Napoleon hatte. All seine Bücher schienen doch in altem Chinesisch geschrieben zu sein.

»Nun gut. Was Napoleon betrifft, hast du zweifellos recht, aber ein Mann muß in jeder Situation einen kühlen Kopf bewahren.«

Kurz darauf trat Masakazu ein und flüsterte den beiden Frauen an Sachikos Bett zu: »Ich habe Vaters Telegramm dabei. Ich warte Dr. Sakamotos Antwort ab und bestelle dann eine Rikscha, um ihn vom ersten Morgenzug abzuholen. Soll ich sonst noch etwas in der Stadt erledigen?«

Ayako und Haruko schüttelten die Köpfe.

»Ich bin bald zurück.« Er erhob sich. Sie hörten, wie er im Nebenzimmer sagte, daß er jetzt in die Stadt ginge. »Shu-chan, geh ins Bett und überlaß das Feld den Soldaten, wie dein Großvater gesagt hat.«

»Und was war mit Waterloo?« hörten sie Shuichis Piepsstimme.

»Im Sumpf gab es zu viele Stechmücken, und er konnte ausnahmsweise nicht einschlafen.«

»Okasan, ich kümmere mich um sie. Leg dich ins Bett. Wenn Dr. Sakamoto kommt, kannst du wieder übernehmen.«

Ayako sah zwar immer gesund und jung aus, aber sie hatte nicht viel Widerstandskraft, und nach einer schlaflosen Nacht oder bei einem Wetterumschwung erkältete sie sich schnell. Vielleicht lag das daran, vermutete Haruko, daß sie in ihrem ganzen Leben noch nie eine Krise allein hatte meistern müssen. Sicher, es war eine fürchterliche Sache, den Ehemann zu verlieren, aber selbst damals war sie wohlbehütet gewesen.

Haruko wußte genau, daß Ayako Dr. Sakamoto am Morgen

strahlend begrüßen würde. Sie würde wunderschön aussehen und genau die richtigen Worte finden.

»Wir wechseln uns ab. Ich bleibe bis zum Morgen, dann bist du an der Reihe. Falls nötig, wecke ich dich auf.«

Nachdem Haruko ihre Mutter überredet hatte, sich schlafen zu legen, wachte sie neben Sachiko und betrachtete das verschwitzte rote Gesicht.

Kei trat lautlos ein. »Das war jetzt wirklich zu dumm, Haruko, nicht wahr? Sobald es Sachiko bessergeht, kannst du nach Tokio fahren.«

Haruko hatte gar nicht mehr an Tokio gedacht.

»Großmutter«, sagte sie, »falls Sachiko-sans Bein amputiert werden muß, will ich daheim bleiben und nicht heiraten. Ich werde mich um sie kümmern.«

Kei nickte. Ihre Lippen bebten. Schließlich sagte sie: »Ich bring' dir einen Tee. Möchtest du auch etwas essen?« Haruko schüttelte den Kopf. Kei verließ das Zimmer.

Hin und wieder mußte Haruko am Brunnen frisches kaltes Wasser schöpfen. Der Himmel war sternenübersät. Tei-ichi trat ein und warf einen Blick auf Sachiko. »Es war eine gute Idee, Dr. Sakamoto zu rufen«, murmelte er und ging wieder. Shige brachte Tee, und Kei setzte sich noch eine Zeitlang zu Haruko. Alle schienen gespannt den Atem anzuhalten und auf Dr. Sakamoto zu warten.

Die ganze Nacht über ließ Haruko ihre Gedanken wandern. Sie dachte an den Fluß, in dem sie und Sachiko geschwommen waren, an die Blumen, die sie gemeinsam gepflückt hatten, und als der Morgen nahte, wußte sie nicht, ob sie gewacht oder geträumt hatte. Zwischendurch betete sie immer wieder für Sachiko, die dank eines Schmerzmittels durchgeschlafen hatte.

Als der Himmel im Osten heller wurde, erhob sich Haruko. Bald würden die Hähne anfangen zu krähen. Ayako trat frisch gekleidet ins Krankenzimmer; sie machte einen gefaßten Eindruck. Gleichzeitig entstand Unruhe vor dem Haus, und Dr. Sakamoto wurde hereingeführt.

Am Abend ging es Sachiko sichtlich besser, allerdings würde sie viele Narben auf dem Bein zurückbehalten, und von ihrem kleinen

Zeh war nur noch ein kleiner Rest übrig; das hatte man ihr aber noch nicht gesagt.

»Haruko-nesan, wolltest du nicht nach Tokio?« waren ihre ersten Worte.

»Nein, Sachiko-san. Ich glaube, du hast dir so sehr gewünscht, daß ich zu Hause bleibe, daß du in einen Dorn getreten bist.«

Da lachten beide und waren glücklich.

Es dauerte einen Monat, bis Sachiko sich so weit erholt hatte, daß sie wieder zur Schule gehen konnte.

»Haruko-nesan, ich bringe die Schulaufgaben mit, die ich verpaßt habe. Du hilfst mir doch, oder?« fragte Sachiko am Morgen. Der Zeh unter dem weißen Verband war geheilt, aber sie wollte nicht, daß ihre Freunde den kleinen Stumpf sahen.

»Ja, das hab' ich doch schon gesagt. Geh jetzt, sonst kommst du zu spät.« Haruko schob sie mit gespielter Ungeduld aus der Tür, in Wahrheit war sie froh, daß Sachiko gefragt hatte. Sachiko und Shuichi bei den Schulaufgaben zu helfen war der Höhepunkt des Tages. Entweder war allen entfallen, daß sie eigentlich nach Tokio hatte gehen wollen, oder sie erwähnten es absichtlich nicht mehr. Der Sommer rückte näher, und Yasuharu und Hideto würden nach Hause kommen. Tokio wäre dann sowieso ausgestorben.

»Wo gehst du hin?« fragte Haruko ihre Schwester Takeko. In einem der großen Gästezimmer lagen viele farbenprächtige Kimonos auf dem Boden verstreut, und Takeko – bereit, von Ayako angekleidet zu werden – stand mittendrin.

»Takeko hat einen Termin beim Fotografen«, erklärte Ayako, die hinter ihrer Tochter stand und die schwere, breite Schärpe festzurrte. Kei, die auf den Tatamimatten saß, sagte: »Ich finde, ein heller Kimono würde ihr besser stehen.«

Ayako kniete neben Kei nieder, um Takeko von vorn zu begutachten.

»Ja, ich denke schon.« Kei nickte, um ihrer Überzeugung Nachdruck zu verleihen, den Blick immer noch auf Takeko geheftet. »Mit dem dunklen Kimono wirkt ihr Foto bestimmt sehr düster. Und ich finde, gerade Linien stehen ihr nicht. Das sieht so streng aus. Wie wäre der Neujahrskimono mit den Chrysanthemen?«

»Ach ja.« Ayako sah sich um und zog einen anderen Kimono aus einer Papierhülle. Sie breitete ihn mit einer flinken Armbewegung aus. Ayako hatte vor Jahren, als ihrer Familie die Ehre zuteil geworden war, ein Mitglied der kaiserlichen Familie zu bewirten, einen Kimono mit Chrysanthemenmuster getragen. Anders als Ayakos Kimono damals, der mit kleinen Blüten gemustert war, hatte der von Takeko ein buntes, großblumiges Muster; einige Blütenblätter auf dem weißen Grund waren mit Gold- und Silberstickerei eingefaßt.

»Der ist besser.« Kei war zufrieden.

»Ich kann nicht mehr stehen«, klagte Takeko, doch Kei und Ayako schenkten ihr keine Beachtung.

»Welche Schärpe wollen wir nehmen?« Die beiden älteren Frauen öffneten weitere Verpackungen.

»Wieso läßt du ein Foto machen?« fragte Haruko, nachdem sie dem Treiben eine Weile zugesehen hatte.

»Ein Graf aus Tokio möchte Takeko vielleicht heiraten; er möchte ein Foto von ihr haben«, erwiderte Kei.

»Nicht der Graf, Okasan«, berichtigte Ayako. »Sein Enkel.«

Kei hörte nicht zu, sie hatte nur Augen für Takeko. »Aha, so ist es schön. Sieh nur, wie ihr Gesicht jetzt leuchtet. Und nimm den Obi mit den Rechtecken.«

Die drei Schwarzweißfotografien – eines von vorn, eines von hinten und eines von der Seite – gaben sie der Frau, die als Heiratsvermittlerin fungierte. Diese schickte sie umgehend an ihre Cousine in Tokio, die im Haus der Familie Ki-i Blumenstecken unterrichtete, und nach einer Weile schickte diese im Gegenzug das Foto eines jungen Mannes.

»Er sieht aus wie ein Schauspieler«, war Tei-ichis Kommentar, und alle wußten, daß das nicht als Kompliment gemeint war. Er konnte einen Mann, der »wie eine Frau aussah«, nicht gutheißen; einen schlanken, hellhäutigen Mann mit zarten, schönen Gesichtszügen.

Kei schwieg in seinem Beisein, später aber sagte sie: »Man kann einen Mann nicht aufgrund eines einzigen Fotos beurteilen.« Das sollte heißen, daß sie die Sache noch nicht als erledigt betrachtete. Ayako fand sein Aussehen durchaus akzeptabel. Takeko errötete ein wenig, als sie das Foto betrachtete. Sie hielt es etwas länger als den Umständen angemessen in der Hand, sagte aber nichts.

»Zeig mal«, sagte Haruko, doch Takeko preßte das Bild an ihre Brust.

»Ach, komm schon, Takeko-nesan.«

Takeko gab das Bild nicht aus der Hand, sondern hielt es Haruko nur hin.

»Oh!« Haruko verschlug es die Sprache. Der Mann auf dem Foto sah ihr geradewegs in die Augen, und sie war peinlich berührt. Dann prustete sie lachend los.

»Was ist daran so komisch?« fragte Takeko.

»Du bist ein merkwürdiges Mädchen«, sagte Ayako zu Haruko, doch als Tei-ichi plötzlich unerwartet loslachte, richtete sich aller Aufmerksamkeit auf ihn. Haruko fand es seltsam, daß ein so weitgereister Mann der Blumenkunst-Hauslehrerin artig ein Foto überreichte, damit diese ihm eine Frau suchte. Sicher ahnte er nicht, daß eine Familie, die in einem Dorf weitab von Tokio das Bild betrachtete, spöttische Bemerkungen darüber machte und lachte. Er wäre bestimmt entsetzt.

»Takeko-nesan gefällt der Mann auf dem Foto«, flüsterte Sachiko Haruko ins Ohr und kicherte.

»Sie mag genau diesen Typ Mann.« Haruko war ein wenig verärgert. Ihr war inzwischen – genau wie Ayako vor einiger Zeit – klargeworden, daß eine Ehe die Familie zerschlagen würde. Wenn alles gutging, würde Takeko nach Tokio ziehen, und sie würden sie nur noch selten zu Gesicht bekommen. Haruko hatte nicht viel mit ihrer älteren Schwester gemeinsam, aber Takeko hatte ihren Platz in der Familie, und ihre Verheiratung würde eine Lücke reißen.

Sie hatten sich zwar die Mühe gemacht, Takekos Foto zu verschicken, doch Keis und Ayakos Begeisterung ließ sichtlich nach, als Yasuharu den Charakter des jungen Mannes anzweifelte.

»Ich glaube, er ist ein ziemlicher Frauenheld«, hatte er geschrieben, und seinem Brief folgte kurze Zeit später ein Zeitungsausschnitt.

Lange, heftige Regenfälle hatten in Hakone, einem beliebten Erholungsgebiet in den Bergen bei Tokio, Erdrutsche ausgelöst. Ein berühmtes Hotel war dabei fast vollständig zerstört worden, was einige Menschenleben gekostet hatte. Unter den Gästen, die knapp davongekommen waren, befand sich auch ein Herr Ki-i in Begleitung einer gewissen Dame. In dem Artikel hieß es, daß es sich um Herrn Ki-is Lebensgefährtin, eine ehemalige Geisha handelte.

## *10*

## *Der Arzneiladen*

Die morgendliche Luft war zwar recht kühl, aber der blaue Himmel versprach einen warmen Tag. Der Garten hinter dem Haus der Shirais lag noch größtenteils im Schatten.

Alle drei Generationen der Shirai-Frauen hatten die vergangenen Tage damit verbracht, Winterkimonos und Bettbezüge aufzutrennen. Sie hatten alles gewaschen, und jetzt waren Ayako und ihre beiden Töchter damit beschäftigt, den Baumwollstoff über lange Holzplanken zu spannen und mit Stärke abzubürsten. Kei war für die Seide zuständig, wobei sie Spannhaken benutzte.

»Heute morgen habe ich einen Kuckuck gehört«, sagte sie, während ihre Hände flink hin und her flogen und eine schmale Stoffbahn mit *shinshi*, an beiden Enden mit Nadeln versehenen Bambusspindeln, straff festklammerte. Das eine Ende der Stoffbahn war am Holzzaun befestigt, das andere an einem Haken in der Schuppenwand. Ein gebogener *shinshi* steckte in kleinen, regelmäßigen Abständen neben dem anderen. »Vielleicht bringt der Fischhändler heute oder morgen den ersten *katsuo*-Fisch des Jahres.«

Frische grüne Blätter, der Kuckuck und *katsuo*-Fisch versinnbildlichten traditionell das Nahen des Sommers.

»*Katsuo* ist natürlich auch lecker, aber ich freue mich schon auf den *chinu*. Miwa-otosama hat im Sommer oft *chinu* gefangen, nicht wahr?« Ayako, die über einen Bottich gebeugt ein Tuch auswrang, hielt inne und sah blinzelnd zu Kei auf.

»Ja, genau. Gestern hatte der Fischhändler bereits *kisu* dabei. Ich bin gespannt, was er heute bringt.«

»In Tokio gibt es nur schrecklichen Fisch. Das Fleisch ist so weich, daß es einem im Mund zerfällt, bevor man richtig zubeißt. Wenn das Fischessen ein Genuß sein soll, muß man einfach Fisch aus der Seto-Inlandsee essen«, sagte Ayako. Sie war einige Male in Tokio gewesen, um ihren Brüdern das Einleben zu erleichtern.

»Das stimmt. Es gibt darin reißende Strömungen, und angeblich ist unser Fisch deshalb so fest. Das gleiche gilt für die Menschen: Erst harte Zeiten bringen den wahren Charakter zum Vorschein. Oh, erinnerst du mich bitte daran, Yohei zu sagen, daß er Ingwer aus der Vorratskammer holen soll?« Mit geschickten Handbewegungen hatte Kei eine Stoffbahn aufgespannt; die restlichen Spannhaken legte sie zurück in die Kiste.

Haruko vermutete, daß ihre Großmutter ihren jüngsten Sohn Hideto im Sinn gehabt hatte, als sie von harten Zeiten sprach. Er besaß nur sehr wenig Geld und trug Holzpantinen, sogenannte *geta*, denn Schuhe und Socken konnte er sich nicht leisten. Bei seinem letzten Besuch zu Hause hatte er lachend gesagt: »Mach dir keine Sorgen, Okasan. Socken werden sowieso nur dünn und löchrig, aber meine Füße werden vom Barfußlaufen immer kräftiger. Meine Fußsohlen sind dicker als Schuhsohlen. Und egal, ob es regnet oder schneit, sie kriegen keine Löcher.«

Wortlos nahm Kei sich eine neue Stoffbahn vor. Nach einer Weile wurde ihr bewußt, daß Haruko und Takeko ihr zusahen, und sie schmunzelte.

»Eure Okasan hatte vor ihrer Heirat keine Zeit, diese Fertigkeiten zu erlernen. Sie ist bis jetzt nicht besonders geschickt darin.« Sie überprüfte die Nadel eines der Spannhaken, den sie gerade benutzen wollte, und legte ihn zur Seite. »Die Frauen heutzutage sind zwar besser gebildet, aber dafür wissen sie nicht, wie man einen Haushalt führt. Dabei ist gutes Haushalten sehr wichtig, schließlich ist das Zuhause das Fundament allen Glücks.«

Sie war mit ihrer Stoffbahn fertig und betrachtete ihr Werk, das nun zum Stärken bereit war. Dann kontrollierte sie, wie weit die anderen waren. »Ich habe den Haushalt meiner Familie ganz allein gemacht. Manchmal hatte ich dabei Hideto-san auf dem Rücken.

Er war so ein ungezogener Bursche, man konnte ihn nicht eine Minute aus den Augen lassen.« Ihre Gesichtszüge wurden weicher. »Ich hatte keine Zeit, irgend etwas zu lernen. Mir war immer nur wichtig, daß euer Großvater glücklich war und seine Arbeit machen konnte und die Kinder sicher und gut aufwuchsen.«

Kei wollte ihnen mit ihren Worten zu verstehen geben, daß sie mit ihrem Los zufrieden war. Sollte dieser Kommentar eine Anspielung auf meine Ruhelosigkeit in letzter Zeit sein, fragte sich Haruko.

»Shige-san, warum bist du so aufgeregt?« fragte Ayako, als Shige keuchend und mit rotem Gesicht aus dem Haus kam.

»Jinsuke vom Arzneiladen ist letzte Nacht mit der Tochter des Nudelhändlers durchgebrannt, und die ganze Stadt redet darüber.«

»Jinsuke?« fragten Kei und Ayako wie aus einem Mund. »Und was ist mit dem Arzneiladen?«

»Deshalb bin ich ja schon wieder da. Er ist seit heute morgen geschlossen.«

Der einzige Arzneiladen der Stadt gehörte den Shirais, und statt ihn zu verpachten, führten sie ihn selbst. Er lief ziemlich gut und war eine wichtige Einkommensquelle der Familie.

»Mit der Tochter des Nudelhändlers?« schaltete Takeko sich ein. »Sie war in meiner Klasse. Das blasse Mädchen mit dem runden Gesicht.«

Weshalb sie wohl weglaufen mußten? fragte sich Haruko im stillen. Und an die anderen gewandt fragte sie: »Der Nudelhändler hat doch bestimmt nichts dagegen, daß sie Jinsuke heiratet, oder? Weshalb sollte er?«

Shige fuhr sich mit der Zunge über die Lippen und schluckte. »Er hat sie geschwängert«, stieß sie schroff hervor.

»Oh.« Haruko errötete ein wenig, obgleich sie sich bemühte, diese Information gelassen aufzunehmen.

»So ein Dummkopf! Was hat er davon wegzulaufen?« Kei meldete sich zu Wort. »Warum ist er nicht zu mir gekommen? Ich hätte doch mit dem Nudelhändler gesprochen.« Aber Haruko begriff sogleich, daß Kei jetzt ein weit dringlicheres Problem zu lösen hatte.

»Ich geh schon.«

»Wohin?« Ayako sah Haruko an.

»In den Laden, um nachzusehen, was zu tun ist.«

Haruko hatte gelernt, daß es mit den Frauen in ihrer Familie besser war, einfach seine Pläne kundzutun, statt erst lange um Erlaubnis zu bitten. Ein »Bitte, Großmutter« hätte sicherlich Keis Widerstand geweckt.

Dennoch überlegte Kei einen Augenblick. »Nun gut«, sagte sie schließlich, »dann geh und sieh nach, was zu tun ist. Nimm Matasan mit. Irgend jemand muß schließlich im Laden nach dem Rechten sehen. Und dann erstattest du mir Bericht.«

Damit überreichte sie Haruko einen großen, schmiedeeisernen Schlüssel. An Matabeis Seite eilte diese in die Stadt. Das war ja ein richtiges Abenteuer. Sie beglückwünschte sich innerlich dazu, wie gut sie die Situation gemeistert hatte.

Der Laden war mit Holzbrettern verrammelt. Einige Leute standen davor und schwatzten, und einer lugte durch einen Spalt ins Ladeninnere.

Haruko und Matabei gingen durch die schmale Gasse zwischen Laden und Nachbarhaus zur Rückseite des Geschäfts. Sie mußten über eine Latrinengrube steigen, deren steinerne Abdeckung von grünen Flechten überzogen war; es stank fürchterlich.

»Aufgepaßt!« mahnte Matabei und half Haruko, die ihm vorsichtig über den glitschigen Boden folgte.

Hinten gab es einen Gemeinschaftsbrunnen, an dem eine Frau, ein Kind auf den Rücken gebunden, ihre Wäsche wusch.

»Wir haben es erst heute morgen bemerkt«, teilte sie ihnen ungefragt mit. »Er schien so ein fleißiger, ehrlicher Mann zu sein. Wir waren sehr überrascht. Wir wußten gar nicht, daß er die Tochter des Nudelhändlers so gut kannte.«

Ehrlich war er bestimmt gewesen, aber ängstlich, dachte Haruko und fragte sich, wo die beiden jetzt wohl waren. Es war anständig von Jinsuke, daß er seine Freundin nicht einfach sitzengelassen hatte, wie so viele andere Männer es getan hätten. Womöglich fand das Mädchen es sehr aufregend, mit dem geliebten Mann davonzulaufen und ihr eigenes Leben zu führen.

»Leuten aus anderen Dörfern kann man einfach nicht trauen«, murmelte die Nachbarin, die sich aufgerichtet hatte, um die Wäsche auszuwringen. Wasser spritzte über ihre nackten Füße und Knöchel.

Matabei stieß die Tür auf.

»Als erstes müssen wir die Fensterläden öffnen«, sagte Haruko, aber Matabei schüttelte den Kopf.

»Wir sollten erst überprüfen, was fehlt, Haruko-ojosama, bevor wir den Laden aufschließen. So bald werden eh keine Kunden kommen, schließlich wissen alle, daß Jinsuke verschwunden ist.

»Gibt es ein Warenverzeichnis?« fragte Haruko und war selbst überrascht, wie selbstverständlich ihr diese Worte über die Lippen kamen.

Matabei stieg eine schmale, steile Treppe nach oben. Als er wieder nach unten kam, überprüfte er das kleine Hinterzimmer im Erdgeschoß und murmelte: »Ich glaube, er hat das ganze Geld und einige Waren mitgehen lassen. Auch das Warenbuch ist verschwunden. Vielleicht hat er es zerrissen. Wir können also nicht feststellen, was er mitgenommen hat.«

»Davon war auszugehen, nicht wahr?« erwiderte Haruko. Sie fand, das war eine sehr erwachsene und weltkluge Bemerkung.

»Wir haben ihm völlig vertraut. Wir sollten die Polizei benachrichtigen.« Matabei kontrollierte die Schubladen.

»Was machen wir jetzt? Sollen wir den Laden trotzdem aufschließen? Wenn ich aufschreibe, was wir heute verkaufen, können wir noch später feststellen, was Jinsuke mitgenommen hat.«

Haruko war den ganzen Tag beschäftigt. Viele Leute kamen einfach nur aus Neugier vorbei, und vor dem Laden stand eine Schar gaffender Kinder, die Matabei mehrere Male verscheuchen mußte.

»Ich weiß nicht, was manche Dinge kosten, Mata-san.«

»Uns wird auch ein hübsches Sümmchen entgehen, weil wir nicht wissen, wer angeschrieben hat, Haruko-ojosama. Was für ein Durcheinander.«

Am Abend sagte Kei: »Ab morgen wird Kenji für uns im Arzneiladen arbeiten, aber Mata-san meint, jemand müßte die Bücher in Ordnung bringen.«

»Das mache ich«, sagte Haruko leise, damit niemand merkte, wie froh und aufgeregt sie über die Aussicht war, aus dem Haus zu kommen und eine Aufgabe zu haben.

Kenji war der Sohn des Pachtbauern und in der Grundschule mit Takeko in eine Klasse gegangen. Er war ein sehr guter Schüler gewesen, deswegen hatte Kei ihn gebeten, im Laden auszuhelfen. Sie traf ihn zu Hause an, wo er seinem Vater bei der Arbeit in den Reisfeldern half. Als Haruko tags darauf im Laden erschien, war Kenji bereits da und fegte die Straße.

»Guten Morgen.« Er verneigte sich. Er vermied es zwar, Haruko direkt anzusprechen, aber sie mußten sich trotzdem im Laufe des Tages mehrere Male beratschlagen, da beide nicht wußten, wo die Sachen standen und was die einzelnen Präparate kosteten.

»Oh, bei Jin-san war das aber billiger«, sagte eine Kundin, und Kenji wandte sich an Haruko.

»Haben Sie gehört, was die Kundin gesagt hat, Haruko-ojosama? Soll ich es für den Preis geben, den sie genannt hat, bis wir herausgefunden haben, was es früher gekostet hat?«

»Ja, natürlich.«

»Haruko-ojosama, wenn Sie morgen früh auf den Laden aufpassen, könnte ich mich bei den Großhändlern nach den Preisen erkundigen und danach, was sonst immer eingekauft wurde.«

»Das ist eine gute Idee. Aber was ist mit den Mitteln, die direkt geliefert werden? Diese Händler können wir nicht erreichen, oder? Sie kommen von weit her.«

»Nein, aber darüber brauchen wir uns im Augenblick keine Sorgen machen. Im Sommer kommen sie sowieso nicht, und bald werden wir eine bessere Übersicht über den Bestand haben.«

»Ach, du liebe Güte, womöglich müssen wir die Großhändler bezahlen.«

»Sie dürfen niemandem erzählen, daß das Warenbuch verschwunden ist, Haruko-ojosama. Ich kümmere mich schon um die Großhändler. Keine Sorge. Überlassen Sie das mir.«

Haruko sah den Bauernjungen zum erstenmal richtig an. Er war großgewachsen und breitschultrig. Er hatte leicht gewelltes Haar, das war ungewöhnlich und sehr hübsch, und schöne, weiße Zähne. Anders als die meisten Bauernburschen hatte er leuchtende Augen und irgendwie im Widerspruch zu seinen markanten Zügen lange Wimpern.

»Gut«, stimmte sie kaum vernehmbar zu.

Als es ruhig im Geschäft war, stieg Kenji auf eine Leiter und zählte die Waren in den oberen Regalen, die er bei dieser Gelegenheit auch gleich abwischte.

An beiden Wänden des Ladens standen hohe Glasregale.

Ein Mann trat ein, und Haruko erkannte in ihm einen der Pachtbauern der Miwas.

»Meine Tochter…«, murmelte er. »Dr. Shirai gab ihr vor einiger Zeit eine Arznei gegen Husten. Könnte ich bitte das gleiche Mittel noch einmal haben?«

Haruko sah in der Schublade nach und fand ein Rezept in Teichis Handschrift.

»Ähm, Dr. Shirai sagte, ich könnte anschreiben lassen und im Herbst bezahlen.«

»In Ordnung.« Haruko holte die Arznei und packte sie ein.

»Haruko-ojosama.« Nachdem der Bauer gegangen war, stieg Kenji von der Leiter. »Manche Bauern sind wirklich sehr arm, und wir wissen alle, wieviel Dr. Shirai für uns tut. Ich bin auch einer von denen, deren Leben er gerettet hat. Aber viele Bauern sind auch sehr gerissen. Nicht weil sie schon verschlagen auf die Welt kamen, sondern weil sie immer aus jeder Situation das Beste herausholen mußten. Man sollte sie freundlich und zuvorkommend behandeln, und als einer von ihnen weiß ich das zu schätzen, aber sie dürfen nicht auf den Gedanken kommen, Sie hätten ein zu weiches Herz…«

Von seiner Rede selbst plötzlich peinlich berührt, kletterte er flink wieder auf die Leiter.

Abends teilte Haruko ihrer Großmutter mit, daß es eine Weile dauern würde, bis sie den Laden wieder in Ordnung gebracht hätten.

»Wir holen jemanden aus der Stadt.«

»Nein, Großmutter. Jetzt habe ich angefangen und möchte auch weitermachen.«

»Und wie kommt Kenji zurecht?«

»Oh, ganz gut, denke ich.«

Daß ein Mann und eine Frau, die älter als sieben Jahre waren, allein miteinander blieben, war nach konfuzianischer Sitte völlig unangemessen. Aber den Shirais kam gar nicht in den Sinn, daß Harukos und Kenjis Zusammensein irgendwie unschicklich sein könnte. Sie gehörten verschiedenen Gesellschaftsschichten an, und es war unvorstellbar, daß sie romantische Gefühle füreinander entwickeln könnten.

Haruko wußte nicht, ob Kenji im Laden übernachtete oder ob er abends nach Hause ging. Sie wußte auch nicht, ob er sich auf dem Küchenherd in der Ecke Mahlzeiten zubereitete, jedenfalls hatte er morgens, wenn sie kam, immer schon den Laden aufgeschlossen und gefegt. Das Feuer brannte bereits, und er brühte ihr als erstes immer einen Tee auf. Haruko saß hinter der Ladentheke, machte eine Liste der Waren und kümmerte sich um die Buchführung. Alles andere übernahm Kenji. Sie sprachen kaum miteinander. Er hatte schnell begriffen, welche Präparate beliebt waren und was nachbestellt werden mußte. Er tätigte die Einkäufe bei den Großhändlern, las die Anweisungen durch und erklärte den Kunden, wie sie die Arznei einnehmen sollten.

Harukos Blick fiel auf das englische Lehrbuch, das neben dem Herd lag.

»Lernst du Englisch?« fragte sie.

»Nur morgens und abends, wenn ich warte, bis das Wasser kocht.«

Mehr sagte er nicht dazu, und sie fragte nicht weiter.

»Du hast sehr viel gearbeitet, nicht wahr?« fragte Tei-ichi eines Abends etwa einen Monat später. »Als Jinsuke davonlief, dachte ich zuerst, ich müßte den Laden schließen. Aber anscheinend ist alles wieder in Ordnung. Gut gemacht! Und du meinst, er hat bis auf das Geld nicht viel mitgenommen?«

»Nein, Ojiisama. Und, ähm, Kenji… Kenji führt den Laden sehr gut.«

Haruko versuchte es zu vermeiden, Kenji während der Arbeit mit seinem Namen anzusprechen. Ihre Familie nannte ihn einfach Kenji, aber sie fand es unhöflich, nicht das respektvolle »san« an seinen Namen anzuhängen, schließlich war er älter als sie und offensichtlich sehr intelligent. Aber es wäre irgendwie komisch, ihn Kenji-san zu nennen.

»Entschuldige«, rief sie eines Tages. Kenji, der gerade ein Regal saubermachte, hielt inne und drehte sich um. Seine Augenbrauen schossen in die Höhe. Das war seine Art zu fragen, was los sei. Seine Mimik war Haruko inzwischen schon recht vertraut. Sie wurde von einem warmen Gefühl durchströmt. »Ich wollte dir nur sagen«, begann sie, »daß du Spinnweben im Haar hast.« Er fuhr sich mit der Hand durchs Haar. »Nein, nein, auf der anderen Seite, gerade über deinem linken Ohr, Kenji-san.« Von da an redete sie ihn mit Kenji-san an.

Harukos Großvater sagte: »Mir war schon seit Kenjis Kindheit klar, daß er ein intelligenter Junge ist. Ich hatte schon immer vor, ihm ein Studium zu ermöglichen, aber das kann ich mir selbst nicht leisten. Jetzt habe ich einen Sponsor für ihn gefunden.«

»Tatsächlich?«

»Ich habe mit Baron Toda über ihn gesprochen, und er wäre bereit, Kenji als Diener in seinem Herrenhaus in Tokio einzustellen und ihn auf die Abendschule zu schicken. Danach wäre er auf sich gestellt. Es wird sicher nicht leicht, aber ich bin überzeugt, er wird es schaffen.«

Baron Toda war ein Nachkomme des früheren örtlichen Lehensherrn und ein Mitglied des Oberhauses.

Haruko mußte an Keis Bemerkung denken, daß erst harte Zeiten den wahren Charakter zum Vorschein bringen.

»Und was wird aus dem Laden?« fragte sie.

»Wir haben Jinsuke ausfindig gemacht. Er bereut sein Verhalten zutiefst, deshalb werde ich ihm dieses eine Mal verzeihen. Er ist schließlich ein ehrlicher Kerl und sehr fleißig. Er will unbedingt zurückkommen. Er soll heiraten, und dann kann er den Laden weiterführen. Natürlich war es falsch, einfach wegzulaufen und Geld zu stehlen, aber er hatte ja einen durchaus nachvollziehbaren Grund. Zwischen einem jungen Mann und einer jungen Frau … da kann so etwas schon mal passieren.«

Kei warf ihrem Mann einen scharfen Blick zu.

Kenji sprach tags darauf weder von Baron Toda noch seinem bevorstehenden neuen Leben. Am Abend gab er Haruko das englische Wörterbuch und die Grammatik zurück, die sie zu Hause gefunden und ihm ausgeliehen hatte. Sie hatte sie einfach zu Kenjis Bücherstapel neben dem Herd gelegt, und er hatte kein Wort darüber verloren, Haruko wußte aber, daß er sie benutzte.

»Das war sehr freundlich, Haruko-ojosama. Vielen Dank. Ab morgen ist Jinsuke-san wieder da, und ich werde gehen, und …«

»Du kannst sie behalten, falls sie dir nützen. Hiden-sama braucht sie nicht mehr.«

»Danke. Dann würde ich sie mir gern ausleihen. Sie bekommen sie auf jeden Fall wieder.«

»In Ordnung.«

»Gehen Sie bald nach Hause, Haruko-ojosama? Es ist schon spät.«

»Ja.«

»Ich würde Sie gern begleiten. Es wird schon dunkel, und ich möchte mich außerdem bei Dr. Shirai und seiner Frau bedanken und mich verabschieden.«

Er lief ein paar Schritte hinter Haruko. Am Himmel stand ein dunstverhangener Mond. Genau die richtige Kulisse für eine Theaterszene, in der ein Liebespaar durchbrennt, dachte Haruko. Die Luft war geschwängert vom Duft einer Blume, das war ihr vorher noch gar nicht aufgefallen. War das vielleicht Seidelbast? Oder war dessen Blütezeit schon vorbei?

Haruko wagte es nicht, sich nach Kenji umzudrehen, aber sie wußte, daß er mit einem kleinen Bücherbündel und womöglich ein paar Kleidungsstücken hinter ihr ging.

Sie hatten gerade das große Eingangstor der Shirais durchschritten, als Matabei ihnen mit einer Laterne in der Hand entgegenkam.

»Ich wollte Ihnen entgegengehen, Haruko-ojosama. Sie sind recht spät heute.«

»Danke, Mata-san. Ich mußte noch die Bücher in Ordnung bringen.«

Kenji wollte Matabei gerade in Richtung Küche folgen, wo er bei Shige oder Kiyo warten würde, bis Tei-ichi und Kei ihn empfingen. Haruko würde das Haus durch den Vordereingang betreten. Die kleinen, weißen Blüten des Rhododendronbusches neben der Tür verströmten einen intensiven Duft. Sie blieb stehen und holte ganz tief Luft, bevor sie sagte: »Leb wohl, Kenji-san. Paß auf dich auf, und viel Glück.«

Er blieb ebenfalls stehen, drehte sich um und verneigte sich. Er zögerte, doch dann rief er Haruko, die schon fast in der Tür stand, zu: »Haruko-ojosama!«

»Ja?«

»Eines Tages komme ich wieder, um Ihnen zu danken.«

»Ja.«

»Dann gebe ich Ihnen auch die beiden Bücher zurück.«

»Ist gut.«

Er verneigte sich erneut, und für einen Augenblick fiel das Licht aus den Fenstern über seinen langen, muskulösen Rücken, dann verschluckte ihn die Dunkelheit.

## *11*

## *Der Freund des Chefingenieurs*

Am Kitaka-Fluß stand jetzt ein neues Kraftwerk, und durch den Bau des Staudamms hatte sich der Flußlauf seit der Zeit, als Haruko und Sachiko darin geschwommen waren, verändert. Doch nicht nur die Landschaft hatte sich gewandelt, auch die nahe gelegene Stadt war gewachsen. Das Land zwischen dem Dorf Kitani und der Stadt, das früher den Miwas gehört hatte, hatte nach und nach den Besitzer gewechselt. Rinji hatte es an Investoren verkauft, und entlang der Straße waren kleine Häuser errichtet worden.

Der neue Chefingenieur des Kraftwerks wohnte in einem dieser Häuser. Er war um die dreißig Jahre alt. Er hatte eine Frau aus dem Dorf angestellt, die täglich bei ihm saubermachte und seine Wäsche wusch.

»Ein sehr netter Mann«, sagte sie und nickte. »Es gibt nie Ärger. Er ist immer sehr höflich.«

Eines Tages gabelte er einen streunenden Hund auf oder – wie die Leute sagten – der streunende Hund gabelte ihn auf. Der Hund folgte ihm überallhin. Wenn sein Herrchen morgens zur Arbeit ging, trottete der Hund hinterher. Er schlief unter seinem Schreibtisch im Büro, begleitete ihn auf seinen Inspektionsgängen und saß abends im Wirtshaus unter dem Tisch, wenn der Chefingenieur Sake trank und Hühnerspieße aß. Wenn sein Herrchen beruflich mit dem Zug verreisen mußte, wartete der Hund den ganzen Tag am Bahnhof auf seine Rückkehr.

»Chefingenieur-san und sein Hund« waren in der Umgebung

wohlbekannt. Hätte man sie nach seinem richtigen Namen gefragt, hätten die meisten Dorfbewohner wahrscheinlich nur mit den Schultern gezuckt.

Chefingenieur-san war dunkelhäutig und gutgebaut, wenn auch nicht sehr groß. Er trug europäische Anzüge, und auf seinem Jackett glitzerte eine Uhrkette. Sein weißer Sommerleinenanzug, den der Mann in der Wäscherei der Stadt voller Stolz reinigte und bügelte, war immer makellos.

»Warum ist er nicht verheiratet?« fragten sich die Leute.

»Vielleicht hat ihm ein Mädchen den Laufpaß gegeben«, vermutete jemand.

»Wo?«

»Nun, in Tokio, könnte ich mir vorstellen. Und deswegen hat er eine Stelle auf dem Land angenommen. Er ist viel zu elegant für diese Gegend.«

Das klang plausibel. Ganz offensichtlich war er ein gebildeter und kultivierter Herr, der wahrscheinlich in einer Großstadt, ja vielleicht sogar in Tokio, gelebt hatte.

Eines Abends fragte ihn der Gastwirt: »Wie schmeckt denn unser Sake im Vergleich zum Sake in Tokio?«

»In Tokio? Oh, hier schmeckt er auch gut.«

Ein anderer Gast, der mit einem Glas Sake danebensaß, sagte: »Und die Frauen, Chefingenieur-san? Die Frauen in Tokio sind ja angeblich wunderschön.«

»Es gibt schöne und häßliche Frauen dort, genau wie überall.«

»War sie hübsch?« fragte ein anderer ungeniert.

»Wer?«

»Sie brauchen es nicht vor uns zu verheimlichen. Wir wissen Bescheid. Grämen Sie sich nicht, weil eine Frau Sie verlassen hat. Es gibt noch jede Menge andere schöne Damen.«

Seine verblüffte Miene heiterte sich auf.

»Ach, davon sprecht ihr«, sagte er. »Sie war wie eine Weide im Frühlingswind. Ihre Haut war wie Perlmutt. Ihre Augen...«

»Ha, ha«, schmunzelte der Gast. »Das reicht, Chefingenieur-san. Nehmen Sie uns nicht auf den Arm.«

»Ihr habt angefangen. Die Nacht ist noch jung. Jetzt müßt ihr mich bis zum Schluß anhören.«

Obwohl letztlich niemand herausfand, was wirklich passiert war und wer die Dame war – falls sie denn überhaupt existiert hatte –, hatten alle sehr viel zu lachen. Schließlich erhob sich der Chefingenieur.

»Hätten Sie vielleicht ein Stück Fleisch für Puck?«

»Puck?«

»Ja, Puck ist mein bester und treuester Gefährte, der mich nie im Stich lassen würde – anders als meine Frühlingsweide.«

»Ach so.«

Nachdem er gegangen war, schüttelten sie die Köpfe und lachten noch einmal herzlich über seine Geschichte.

»Wenigstens wissen wir jetzt, wie der Hund heißt«, sagte der Gastwirt.

Der Chefingenieur war wieder Hauptgesprächsthema, als er die älteren Schulkinder zu einer Besichtigung des Kraftwerks einlud. Er führte sie herum und erklärte ihnen in einfachen Worten, wie Elektrizität erzeugt wurde. Er kam auch der Bitte einer Jungenschule in der Stadt nach, einen Vortrag über Elektrotechnik zu halten.

Shuichi war ganz aufgeregt, als er seiner Familie beim Abendessen davon erzählte.

»Es kann Physik sehr anschaulich erklären. Besser als du, Haruko-nesan.«

»Du bist ungerecht! Ich hatte nie Physikunterricht in der Schule.«

»Das weiß ich doch. Ich wollte dich nur ärgern. Es war wirklich sehr interessant. Vielleicht werde ich Ingenieur. Er sagte, er würde mir Mathematik beibringen.«

»Hast du ihn darum gebeten?« wollte Ayako wissen.

»Ich habe ihm einige Fragen gestellt und gesagt, daß ich gern mehr lernen würde. Wenn ich will, gibt er mir Unterricht, hat er gesagt.«

Durch Shuichi erfuhren die Shirais so manches über den Chefingenieur, unter anderem seinen Nachnamen.

»Es kann komplizierte Sachverhalte mit einfachen Worten erklären. Wahrscheinlich, weil er sie selbst so gut versteht.« Sie merkten, daß Herr Katsura, der Chefingenieur, die Lücke füllte, die Hidetos Abwesenheit in Shuichis Leben gerissen hatte.

»Sobald wir etwas besonders Leckeres kochen, könnten wir ihm etwas davon bringen«, schlug Kei vor.

Als es wieder einmal Sushi gab, rief Ayako ihre älteste Tochter zu sich: »Takeko-san, geh mit Kiyo zum Chefingenieur-san und bring ihm das hier…«

»Muß das noch heute sein?«

»Natürlich. Wieso?«

»Ich möchte heute nicht rausgehen. Es ist schrecklich heiß, und es ist ein weiter Weg.«

»Du bist so faul. Kiyo allein zu schicken wäre unhöflich, aber wenn ich selbst hinginge, wäre es übertrieben.«

Haruko ahnte, was jetzt kommen würde.

»Haruko-san.« Ayako wandte sich an ihre jüngere Tochter. »Würdest du bitte gehen?«

»Wieso wird Takeko-nesan eigentlich immer wie eine Prinzessin behandelt und ich wie eine Sklavin?«

»Weil ich die Ältere bin«, sagte Takeko. Haruko erwiderte nichts. Es war unmöglich, Takeko zu etwas zu bewegen, das sie auf keinen Fall tun wollte. Wollte man sie zwingen, konnte es durchaus passieren, daß sie ganz plötzlich erkrankte; sie sah dann nicht nur ein bißchen kränklich aus, sondern konnte auch richtige Symptome entwickeln.

Haruko seufzte und ging einen frischen Kimono anziehen. Anders als Takeko mochte sie keine Blumen- und Schmetterlingsmuster, sondern zog Streifen und Karos vor. Außerdem mochte sie keine weiche Seide, denn sie wollte nicht wie eine träge Prinzessin aussehen. Streifen und Karomuster gab es allerdings nur bei Alltagskimonos, doch als Haruko in ihrem weiß und lilafarbenen Kimono mit dem pfeilförmigen Muster wieder in der Küche auftauchte, wurde sie von Kei und Ayako sehr bewundert.

»Eine gute Wahl. Takeko würde dieses Muster überhaupt nicht stehen, aber du siehst damit sehr hübsch aus. Ein Kimono sieht nur dann gut aus, wenn die Trägerin Freude daran hat«, sagte Kei. »Nimm einen Sonnenschirm mit«, fügte sie hinzu. »Wir wollen schließlich keine verbrannte junge Dame.«

»Sag ihm, wie dankbar wir sind, ja? Und daß Shuichi-san sehr gern zu ihm geht.« Ayako begleitete sie zur Tür.

Das Haus, das der Chefingenieur gemietet hatte, sah billig gebaut aus, und außerdem war es sehr klein. In ein, zwei Jahren, dachte Haruko, hatten sich bestimmt die Türen verzogen und würden sich dann nur noch mit Mühe aufschieben lassen.

»Entschuldigung!« rief Haruko. Sie standen vor der Tür und konnten durch die Milchglasscheibe erkennen, daß sich im Innern des Hauses etwas bewegte, aber sie erhielten keine Antwort.

Kiyo ging ums Haus herum. Als sie zurückkam, flüsterte sie: »Er kommt. Er mußte sich erst etwas überziehen.«

Die vordere Schiebetür klemmte bereits. Der Chefingenieur schob sie mit Gewalt auf und kam herausgestolpert.

»Oh, Verzeihung.« Er sah sie verständnislos an und zog seinen *yukata* zurecht, den er hastig übergestreift hatte. »Kommen Sie doch bitte herein.«

Haruko nahm Kiyo die Schale mit dem Sushi ab und stellte sie auf den Boden.

»Ich bin Shuichis Schwester. Ich möchte Ihnen im Namen meiner Familie dafür danken, daß Sie Shuichi unterrichten. Der Unterricht macht ihm sehr viel Freude, und er kommt sehr gern zu Ihnen.«

»Die Freude ist ganz meinerseits. Shuichi ist ein netter Junge. Wir kommen gut miteinander aus.«

»Meine Großmutter hat das für Sie gemacht, ich hoffe, es schmeckt Ihnen.« Sie schob ihm die Schale entgegen.

»Oh.« Er hob den Deckel an und lugte wie ein Kind darunter. Dann grinste er. »So etwas habe ich schon ewig nicht mehr gegessen. Bitte richten Sie Ihrer Großmutter meinen Dank aus. Die besten Grüße auch an Dr. Shirai und Ihre Mutter.«

Sie verneigten sich.

Als die Frau, die ihm den Haushalt besorgte, die Sushischale zurückbrachte, war sie mit großen Orangen gefüllt. Kei faltete das Tuch, mit dem sie abgedeckt waren, zusammen und gab es der Frau zurück. Auf dem Tuch prangte ein Familienwappen: Zwei Pfeile in einem Sechseck.

»Ich kenne seinen Familienhintergrund nicht, aber er ist zweifellos ein sehr höflicher Mann«, bemerkte Kei. »Ich frage mich, ob er mit Baron Mori verwandt ist, wie das Wappen vermuten läßt.«

»So ist er ganz und gar nicht, Großmutter.« Shuichi lachte.

»Was meinst du?«

»Wie irgendein Baron. Er ist jung und nett.«

»Sei nicht albern. Ein Baron ist nicht unweigerlich ein alter Mann.«

Keis Neugier sollte bald gestillt werden. Baron Toda fragte Tei-ichi, ob er dem Chefingenieur eine seiner Enkelinnen zur Frau geben würde.

»Er stammt aus einem alten Samurai-Klan in Kyushu.«

Als er nach Hause kam, gab Tei-ichi die neu erworbene Information an Kei und Ayako weiter. Er hatte von Baron Toda erfahren, daß die Katsuras mit Baron Mora verwandt waren. Einst waren sie eine hervorragende Familie gewesen, aber seit einigen Generationen sank ihr Ansehen zusehends. Da der Chefingenieur der zweite Sohn war, bestand keine Aussicht auf ein Erbe. Er hatte allerdings die Kaiserliche Universität in Tokio absolviert, und seine Zukunft war gesichert. So zählten seine beruflichen Fähigkeiten weit mehr als eine kleine Erbschaft.

»Der junge Mann hat zu Baron Toda gesagt, er würde ihm gern die Organisation der Hochzeit überlassen, wenn wir ihn so nehmen, wie er ist. Ich finde, das ist bisher der beste Antrag. Ich habe mich ein wenig umgehört. Er ist sehr beliebt. Einem Mann, der bei Männern beliebt ist, kann man trauen, anders als einem Mann, der bei den Frauen beliebt ist.« Tei-ichi warf seiner Frau und Tochter einen scharfen Blick zu.

»Ich weiß, daß er beliebt ist, aber wir würden gern Näheres über ihn erfahren, zum Beispiel, was er in der Zeit zwischen seinem Studium und der Anstellung hier gemacht hat.« Kei war vorsichtig.

Ayako fuhr mit dem Zug nach Tokio. Die Hauptstadt war ihr schon ein wenig vertraut, da sie Yasuharu und Hideto beim Umzug geholfen hatte. Sie traf sich mit dem Direktor der Elektrizitätsgesellschaft, bei der Noriyasu Katsura angestellt war. Sie war zufrieden mit Noriyasus Referenzen, und der Direktor zeigte sich überaus beeindruckt von Ayako. »Was für eine hübsche, kultivierte Dame«, sagte er immer wieder zu seinen Freunden. »Noriyasu kann sich wirklich glücklich schätzen, wenn seine Verlobte ihrer Mutter ähnlich sieht.«

»Wenn der Chefingenieur-san Dr. Shirais Enkelin heiraten will, dann hat er wohl vor hierzubleiben.« Die Dorfbewohner waren entzückt.

»Ich hab' mich schon gefragt, ob Takeko je heiraten wird«, sagte Ayako nachdenklich.

»Es gab eigentlich nie Anlaß zur Sorge. Wenn der Wind richtig steht, segelt es sich wie von selbst.«

Tei-ichi lud Noriyasu zu einem förmlichen Gespräch ein. Takeko sollte den Tee servieren, dabei würde sie ihn zum erstenmal sehen.

Kei und Ayako halfen Takeko beim Ankleiden. Auf dem violetten, ins Hellblau changierenden Kimono waren *kikyo* und *hagi* zu sehen. Takeko sah in diesem Kimono sanft und anmutig aus.

»Die Zeit für *kikyo* und *hagi* ist zwar noch nicht gekommen, aber der Kimono steht ihr sehr gut«, meinte Ayako zufrieden.

»Man kann ein Blumenmuster ruhig etwas vor der Blütezeit tragen. Man darf nur keine Blumen tragen, die schon verblüht sind«, erklärte Kei.

»Wie sieht er aus?« wollte Takeko von Haruko wissen, als diese ihrer Schwester ein Glas Wasser brachte.

»Ich hab' ihn nicht richtig angesehen, aber ich glaube, er sieht gut aus.«

»Was du gutaussehend nennst, hat mit meiner Vorstellung von einem attraktiven Mann wahrscheinlich nicht viel zu tun.«

»Du siehst ihn ja gleich selbst.«

Haruko reichte ihr das Wasser, und Takeko setzte sich hin und nippte vorsichtig, damit ihr Lippenstift nicht verschmierte.

»Ein komischer Kauz«, schmunzelte Tei-ichi später. »Er sagt, es sei ihm egal, was und wieviel Takeko mit in die Ehe bringt. Sein Haus sei klein und die Fundamente nicht sehr solide, und es wäre deshalb besser, wenn sie nicht allzu viele Möbel mitbrächte. Die meiste Zeit verbringt er im Kraftwerk außerhalb der Stadt, und er wird wohl hier wohnen bleiben. Takeko hat zwar keine große Aussteuer, habe ich ihm gesagt, aber sie besitzt ein Grundstück, das wir ihm überschreiben werden.«

»Was hältst du von ihm?« fragte Haruko ihre Schwester.

»Ich weiß nicht, wie er von vorn aussieht, er hat die ganze Zeit mit Ojiisama geredet. Ich habe die Teeschale auf den Tisch gestellt und ihnen zugehört.«

»Und zu dir hat er gar nichts gesagt?«

»Doch. Er hat gefragt, ob ich schon mal in Tokio war.«

»Ohne dich anzusehen?«

»Doch. Aber da habe ich mich nicht getraut, ihn anzusehen.«

»Ein ordentlicher, verläßlicher Mann«, urteilte Tei-ichi. »Es ist doch egal, wie er aussieht. Männer, die ihr Frauen schön findet, taugen ohnehin nichts.«

Takeko und Haruko tauschten Blicke aus.

»Ich hab' gehört, er trinkt ganz gern. Darüber solltest du vielleicht einmal mit ihm reden. Es ist nicht gut, in jungen Jahren zuviel zu trinken«, schlug Kei vor.

»Ein Mann, der es im Leben zu etwas bringen will, muß Alkohol vertragen.« Tei-ichi machte sich darüber keine Sorgen.

Shuichi war entzückt über die Heirat seiner Schwester mit seinem Idol.

»Shuichi ist der Allerglücklichste«, sagte Tei-ichi lachend.

»Haruko-nesan?« flüsterte Shuichi später, als sie allein waren.

»Ja?«

»Er hat bestimmt nicht gewußt, daß ich drei Schwestern habe. Er dachte sicher, er würde dich zur Frau bekommen.«

»Oh, Shu-chan, das glaube ich nicht. Sie haben sich doch kennengelernt. Takeko-nesan hat ihm gut gefallen.«

»Ja, sicher, aber anfangs hast du ihm gefallen. Er hat immer gefragt, was du machst, daran hab' ich es gemerkt.«

»Sei nicht albern. Ich hab' ihn doch nur zwei Minuten gesehen.«

»Neulich sagte er: ›Ich wußte gar nicht, daß du mehrere Schwestern hast.‹ Ich hab' ihm gesagt, ich hätte drei zuviel.«

»Du Frechdachs.«

Haruko war erstaunt. Sie mochte Noriyasu auch, aber das spielte keine Rolle. Sie konnte ihn ›Niisan‹, älterer Bruder, nennen, und das war doch auch sehr schön.

Die Hochzeit wurde für Ende September geplant.

»Es ist schön, daß nicht übermäßig viel zu tun ist und wir uns keine Gedanken über die angeheiratete Verwandtschaft machen müssen, aber ich habe trotzdem dauernd das Gefühl, ich hätte etwas vergessen«, beklagte sich Ayako bei Kei. »Vielleicht ist hektisches Herumgerenne manchmal sogar besser.«

»Denk dran: Uns stehen noch drei Hochzeiten bevor. Da gibt es noch genug Gelegenheit, sich abzuhetzen.«

Immerhin mußten sie ausreichend Kimonos für die nächsten zehn Jahre anfertigen. Neue Bettwäsche wurde in Auftrag gegeben, eine Lackschatulle mit Tuschestein und Pinseln sowie ein kleiner Damensekretär. Außerdem mußte eine Kommode gekauft werden.

Takeko durchforstete ihre Schmuckbändersammlung und anderen Krimskrams aus ihrer Mädchenzeit und legte die Sachen, die sie behalten wollte, zur Seite.

»Sag Bescheid, falls du Hilfe brauchst«, sagte Haruko.

Als Takeko und Ayako in Kioto waren, um Kimonos einzukaufen, ertappte Sachiko Haruko dabei, wie sie eine von Takekos fertig gepackten Kisten durchwühlte.

»Was machst du da?« fragte Sachiko erstaunt. Ohne sich umzudrehen, legte Haruko den Finger an die Lippen und kramte weiter durch Taschentücher und bestickte Kragen. Sachiko beobachtete, wie Haruko aus den Tiefen der Kiste ein Foto hervorzog.

»Wer ist das, Haruko-nesan? Was machst du mit Takeko-nesans Sachen?«

»Sachiko-san.« Haruko sah sie so ernst an, daß Sachiko angst wurde. »Ich bin überzeugt, ich tue das Richtige. Auch für das Eheglück der beiden. Weißt du noch, wie du sagtest, daß Takeko-nesan solche Männer mag?«

Haruko zeigte Sachiko das Foto vom Enkel des Grafen.

Sachiko nickte überrascht, als sie das Gesicht sah, das sie schon fast vergessen hatte.

»Solche Männer gefallen ihr, aber sie spielt mit dem Feuer. Als ich es neulich zufällig sah, beschloß ich, es um ihretwillen zu vernichten. Sie findet es vielleicht bedeutungslos; schließlich hat sie den Mann nie kennengelernt. Aber sie ist dumm. Was würde Noriyasu denken, wenn er es fände? Ich glaube, er ist sehr sensibel, auch wenn er eine harte Schale hat.«

Sachiko erschauerte.

»Keine Sorge. Wir vernichten es.«

Haruko und Sachiko gingen in die Küche. Da kein Feuer im Ofen brannte, legte sie es in die noch glühende Asche. Das Foto auf dem dicken Karton mit Goldrand kräuselte sich am Rand und qualmte ein wenig. Schließlich fing es Feuer und ging in lodernden Flammen auf.

Sachiko ergriff Harukos Hand.

Nach ihrer Hochzeit besuchte Takeko die Shirais fast täglich.

»Du kannst von Glück sprechen, daß du keine Schwiegereltern hast«, sagte Kei.

»Ich kann tun, was ich will, während er bei der Arbeit ist, sagt er.«

»So ein lieber Mann.«

Takeko zuckte mit den Schultern.

Eines Nachmittags stattete Noriyasu den Shirais einen unerwarteten Besuch ab. Er und Tei-ichi sprachen eine Zeitlang unter vier Augen, und so wurde Harukos Ehe arrangiert.

»Einer seiner besten Freunde kommt zu Besuch. Er ist ebenfalls Elektroingenieur und arbeitet für Siemens, ein großes deutsches Unternehmen. Wahrscheinlich muß er demnächst zur Weiterbildung nach Deutschland. Noriyasu sagt, er kenne seinen Freund besser, als dieser sich selbst.« Tei-ichi lachte. »Genauso hat er das gesagt. Falls er wie Noriyasu ist, hätte ich keine Einwände.«

»Aha. Und wo wird er wohnen?« fragte Kei.

»Ganz in der Nähe. In Kyushu.«

»Seit wann ist Kyushu ganz in der Nähe?«

»Im Vergleich zu Deutschland ist Kyushu fast nebenan.«

»Das stimmt«, gab Kei zu. Ihr ältester Sohn Yasuharu hatte in Deutschland studiert. Sie mußten an die weißen Briefumschläge mit den unzähligen Briefmarken denken, die Masakazu von der Poststelle mit nach Hause gebracht hatte. Wenn sie Briefe an Yasuharu geschickt hatten, mußten immer Haruko oder Masakazu die Adresse auf den Umschlag schreiben, da sie als einzige die europäische Schreibweise beherrschten.

»Kyushu ist mit seinen neuen Kohlebergwerken und der wachsenden Stahlindustrie ein industrielles Zentrum. Alle fähigen Männer gehen dorthin.«

»Hat Noriyasu-san das gesagt?« fragte Kei.

»Das muß ich mir nicht von Noriyasu-san sagen lassen. Wenn man mit dem ›Zeitgeist‹ vertraut ist, kann man sich das denken.«

»Womit?«

»Das ist etwas, worüber Frauen sich nicht den Kopf zerbrechen müssen.«

»Und aus was für einer Familie stammt er?«

»Noriyasu sagt, er kommt ebenfalls aus einer ehemals wohlhabenden und jetzt verarmten Familie.«

»Wir sind offensichtlich auf ehemals wohlhabende Familien spezialisiert!«

»Ich glaube, jetzt wirst du ein bißchen überheblich.«

»Nein, keineswegs.«

»Frauen über fünfzig sind einfach vorlaut.«

Tei-ichis Redseligkeit war ein Beweis für seine gute Laune.

Im Vergleich zu Takeko, bei der es so viele Fehlschläge gegeben hatte, ging Ayako diese Heiratsvermittlung fast zu glatt, aber es gab eigentlich keinen Grund zur Klage.

»Wie heißt er, Noriyasu-san?« fragte Kei.

»Sein Name ist Nozomi Sanjo, Großmutter.«

»Du meine Güte, das klingt ja wie ein Edelmann.«

»Nozomi? Ein Edelmann?« Darüber mußte Noriyasu herzlich lachen.

Kurz darauf lud Tei-ichi Noriyasus Freund ein.

»Er ist da«, sagte Sachiko und stürmte in das Zimmer, in dem Haruko von Kei und Ayako angekleidet wurde.

»Benimm dich«, schalt Kei.

»Wie sieht er aus?« fragte Haruko neugierig.

»Hm, so ähnlich wie Noriyasu, aber nicht ganz so dunkel. Er trägt auch so einen weißen Anzug.«

Als Haruko das Teetablett hineintrug, kniete Nozomi Sanjo vor der *tokonoma*, der kleinen Nische, in der eine Schriftrolle hing. Die Schriftrolle war einer von Tei-ichis Schätzen, und er hatte sie zur Ehre seines Gastes aufgehängt. Allerdings hatte er nicht damit gerechnet, daß Nozomi sie gebührend zu schätzen wissen würde, denn die alte Kalligraphie war schwer zu entziffern. Doch offensichtlich verstand sein Gast etwas davon. Tei-ichi war entzückt.

Da sich der Mann Zeit ließ, die Schriftrolle zu begutachten, sah Haruko zuerst nur einen gebeugten Rücken und ein Paar Fußsohlen. Ihr fiel ein Loch in der Socke auf, und sie konnte nur mühsam ein Kichern unterdrücken, woraufhin Tei-ichi sie finster ansah.

Haruko mußte daran denken, wie unterschiedlich sie und dieser Mann vor ihr sich auf das heutige Treffen vorbereitet hatten. Sie war den ganzen Tag damit beschäftigt gewesen, sich zu baden und die Haare zu waschen. Sie hatten eigens einen Friseur aus der Stadt kommen lassen, der ihr das Haar hochgesteckt hatte. Endlos hatten Kei und Ayako darüber debattiert, welcher Kimono für diesen Anlaß am besten wäre. Ayako hatte für den mit dem gestickten Bambusmuster auf grünem Hintergrund plädiert. Kei hatte widersprochen, denn Farbe und Muster waren ihrer Meinung nach für diesen Zweck zu streng. Sie gab dem eierschalenfarbenen Kimono mit den bunten Efeublättern den Vorzug. Kei hatte sich letztendlich durchgesetzt, allerdings mußte Haruko sich vorher noch in zwei weiteren Kimonos begutachten lassen. Schließlich war ihr Aussehen heute von größter Bedeutung. Sie hatte gar keine Zeit gehabt, Nervosität aufkommen zu lassen.

»Vielen Dank, daß ich mir diese wertvolle Schriftrolle ansehen durfte«, sagte er.

»Mögen Sie Kalligraphie?« fragte Tei-ichi lebhaft, froh, jemanden gefunden zu haben, der sein Interesse teilte.

»Ich verstehe nicht viel davon, neulich habe ich allerdings eine Handschrift von Sanyo gekauft.«

»Oho!« Tei-ichi war beeindruckt. »Sie besitzen einen echten Sanyo!«

»Nur einen kleinen. Angeblich wird die Schrift des Dichters oft kopiert, so kann ich nur hoffen, daß ich ein Original erstanden habe.«

Die beiden Männer vertieften sich in ein Gespräch über alte Handschriften, fast so, als wäre dies der eigentliche Anlaß ihres Treffens. Nozomi Sanjo saß mit dem Rücken zum Garten. Im Vergleich zu dem gleißenden Sonnenschein draußen war es in dem

Zimmer unter dem weit ausladenden Dach recht dunkel, und Haruko konnte Nozomis Gesicht nicht deutlich erkennen. Außerdem saß sie ihm nicht gegenüber.

»Ich bin leider nicht so wie Ihr Schwiegersohn Katsura. Er ist intelligent und sehr lustig. Im Vergleich dazu bin ich eher langweilig, habe auch keine erwähnenswerten Hobbys.« Er wandte sich an Haruko.

»Haben Sie eine Lieblingsbeschäftigung?«

Sie saß ein wenig abseits, fast schon hinter Tei-ichis Rücken. »Ich male ein wenig«, erwiderte sie.

Das war auch so etwas, was sie gern richtig gelernt hätte, aber Kei und Ayako hielten Kunststudenten für unmoralische Wesen. Vielleicht glaubt er jetzt, ich sei unmoralisch, dachte sie, obwohl sie gar nicht genau wußte, was dieses Wort eigentlich bedeutete. Irgendwie assoziierte sie Saufgelage und Schlägereien damit.

»Sehr schön«, sagte er. »Öl oder Aquarell?«

»Aquarell.«

»Wie war er?« fragte Sachiko aufgeregt.

»Ich konnte nicht viel sehen. Jedenfalls trägt er eine Brille.«

»Das ist vielleicht einer.« Tei-ichi lachte. »Er sagt, er wolle keine Aussteuer. Er hat noch kein Haus. Zur Zeit mietet er ein Zimmer, will sich aber baldmöglichst nach was eigenem umsehen. Außerdem findet er, zu viele Besitztümer seien nur eine Last.«

Noriyasu lieferte ihnen noch ein paar weitere Informationen. Sein Freund war der dritte Sohn eines armen Bauern, und ein Schulleiter hatte ihn zu sich nach Hause genommen, damit er seine Ausbildung fortsetzen konnte. Schließlich hatten der Schulleiter und der Postamtsvorsteher dem jungen Mann ein Universitätsstudium ermöglicht.

»Er interessierte sich für Archäologie, hat sich aber der besseren Verdienstmöglichkeiten wegen zu einem Ingenieursstudium durchgerungen, damit er das Geld zurückzahlen konnte, das seine beiden Förderer für ihn ausgelegt hatten.«

Tei-ichi hatte von der neuen Generation von Elitestudenten gehört, die im diplomatischen Dienst oder in Banken landeten und Mädchen aus betuchten Familien heirateten. Noriyasu und Nozomi gehörten auch zu einer Elite, allerdings zu einer etwas anderen. Sie versuchten, ihr Schicksal selbst zu lenken.

Es kam nicht oft vor, daß Haruko morgens von dem lauten Spatzengezwitscher draußen wach wurde. Sachiko auf dem Futon neben ihr schlief noch fest. Sie hatten bis in die frühen Morgenstunden geplaudert, denn beide wußten, daß ihr gemeinsames Leben jetzt zu Ende ging.

Haruko sah Takekos und Noriyasus Ehe und stellte sich das Eheleben nicht allzu schwer vor. Takeko hatte jetzt mehr Freiheiten als früher. Manchmal lud Noriyasu seine Frau und ihre Schwestern ins Theater in der nahe gelegenen Stadt ein. Sie hatten viel Spaß mit ihm. Er interessierte sich für Kimonos und liebte es, wenn sie sich zurechtmachten. Er gab oft seinen Kommentar in Sachen Mode, Farben und Frisuren ab. Haruko hoffte, daß sich das Leben mit Nozomi genauso unbeschwert gestalten würde.

Sie konnte nicht mehr einschlafen, deshalb stand sie auf und streifte einen alten Kimono über. Diesen Kimono wollte sie hierlassen. Kei würde ihn auftrennen, waschen und der Dienerin Kiyo geben. Haruko malte sich aus, wie Kiyo zu Keis Füßen saß und nähte, wenn sie selber schon lange nicht mehr zum Haushalt gehörte. Ein komischer Gedanke, daß das Leben bei den Shirais auch ohne sie einfach weitergehen würde.

Shige kauerte in der Küche vor dem Feuer. Unter dem schweren hölzernen Deckel des Reistopfs quoll Dampf hervor. Sie betrachtete Haruko, als läge ihr etwas auf der Zunge, wandte sich dann aber ab. Sie zog qualmende Holzscheite aus dem Ofen und steckte sie in den Topf mit dem Deckel. An eine Säule gelehnt, beobachtete Haruko die vertraute Szene.

»Du bist schon auf, Haruko? Letzte Nacht hat es geregnet.« Kei trat aus dem Schlafzimmer. Ihr Haar war ordentlich hochgesteckt, ihr Kimono warf steife Falten. Sie war bereit für einen neuen Tag.

»Ja, das hab' ich auch gehört.«

»Aber heute wird es schön. Regen vor der Hochzeit ist ein gutes Omen.« Kei nahm eine saubere Schürze aus der Schublade und band sie über ihren Obi. »Der Regen macht die Erde fruchtbar.«

Kurz darauf standen auch Tei-ichi und Ayako auf, und im Haus herrschte bald geschäftiges Treiben; die Hochzeitsvorbereitungen nahmen ihren Lauf. Die Ankleidefrau kam in einer Rikscha aus der Stadt, in einer großen Schachtel brachte sie die Brautperücke mit.

»Weckt Sachiko und Shuichi. Und du, Haruko, nimm ein Bad.« Kei brachte Tei-ichi seinen Tee ins Arbeitszimmer.

»Hallo!« Eine Frau betrat die Küche. »Kane-san kommt später mit den anderen. Sind die kleinen Tische noch im Lagerhaus?«

»Kiyo«, rief Shige, »laß dir von der Herrin den Lagerhausschlüssel geben.« Und an die Frau gewandt sagte sie: »Am besten, du wischst die Tischchen dort drüben ab, bevor du sie hereinbringst. Die Lackschüsseln kannst du auch schon mal mitbringen. Das Porzellan bleibt dort, darum kümmere ich mich später.« Sie reichte der Frau ein paar alte Lappen.

Weitere Frauen aus dem Dorf fanden sich ein, und auf dem Weg zum Lagerhaus erzählten sie sich Scherze, über die sie herzhaft lachten. Heute würde sie niemand zurechtweisen, weil sie zu ausgelassen waren.

Drei große mit Fisch gefüllte Körbe wurden herbeigekarrt.

»Guten Morgen. Darf ich die Fische an der Pumpe saubermachen, Shige-san?«

»Kiyo, tu den Rest gekochten Reis in einen Holzbottich und wasch noch mehr.« Shiges Hüften tanzten geschäftig hin und her. Haruko mußte an das alte Sprichwort: »Als hätte sie acht Köpfe und sechs Hinterteile« denken, als sie nach ihrem Bad in der Küche vorbeikam. Der pikante Geruch leicht angebrannten Reises stieg ihr in die Nase. Sie erinnerte sich daran, wie sie sich als Kinder immer um Shige geschart hatten, wenn diese aus angebranntem Reis Reisbällchen knetete.

»Shige-san, machst du mir ein Reisbällchen?«

»Also wirklich!« Shige täuschte Mißmut vor, doch ihre Augen blickten sanft. Sie langte in den Salztopf. »Dein Dannasama wäre entsetzt, wenn er dich so sehen würde.« Sie schaute Haruko eine Weile beim Essen zu und widmete sich dann den Azukibohnen, die noch gekocht werden mußten. Die Bohnen wurden mit Reis vermischt, so enstand der »rote Reis«, der bei Feierlichkeiten gereicht wurde.

Ein Koch samt Gehilfe war aus einem Restaurant in der Stadt angereist und begann, seine Messer zu schärfen.

Ayako und die Ankleidefrau warteten bereits auf Haruko. Über diverse Kleiderständer waren ein Umhang und mehrere Kimonos drapiert. Unterkleider, Obis und zahlreiche Bänder lagen ordentlich in großen, flachen Schachteln.

In ihrem einfachen Baumwollkimono setzte sich Haruko auf den Boden. Die Ankleidefrau band ihr das Haar zurück und trug eine dickflüssige, weiße Schminke auf ihr Gesicht auf. Hals, Nacken und Hände wurden ebenfalls weiß geschminkt.

Haruko wurde geschubst und gezwickt. Zuerst die weißen Unterkleider, dann der rote Unterkimono. Dann der weiße Kimono. Um die Mitte wurde ein schwerer Obi gebunden. Schließlich legte man ihr den weißen gemusterten Satinumhang um die Schultern, den vor ihr bereits Ayako und Takeko bei ihrer Hochzeit getragen hatten.

»Ich habe schon viele junge Damen angekleidet, aber eine wirklich hübsche Braut sieht man nur selten.« Die Ankleidefrau trat einen Schritt zurück und begutachtete ihr Werk, bevor sie den Kopfputz über die kunstvoll gearbeitete Perücke drapierte. Dann riefen sie Kei.

Kei setzte sich schweigend hin und musterte ihre Enkelin.

»Geh und verabschiede dich von Großvater«, sagte Ayako.

Ab heute gehört sie nicht mehr zu der Familie, in der sie aufgewachsen war. Ab heute war sie keine Miwa mehr.

Normalerweise wurde die Braut zum Haus des Bräutigams gebracht, wo dann die Zeremonie stattfand, aber da Nozomis Eltern in einem abgelegenen Bergdorf wohnten, hatte man davon abgesehen. Sie konnten leider nicht einmal zur Hochzeit kommen, daher vertraten Noriyasu und Takeko die Seite des Bräutigams.

Die Ankleidefrau hielt die Kimonoschleppe hoch, die auf dem Boden schleifte, und Haruko trippelte mit zierlichen Schritten durch den langen Korridor zu Tei-ichis Arbeitszimmer. Sie rief nach ihm vor der geschlossenen Tür. Die Ankleidefrau öffnete die Schiebetür, und als Haruko niederkniete und sich verneigte, klirrte ihr Kopfschmuck.

»Oh!« Tei-ichi starrte sie eine Weile entzückt an. »Ich wünschte,

Großvater Miwa könnte dich so sehen, und dein Vater natürlich.« Dann straffte er die Schultern und räusperte sich. »Haruko«, sagte er, »dein Gatte ist ein kluger Mann und wird es zweifellos zu etwas bringen. Er hat eine der besten Universitäten des Landes besucht und eine sehr gute Ausbildung erhalten. Das zählt heutzutage mehr als die Abstammung. Nozomi ist ein anständiger Mann. Du hast nichts zu befürchten. Jetzt ist es deine Aufgabe, ihm ein glückliches Heim zu bereiten.« Als Tei-ichi seine kurze Abschiedsrede beendet hatte, entfuhr ihm ein kleiner Seufzer.

»Ja, Ojiisama.«

»Und ... paß auf dich auf. Bleib gesund.«

»Vielen Dank, Ojiisama, daß du so lange auf mich achtgegeben hast.« Haruko verneigte sich. Das Geflecht der Tatamimatten verschwamm vor ihren Augen. »Bitte, Ojiisama, bleib auch du gesund.« Immerhin gelang es ihr, nicht zusammenzubrechen, als sie diese Worte hervorpreßte. Ihr Make-up würde allerdings erneuert werden müssen.

»Heute ist ein schöner Tag«, sagte Tei-ichi mit belegter Stimme. »Der Bräutigam kommt sicher bald. Du gehst jetzt besser.«

»Der Bräutigam ist da.« Wie kleine Wellen schwappte die Botschaft zu Haruko, die bereits auf einem Hocker saß und wartete. Zwischen zwei großen Räumen waren die Schiebetüren entfernt worden, und als sie in den so entstandenen Saal geführt wurde, konnte sie Nozomi aus den Augenwinkeln sehen. Er saß am anderen Ende des Raums gegenüber dem Platz, den sie einnehmen würde. Er trug einen schwarzen Kimono, *haori* und *hakama.* Haruko spürte, daß Nozomis Blick auf ihr ruhte, sie hielt jedoch den Blick gesenkt. Der Direktor von Nozomis Firma war mit seiner Frau aus Tokio angereist, um als Heiratsvermittler zu fungieren. Daß er die Einladung angenommen hatte, wertete Tei-ichi als Bestätigung, daß Nozomi sehr geschätzt wurde und großartige Zukunftsaussichten hatte.

Vor der *tokonoma,* der Nische für Schmuckgegenstände, stand ein einfacher Holztisch. Davor nahm der Shinto-Priester Platz, der eine Robe und einen Hut trug, die der höfischen, tausend Jahre alten Tracht der Heian-Zeit ähnelten.

Die Vermittler führten Bräutigam und Braut zu dem Tisch, vor dem sie nebeneinander niederknieten. Der Priester stand mit den Rücken zu den Anwesenden. Vor einem Bild der Sonnengöttin, der legendären Ahnin der Kaiser, war mit ein paar Vasen ein schlichter Altar errichtet worden, und der Priester rezitierte in monotonem Sprechgesang die uralte Formel. Anfangs versuchte Haruko, seine Worte zu verstehen, fragte sich jedoch bald, ob überhaupt irgendeiner der Anwesenden etwas mit den Wimmerlauten anfangen konnte. Dann betrachtete sie Nozomis Hände, die auf seinen Knien ruhten. Sie waren hell und geschmeidig.

Schließlich beendete der Priester seinen Gesang und machte eine tiefe Verbeugung. Dann ergriff er einen Zweig vom heiligen Sakakibaum und schwenkte ihn über dem Brautpaar hin und her, ein Ritual, dem man eine reinigende Wirkung zuschrieb.

Nach weiteren Verneigungen nahm der Priester wieder seinen Platz ein. Auf einem rotlackierten Stufengestell standen übereinander drei Reihen flacher Sakeschälchen. Der Heiratsvermittler füllte ein wenig Sake in das oberste Schälchen. Nozomi und Haruko nippten jeweils dreimal, dieselbe Prozedur wiederholten sie mit der nächsten Schale. Obwohl Haruko jedesmal nur die Lippen benetzte, wurde ihr nach neunmaligem Einatmen der Sakedämpfe ganz heiß im Kopf. Nozomi reichte seine Schale an Tei-ichi, Kei und Ayako weiter, und diese gaben sie ihm wieder zurück. Damit war die Verbindung besiegelt.

Haruko reichte ihre Schale an Noriyasu und Takeko weiter, die heute die Seite des Bräutigams vertraten.

Nach der Zeremonie wurde Haruko aus dem Saal geführt, um einen farbenprächtigen Kimono anzuziehen. Als man sie wieder hineingeleitete, wurde gerade das Abendessen aufgetragen. Die Frauen aus dem Dorf brachten nacheinander kleine Lacktische herein und stellten vor jeden Gast einen hin.

Der Heiratsvermittler sang eine traditionelle Weise. Er hatte keine besonders schöne Stimme, aber sie war geübt und fest. Haruko saß reglos da. Die Braut sollte sich wie eine Puppe verhalten, sollte möglichst wenig essen und sich kaum bewegen.

Dann wurde Sake gereicht, und die Gäste erhoben sich allmählich und unterhielten sich. Nozomi und Noriyasu plauderten ganz ungezwungen miteinander, sie lachten sogar. Einmal hatte Haruko das Gefühl, daß die beiden sie abschätzend musterten. Ihre Wangen glühten, denn sie mußte an das Bild denken, daß Kei ihr am Abend zuvor gegeben hatte.

»Dieser Talismann soll dich vor dem Bösen bewahren«, hatte ihre Großmutter gesagt und ihr ein gefaltetes Papier überreicht. »Leg es zu deinem Seidenpapier.« Es handelte sich um einen Ukiyo-e-Druck des berühmten Malers Utamaro. Auf dem Bild waren ein Mann und eine Frau zu sehen, die sich in einer Stellung umschlungen hielten, die es dem großartigen Künstler gestattete, etwas darzustellen, das Haruko nach Ansicht ihrer Großmutter in der Hochzeitsnacht wissen sollte.

Nach der Hochzeitsfeier brachen Nozomi und Haruko in ihre Flitterwochen auf. Als zwei Rikschas vorfuhren, um sie zum Bahnhof zu bringen, stieg Haruko in die zweite. Sie musterte den Rücken ihres Gatten, der in der ersten Rikscha saß, als Kei sich durch die Menge vor dem Tor drängte und auf sie zuschritt.

»Schau zu Boden, Haruko. Die Braut muß Bescheidenheit zeigen«, raunte sie ihr auf Zehenspitzen stehend zu. »Paß auf dich auf. Ich hoffe, du wirst glücklich.« Kei lächelte, doch ihre Stimme hatte einen scharfen Unterton.

Ayako stand mit feuchten Augen ein wenig abseits. Haruko sah sich suchend nach Tei-ichi um, konnte ihn aber nirgends entdecken.

Der Kuli ergriff die Deichseln und folgte Nozomis Rikscha, die bereits losgefahren war.

»Ich muß noch etwas im Büro erledigen«, sagte der Bräutigam, nachdem sich der Zug in Bewegung gesetzt hatte. »Deshalb machen wir in Fukuoka halt. Mein Sekretär wird sich um dich kümmern, während ich im Büro bin. Er bringt dich dann wieder zum Bahnhof, und wir setzen unsere Reise fort.«

Nozomis Sekretär nahm Haruko mit zu sich nach Hause, wo seine Mutter ihr Tee servierte und sie einige Stunden freundliche Konversation machten. Dann brachte er Haruko wieder zum Bahnhof. Plötzlich wurde sie von Panik erfaßt: Sie konnte sich nicht mehr daran erinnern, wie ihr Mann aussah, nur daran, daß er eine Brille trug. Sie wußte auch nicht mehr genau, wie groß er war.

Sie lief den Zug ab.

Da war er ja: Er hatte den Kopf aus dem Fenster gesteckt und winkte ihr zu. Offensichtlich konnte er sich sehr wohl noch daran erinnern, wie sie aussah.

# 2. TEIL

## 1

## *Aufbruch in die Mandschurei*

Alle Schiebetüren zum Garten standen offen. Haruko merkte, wie kalt ihre Hände waren und daß sie Hunger hatte. Sie war seit dem Morgen damit beschäftigt, die Habe der Familie zu sichten, und jetzt war es fast drei Uhr. Das Haus war ausgeräumt, und alle Sachen, die in Kisten zu packen waren, standen draußen im Garten.

Man schrieb das Jahr 1941, und Haruko bereitete sich auf den Umzug in die Mandschurei vor, einer nördlichen Provinz in China, die Japan kolonisiert hatte.

Der Garten war nicht groß, aber gut gepflegt, bis vor zwei Tagen ein Mann aus dem Dorf begonnen hatte, die ganze Habe einzupacken. Ebendieser Mann hatte auch immer die schöne Kiefer gestutzt. Im Winter schützte er den Baum, indem er an seiner Krone lange Stricke befestigte, die er wiederum an den Zweigen festband, damit sie nicht unter der Last des Schnees brachen. Die Kiefer sah dann aus, als stünde sie in einem halbaufgespannten Regenschirm. Erst vor einigen Wochen hatte er die Strohabdeckung von den Azaleenbüschen und Pfingstrosen entfernt. Den kleinen Teich nannte Nozomi »Katzenpisse«, was Haruko peinlich war; sie wußte sehr wohl, daß er sich über ihre bürgerliche Art lustig machte.

Das weiche Moos war mit den winzigen Fasern der Verpackungsschnüre übersät. Staub wirbelte durch die Luft.

»Wo sollen die Sobanudeln hin?« fragte Aki, die Dienerin. Der Junge vom Nudelladen war mit dem Fahrrad vorgefahren und balancierte einen Turm aus mindestens zehn Tabletts in der Hand, drei davon waren für die Sanjos. Das sah gefährlicher aus, als es war, denn die Lieferburschen der Nudelläden waren überaus geschickt, und es gab kaum Unfälle.

Harukos Blick schweifte über die leeren Tatamimatten. »Hol

die…«, sie mußte lachen. Die Kissen waren natürlich längst gepackt.

»Wir essen einfach auf der Veranda, Aki-san.«

»Takeda-ya-san!« Sie rief den Mann, dessen Fuß gerade auf einem großen Bündel stand, das er mit einem dicken Strohseil verschnürte. »Komm essen. Du kannst sicher ein paar Nudeln vertragen.«

Er verneigte sich, als Haruko ihm ein kleines Tablett mit einer Schale Soba reichte. »Danke. Ich bleib' hier unten.«

»Nein. Setz dich zu uns auf die Veranda. Aki-san, komm, du ißt auch mit uns.«

Takeda-ya setzte sich und wischte sich mit dem Tuch, das er um den Kopf gewunden hatte, übers Gesicht. Ein Hauch von Schweiß vermischte sich mit frischem Strohduft. Die Schale in einer Hand, beugte er sich über die Nudeln und saugte sie schnell und geräuschvoll ein. Es hieß, einem richtigen Sobakenner dürfe der Strang auf dem Weg vom Mund zum Magen nicht zerreißen.

Als er fertig war, steckte er sich eine Pfeife an.

Friedlich paffend musterte er die Kiefer. Er würde demnächst mit Schere und Leiter vorbeikommen, würde hier einen Ast abschneiden, da ein wenig abzwacken, dann würde er von der Leiter steigen und die Form der Kiefer von der Veranda aus begutachten, so wie jetzt. Nach einer Weile würde er dann wahrscheinlich noch einen Ast abschneiden. Gartenarbeit war ein Prozeß, der Stunden reiflicher Überlegung bedurfte. Wollte Haruko beispielsweise eine Kamelie für ihren Garten, brachte er ihr eine Pflanze mit und benötigte dann eine halbe Stunde, bis er den besten Platz dafür gefunden hatte. Gegen Ende des Tages las er immer Blätter und Zweige von dem weichen Moos auf und fuhr zu guter Letzt noch einmal mit der Hand darüber.

Doch heute hatte er eine ganz andere Arbeit zu verrichten. Er paffte weiter.

»Für uns ist die Mandschurei eine andere Welt«, sagte er, als spräche er zu sich selbst. »Nichts als eine riesige Einöde.«

»Es ist dort mittlerweile sehr zivilisiert. Man kann dort genausogut leben wie hier, wenn nicht sogar besser.«

Haruko hatte keine Ahnung, was am Leben in China besser sein sollte. Die Russen hatten angeblich während ihrer Herrschaft in der Mandschurei viele schöne Häuser gebaut, bevor sie 1905 im Russisch-Japanischen Krieg besiegt worden waren. Vor einem Jahr noch hatte sie sich bei Fragen wie: »Weshalb mußte die japanische Armee bis in die Mandschurei vorrücken?« nichts weiter gedacht. Ihre Kenntnisse über die nördliche Provinz Chinas beschränkten sich auf das, was sie in den Zeitungen gelesen hatte.

Als Haruko nach ihrer Hochzeit nach Kyushu gezogen war, hatte sie geglaubt, ihr Leben würde von nun an in geordneten und vorhersehbaren Bahnen verlaufen. Zuerst war alles wie ein Spiel gewesen. Sie besaßen nur zwei Töpfe, einen für Reis und einen für Suppe. Es gab einen kleinen Tisch, der nach dem Essen weggeklappt wurde, außer wenn sie noch einen Brief schreiben wollte.

Haruko lächelte bei dem Gedanken daran, daß sie Nozomi als Autoritätsperson betrachtet hatte.

»Darf ich bitte einen Topf und zwei Teeschalen kaufen?« hatte sie ihn eines Abends gefragt. Er hatte sie überrascht angesehen. »Natürlich, du kannst kaufen, was immer du willst.«

Sie kaufte zwei Teeschalen, und Nozomi hatte großen Gefallen an seiner gefunden.

»Was für eine schöne Form und Farbe. Der Tee schmeckt köstlich daraus.«

Bald darauf fiel sie Haruko jedoch aus der Hand und zerbrach.

»Wo ist meine schöne Schale?« fragte er an jenem Abend.

»Verzeih, ich hab' sie zerbrochen.« Als Tränen über ihre Wangen rollten, hatte Nozomi sie verständnislos angestarrt. Womöglich war ihm nicht klar, was es für Haruko bedeutete, mit einem Mann zusammenzuleben, der zehn Jahre älter war und schon viel im Leben erreicht hatte. Dabei war er gar kein komplizierter Ehemann. Sachiko, Shuichi und Hideto entdeckten bald, daß die Sanjos eine nette Abwechslung von zu Hause boten, und verbrachten ihre Ferien oft bei Haruko in Kyushu, bis Nozomi nach Tokio versetzt wurde; er wurde dorthin zurückberufen, um nach dem Erdbeben von 1923 beim Wiederaufbau der Hauptstadt zu helfen.

Nach Harukos Hochzeit vergingen fünf Jahre, bis Sachiko heiratete. Bei den Shirais hatte sich in der Zwischenzeit einiges verändert. Zwei Jahre nach Harukos Hochzeit war Tei-ichi friedlich entschlafen. Yasuharu war aus Europa zurückgekehrt und zum Oberarzt der Augenklinik des Rotkreuz-Krankenhauses in Tokio ernannt worden. Er hatte die Tochter eines Chirurgen geheiratet.

Familienangelegenheiten wurden jetzt in Tokio und nicht mehr in Kitani entschieden, da Yasuhara nun Familienoberhaupt war. Nozomi und Haruko sahen die übrige Verwandtschaft recht häufig, und mit der Zeit waren Ayako und Sachiko öfter bei den Sanjos und bei Yasuharu als zu Hause in Kitani anzutreffen.

Sachiko erhielt einen Heiratsantrag von einem Studenten, einem jungen Mann aus der Nachbarschaft der Sanjos. Er wohnte mit seinen Eltern in einem kleinen Mietshaus. Hätte Tei-ichi noch erlebt, wie sich der junge Mann in Sachiko verliebte und selbst bei ihrer Familie vorsprach, hätte er dessen Verhalten als unverschämt bezeichnet. Er hätte Sachiko zurechtgewiesen und diese Verbindung überhaupt nicht in Betracht gezogen.

Yasuharu hatte sich besonnener verhalten. Da er sich bei dieser Gelegenheit erstmals als Familienoberhaupt beweisen mußte, hatte er den Antrag zunächst abgelehnt. Davon ließ sich der junge Mann allerdings nicht abschrecken. Es kam ihm zugute, daß er an der gleichen Universität wie Yasuharu studiert hatte, wenn auch an einer anderen Fakultät. Er berief sich auf diese Gemeinsamkeit, um Yasuharus Vertrauen zu gewinnen, und schrieb ihm einen langen Brief. Außerdem bat er einen gemeinsamen Freund, ein gutes Wort für ihn einzulegen.

Der junge Mann hatte Ayako einen Besuch abgestattet, das war recht ungewöhnlich, und Ayako empfing ihn nur zögernd, dann war sie allerdings entzückt von ihm. Sie würde keine Einwände erheben, falls Yasuharu den Antrag annahm. Auf Ayakos Bitten hin lud Harukos Mann Nozomi den jungen Mann in seinen Klub ein und unterhielt sich mit ihm.

»Was hältst du von ihm?« Ayako und Haruko hatten Nozomi schon erwartet und wollten sofort seine Meinung hören, als er die *chanoma* betrat.

»Ein ordentlicher Mann. Drückt sich gewählt aus, ohne geschwätzig zu sein. Das ist von einem Soziologiestudenten wahrscheinlich zu erwarten.«

»Hältst du ihn für einen Hitzkopf? Ob er noch ruhiger wird?« Ayako war besorgt.

»Das kann ich nicht garantieren, Okasan«, erwiderte Nozomi amüsiert. »Hm. Im Moment würde er wahrscheinlich mich oder sich selbst töten, wenn ich das verlangen würde.«

»Damit ist er also unbesonnen und stürmisch?« hatte Haruko gefragt.

Nozomi hatte ihr einen Blick zugeworfen. »Er ist – wie heißt es so schön – unsterblich in Sachiko verliebt und weist alle Symptome eines jungen Liebenden auf. Wenn du mich fragst, Mutter, solltest du ihm das Schicksal des jungen Werther ersparen.«

»Wessen Schicksal?« fragte Ayako verwirrt, und Nozomi winkte lachend ab.

Letztendlich gab Yasuharu seine Zustimmung, und Sachiko heiratete Hitoshi Asada in Tokio, nachdem dieser seine Promotion abgeschlossen und eine Dozentenstelle an der Universität bekommen hatte.

Hitoshi war nett und amüsant. Er war schon bald sehr beliebt in der Familie. Politik und Wirtschaft schienen jedoch aufgrund der instabilen Lage Japans gegen Ende der zwanziger Jahre heikle Gesprächsthemen zu sein.

Shuichi hatte unterdessen ein Medizinstudium aufgenommen und wohnte bei den Sanjos in Tokio. Nozomi gab Shuichi ein großzügig bemessenes Taschengeld, und er gewöhnte sich schnell einen mondänen Lebensstil an. Seine Freunde fühlten sich bei den Sanjos ebenfalls wohl und brachten die Atmosphäre von Cafés, Tanzhäusern und Kinos ins Haus, die ganze Lebenslust und Dekadenz dieser Zeit.

»Komm, ich zeig' dir, wie man tanzt, Haruko-nesan.« Aus Shuichi war ein großer, gutaussehender junger Mann geworden. »Zieh doch mal ein europäisches Kleid an.«

»Nein, also wirklich! Nozomi wäre entsetzt.«

»Das glaub' ich nicht. Er kommt sowieso immer spät nach Hause. Du ziehst es einfach vorher wieder aus.«

Das stimmte. Nozomi wurde zunehmend von seiner Arbeit in Anspruch genommen, und seine Familie sah ihn kaum noch.

Einer von Shuichis Freunden war der Enkel des Finanzministers, der wiederum ein hervorragender Jazzpianist war, wie Haruko erfahren hatte. Er brachte ein Grammophon mit, und die jungen Männer tanzten auf Tatamimatten durch das kleine Zimmer, während Namiko, Takekos Tochter, mit großen Augen zusah. Shuichi hängte Fotos von Mary Pickford und Rudolph Valentino über seinem Schreibtisch auf.

Aber nicht alles war eitel Sonnenschein. Durch Shuichis Freunde kam Haruko mit den Problemen der Zeit in Berührung. Junge Offiziere, Anhänger des Kaisertums, verlangten eine Umstrukturierung der Regierung und erschossen drei Regierungsmitglieder in ihren Wohnungen. Einer davon war der Großvater von Shuichis Freund. Diese Gruppe regimekritischer Militärs wurde daraufhin zwar unterdrückt, aber die Sache des Kaisers und seiner Anhänger hatte an Boden gewonnen.

Die Gesellschaft schien vor diesem unbeständigen politischen Hintergrund immer vergnügungssüchtiger zu werden. Nozomi ermahnte Shuichi einmal: »Es ist gut, sich zu amüsieren, Shu-chan. Ich wünschte, ich hätte in jungen Jahren die Zeit und das Geld dazu gehabt. Vielleicht hätte ich mich mehr erholen und bessere Arbeit leisten können. Aber denk dran: Eines Tages wirst du Verantwortung für andere Menschen tragen.«

Haruko lernte zwar nicht tanzen, aber sie hörte Musik aus *Die lustige Witwe* und *Rigoletto* und schaute sich mit Sachiko europäische Filme an. Außerdem sah sie Anna Pawlowa als »Sterbenden Schwan« auf der Bühne. Da man in Japan glaubt, Essig zu trinken mache geschmeidig, verstieg sich ein bekannter Kritiker zu der Bemerkung, die Ballerina sei eine »Essigfrau«.

Sie besuchten ein Konzert des Violinisten Zimbalist. Nozomi begleitete sie zur Abwechslung und saß zwischen Haruko und ihrer Schwester in ihren hübschen Kimonos. »Zimbalist gefiel mir gut«, sagte er später, »weil er sich nicht dauernd wie ein Grashüpfer verbeugt hat. Er war sehr würdevoll. Sie tun mir immer leid, wenn sie sich zu oft und zu tief verneigen.«

»Er hat wunderschön gespielt.« Sachiko seufzte.

»Ich fand das Stück von Brahms wundervoll. Na ja, vielleicht, weil es das einzige war, das ich erkannt habe.« Nozomi lachte.

»Führst du uns heute abend aus?« fragte Haruko ihren Mann unbeschwert.

»Wieso sollte ich?« Auch er war guter Laune. Haruko wollte schon sagen: »Den heutigen Abend verbringst du mit uns, nicht mit Geishas.« Er kam nur selten vor Mitternacht in einem Taxi nach Hause. Die meisten Abende verbrachte er in vornehmen Restaurants und ließ sich von Leuten unterhalten, die seine Gunst suchten. Sie beklagte sich nicht. Schließlich führte er das Leben, das von einem fähigen, erfolgreichen Mann erwartet wurde. Sie hatte kaum Einblick in diese undurchsichtige Männerwelt. Wie alle Ehefrauen wußte auch Haruko, daß Geishas der vornehmen Gesellschaft keine Prostituierten waren, aber dennoch haftete ihnen eine gewisse Zweideutigkeit an.

»Wir haben zu Hause nichts vorbereitet.«

»Wie wär's mit dem Alaska, lieber Schwager?« schlug Sachiko schelmisch vor. Das Alaska war ein sehr teures Restaurant.

»Woher kennt ihr denn das Alaska?« Dann pfiff er nach einem Taxi und führte die beiden genau dahin aus.

Im nachhinein wurde Haruko klar, daß sie damals nicht gemerkt hatte, wie sehr sie in den Tag hineingelebt hatte. Die Gesellschaft schien so bunt und facettenreich wie ein Kaleidoskop und war doch die ganze Zeit auf das Chaos zugesteuert.

Im September 1931 hatte die japanische Armee einen Teil der Bahnstrecke nördlich Shenyangs in der Mandschurei in die Luft gejagt. Unter dem Vorwand, es hätte sich um die Intrige eines chinesischen Generals gehandelt, war die japanische Armee in Shenyang einmarschiert und okkupierte bald die gesamte Mandschurei. Unter der Marionettenregierung des Kaisers Pu Yi wurde das Kaiserreich Mandschukuo gegründet. Fünf Jahre später, während einer nächtlichen Truppenübung bei Peking, behaupteten die Japaner, Schüsse der chinesischen Armee gehört zu haben – ein japanischer Soldat war angeblich gefallen. Dieser Zwischenfall löste den chinesisch-japanischen Krieg aus.

Bei jedem Familientreffen, sei es, um einen Geburtstag oder eine Genesung zu feiern oder um die Wildenten zu kosten, die einer von Yasuharus Patienten ihm geschickt hatte, verstrickten sich die Männer in leidenschaftliche Diskussionen, und die Frauen gähnten jedesmal, sobald die Schlagworte »Kolonialismus«, »Militärregierung« und »Xenophobie« fielen; sie zogen sich dann lieber zum Plaudern zurück. Seit dem Ausbruch des chinesisch-japanischen Krieges herrschte eine nationalistische Stimmung im Land. Das Lied, das Danielle Darrieux in dem Film *Retour à l'aube* gesungen hatte und das überall zu hören gewesen war, wurde nicht mehr im Radio gespielt. Es gab immer weniger Luxusgüter auf dem Markt.

»Wußtet ihr, daß der Sohn Saitos vor kurzem geheiratet hat?« fragte Kazuko, Hidetos Frau und damit Harukos Tante, die aber ein Jahr jünger war als diese.

»Aha.«

»Auf der Einladung stand: ›Wegen der nationalen Krise scheint es uns angemessen, statt eines Festbanketts nur eine kleine Familienfeier zu veranstalten‹ oder so etwas Ähnliches. Der Empfang fand in diesem großen, billigen Chinarestaurant statt, ihr wißt schon, das wie ein Kaufhaus aussieht.«

»Nicht im kaiserlichen Hotel?« Takeko schien bestürzt. »Sie waren bestimmt froh, daß sie nicht soviel Geld ausgeben mußten.« Takeko verpaßte nie ein Familientreffen. In letzter Zeit häuften sich ihre Besuche, da ihr Sohn und ihre Tochter bei Haruko wohnten und in Tokio zur Schule gingen.

»O Takeko-san«, kicherte Kazuko.

Nach über zehn kinderlosen Ehejahren hatten Haruko und Nozomi die Hoffnung auf eigene Kinder fast aufgegeben und schon in Erwägung gezogen, Takekos Tochter zu adoptieren. Doch dann hatte Haruko ein kleines Mädchen zur Welt gebracht, und ein Jahr später noch eine Tochter.

Nach der Geburt der ersten Tochter war Nozomi strahlend ins Krankenhaus gestürmt, um Haruko zu besuchen. »Ich werde sie Emi nennen, ›mit Schönheit gesegnet‹. Ist das nicht ein wunderbarer Name? Ich lasse ihn sofort registrieren.« Der Name gefiel Haruko, aber es störte sie, daß er sie nicht nach ihrer Meinung gefragt hatte. Sie gab vor, sich den Namen durch den Kopf gehen zu lassen. Wir können noch bis zum Tag der Namengebung darüber nachdenken.« Der Tag der Namengebung war der siebte Tag nach der Geburt, aber Nozomi hört ihr gar nicht zu.

»Ich war gerade bei ihr«, sagte er schmunzelnd. »Sie hat mir zugelächelt.«

»Das glaub' ich nicht.«

»Warum nicht? Sie erkennt mich doch. Ich hab' auch mit dem Arzt gesprochen. Sie sei ein perfektes Baby, sagt er. Und die Krankenschwester hat gesagt, sie sei sehr intelligent.«

Bestimmt lachten sie über ihn. Haruko lächelte hilflos.

»Zum Glück hat sie nicht meine Daumennägel«, fuhr er fröhlich fort.

Nozomi hatte ungewöhnlich kurze Daumennägel, die seinen Daumen das Aussehen kleiner dicker Stümpfe verliehen. Einmal hatte er einer Geisha seinen Daumen gezeigt: »Sieh nur, mein Daumen hat nur ein Glied.« Die Geisha hatte angesichts dieser Verstümmelung mitleidig geseufzt und kurz darauf gequiekt: »O je, mein Daumen hat auch nur ein Glied.« Haruko fand diese Geschichte albern, wahrscheinlich hatte ihn die Geisha sofort durchschaut.

Nachdem er die zweite Tochter Mari genannt hatte – wieder, ohne sich mit Haruko zu beratschlagen –, überließ Nozomi seiner Frau alle weiteren Entscheidungen in den ersten Lebensjahren der Töchter. Als sie älter wurden, ließ Haruko sie Klavier und japanischen Tanz lernen. Das war eine teure Angelegenheit. Der Lehrer war ein berühmter Tänzer. Ein Maskenbildner vom Kabuki-Theater schminkte die Kinder, und ein Ankleider steckte sie in ihre Kimonos. Mitten in Tokio wurde ein Theater angemietet. Die Eltern reservierten gleich mehrere Zuschauerreihen und luden Freunde und Verwandte ein. Mittags gab es Sushi, und später wurde den Gästen Tee und Kuchen gereicht.

Nozomi fragte Haruko, wann genau ihre Töchter auf der Bühne zu sehen sein würden, und stürzte gerade noch rechtzeitig herein. Er setzte sich und genoß die Vorstellung. Es waren aber nicht ihre Tanzkünste, die Nozomi mit Genugtuung erfüllten – sogar er mußte zugeben, daß sie keinen vielversprechenden Eindruck machten. Er freute sich, daß Emi, die beim Herumwirbeln eine Sandale verlor, diese besonnen in aller Ruhe wieder anzog und daß sich die vierjährige Mari – anders als die meisten Kinder – die eigentlich recht unkomplizierte Tanzfolge merken konnte.

Während Haruko ihr junges Familienglück genoß, machte sie sich zunehmend Sorgen um ihren Bruder. Trotz seines ausschweifenden, munteren gesellschaftlichen Lebens hatte Shuichi das medizinische Examen bestanden, und Ayako setzte alle Hebel in Bewegung, um ihm eine angesehene Stelle zu besorgen. Er war mit dem guten Aussehen der Miwas und der Shirais gesegnet und hatte eine vorzügliche Erziehung genossen. Sein Professor schlug ihn für den Stab aus Kinderärzten vor, die sich um den neugeborenen Kronprinzen kümmerten. Das war eine große Ehre, wenn auch das Gehalt eher mickrig war. Ayako war jedenfalls überglücklich. Ihr Schwiegervater und ihr Mann wären sicher entzückt gewesen. Sie hatte sich ihrer Verantwortung als würdig erwiesen.

Das Glück währte jedoch nicht lange. Ayako schmiedete Ehepläne für Shuichi und hatte bereits mehrere Angebote abgelehnt, als er plötzlich verkündete, er hätte selbst eine Frau gefunden. Sie war die Tochter eines kleinen Staatsbeamten, und Shuichi hatte sie in einem Tanzsaal kennengelernt.

»In einem Tanzsaal!« Ayako war entsetzt.

»Das ist so eine Art Kaffeehaus, Okasan. Tanztee nennt man das.«

Yaeko war nicht die Sorte Frau, die Ayako sich als Schwiegertochter oder überhaupt als irgend jemandes Ehefrau vorstellen konnte. Als sie ihrer zukünftigen Schwiegermutter vorgestellt wurde, trug sie ein tief ausgeschnittenes Kleid. Ihr kurzes Haar war gelockt, die Lippen knallrot geschminkt.

»Ihre Eltern sind sehr nett. Sie behandeln mich wie einen Prinzen«, sagte Shuichi selbstgefällig.

»Du hast ihre Eltern schon kennengelernt?«

»Wieso nicht?«

»Eine Ehe ist keine leichtfertige Angelegenheit, Shuichi. Wir müssen erst mehr über sie herausfinden.«

»Was gibt's da herauszufinden, Okasan?«

»Jede Menge. Zum Beispiel, ob es in ihrer Familie Erbkrankheiten gibt.«

Shuichi lachte unbeschwert. »Ich bin schließlich Arzt und kann dir versichern, daß die ganze Familie kerngesund ist.«

Da Shuichi noch nicht viel verdiente, beschloß das junge Paar, vorerst bei Yaekos Eltern zu wohnen.

»Bei ihren Eltern wohnen.« Das entsprach ganz und gar nicht Ayakos Vorstellungen von der Ehe ihres einzigen Sohnes. Ihr Traum vom Leben in Shuichis Haus schien sich in Luft aufzulösen.

»Das ist nur für die ersten Jahre, Okasan«, versicherte Shuichi. Aber Ayako konnte sich nicht vorstellen, mit Yaeko glücklich zu werden, und ihre Töchter teilten ihre Zweifel.

Ein Jahr darauf kam ein Sohn zur Welt; das glückliche Ereignis wurde allerdings von der Tatsache überschattet, daß er gehörlos war.

Ayako flüsterte Haruko eines Tages zu: »Ich frage mich, ob einer der Vorfahren der Miwas sich etwas zuschulden hat kommen lassen. Auf der Familie scheint ein Fluch zu lasten.«

»Aber das kann doch in jeder Familie vorkommen.« Haruko versuchte Ayako zu beschwichtigen.

»Aber immer, wenn es gerade gut zu laufen scheint, passiert etwas Schreckliches. Denk doch nur: ein tauber Junge als Nachfolger der Miwas«, hatte Ayako gejammert. »Wie glücklich Großvater und Vater darüber gewesen wären, daß Shuichi die Stelle bei Hof bekommen hat. Er hätte sogar Leibarzt des Kaisers werden können.«

»Das kann er doch immer noch.«

Ayako schüttelte den Kopf, denn gegen den Rat aller hatte Shuichi begonnen, als Allgemeinarzt zu praktizieren.

»Das Gehalt eines kaiserlichen Leibarztes ist anfangs nicht sehr hoch, und sie prüfen die Familienverhältnisse ganz genau. Und sie verlangen, daß man nicht gleichzeitig als Arzt in der Stadt arbeitet. Schließlich soll der Prinz nicht mit gewöhnlichen Sterblichen in Berührung kommen. Shuichi-san wird bestimmt bald entlassen. Ich hätte ihn unterstützt, wenn er bei mir geblieben wäre oder wenn er…«, da hatte sie gestockt.

Haruko konnte sich denken, was Ayako durch den Kopf ging.

Hätte er eine Frau geheiratet, deren Familie ihn finanziell unterstützt hätte statt umgekehrt, sähe alles ganz anders aus. Es hatte etliche Heiratsangebote gegeben, die ihm ein sicheres Leben garantiert hätten. Doch Ayako behielt ihr Bedauern für sich und musterte ihre Hände. »Schade, daß Shobei-ojiisamas Enkel des Geldes wegen auf diese Ehre verzichten muß. Er wäre sehr traurig, wenn er das wüßte. Außerdem arbeitet Shuichi-san zuviel. Er sieht müde aus. Er ist nicht sehr robust, weißt du. Schlage ihm bei Gelegenheit doch einmal behutsam vor, er soll sich mehr Ruhe gönnen. Ich würde gern mehr für ihn tun, aber Yaeko-san ist eine stolze Frau, und ich habe nie Gelegenheit, mit Shuichi-san unter vier Augen zu sprechen.«

Kurze Zeit später kam Nozomi nach Hause und erzählte Haruko, daß Yaeko ihn im Büro aufgesucht hatte.

»Yaeko-san?«

»Ja. Shu-chan ist krank und braucht offensichtlich eine längere Erholungspause. Ich habe ihr Geld gegeben, aber schau doch morgen am besten mal bei ihnen vorbei.«

Wenn Yaeko sich Geld geborgt hatte, war die Lage sicher ernst. Da Haruko sich um ihre beiden kleinen Töchter kümmern mußte, hatte sie die Familie ihres Bruders schon längere Zeit nicht mehr besucht. Auch die restliche Familie hatte sich Shuichi und Yaeko etwas entfremdet, weil er immer arbeitete.

Als Haruko bei Shuichis Haus ankam, war die Tür verschlossen, und es war sehr still. Sie stand eine Weile da und betrachtete die verstaubten Blätter einer kleinen Aralie, der einzigen Pflanze zwischen dem behelfsmäßigen Tor und der Haustür. Haruko fragte sich, was ihrem Bruder wohl durch den Kopf ging, wenn er täglich durch dieses Tor zu dem Leben ging, das er sich über die Einwände und Tränen seiner Familie hinweg erkämpft hatte. Ob er je an seine alten Stepschuhe dachte oder an die Liebesbriefe, die er von einer Filmschauspielerin erhalten hatte? Wie beeindruckt damals alle gewesen waren. Er hatte so ein aufregendes Leben geführt.

Nachdem Haruko eine Weile gewartet hatte, stellte sie die mit Obst gefüllte Tasche neben der Tür ab und spannte ihren cremefarbenen Crêpe-Sonnenschirm auf. Sie wollte gerade zurück zur Haltestelle gehen, als ihr Yaekos Mutter entgegenkam.

»Haruko!« Ein Lächeln breitete sich auf dem großflächigen, schweißüberströmten Gesicht aus. Sie trug ihren Enkel auf dem Rücken und schleppte zwei Einkaufstaschen. Der Kopf des Kleinen hing nach hinten, und sein Gesichtchen war ebenfalls schweißüberströmt.

»Tut mir leid, ich war nur kurz einkaufen. Komm doch bitte herein, ich mache dir einen Tee.«

Yaekos Mutter öffnete die Schiebetüren zum Garten und reichte Haruko einen Fächer. Dann brachte sie ihr eine Schale Tee und verneigte sich förmlich. »Danke, daß du bei diesem Wetter vorbeigekommen bist.«

Haruko erfuhr von Yaekos Mutter, daß es Shuichi schon seit einer Weile schlechtging, doch er hatte es bisher aufs Wetter geschoben. Es war tatsächlich außergewöhnlich heiß.

»Doch dann hat er Blut gehustet. Seine Freunde haben ihm dringend geraten, sich zu erholen. Er ist im Krankenhaus, Yaeko ist bei ihm.«

Auf Harukos Frage, wie ernst sein Zustand sei, erwiderte Yaekos Mutter, er würde in ein, zwei Tagen nach Hause kommen.

Bevor Ayako davon erfuhr, nahm sich Yasuharu der Sache an. Alles ging ganz schnell. Shuichi wurde in ein Sanatorium in den Bergen weitab von Tokio verlegt. Er verbrachte sieben Monate dort, und Haruko konnte ihn in der ganzen Zeit nur einmal besuchen. Mit Zug und Bus dauerte die Reise sechs Stunden, und Yasuharu riet Eltern von Kleinkindern ohnehin von einem Besuch ab.

Als sie Shuichi zum letztenmal lebend sah, machte er gar keinen kranken Eindruck. Die Gipfel der blauen Berge, die Haruko vom Fenster aus sehen konnte, waren schneebedeckt. Sie machten einen kurzen Spaziergang durch einen Silberbirkenwald und ließen sich von der goldenen Sonne wärmen. Ein Specht hämmerte gegen einen Baumstamm, und das Echo schallte durchs Tal zurück.

»Nesan, weißt du noch, wie wir früher immer zusammen zu Großvater Miwa gegangen sind?« Shuichis Blick schweifte durch die kahlen Bäume hinüber zu den Bergen. Haruko dachte ebenfalls an die Spaziergänge ihrer Kindheit.

»Im Frühling waren die Berge mit blühenden Kirschbäumen bedeckt.«

»So werden diese Berge auch aussehen – im Frühjahr.«

Wie schon sein Vater, so erlag auch Shuichi fern von zu Hause der Tuberkulose, ohne den nächsten Frühling erlebt zu haben. Bei diesem letzten Besuch hatte Haruko einen hellen, orangefarbenen Kimono mit zarten blauen Streifen getragen. Der Kimono war gefüttert, denn es war Herbst gewesen. Sie legte ihn zuunterst in die Schublade – sie wollte ihn nie mehr tragen.

Ayako sprach lange nicht über ihren Sohn.

Es war ein Jahr nach Shuichis Tod, als sie zu Haruko sagte: »Ich habe es kommen sehen. Alle Leute um ihn herum haben so viel für ihn getan, und man kann wirklich nicht behaupten, er hätte kein Glück gehabt. Er wußte es nur nicht zu nutzen.« Sie sprach gefaßt, doch über ihre Wangen liefen Tränen.

Kurz nach Shuichis Tod teilte Nozomi Haruko mit, daß seine Firma expandieren und Niederlassungen in der Mandschurei gründen wollte; er fand diese Aussicht sehr spannend. Einen Monat darauf brach er allein nach Shenyang auf.

Nach und nach erfuhr Haruko einiges über die Stadt in der Mandschurei. Es gab dort vierzehn Grundschulen für Japaner, zwei Oberschulen für Jungen und drei für Mädchen. Es gab sogar Hochschulen. Sie würden ein angenehmes, vielleicht sogar luxuriöses Leben führen können.

Nozomi schickte Haruko förmliche Postkarten: »Ich hoffe, es geht Euch allen gut. Es wird langsam kalt. Denk dran, das Gewächshaus zu heizen.«

Die Orchideenzucht war sein einziges Hobby. Er hatte ein Gewächshaus bauen lassen und die Heizungsanlage selbst konzipiert. Auf dem Hausdach lagen schwarze Eisenplatten, und das herabtropfende warme Wasser wurde durch ein Rohr ins Gewächshaus geleitet, wo ein kleiner Gasofen für die den tropischen Pflanzen genehmen Temperaturen sorgte.

Jetzt, da Haruko ihrem Mann in die Mandschurei folgen würde, wurde das Gewächshaus von Takeda-ya, dem Helfer aus dem Dorf, abgebaut. Er sollte es zu Yasuharu bringen und dort wieder aufbauen. Takeda-ya bewahrte die Orchideen unter einer Abdeckung in seinem Garten auf und würde sie demnächst vorsichtig auf seinem Karren an den neuen Standort transportieren.

Er war mit dem Packen fast fertig, und Aki hatte das Haus ausgefegt. Die Kisten sollten anschließend bei verschiedenen Verwandten untergestellt werden.

»Vielen Dank, Takeda-ya-san. Schließt du bitte hinter dir ab und bringst dem Hausbesitzer den Schlüssel?«

»Keine Sorge. Das wird alles erledigt.«

»Ich würde mich freuen, auch nach unserer Rückkehr wieder deine Hilfe in Anspruch nehmen zu dürfen.«

»Ich bin immer hier. Geben Sie auf sich acht.«

Bevor Haruko endgültig nach Shenyang aufbrach, wollte sie noch eine Woche bei Yasuharu verbringen. Emi und Mari hatte sie bereits vorausgeschickt. Sie wollte noch Verwandte und Freunde besuchen, um sich zu verabschieden. Aki, die aus Kitani stammte, würde nach Harukos Abreise in Yasuharus Haushalt arbeiten.

## 2

## *Die Abschiedsfeier*

Gefolgt von Aki schritt Haruko durch das große Tor von Yasuharus Anwesen. Der Platz zwischen Tor und Haustür war nicht sehr groß, trotzdem blockierte manchmal ein großer, schwarzer Wagen fast den ganzen steinernen Pfad, während ein uniformierter Chauffeur mit einem Staubwedel die Kühlerhaube bearbeitete. Diese Inszenierung fand der vornehmen Patienten halber statt, die Yasuharu zu Hause empfing.

Von der geräumigen Eingangshalle ging rechts eine Tür zu Yasuharus Sprechzimmer ab. Geradeaus führte eine breite, satt schimmernde Holztreppe zu den Gästezimmern hinauf. Eine wuchtige Tür zur Linken trennte das alltägliche Leben von den Praxisräumen. Hinter dieser Tür befanden sich mehrere Zimmer, eine Küche, die Kammern der Bediensteten sowie eine schmale, steile Treppe, die zu weiteren Räumen im Obergeschoß führte.

In der Mitte der großräumigen *chanoma* stand ein großer, niedriger Lacktisch. Auf der Anrichte stapelten sich immer wunderschöne Geschenkkartons in allen Formen und Größen, gefüllt mit Keksen, Seetang, Tee, Reiscrackern oder *tsukudani.* Es handelte sich dabei um Geschenke von Patienten, die sie Yasuharu als Zeichen ihres Dankes mitbrachten oder in der Hoffnung, ohne vorherige Anmeldung empfangen zu werden.

Als Haruko zur Abschiedsfeier der Familie eintraf, saß Tatsuko, Yasuharus Frau, allein in der *chanoma.* Tatsuko war eine kräftige Person, und obwohl Yasuharu sie um ein paar Zentimeter überragte, wirkte sie imposanter als ihr Mann. »Ein Flohpärchen«, hatten Haruko und ihre Schwestern einander zugeraunt, als sie ihre Tante das erste Mal gesehen hatten; so wurde häufig ein kleiner Mann mit einer großen Ehefrau bezeichnet.

Tatsuko war stets in teure Kimonos gekleidet und fuhr immer mit dem Taxi, selbst wenn sie nur einen fünfminütigen Fußweg vor sich hatte. Sie liebte gutes Essen, und Besucher zur Mittagszeit wurden mit Speisen aus berühmten Restaurants verwöhnt.

Verwandte und Freunde, die Nutzen aus ihrer Großzügigkeit zogen, äußerten sich hinter ihrem Rücken allerdings oft abfällig, bis Kei sie eines Tages zurechtwies: »Wir wissen doch, daß Yasuharu-san viele betuchte Privatpatienten hat. Er ist sehr sparsam, und wäre seine Frau genauso sparsam, würden die Leute sie geizig nennen.« Dann fügte sie noch hinzu, daß ein Haus, in dem es viele Besucher gab, ein glückliches Haus sei.

Haruko nahm am Tisch Platz. Tatsuko blickte zur Wanduhr und sagte: »Emi-chan und Mari-chan sind mit den anderen einkaufen gegangen. Was für bezaubernde Kinder! Du kannst dich sehr glücklich schätzen, daß du Mädchen hast.« Sie selbst hatte zwei Söhne.

Dann rief sie nach einer Dienerin und bat sie, ihnen Tee zu bringen. Tatsuko trug heute einen rostbraunen Kimono mit kleinem Blumenmuster.

»Das ist eine wunderschöne Farbe. Ist der neu?«

»Der?« Tatsuko zog das Kinn ein und blickte an sich hinunter. »O nein. Erinnerst du dich noch an meinen ockerfarbenen Kimono? Ich hab' ihn neu färben lassen, ist ganz gut geworden, nicht wahr?« Sie streckte einen Arm aus und begutachtete den Ärmel.

Dann sagte sie, daß sie sich nicht viele neue Kimonos schneidern ließ, das würde Yasuharu nicht dulden. Den mißbilligenden Gesichtsausdruck ihres Mannes imitierend, rollte sie die Augen zur Decke und schürzte die Lippen.

»Mußt du ihn denn fragen, wenn du dir einen neuen Kimono machen läßt?«

»Aber natürlich. Ohne sein Wissen kann ich gar nichts kaufen. Aber wenn ich einen teuren Kimono möchte, habe ich eine Abmachung mit Kogiku-ya.« Kogiku-ya war ihr bevorzugter Kimonohändler. »Sie schicken mir eine niedrigere Rechnung und rechnen bei den anderen Bestellungen übers Jahr hinweg etwas drauf.« Tatsuko betastete ihre hübsche Frisur. »Köpfchen muß man haben, Haruko-san.«

Sie hatte Haruko zum bevorstehenden Abschied eine Rolle Brokatstoff geschickt, ein überaus großzügiges Geschenk. Haruko fragte sich, ob Kogiku-ya auch auf diese Rechnung etwas draufgeschlagen hatte, um Tatsukos andere Ausgaben zu begleichen.

Vor der Tür wurden fröhliche Stimmen laut. Vier Generationen von Frauen – Kei, Ayako und Sachiko, gefolgt von Emi und Mari – waren zurückgekommen.

»Okasan! Seit wann bist du denn da?« Die Mädchen freuten sich, ihre Mutter zu sehen, und breiteten ihre neugekauften Spielsachen und Bücher auf den Tatamimatten aus.

Kurz darauf betraten Sachikos Sohn Sakae und sein Vater Hitoshi den Raum.

»Hast du alles erledigt, Nesan? Bei einer Haushaltsauflösung gibt es immer so viel zu tun. Du hast sicher geschuftet wie ein Kuli.« Hitoshi ließ sich neben Haruko nieder und erkundigte sich nach der formellen Begrüßung verständnisvoll nach ihrem Befinden.

»Haruko geht's blendend. Sie wird in der Mandschurei wie eine Königin leben.« Sachiko schmollte. »Ich bin diejenige, die immer wie ein Kuli schuftet.«

»Das weiß ich doch. Du bist zwar meine Königin, aber mußt trotzdem schuften. Die ideale Ehefrau für einen Mann wie mich.« Hitoshi lächelte Sachiko über den Tisch hinweg zu. Haruko hatte schon miterlebt, daß die beiden Armdrücken spielten oder sich unter dem Tisch gegen die Knöchel traten.

»Es ist ihre Ehe. Wenn Hitoshi-san seinen Haushalt so führen will, geht uns das wohl nichts an.« Ayako hatte versucht, sich mit dieser neuen Art ehelicher Partnerschaft abzufinden.

Sie hörten Schritte im Flur, und Kazuko, Hidetos Frau, steckte den Kopf herein, gefolgt von Takekos Sohn Akira.

»Hallo.« Sie ließ sich schwerfällig nieder. »Einkaufen macht so müde, vor allem, wenn man nicht weiß, was man kaufen soll.«

»Das ist bestimmt schwer.« Hitoshi täuschte Mitgefühl vor. »Warum warst du dann einkaufen?«

»Ach, ihr Männer! Das ist aber eine schöne Krawatte.« Kazuko musterte Hitoshi. »Ist das Sachiko-sans Geschmack? Akira-san, holst du mir bitte eine Schale Tee? Du mußt dich auch um die älteren Frauen kümmern, nicht nur um die jungen.«

»Ich bin immer sehr höflich, besonders zu alten Damen«, konterte Akira.

»Gute Antwort!« bemerkte Kei, und alle lachten.

Yaeko, Shuichis Witwe, trat mit ihrem kleinen Sohn auf dem Arm ein.

»Tut mir leid, daß ich zu spät komme.« Die Hände auf die Tatamimatten gestützt, verneigte sie sich vor ihren angeheirateten Verwandten.

Dann richtete sie Haruko aus, daß ihre Mutter auch gern gekommen wäre, aber leider wegen einer leichten Grippe zu Hause geblieben war. Sie würde sich aber in Tokio am Bahnhof von ihr verabschieden.

»Mach dir keine Gedanken, Yaeko-san. Aber sag, wie ernst ist die Grippe deiner Mutter?«

»Nicht schlimm«, wiegelte Yaeko ab.

Während sie so redete, saß Yaekos Sohn Hajime, sein Stofftier im Arm, still neben seiner Mutter und blickte mit klaren Augen in die Runde.

Haruko lächelte ihm zu. Er war ein guter Junge und hatte nie Schwierigkeiten gemacht, allerdings fragten sich alle, ob seine ruhige Art auf seine Gehörlosigkeit zurückzuführen war.

Yaeko hatte die finanzielle Unterstützung, die Ayako ihr nach Shuichis Tod angeboten hatte, entschieden abgelehnt. Sie war die erste Frau bei den Miwas und den Shobeis, die ein Hochschuldiplom erwarb und Geld verdiente. Hajime wurde von Yaekos Mutter gehütet, während Yaeko bei einer Zeitung arbeitete. Das war ein kühner Schritt in einer Gesellschaft, in der Journalisten als unmoralische Schmutzaufwühler und Klatschbasen angesehen wurden.

»Neulich hab' ich deine Schwägerin gesehen, sie aß in einer Sushi-Bar zu Mittag.« Den anderen Frauen der Familie kamen hin und wieder solche Bemerkungen über Yaeko zu Ohren. »Ich hab' sie aber nicht begrüßt, sie war nämlich nicht allein.« Sie wußten genau, was damit angedeutet werden sollte.

Takekos Tochter Namiko und die anderen Kinder trugen zwar europäische Kleidung, aber Yaeko war die einzige erwachsene Frau der Familie, die keinen Kimono trug. Ihre weiße Bluse sah mitgenommen aus, und der schwarze, abgetragene Rock glänzte speckig.

»Könntest du ihr nicht ein paar von deinen Kimonos geben?« hatte Ayako Haruko einmal gefragt. »Meine sind für sie zu düster.« Vor Außenstehenden ließen sich die Miwas und die Shobeis nichts anmerken, doch in Wahrheit war es Ayako peinlich, daß sich das schäbige Äußere ihrer einzigen Schwiegertochter so sehr von den übrigen Mitgliedern der Familie abhob. Haruko hätte nie im Leben gewagt, ihrer Schwägerin vorzuschlagen, ihre Kimonos aufzutragen. Schließlich hatte auch sie als junges Mädchen mit dem Gedanken gespielt, Arbeit zu finden und ein unabhängiges Leben zu führen. Sie bewunderte Yaekos Mut.

Als Yasuharu von der Arbeit nach Hause kam, stand der Flur voller Schuhe.

Man hatte die Trennwand zwischen zwei großen Räumen aufgeschoben, so daß nun alle in diesem Raum Platz fanden. Dort standen drei niedrige Tische mit je einem Gasbrenner bereit, darauf die schweren Eisenpfannen für das *sukiyaki*. Viele Gäste zu verköstigen war in Yasuharus Haushalt nichts Ungewöhnliches.

»Okasan, wie geht's dir?« Yasuharu ließ sich neben Kei nieder. »Hattest du eine angenehme Reise? Du siehst gut aus.«

»Danke, mir geht's hervorragend wie immer. Und dir? Was macht der Prinz? Ist er wieder gesund?« Kei war stolz darauf, daß ein Bruder des Kaisers zu den Patienten ihres Sohnes zählte.

»Ja, es war nichts Ernstes.«

Für die jüngeren Leute und die Kinder war etwas abseits von den

Erwachsenen ein Tisch gedeckt worden. Emi setzte Hajime auf ein umgeschlagenes *zabuton* zwischen sich und Mari. Es gab insgesamt acht Kinder in der Großfamilie. Hidetos Sohn machte in der kleinen Lücke zwischen Tisch und Wand einen Handstand, und Yasuharus Sohn tat es ihm nach.

»Tante!« rief Tatsukos Nichte. »Das ist gefährlich.«

»Ich setz' mich zu dir und beschütze dich.« Namiko, Takekos siebzehnjährige Tocher, ließ sich neben Mari nieder.

»Akira-san.« Tatsukos Blick fiel auf Akira, der in ihrer Nähe saß. »Komm her, paß auf die Kleinen auf.«

»Ich?«

»Du bist auch nicht viel älter. Na los.«

Für die Kinder stand eine *sukiyaki*-Pfanne auf dem Boden, und die gekochten Fleisch- und Gemüsestücke wurden auf den Teller in der Mitte des Tisches gehäuft. Akira beaufsichtigte die Pfanne, und eine Dienerin half ihm dabei.

»Mutter.« Yasuharus Sohn wandte sich an Tatsuko. »Das ist ungerecht. Ihr habt eine Pfanne für fünf Leute, und wir sind zu zehnt.«

»Wir sind für spartanische Erziehung«, erwiderte Hideto, bevor Tatsuko ihrem Sohn antworten konnte. »Kinder sollten nicht übermäßig schlemmen.«

»Was ist spartanisch?«

Doch Hidetos Aufmerksamkeit war schon wieder anderswo, und die Jungen fingen an, mit den Eßstäbchen auf ihren Reisschalen herumzutrommeln.

»Hört sofort auf!« befahl Akira.

Große Platten mit Bergen von Fleisch, Lauch, Aspik und Tofu wurden hereingetragen und auf den Tisch gestellt. Bald war der Raum von Bratenduft erfüllt. Dann wurden Eier aufgeschlagen. Die heißen Fleisch- und Gemüsestücke aus der Pfanne wurden in rohes Ei getunkt, um sie vor dem Verzehr abzukühlen.

Shige brachte Nachschub an erwärmten Sakeflaschen.

»Ich hab' Shige-san mitgebracht. Ich fand, das ist eine gute Gelegenheit, ihr Tokio zu zeigen. Mata-san ist auch dabei. Als sie letztes Mal hier waren, hatten sie nicht viel Zeit, sich umzusehen. Diesmal können sie sich den Kaiserpalast anschauen.« Kei wollte die anderen auf Shiges Anwesenheit aufmerksam machen.

»Shige, du siehst gut aus.« Hideto freute sich, Shige zu sehen.

Nach Tagen des Packens und der Umzugsvorbereitungen war Haruko erschöpft. Sie lehnte sich zurück und genoß die lebhafte Unterhaltung am Tisch der Erwachsenen, die gelegentlich von den Kindern unterbrochen wurde. Jeder hatte etwas mitzuteilen.

»Wie schade, daß Masakazu-san und Miki-san nicht kommen konnten. Er hat so viel zu tun. Sie lassen grüßen.« Ihre Familie um sich versammelt, vermißte Kei besonders diejenigen, die nicht hatten kommen können. Masakazu hatte die Tochter des Dorfschulleiters geheiratet, und das Paar hatte zwei Kinder. Sein Postamt war jetzt für ein größeres Gebiet zuständig, und er war zum Postmeister ernannt worden. Außerdem kümmerte er sich auch um die Ländereien der Familie und die Pächter. Er fuhr immer noch das Fahrrad, das Kei ihm damals gekauft hatte.

»Otosan!« Einer der Jungen richtete sich kniend auf seinem *zabuton* auf. »Fahren wir heute mit dem Taxi nach Hause?«

»Wieso sollten wir?«

»Weil du immer zuviel trinkst und im Zug einschläfst. Das ist peinlich.«

Alle lachten.

Tatsuko sagte, sie hätte sich für *sukiyaki* entschieden, weil sie wegen des Sturms in der vergangenen Nacht nicht den gewünschten Fisch erhalten hatte.

»Ich dachte, Shenyang liegt weitab vom Meer, und vielleicht kann Haruko-san dort keinen guten Fisch bekommen. Ich wollte ihr vor der Abreise noch einmal etwas Leckeres bieten.«

»Es gibt sicher Süßwasserfisch dort.«

»Haruko, ich habe Yohei-san gebeten, dich in Bofu zu treffen, da der Expresszug nicht bei uns hält. Er bringt dir den getrockneten Fisch, den Nozomi-san so mag, und süße Knödel, falls die Mädchen Hunger haben«, sagte Kei.

»Arme Haruko-san«, wisperte Kazuko. »Du mußt Fisch bis in die Mandschurei schleppen.«

Haruko beugte sich vor und dankte ihrer Großmutter Kei, die am Kopfende des Tisches saß.

»Sei vorsichtig mit dem Wasser dort.» Kei erhob die Stimme. »Es wimmelt von Amöben.«

»Amöben, Okasan?« Yasuharu sah sie mit großen Augen an. »Aber die Wasserversorgung dort ist moderner als bei uns.«

»Wie wär's mit einer Vortragsreise in die Mandschurei, Hitoshi-san?« Hideto schenkte Hitoshi, der ihm gegenüber saß, noch etwas Sake nach. Hideto war Militärarzt, aber die Familie hatte ihn noch nie in Uniform zu Gesicht bekommen. Heute abend trug er einen von Tei-ichis Kimonos.

Yasuharu sprach Hitoshi auf das Verbot der Bücher von Professor Kawai an, Professor der Wirtschaftswissenschaften und ein bekannter Vertreter des Liberalismus. Weil er das Militär kritisiert hatte, hatte die Regierung Professor Kawais Bücher zensiert.

»Der Krieg in China geht offensichtlich gut voran.« Einer von Kazukos Brüdern sprach, bevor Hitoshi etwas erwidern konnte. »Ich habe allerdings gelesen, der chinesische Führer Tschiang Kaischek hätte die Forderungen Japans abgelehnt.« Er wandte sich an Hideto und fragte, ob er einen Krieg zwischen Japan und Amerika für möglich hielte. Amerikaner und Briten, sagte er, versuchten, die Japaner aus Südostasien zu verdrängen.

»Ich hab' keine Ahnung.« Hideto schüttelte den Kopf. »Ich hab' nur mit Kranken und Verwundeten zu tun.« Seine Lider waren gerötet. Er schenkte sich und Hitoshi noch Sake nach, und Hitoshi leerte seine Schale in einem Zug.

»Männer reden zu gern über Krieg«, warf Kazuko ein. »Ohne Männer gäbe es gar keine Kriege.«

»Hitoshi-san.« Takeko fuchtelte mit der Hand vor ihrem Schwager herum, um seine Aufmerksamkeit auf sich zu lenken. »Was soll dieses Gerede über Sozialismus? Gäbe es keine Reichen, die Firmen gründeten, hätte die Arbeiterklasse doch gar keine Arbeit, oder? Weshalb werden sie plötzlich aufmüpfig und stören den Frieden? Wieso will das Proletariat mehr Rechte als alle anderen?«

Haruko sah, daß Yaeko sich ein Lächeln verkniff.

Hitoshi strahlte Takeko an. »Nun, das ist auch eine Ansicht, Nesan.«

Takeko beklagte sich bei Ayako. »Noriyasu läßt ausrichten, Okasan, daß er leider nicht kommen konnte, weil er soviel zu tun hat. Er sagte: ›Wir, die Arbeiterklasse, müssen uns vereinigen. Wir müssen immer schwer arbeiten.‹ Er behauptet ständig, er gehöre zur Arbeiterklasse. Das regt mich auf.«

»Du weißt doch ganz genau, Nesan, daß er dich nur aufziehen will. Er weiß nämlich, daß du dich darüber ärgerst.«

Haruko konnte sich gut vorstellen, wie ihr Schwager ernsthaft auf Takeko einredete. Takeko hätte eigentlich das schelmische Blitzen in seinen Augen bemerken sollen.

»Er hat recht, Takeko-nesan.« Hitoshi lachte. »Ich gehöre auch zur Arbeiterklasse. Wir sind keine Kapitalisten. Wir sind ehrliche, schwer arbeitende Leute.«

»Wie dem auch sei, von solch gefährlichen Ideen wollen wir nichts hören«, beendete Takeko den Wortwechsel.

»Haruko!« Yasuharu reckte den Hals. »Ist dir beim Hereinkommen am Tor etwas aufgefallen?«

Haruko hatte den eigentlich recht unauffälligen Stein bemerkt, der in Form einer Nelke gemeißelt neben dem steinernen Gartenweg lag.

»Meinst du den Stein, der aussieht wie eine Blume?«

»Hmh. Ich dachte mir, daß du ihn bemerkst. Die Idee ist leider nicht von mir. Ich habe das in einem Tempel gesehen. Man kommt durchs Tor und findet eine Blume.«

Am nächsten Morgen wurde Haruko vom Schnattern ihrer Töchter wach. Sie hatten im selben Zimmer geschlafen. Die beiden Mädchen saßen auf ihren Futons und spielten mit den weißen Stoffäffchen, die Yaeko ihnen gestern geschenkt hatte.

»Gnädige Frau!« Mari ahmte eine überraschte Frauenstimme nach. »Ich habe nicht damit gerechnet, Ihnen hier zu begegnen. Wohin des Weges? Gehen Sie einkaufen?«

»Ich bin auf dem Weg ins Kaufhaus Mitsukoshi, um ein Geschenk für Frau Matsumo zu besorgen. Wissen Sie, daß sie etwas früher abreisen muß, weil sie von Kobe und nicht von Yokohama fährt? Deshalb geben wir ihr heute zum Abschied noch ein Mittagessen.« Emi kicherte.

Mari wurde ernst.

»Oh, das wußte ich nicht. Haben Sie übrigens gehört, gnädige Frau, daß Frau Tamakis Tochter geheiratet hat?«

»Ja, angeblich den Sohn eines Edelmanns.«

»Meine Dame«, Mari senkte ihre Stimme zu einem Flüstern, »sie hat eine prächtige Mitgift. Einhundert Obis. Stellen Sie sich das vor! Und sie brauchten zwei Jahre, um ihre Kimonos anfertigen zu lassen.«

Erstaunt stellte Haruko fest, wie gut ihre Töchter einige ihrer Freundinnen nachahmten. Sie hatten den weißen Äffchen ihre Kleider umgewickelt, ließen sie sich voreinander verneigen und tuschelnd die Köpfe zusammenstecken.

Haruko hatte viele Abschiedsgeschenke erhalten. Im Kaufhaus Mitsukoshi hatte sie lackierte Geschenkschalen ausgewählt, mit denen sie sich erkenntlich zeigen wollte. Sie hatte sie mit viel Bedacht ausgesucht, denn sie durften weder zu billig noch zu teuer sein. Nach ihrer Abreise würde das Kaufhaus die Geschenke ihren Anweisungen gemäß ausliefern. Dies war so Brauch in der gehobenen Gesellschaftsschicht, in der sie lebte, doch als sie ihre Töchter hörte, kam sie sich auf einmal vor, als spielte sie eine Rolle in einem satirischen Theaterstück.

Haruko hatte bisher ein angenehmes Leben geführt und würde ihre Heimat vermissen, sie freute sich aber auch schon auf das Neue. Da sie nicht die Möglichkeit gehabt hatte zu studieren, dachte sie, wollte sie wenigstens auf diese Weise mehr von der Welt sehen.

## *3*

## *Die Stadt der Akazien*

Bei ihrer Ankunft in Shenyang schien zwar die Sonne, aber auf dem Bahnsteig blies ein kalter Wind.

»In Tokio blühen bald die Kirschbäume.« Haruko raffte ihren Umhang um sich und warf ihren Töchtern, die sie mit dunkelblauen, zweireihigen Mänteln herausgeputzt hatte, einen besorgten Blick zu.

»Ihr kommt zu einer schönen Jahreszeit. Hier blüht alles auf einmal, und die Rosen haben eine viel intensivere Farbe als die Kirschblüten in Japan. Ihre Blütezeit ist Ende April.«

Nozomi half seinen Töchtern auf die Kutsche. Der Kutscher, ein alter Russe mit weißem Bart und edlen Zügen, war vor der Revolution geflohen.

Vor der Revolution war er bestimmt selbst in einer Kutsche gefahren, ging es Haruko flüchtig durch den Kopf. Er machte ein ernstes Gesicht. Am Hinterteil des Pferdes hing ein kleiner Eimer, um die Pferdeäpfel aufzufangen. Die Straßen waren zwar gepflastert, aber trotzdem matschig. An der Kutsche waren Bänder mit großen Glocken befestigt.

»Es taut bereits. Zum Eislaufen seid ihr dieses Jahr zu spät.«

»Oh! Dürfen wir Schlittschuh laufen?«

»Natürlich, im nächsten Winter. Wir müssen nur Schlittschuhe für euch kaufen. Im Winter machen die Schüler hier keinen anderen Sport.«

Das große Haus, das Nozomi gemietet hatte, wurde von einem japanischen Paar geführt. Haruko hatte den Verdacht, daß sie nicht verheiratet waren, obwohl die Haushälterin sich Frau Ono nannte. Sie wohnten in der kleinen Wohnung neben der Küche. Immer wenn sie Frau Ono rief, sogar am Morgen schon, erschien sie mit rotem Kopf und einer kräftigen Alkoholfahne.

»Wo hast du die denn aufgetrieben?« fragte Haruko.

»Sie wohnten schon hier. Sie waren bei der deutschen Firma angestellt, die das Haus vor mir gemietet hatte. Ich hatte noch keine Zeit, mich nach anderem Personal umzusehen.«

Das mächtige rote Backsteinhaus war um die Jahrhundertwende für einen russischen General und seine Familie erbaut worden. Es war sehr solide, hatte dicke Wände, hohe Türen, wuchtige Treppengeländer und riesengroße Zimmer. Das genaue Gegenteil von dem, was sie aus Tokio kannten.

Haruko fand, daß die Bewohner eines solchen Hauses eigentlich Unmengen Wodka trinken und eine tiefe Stimme haben müßten, so wie der Mann in dem Film, der Gedichte von Puschkin vorlas.

»Ihr müßt euch mal das Bad ansehen.« Mari kam ihnen entgegengeeilt. »Es ist so riesig wie ein Schwimmbad.«

In dem weißgekachelten Raum gab es massive, goldene Armaturen und kompliziert verzweigte Rohre an den Wänden. In der Mitte stand eine riesige Badewanne.

»Die Wanne oben ist noch größer.« Nozomi lachte. »Das ist ein Badezimmer für Bären.«

Verschwommene Erinnerungen an den russischen Arzt, den sie mit ihrem Vater besucht hatte, stiegen in Haruko auf.

»Ich muß den Wasserhahn mit zwei Händen aufdrehen.« Emi versuchte es, aber es gelang ihr trotzdem nicht.

Am ersten Abend mußte Nozomi seiner Frau und seinen Töchtern den Wasserhahn aufdrehen, und sie standen, in Handtücher geschlungen, daneben. Er stellte den Fuß auf den Wannenrand und drehte den Hahn mit einem übertriebenen Schrei auf. Als das heiße Wasser glucksend und sprudelnd in die Wanne schoß und Dampf emporwallte, schrie Mari entzückt auf. Die Wanne war so groß, daß alle drei darin baden konnten.

»Es ist, als würden wir in einem Auditorium wohnen.« Haruko sah zu der hohen Wohnzimmerdecke auf.

»Es gibt nicht viele Häuser, die man mieten kann«, sagte Nozomi entschuldigend. »Die besseren Häuser haben Leute gebaut, die sich hier niedergelassen haben. Und manche sind großen Organisationen wie Banken, Universitäten oder dem Konsulat zugewiesen worden ...«

»Ich finde das Haus toll.« Mari gesellte sich kichernd zu ihnen; sie hatte gerade den Wandschrank inspiziert, der so groß war wie ein Zimmer. »Aber ...«, sie blickte ihre Eltern fragend an, »... darf ich euch wecken, wenn ich aufs Klo muß?«

»Ja, aber mach dir keine Sorgen. Die Geister aus diesem Haus werden schon verschwinden.«

»Aber es gibt sicher ganz viele«, meldete sich Emi zu Wort. »Riesengroße.«

Da Herr und Frau Ono weder besonders arbeitswillig noch erfahren waren und Haruko ihre übermäßige Trinkerei nicht gutheißen konnte, wurden sie höflich entlassen. Statt dessen stellte sie einen chinesischen Koch ein, der alle Arbeiten außer dem Kochen erledigte. Es gab in Shenyang nur wenige Japaner, die eine Anstellung suchten, und Haruko brauchte keinen Koch. Außerdem stellten sie noch eine junge Frau namens Shun-ren ein, die ihm zur Hand gehen sollte. Der Koch hieß Mah, und sie nannten ihn Mah-san.

Shun-ren, das hieß Frühlingslotus, nannten sie Ren-chan, und die junge Frau war entzückt über ihren neuen japanischen Namen. Beide sprachen nur gebrochen Japanisch.

Mah, ein großer, gutgebauter Mann, wohnte in einem Häuschen im Garten, wo Mari ihn häufig besuchte. Das Backsteinhäuschen hatte teilweise einen blanken Lehmboden, und unter dem anderen, höher liegenden Teil verliefen die Warmwasserrohre, so daß es im Winter schön warm war. Mahs Bettzeug lag zusammengerollt an der Wand; Kleider und seine spärliche Habe bewahrte er ordentlich in einer Ecke auf. An den Wochenenden fuhr er immer zu seiner Familie.

Shun-rens Schlafzimmer war im großen Haus. Sie besaß unter anderem einen rahmenlosen Spiegel und eine Schachtel voller Kosmetik.

Mah und Shun-ren hatten ihre Anstellung bei den Sanjos dem Ladenbesitzer Ten-sei-sho zu verdanken, der sie miteinander bekannt gemacht hatte. Mah war Ten-sei-shos Cousin. Der fette Mann mit der schläfrigen Miene zeigte sich nur selten in seinem Gemischtwarenladen, und die Geschäfte wurden von seinem großgewachsenen Neffen erledigt. Einmal im Monat kam er bei den Sanjos vorbei, um Bestellungen aufzunehmen und abzurechnen. Der junge Mann trug eine lange, chinesische Robe, in der er noch größer aussah. Er war recht attraktiv und gab sich unterkühlt.

»Madame, Ten-sei-sho-san sein da.« Shun-ren kam atemlos herbeigerannt. Ihre Füße waren nicht gebunden und sehr groß. Auf ihren dick mit weißer Farbe geschminkten Wangen prangten zwei Rougeflecken. An Tagen, an denen Ten-sei-sho erwartet wurde, waren die Rougeflecken besonders intensiv, und sie duftete überwältigend nach Haaröl.

Sie verkündete immer lauthals seine Ankunft, worauf sie wieder zur Hintertür eilte, um ihn hineinzugeleiten. Der Neffe ließ sich von ihr zu einem Stuhl führen und ließ ihr Geschwätz über sich ergehen, ohne ihm große Beachtung zu schenken. Manchmal lächelte er sarkastisch, und dann zuckte seine rechte Wange.

Während Haruko ihre Bestellung aufgab, hielt sich Shun-ren in der Nähe auf und rief eifrig: »Madame, wir brauchen Öl«, »Seife«, »Bürste nicht gut«, »kaum noch Zucker da.« Hin und wieder mußte sie zurechtgewiesen werden, sie solle ihren Mund halten und sich um ihre Arbeit kümmern.

Er sah gut aus, das mußte Haruko zugeben. Mit seiner überheblichen Miene machte er einen intellektuellen Eindruck, doch dieser Eindruck zerplatzte wie eine Seifenblase, sobald er den Kopf zur Seite drehte und sich geräuschvoll auf den Boden schneuzte. Außerdem stank sein Atem stark nach Knoblauch, und Haruko sah sich gezwungen, die Fenster zu öffnen, sobald er gegangen war.

Mah sah es nicht gern, daß Haruko und ihre Töchter ab und zu ein paar Brocken Chinesisch von den Einheimischen aufschnappten.

»Mandschurei-Chinesisch kein gut Chinesisch«, erklärte er ihnen dann. »Peking-Chinesisch – das sein gut Chinesisch.«

»Ich will Chinesisch lernen, aber dauernd verbessert er meine Aussprache. So kann daraus nichts werden«, beschwerte sich Haruko, doch trotz kleinerer Schwierigkeiten gehörten Mah und Shun-ren bald zur Familie. Haruko vertraute ihnen und, anders als viele ihrer Freunde, schloß ihre Habseligkeiten nicht weg, wenn sie das Haus verließ.

Zwei Sommer hintereinander machte Haruko mit ihren Töchtern Ferien in einem Hotel in Golden Hill in Port Arthur. Wenn es sich einrichten ließ, besuchte Nozomi sie dort. Hinter dem Hotel ragten grüne Berge auf, und von der Veranda aus konnte man das Meer sehen. Nachmittags wurde der Tee von weißbefrackten Kellnern serviert. Auf den kleinen Nachttischchen in den Zimmern standen Lampen in Maiglöckchenform, und nachts wurde ein bauschiges, weißes Moskitonetz wie ein Baldachin über die Betten gebreitet.

Sie machten oft Tagesausflüge in die nahe gelegene Stadt Dalian, die den romantischen Beinamen »Stadt der Akazien« führte, obwohl Nozomi ihnen erklärte, die Bäume in den Boulevards seien Scheinakazien, sogenannte Robinien. Sie waren schon verblüht, und Haruko und die Mädchen konnten sich nicht mehr an den weißen Blüten erfreuen, aber die hellgrünen Blätter verbreiteten einen angenehmen Schatten. In Dalian brannte die Sonne heißer als im nördlicheren Shenyang, die Luft war reiner, und es herrschte die ungezwungene Atmosphäre einer Hafenstadt.

»Ich mag Dalian, weil es hier Unmengen von Luft gibt und ich atmen kann soviel ich will«, sagte Mari. An Haruko gewandt bemerkte Nozomi: »Kinder finden oft so treffende Worte.«

Die Geschäfte in Dalian führten elegante Importwaren aus Europa. Haruko kaufte Schuhe und Stoffe für ihre Töchter und für sich selbst französische Kosmetik, Parfüm und drei lila Glastiegel Gesichtscreme der Marke Coty.

»Du gibst mir den Glasbehälter, wenn er leer ist, nicht wahr?« bettelte Mari. Die Deckel der Tiegel waren ebenfalls aus Glas, und der von Mari war bald zerbrochen. Emi ging vorsichtiger mit ihrem um und bewahrte allerhand Krimskrams darin auf. Mari verlor ihren »Schmuck« immer, das schien ihr aber nichts auszumachen.

Im ersten Sommer in Port Arthur kaufte Haruko eine Krokohandtasche, die waren damals in Mode. Es dauerte eine Weile, bis sie ihre Entscheidung getroffen hatte, und ihre Wahl fiel schließlich auf ein schlichtes, schnörkelloses Stück. Dann betrachtete sie noch einmal die anderen Taschen aus beigem, knorrigem Krokodilleder.

»Die sind zu auffällig, fast ein bißchen ordinär.« Haruko sann über ihre Entscheidung nach.

»Ich bin froh, daß du die genommen hast«, wisperte ihr Emi ins Ohr. »Die großen, teuren sehen grotesk aus, sie sind häßlich, Okasan.«

»Ich brauche ein Federmäppchen«, verkündete Mari. »Kriege ich eins?«

»Natürlich.«

Ihr Plastikmäppchen war gerissen, und sie hatte es mit Klebeband geflickt und gewartet, bis sie wieder nach Dalian fuhren. Man konnte diese Dinge ohne weiteres in Shenyang erstehen, aber sie freuten sich an der anderen Machart und den verschiedenen Mustern. Auf den Bleistiften, die sie in Dalian kauften, prangten »europäische« Buchstaben in Gold.

1941, neun Monate nach Harukos Ankunft in der Mandschurei, überfielen die Japaner den amerikanischen Marinestützpunkt auf Hawaii. Für die Japaner war »Pearl Harbor« – die nahezu völlige Zerstörung der amerikanischen Flotte – ein großartiger Sieg. Für die Amerikaner war der Tod von zweitausenddreihundert Männern, die im Morgengrauen im Schlaf überrascht worden waren, eine Greueltat, durch die sie letztendlich in den Zweiten Weltkrieg hineingezogen wurden.

In ihrem zweiten Sommer in Port Arthur ereignete sich ein Zwischenfall, als Nozomi seine Familie in ein Restaurant ausführte. Das dunkle Meer war hier und da mit den schimmernden Lichtern der Fischerboote gesprenkelt, und Emi und Mari preßten die Stirn gegen das kalte Fensterglas. Der Speisesaal hingegen war von glitzernden Kronleuchtern festlich erleuchtet, und die weißen Tischdecken strahlten geradezu.

»Diese Tölpel! Glauben doch tatsächlich, sie könnten einen Krieg gegen die Vereinigten Staaten und Großbritannien gewinnen.« Eine laute Stimme erschallte vom Nebentisch, wo das Abendessen bereits in vollem Gange war. Der Redner war ein bekanner Industrieller namens Mizuki, Gründer eines japanischen Konsortiums, das seine Geschäfte mittlerweile auch in die Mandschurei ausgedehnt hatte, wie Nozomi wußte. Die Gäste an den Nachbartischen wurden aufmerksam, und allmählich erstarb das Klappern der Bestecke. Verstohlen warfen sie neugierige Blicke zu dem Tisch, von dem der heftige Wortschwall kam. »Lächerlich! Womit wollen sie denn kämpfen?«

»Bitte, Vater.« Eine schlanke junge Dame in cremefarbenem Kleid legte ihm beschwichtigend die Hand auf den Arm.

Ihre Hand tätschelnd fuhr Mizuki fort: »Der großasiatische Wirtschaftswachstumsraum, daß ich nicht lache! Wenn ihr mich fragt, das wird ein großasiatisches Armenhaus!«

Die vier Männer an seinem Tisch lachten laut in dem Versuch, seine peinlichen Äußerungen zu übertönen. Doch Mizuki fuhr unbeirrt fort: »In Wissenschaft und Technik ist Amerika uns weit voraus. Das bestreitet niemand, oder? Wir haben keine Bodenschätze, und die Amerikaner haben sie im Überfluß. Sie haben eine größere Armee, eine größere Flotte … Ich weiß, ihr denkt jetzt: Und was ist mit Pearl Harbor? Und den beiden britischen Schlachtschiffen, die wir versenkt haben, der *Prince of Wales* und der *Repulse*? Was ist mit Manila, Singapur, Rangun und Mandalay? Ihr denkt, wir führen einen glorreichen Krieg und werden siegen. Es ist ja auch kein Kunststück, schlafende Männer umzubringen.«

»Aber dem Feind fehlt die Samurai-Gesinnung unserer Soldaten«, schaltete sich ein anderer Mann ein.

»Was reden Sie da? Im 20. Jahrhundert braucht es Flugzeuge und U-Boote und moderne Strategien, um einen Krieg zu gewinnen.« Er hob seine Hand und gebot einem der Männer, der zum Protest angesetzt hatte, zu schweigen. »Wir haben unsere Karten ausgereizt. Seit einem halben Jahr, seit Pearl Harbor, wüten wir nur noch blindlings drauflos, während die Alliierten ihre Kräfte sammeln. Es wäre an der Zeit, die Waffen zu strecken und darüber nachzudenken, wie wir zu einem Kompromiß und Frieden kommen. Leider wagt das niemand auszusprechen.

Zwischen zwei dunklen Anzugrücken konnte Haruko einen Blick auf seine Tochter erhaschen, die einzige Frau in der Runde. Ihr schlanker Hals war umrahmt von hauchzarten Rüschen. »Gehen wir«, sagte sie zu ihrem Vater, schob ihren Stuhl zurück und erhob sich. Die Gäste an den anderen Tischen nahmen ihre Unterhaltung wieder auf.

»Er hat gesagt, wir verlieren«, wisperte Mari. »Ist er ein Spion?«

»Er hat zuviel Wein getrunken, Mari-chan, deshalb hat er Sachen gesagt, die er gar nicht so meinte«, beschwichtigte Nozomi seine Tochter. Die Worte des Industriellen hatten ihn allerdings aufgewühlt. Seit Pearl Harbor befanden sich die Japaner auf einem wilden Kriegszug Richtung Süden, und Nozomi hatte natürlich von der wundersamen Wiederherstellung der amerikanischen Kriegsflotte gehört. Japanern im Ausland war klar, daß es ein leichtes war, die Versorgungs- und Kommunikationskanäle nach Japan zu kappen.

»Hoffentlich ist dieser Mann nicht in Gefahr«, murmelte Emi später am Abend. Überrascht vernahm Haruko ihren ängstlich besorgten Unterton.

»Was meinst du damit, Emi-chan?« fragte sie.

»Glaubst du, sie werden ihn erschießen, Okasan?«

»Wie kommst du denn darauf?«

»Weil Leute, die sagen, wir könnten den Krieg verlieren, Verräter sind, und wenn die Polizei davon erfährt, kommen sie ins Gefängnis und werden erschossen.«

»Sie werden ihn nicht erschießen, Emi-chan. Er ist sehr bekannt, erst neulich las ich in der Zeitung einen Artikel über ihn. Du mußt bedenken, daß er zuviel getrunken hatte, ihn wird schon niemand melden.«

»Hoffentlich nicht«, sagte Emi. »Ich will nicht, daß die hübsche Dame ihren Vater verliert.«

Am Ende des Schuljahrs wollte Nozomi die Lehrer seiner Töchter zum Dank in ein Restaurant einladen, so wie Shobei vor vielen Jahren die Lehrer seiner Enkel zum Abendessen nach Hause eingeladen hatte. Als er erfuhr, daß sowohl Emis als auch Maris Lehrer den Sommer in Port Arthur zu verbringen gedachten, lud er sie ins Hotel in Golden Hill ein.

Beide Lehrer waren kultivierte, wohlerzogene Männer. In ihrer Begleitung befand sich ein ausgelassener Musiklehrer, der eine Goldrandbrille und ein buntgestreiftes Jackett trug. Ohne zu zögern klappte er den Flügel im Hotel auf und hieb großspurig in die Tasten. Er war voller Leben und sprach genüßlich dem Hauswein zu. Es gab nur wenige Kinder im Hotel, und Emi und Mari waren begeistert von diesem lebhaften Gast. Doch als Haruko tags darauf den anderen beim Tennis und Pingpong, beim Schwimmen und Radfahren zusah, war von dem Musiklehrer keine Spur zu entdecken.

»Wo ist Ryo-sensei?« fragten die Mädchen, aber der Musiklehrer erschien nur zu den Mahlzeiten, sonst blieb er immer verschwunden.

Am dritten Tag nach der Ankunft der Lehrer betraten Nozomi und Haruko den luftigen, hellen Salon, um zu frühstücken. Der Deckenventilator sorgte für eine leichte Brise, und die Zimmerpflanzen glänzten.

Haruko trug einen dunkelblauen, hauchdünnen Seidenkimono, und an ihrem weißen Obi, der mit einem Muster aus Libellen auf hellgrünen Blättern bedruckt war, hatte sie eine Jadebrosche befestigt. Das Ensemble war überaus elegant, und sie spürte die bewundernden Blicke der anderen Gäste auf sich. Dann entdeckte sie, daß an einem Tisch am anderen Ende des Salons der Industrielle saß, den sie in Dalian gesehen hatten. Er war in Begleitung seiner Gattin und seiner Tochter, und erstere musterte Haruko ungeniert. Haruko versuchte, sich nichts anmerken zu lassen.

Die beiden Lehrer gesellten sich zu Nozomi und Haruko, und einer von ihnen ergriff sogleich das Wort. »Wir müssen mit Ihnen reden. Wir haben herausgefunden, wo Ryo-san immer steckt.«

Haruko war über seinen ernsten Unterton erstaunt.

»Er war täglich in Mizuki-sans Chalet.«

»Wieso?« Haruko war verwirrt. Weshalb machten die beiden Lehrer so ernste Gesichter?

»Wie Sie ja wissen, hat Mizuki-san eine Tochter.«

»Ja, sie sitzt dort drüben. Sie ist sehr hübsch.« Haruko sprach mit gedämpfter Stimme, obwohl die Mizukis am anderen Ende des Raums saßen und sie nicht hören konnten.

»Das ist das Problem. Ryo-san hat sich in sie verliebt und um ihre Hand angehalten.«

Erstaunt riß Haruko die Augen auf: »Was? Er kennt sie doch kaum!«

»Das ist allerdings noch nicht das ganze Problem«, fuhr Maris Lehrer verlegen fort. »Er hat sich als Ihr Neffe ausgegeben.«

»Mein Neffe?« Nozomi lachte auf. »So, so.«

»Ach du Schreck.« Haruko wurde vor Verlegenheit ganz schwindlig. Sie hatte gedacht, Frau Mizuki hätte sie bewundernd gemustert, dabei hatte sie sich bestimmt gefragt, wer diese unverschämten Leute mit dem unverfrorenen Neffen waren!

Nozomi schien noch immer amüsiert. Er rief einen Kellner und bat ihn, in zehn Minuten ein Taxi zu bestellen. »Du kennst dich mit solchen Dingen besser aus als ich«, sagte er, an Haruko gewandt. »Du kannst das sicher irgendwie regeln. Ich versuche, nächstes Wochenende wieder herzukommen.«

»Am besten wäre wohl«, sagte Emis Lehrer zu Haruko, »wir reisen noch heute ab und überreden Ryo-san mitzukommen. Es tut uns wirklich leid. Wir hatten eine sehr schöne Zeit.«

»Ich dachte, die Lehrer wollten eine Woche bleiben«, sagte Emi später zu ihrer Mutter. »Wieso sind sie schon heute abgereist?«

»Sie müssen noch etwas erledigen.«

»Und das fällt ihnen mitten im Urlaub ein? Warum haben sie das nicht erledigt, bevor sie herkamen?« wollte Mari wissen.

»Frag nicht so hartnäckig, Mari-chan. Das gehört sich nicht.«

Haruko wußte sehr wohl, daß ihre Töchter mit dieser Erklärung nicht zufrieden waren und sich eifrig Gedanken darüber machten, was wohl passiert war.

In der Woche darauf fuhren sie mit dem Zug zurück nach Shenyang. Gegen Abend ließ eine riesige, blutrote Sonne ihr Abteil feurig erglühen. Schließlich versank sie gänzlich in der Ferne hinter den weiten goldenen Hirsefeldern.

Als Haruko Jahre später an diesen Urlaub zurückdachte, konnte sie kaum fassen, daß der Vorfall mit dem Musiklehrer sie mehr erschüttert hatte als die Nachricht vom Ausbruch des Krieges.

## 4

## *Wolken ziehen auf*

Der angenehme Fluß ihres Lebens nahm ein Ende, als sie die Auswirkungen des Krieges zu spüren bekamen. Es gab keine Luxusgüter mehr, keinen Kuchen, kein Eis. Nozomi brachte für seine Töchter aus Japan Schuhe aus Haifischleder mit. Außerdem hatte er Löffel aus Bambus und Kochtöpfe aus Keramik im Gepäck.

»Viele Dinge kann man gar nicht mehr kaufen. Und das, was noch erhältlich ist, ist größtenteils Ersatzware.«

Die Straßen Shenyangs waren voller Transparente.

LUXUS BEDEUTET NIEDERLAGE
UNSER ZIEL: SIEG ÜBER DEN FEIND

An den Straßenecken standen Frauen mit Schärpen, auf denen die Aufschrift »Vaterländische Frauenvereinigung Großjapans« prangte, und verteilten Flugblätter mit der Botschaft: »Wir sind im Krieg. Schneiden Sie sofort Ihre langen Ärmel ab.« Haruko war verwirrt. Wozu sollte denn das gut sein?

Zur Luftschutzübung mit der Nachbarschaftsgruppe mußte sie laut Anordnung eine »Vaterländische Frauenuniform« tragen, und deshalb suchte sie Kikuya auf, das größte Textilgeschäft der Stadt. Dort gab es in den Schaufenstern keine bunten Stoffe mehr, statt dessen trugen die Schaufensterpuppen jetzt die »Vaterländische Notstandskleidung«: entweder einen dunklen, khakifarbenen Wickelrock oder eine *mompe* – eine Art Pumphose –, dazu jeweils ein grobes Hemd.

Anders als viele ihrer Freundinnen würde sie aus ihren Lieblingskimonos keinesfalls Hosen und Röcke schneidern. Gute Kimonos und Obis wurden sorgfältig gepflegt, denn sie sollten viele Jahre getragen werden. Manchmal kaufte man einfach hochwertigen weißen Stoff, der dann je nach Geschmack eingefärbt und bedruckt wurde. Mit jedem Kimono waren viele glückliche Erinnerungen verbunden. Waren Farbe oder Muster nicht mehr passend, wurden sie gern zu Kissen, Futonbezügen, kleinen Beuteln oder Unterkleidern umgearbeitet. Man konnte den Stoff auch bleichen und neu einfärben. Haruko fand es geradezu frevelhaft, Kimonos in häßliche Arbeitskleider umzuarbeiten.

»Frau Sanjo.« Die Frau des Besitzers hatte von einem ihrer Angestellten erfahren, daß Haruko im Laden war. »Darf ich Ihnen einen Tee anbieten?« Haruko war immer eine gute Kundin gewesen.

Sie führte sie in die hinteren Privaträume. Dort gab es einen winzigen, kunstvoll gestalteten Garten mit einem kleinen Teich. Ein wohlgeformter Baum ragte übers Wasser, und neben einem Miniaturhügel stand eine Steinlaterne. Hier, hinter dem geschäftigen Treiben der Straße und ihres Ladens, wohnte die Familie des Ladenbesitzers in stiller Abgeschiedenheit.

Ein neuerlassenes Gesetz untersagte die Herstellung von Luxusgütern, und dazu gehörten auch hochwertige Kimonos. Die Frau zeigte Haruko einige Stoffe.

»Wir dürfen diese Stoffe nicht mehr offen im Laden verkaufen und werden eine Zeitlang kein neues Material hereinbekommen«, sagte sie. »Das sind unsere letzten schönen Stoffe. Vielleicht interessiert Sie das, Sie haben ja schließlich zwei Töchter.«

Nozomi verdiente gut, und es würde Haruko sicher nicht

schwerfallen, ihren Töchtern eine stattliche Aussteuer zusammenzustellen. Der Krieg könnte allerdings ein Problem werden.

Nachdenklich betrachtete Haruko die lose zusammengesteppten Kimonos. Der gefärbte Stoff war mit Mustern bestickt, die wiederum bemalt waren. Ein lachsfarbener Kimono war mit weißen, goldgetupften Pfingstrosen verziert, ein anderer hatte ein rotes Kamelienmuster auf goldenem, ins Hellblaue übergehendem Grund. Schließlich wählte sie zwei Kimonos mit dazupassenden Obis aus und erstand reichlich dunkelblauen Samt für Abendkleider.

Haruko hatte nicht vor, ihre Töchter jung zu verheiraten, denn Emi und Mari waren intelligent und konnten, wenn sie wollten, einen Beruf ergreifen. Hochzeitsvorbereitungen schienen noch in weiter Ferne zu liegen.

Für die Zukunft ihrer Töchter hegte Haruko sehr widersprüchliche Hoffnungen. Einerseits wünschte sie sich, daß sie ihre eigenen ehrgeizigen Pläne verwirklichten, eine gute Ausbildung absolvierten und ein unabhängiges Leben führten. Andererseits sollten sie aber auch heiraten und ein Leben in schönen Kleidern an der Seite eines erfolgreichen Mannes führen. Jede sollte eine angemessene Aussteuer erhalten und einen Mann heiraten, den ihre Eltern ausgesucht hatten oder zumindest guthießen.

Wie ihr Leben auch aussehen würde, Haruko wollte, daß ihre Töchter die Schönheit von Kimonos zu schätzen wußten. Doch sie ahnte, daß Maris und Emis Zukunft in einer ganz anderen Welt stattfinden würde.

Doch was nutzte es, sich darüber den Kopf zu zerbrechen. Allerdings war es beim Gedanken an den Krieg schwer, nicht mutlos zu werden.

Die Lage in Japan habe sich verschlechtert, teilte Nozomi Haruko mit, als er im Sommer 1944 von einer Geschäftsreise zurückkehrte. Dies sei seine letzte Reise gewesen, da es wegen der Bombardierungen und U-Boot-Angriffe immer gefährlicher wurde, die Meerenge zwischen Korea und Japan zu überqueren. Die Fähren verkehrten nicht mehr regelmäßig. Viele Eltern, die ihre Kinder auf Schulen in Japan geschickt hatten, holten sie zurück.

Haruko erfuhr von Nozomi zwar keine Einzelheiten, aber

offensichtlich erlitten die japanischen Streitkräfte im Südpazifik Niederlagen. Das kaiserliche Hauptquartier verkündete einen »taktischen Rückzug« aus Guadalcanal, dabei wurde immer offensichtlicher, daß die Japaner das Feld räumten. Die gesamte Garnison auf den Attu-Inseln war »zur Ehre des Kaisers« umgekommen. Takekos Sohn Akira, der Proviantmeister bei der Marine war, hatte zu Nozomi gesagt: »Wir haben keinen einzigen Flugzeugträger mehr, Onkel. Das ist ein offenes Geheimnis.«

»Glaubst du, es kommt zu einer Entscheidungsschlacht auf dem Festland?«

»Ja. Die Armee besteht darauf, obwohl die Marine dagegen ist. Ich kann mir jedenfalls nicht vorstellen, daß der Krieg noch lange weitergeht.«

Trotz der schwindenden Hoffnung auf einen Sieg Japans bewies die Armee eine erstaunliche Hartnäckigkeit.

»Mein Lehrer hat gesagt, ›beim Schwertkampf zieht man auch erst das Schwert an den Körper, und dann stößt man zu«. Genau das machen wir gerade«, sagte Emi. »Stimmt das, Otosan?«

»Was?« Nozomi sah von seiner Zeitung auf, die auf ein paar wenige Seiten zusammengeschrumpft war. »Beim Kendo macht man das so, ja.«

»Und machen wir das jetzt auch gerade?«

»Hm.«

Europäische Musik zu hören galt als unpatriotisch. Im Radio wurden hauptsächlich melancholische, auf traditionellen Instrumenten gespielte Stücke gespielt. Häufig wurden Sendungen von Kurznachrichten unterbrochen, die mit aufpeitschender, patriotischer Musik begannen, worauf ein Sprecher aufgeregt verkündete: »Mitteilung vom kaiserlichen Hauptquartier. Am frühen Morgen fand eine Segelschlacht zwischen der kaiserlichen japanischen Flotte und der Flotte der Vereinigten Staaten statt und ...« Ein Blick auf die Landkarte verriet den Hörern, daß die Seeschlachten allmählich immer näher dem japanischen Festland ausgetragen wurden. Die Verluste auf japanischer Seite überstiegen die feindlichen Verluste um ein Vielfaches. Ein Truppenstandort nach dem anderen mußte geräumt werden: Guam, Saipan, die Marianen ... und dann fielen Bomben auf Tokio.

Derweilen machte sich Nozomi Sorgen über den Unterricht seiner Kinder. Zwar gab es Eltern, die seine Bedenken teilten, doch sie waren hilflos. Ohnmächtig mußten sie mit ansehen, wie die Phantasie der Kinder von patriotischen Lehrern im Keim erstickt wurde. All ihre Aufsätze und Bilder sollten etwas mit dem Krieg, der Tapferkeit der Soldaten und der Bösartigkeit des Feinds zu tun haben.

Als Projekt für die Sommerferien hatte Emi Wolken studiert. Mit Wasserfarbe hatte sie jeden Tag verschiedene Wolkenformationen gemalt und darunter alle Informationen geschrieben, die sie dazu gefunden hatte. Es waren wunderschöne Bilder.

»Sehr schön!« lobte Nozomi sie eines Abends. Und zu Haruko sagte er: »Das hat sie sicher von dir geerbt. Sie kann ausgezeichnet malen.«

»Von mir?«

»Du hast doch auch Aquarelle gemalt, oder?«

»Oh, das ist schon lange her.«

Emi legte die Arbeiten ihrem Lehrer vor, der sie mit einem einzigen Kommentar zurückgab. »Eine Studie über Wolken verhilft unserem Land nicht zum Sieg.«

»Dem Lehrer haben sie nicht gefallen«, sagte Emi. »So eine schlechte Note hatte ich noch nie.«

Nozomi sah nicht nur die Bildung der zukünftigen Generation in Gefahr, die ganze Nation werde einer Gehirnwäsche unterzogen, behauptete er. Die jetzige Regierung rede den Leuten ein, der Kaiser sei ein Gott, und dieses Land Gottes stehe auch in Krisenzeiten immer unter einem besonderen Schutz. Als im 13. Jahrhundert die Mongolen Japan angriffen, verloren sie in einem Taifun ihre gesamte Flotte. Jetzt, mitten im 20. Jahrhundert, beschwor die Militärregierung dieses Ereignis wieder und behauptete, bei dem Taifun hätte es sich um göttliche Vorsehung gehandelt.

»Dabei gab es im 13. Jahrhundert noch keine Wettervorhersagen, und die Mongolen wußten nicht, daß es in Japan fast jeden September Taifune gibt.« Nozomi schob seine Teeschale zu Haruko hinüber.

Sie schenkte ihm Tee ein und widersprach: »Du darfst nicht übersehen, daß sie ausgerechnet im September kamen.«

»Sie waren eben dumm und hatten Pech. Herbsttaifune in Japan haben rein gar nichts mit göttlicher Vorsehung zu tun.«

»So darfst du im Beisein von Emi und Mari aber nicht sprechen.«

Nozomi nippte an seinem Tee. »Aber es gefällt mir nicht, daß die Kinder nur Unsinn lernen.«

Bald schon brauchten sich Nozomi und Haruko keine Sorgen mehr zu machen, was ihre Töchter lernten, denn es fand kein Unterricht mehr statt. Aus den Klassenzimmern wurden Fabrikräume. Morgens sammelten sich die Kinder aus der Nachbarschaft auf der Straße und machten sich auf den Weg zur ehemaligen Schule. Nach der konfuzianischen Lehre sollten Jungen und Mädchen, die älter als sieben Jahre waren, getrennt werden, deshalb fanden sich die Jungen und die Mädchen an verschiedenen Straßenecken ein.

Schon auf dem Weg dorthin mußten die Kinder wie Soldaten marschieren. Wie alle trugen auch Emi und Mari am Knöchel zusammengeraffte Hosen und hatten gefütterte Luftschutzkappen dabei. In ihren khakifarbenen Umhängetaschen befanden sich statt Büchern und Stiften die vorgeschriebene Ration Hartkekse sowie eine minimale Erste-Hilfe-Ausrüstung.

»Achtung!« brüllte das ranghöchste Mädchen so laut es konnte. »Marsch!«

Wenn sie nicht richtig laut schrie, wurde sie später getadelt.

»Der Befehl muß aus dem Bauch kommen«, zeterte der Ausbilder. »Marschiert gefälligst wie Soldaten. Oder ist das etwa ein Trauerzug?« brüllte er. Das Exerzieren war die reinste Qual. »Du da, in der zweiten Reihe. Wie heißt du?«

Einmal packte er Emi an der Schulter und holte sie aus der marschierenden Gruppe.

Mari erzählte Haruko später, daß er Emi vor den anderen Kindern gedemütigt habe.

»Emi-chan schämt sich so, sie traut sich nicht, es dir selbst zu erzählen, Mutter«, sagte sie.

»Was hat sie denn falsch gemacht?«

»Ich weiß nicht. Wir haben für den Tag des Sports Marschieren geübt. Ihre Klasse näherte sich der Tribüne, auf der die Erwachsenen stehen werden, denen wir dann salutieren müssen. Die Anführerin brüllte: ›Gleichschritt!‹ und sie liefen los.«

»Ist Emi nicht mitmarschiert?«

»Doch, natürlich.«

Haruko berichtete Nozomi von diesem Vorfall, und er hörte, die Arme vor der Brust verschränkt, schweigend zu. Sie hatten gesehen, wie Emi mit den anderen Kindern marschierte, und beiden war klar, daß sie ihrer Schönheit wegen besonders herausstach.

Nozomi schüttelte den Kopf. »Und sie hat dir nichts davon erzählt?«

»Nein.«

»Du hast sie auch nicht gefragt?«

»Nein.«

»Falls so etwas noch einmal vorkommt, rede ich mit dem Schulleiter.«

Nachdem Haruko ihre Töchter am Tor verabschiedet hatte, sah sie den beiden grauen Reihen noch eine Weile hinterher. Wo so viele junge Mädchen beisammen waren, sollte eigentlich unwiderstehliche Heiterkeit herrschen, dachte sie. Wenn Haruko als Mädchen mit ihren Schwestern unterwegs gewesen war, mußte ihr Großvater ihnen oft warnende Blicke zuwerfen. Sie konnten fast über alles kichern und brachen beim nichtigsten Anlaß in große Heiterkeit aus. Hier war jedoch keine Spur von jugendlicher Lebensfreude. Emi fürchtete sich bestimmt schrecklich davor, womöglich wieder von dem Ausbilder gepiesackt zu werden.

Haruko drehte sich um und ging wieder ins Haus. Sie mußte an Mari denken, die neulich zur Strafe in die Ecke gestellt worden war und dabei ihre Frühstücksdose mit beiden Händen hochhalten mußte.

Haruko legte immer eine eingelegte Pflaume zum Reis, damit er in der luftdichten Frühstücksdose frisch blieb.

»Die Pflaume schmeckt mir nicht, deswegen hab' ich sie nicht gegessen. Es klebten noch ein paar Reiskörner daran«, erklärte Mari. An jenem Tag hatte der Ausbilder alle Frühstücksdosen inspiziert und jedes Kind bestraft, bei dem er noch ein Körnchen Reis fand. »Diesen kostbaren Reis«, hatte er schroff gesagt, »haben unsere Bauern im Schweiße ihres Angesichts geerntet. Reis zu verschwenden ist Verrat. Warum hast du Reis übriggelassen?«

»Was hätte ich denn sagen sollen?« klagte sie ihrer Mutter später. »Ich habe einfach gesagt: ›Die Pflaume ist sauer, und der Reis war noch dran.‹ Worauf er sagte: ›Keine dummen Ausreden. Hast du vergessen, daß wir im Krieg sind?‹«

»Ich leg' euch keine sauren Pflaumen mehr zum Reis.« Was hätte Haruko auch sagen sollen?

»Hast du mir eigentlich nur Bohnen und Reis mitgegeben?«

»Nein, Mari-chan. Du hattest auch Hühnchen, Karotten und Champignons im Reis.«

»Ich hab' mich schon gewundert. Neulich waren nämlich Löcher in meinem Reis. Es sah so aus, als hättest du gekochte Eierhälften hineingelegt. Wahrscheinlich stibitzt mir jemand das Frühstück, Okasan.«

»Das sollten wir deinem Lehrer melden.«

»Bitte nicht, Okasan. Auf einmal sagt er noch, daß mein Frühstück zu verschwenderisch ist und ich an die Soldaten denken soll, die gar nichts zu essen haben und für uns kämpfen.«

»Er ist verrückt«, war Emis Urteil über Maris Lehrer. »Ich glaube nicht, daß die anderen Lehrer hinter ihm stehen. Aber er ist der stellvertretende Schulleiter, deswegen können sie nichts sagen. Es sind sowieso kaum noch Lehrer übrig.«

Das war tatsächlich so. Alle männlichen Lehrer unter vierzig waren eingezogen worden.

»Kennst du eigentlich Fräulein Suzuki, Okasan?«

»Ja, eure hübsche Lehrerin.«

»Sie hat geweint, weil Maris Lehrer etwas über ihre Frisur gesagt hat.«

»Warum?«

»Meine Freundin Setsuko hat gehört, wie er Fräulein Suzuki tadelte und sagte, ihre Frisur wäre im Krieg nicht angebracht. Sie hätte Locken wie ein europäischer Filmstar.«

Jeden Morgen mußten sich die Kinder auf dem Schulspielplatz zum Appell aufreihen. Dann wurde die Flagge gehißt, und der Schulleiter verlas die Kriegserklärung des Kaisers. Eine auf Seide gespannte Abschrift dieser Kriegserklärung hatte der Schulleiter in ein lilafarbenes, weißgefüttertes Tuch gehüllt. Er verneigte sich tief, bevor er die Schriftrolle aus ihrer Hülle zog, und faßte sie ehrfurchtsvoll mit weißen Handschuhen an. Die Schüler waren über den Inhalt der Kriegserklärung aufgeklärt worden und wußten daher, was verlesen wurde. Die kaiserliche Ausdrucksweise war sehr merkwürdig, und viele Worte wurden nur vom Kaiser allein verwendet.

Der Kaiser hatte sich einen Titel gegeben, den er von einem alten ehrwürdigen chinesischen Kaiser aus dem dritten Jahrhundert vor Christus abgeleitet hatte. Dieser Titel klang so ähnlich wie das Wort für einen Hund, der auf den Hinterbeinen steht und bettelt. Dieser witzige Aspekt entging den Kindern natürlich nicht, aber nicht einmal der frechste Junge hätte es gewagt, darüber einen Witz zu machen.

Nach dieser Zeremonie mußten die Kinder zu patriotischer Musik in ihre Klassenzimmer marschieren. Emi verbrachte ihre Tage damit, Knöpfe an Soldatenuniformen zu nähen. Mari zählte und verpackte Hartkekse, die an die Front geschickt wurden. Zwischendurch mußten sie immer wieder auf dem Schulhof exerzieren.

Den Hausfrauen war vorgeschrieben, an den Luftschutzübungen teilzunehmen. Sergeant Tanaka, der Leiter der Nachbarschaftsgruppe, lief mit einem Megaphon umher: »Fliegeralarm! Fliegeralarm! Bomber nehmen Kurs auf Shenyang.«

Alle Hausfrauen sollten dann mit Eimern und Mop nach draußen eilen.

»Er hat doch gerade gesagt, feindliche Bomber seien im Anflug. Wieso gehst du dann raus?« Nozomi amüsierte sich darüber, wenn er zufällig zu Hause war. »Du solltest bei Bombenalarm drin bleiben und in Deckung gehen.«

»Wir müssen Feuer löschen und uns um die Verwundeten kümmern…«

»Bevor irgendwo ein Feuer ausbricht, bist du selbst verletzt. Diese Häuser sind übrigens aus Backstein und fangen nicht so schnell Feuer.«

»Sei still! Ich muß jetzt los!«

Sie streifte Emis alte Turnschuhe über und rannte los.

Sergeant Tanaka war bemüht, seine Sache besonders gut zu machen, denn er hoffte auf eine Auszeichnung der Regierung. Ab und zu machten Offiziere die Runde und kontrollierten die Luftschutzübungen.

Haruko wußte, daß Sergeant Tanaka sie und zwei andere Frauen aus der Gruppe, Frau Suzuki und Frau Matsuda, nicht leiden konnte. Diese drei bürgerlichen Frauen zollten ihm nicht genügend Respekt, und er spürte ihren unterschwelligen Spott.

Frau Suzuki, eine große, elegante Frau um die Fünfzig, war mit einem Bankdirektor verheiratet. Sie wohnten in dem Haus, das dem der Sanjos gegenüberlag und von hohen Bäumen umstanden war. Haruko hatte sie bisher nicht oft zu Gesicht bekommen.

Sie hatten eine japanische Dienerin gehabt, die jeden Morgen die Zeitung aus dem Briefkasten geholt und das große Eisentor zur Straße hin geöffnet hatte. Dank ihrer hohen gesellschaftlichen Stellung konnten sie sich ein japanisches Dienstmädchen statt eines einheimischen leisten. Aber dann waren alle japanischen Haushalte registriert worden, und ledige Frauen wurden zu Fabrikarbeit verpflichtet. Vielleicht hatten die Suzukis ihr Dienstmädchen auch zurück nach Japan geschickt. Jedenfalls trippelte das junge, mollige Ding nicht mehr flink den Gartenpfad entlang, und Haruko vermißte die vertraute Szene, die sie immer von ihrem Fenster aus beobachtet hatte, während sie sich das Haar kämmte. Jetzt schloß Herr Suzuki selbst das Tor auf, wenn er morgens zur Arbeit ging.

Zur ersten Luftschutzübung erschien Frau Suzuki in einer alten karierten Jacke und ausgebeulten Knickerbockern, offensichtlich einer Hose ihres Mannes, wahrscheinlich eine Golfhose aus England. Nozomi besaß auch so eine; sie lag aber zuunterst in irgendeiner Truhe in Japan.

Es blies ein kalter Wind. Frau Suzuki bot zwar einen komischen Anblick, aber ihre Wolljacke und die Tweedknickerbocker waren eine viel vernünftigere Bekleidung als die baumwollene »vaterländische Frauenuniform«.

Sie grüßte nach allen Seiten, stellte sich neben Haruko und lächelte. »Ich weiß, ich sehe aus wie ein englischer Bettler.«

Sergeant Tanaka warf ihr einen mißbilligenden Blick zu. »Achtung!« brüllte er dann.

Etwa dreißig Frauen nahmen Haltung an, den Eimer in der einen Hand, den Mop in der anderen.

»Wir sind nicht zum Spaß hier«, begann Sergeant Tanaka. »Unser heiliges Land führt einen Krieg, um Gerechtigkeit in die Welt zu bringen. Ihr seid zwar keine Soldaten« – das klang bei ihm so, als seien alle anderen Menschen zweiter Klasse –, »aber der Kaiser hat sich in seiner Großmut dazu herabgelassen, uns alle seine Kinder zu nennen. Beweisen wir also, daß wir soviel Güte verdient haben. Nun«, er ließ seinen Blick über die aufgereihten Frauen schweifen, und seine Stimme wurde schrill, »wie ich sehe, tragen einige von euch die Freizeitkleidung des Feindes. Nach Anweisung der Regierung seid ihr verpflichtet, die khakifarbene vaterländische Frauenuniform zu tragen. Soldaten müssen ordentlich aussehen.«

Komisch, dachte Haruko, er hat uns doch eben erst gesagt, wir seien keine Soldaten. Sie selber trug ein grobes Hemd und eine *mompe.* Frau Matsuda trug eine alte Strickjacke ihres Mannes.

»Tut mir leid, ich wußte nicht, daß wir eine Uniform anziehen müssen. Ehrlich gesagt wußte ich gar nicht, daß wir eine haben«, sagte Frau Matsuda kühn. Sie hatte recht. In dem Rundbrief hatte nichts von einer vaterländischen Frauenuniform gestanden. Es war ja auch keine Uniform im strengen Sinn.

Sergeant Tanaka lief rot an. »Wir sind im Krieg, Frau Matsuda!« Er atmete heftig. »Wenn der Feind plötzlich vor Ihnen steht, wollen Sie da etwa sagen: ›Oh, tut mir leid, ich wußte gar nicht, daß wir Krieg haben?‹« Er äffte Frau Matsudas kultivierte Ausdrucksweise nach, und als er sah, daß die Frauen in der dünnen Khakikleidung ein Lachen unterdrücken mußten, fühlte er sich ein wenig besänftigt.

Vor Harukos Haus waren Wasserkübel aufgestellt worden, und die Sanjos waren dafür zuständig, daß sie immer voll waren. Die Frauen stellten sich in einer Reihe auf, und die erste schöpfte mit ihrem Eimer Wasser und reichte ihn weiter. Die letzte in der Reihe schleuderte das Wasser, das noch im Eimer war, gegen die Mauer der Akashis. Die Akashis wohnten schon seit langem in der Mandschurei, und ihr Haus hinter der hohen Mauer machte einen gut geschützten Eindruck.

»Los, schneller«, drängte Sergeant Tanaka mit seiner Trillerpfeife und der Stoppuhr. Die Frauen reichten die Eimer immer hastiger weiter, dabei ging viel Wasser daneben, und alle wurden naß.

»Nummer drei, den Eimer niedriger weiterreichen.« Damit war Haruko gemeint. Es war ein Fehler gewesen, Emis Turnschuhe anzuziehen. Die Straße wurde immer nasser, und die Gummisohlen waren glitschig. Sie hatte Mühe, das Gleichgewicht zu halten.

»Nummer vier, Sie sind zu langsam.«

Nummer vier war Frau Suzuki.

Bevor die Übung anfing, hatte Frau Matsuda ein Tuch aus der Tasche gezogen und ihr Haar hochgebunden. Jetzt löste sich der Knoten, und das Tuch mit dem schönen Blumenmuster fiel zu Boden. Wie es da in der Pfütze lag, bückte sich Frau Suzuki, um es aufzuheben, bevor jemand drauftrat. Das war eine automatische Reaktion, und die Kette wurde kurzzeitig unterbrochen. Sergeant Tanaka warf ihr einen scharfen Blick zu, sagte aber nichts.

Die Matsudas hatten sechs Kinder, die sie in alphabetischer Reihenfolge benannt hatten: Ayako, Binko, Chuichi, Doji, Eiko und Fumiko. Sie hatten neben der Tür sechs Kleiderhaken in die Wand geschlagen, über denen die Buchstaben A bis F standen, so daß jedes Kind wußte, wohin sein Mäntelchen gehörte.

Dr. Matsuda, der seine Kinder nicht den japanischen Schulen vor Ort anvertrauen wollte, hatte die Kinder A bis D auf sorgfältig ausgewählte Schulen in Tokio geschickt. Nur E und F wohnten noch bei den Eltern. Sie sagten »Papa« und »Mama« zu ihren Eltern, das galt als unpatriotisch, aber die beiden Mädchen, die in Emis und Maris Klasse gingen, vertrauten der Meinung ihres Vaters und wehrten sich tapfer gegen Anfeindungen.

»Papa sagt, Italiener sagen auch Papa und Mama zu ihren Eltern, und die Italiener sind schließlich unsere Verbündeten. Überhaupt geht es niemanden etwas an, wie wir unsere Eltern in unseren vier Wänden nennen.«

Emi war erschrocken und bestürzt, als sie diese kühnen Worte hörte, die ihr gleichzeitig imponierten.

Nozomi sagte eines Tages nachdenklich zu Haruko: »Die Matsudas waren bestimmt davon überzeugt, daß sie viele Kinder bekommen.«

»Warum?«

»Sonst hätte es sich nicht gelohnt, sie alphabetisch zu benennen. Bei einem oder zwei wäre das gar nicht aufgefallen. Meinst du nicht? Binko ist allerdings ein bißchen arg, armer Kerl.«

Er schmunzelte.

Haruko hatte sich nach der ersten Instruktion eine billige Uniform gekauft, die sie nur zu den Übungen trug. Frau Suzuki machte es ebenso. Frau Matsuda trug nun nicht mehr die Strickjacke, sondern ein grobes Hemd, das beinahe khakifarben war. Sie sah nicht ein, weshalb sie ein überflüssiges Kleidungsstück kaufen sollte.

Nachdem Haruko sich ein wenig mit Frau Suzuki angefreundet hatte, erfuhr sie, daß der einzige Sohn der Suzukis und ihr Schwiegersohn als Marineoffiziere irgendwo im Pazifik unterwegs waren.

»Mein Mann macht sich zwar über mich lustig, aber ich bete zu allem«, vertraute Frau Suzuki Haruko an. »Ich bete zu den Ahnengeistern, zu Gott und den Göttern, ich bete zu Jesus. Ich finde, ihnen muß jemand helfen. Natürlich hab' ich sie dem Kaiser geschenkt, aber lebendig sind sie doch von größerem Nutzen als tot, finden Sie nicht auch?«

Und ein andermal: »Mein Sohn war ein schwächliches Kind, wir haben uns große Sorgen um ihn gemacht.«

Sie holte nicht weiter aus, doch bei einer anderen Gelegenheit sagte sie: »Am schlimmsten ist es, wenn ich nachts wach werde. Dann habe ich Angst, daß gerade einer der beiden auf See stirbt und nach mir ruft.« In ihren Augen standen Tränen.

# 5

## *Bambusspeere*

Anfang 1945 kam Hideto, der inzwischen zum Oberstabsarzt befördert worden war, zu einer Inspektionsreise in die Mandschurei. Als Nozomi und Haruko ihn am Bahnhof abholen wollten, wimmelte es auf dem Abschnitt des Bahnsteigs, wo die Abteile erster Klasse hielten, von Offizieren, deren goldene Epauletten, Abzeichen und Orden nur so blitzten.

»Er reist bestimmt nicht erster Klasse«, meinte Haruko. Sie mußte daran denken, wie sie Hideto immer vom Bahnhof abgeholt hatte, als sie noch in Kyushu wohnten, wo sie direkt nach ihrer Hochzeit hingezogen waren. Sachiko war damals ein regelmäßiger Gast gewesen, genau wie Hideto in den Semesterferien und Shuichi, der damals noch zur Schule ging. Nozomi hatte seinem jungen angeheirateten Onkel gewöhnlich Geld in die Hand gedrückt und sie nach Beppu geschickt, einem Kurort in der Nähe, in dem es heiße Quellen gab. Bis vor einigen Jahren hatten sie Hideto regelmäßig bei Familienfeiern gesehen, und trotz der Zeit, die verstrichen war, würde er für Haruko immer »Hiden-sama« bleiben, der Spielgefährte, mit dem man Spaß hatte.

»Natürlich reist er erster Klasse«, widersprach Nozomi und wich nicht von der Stelle.

Als der Zug einfuhr und langsam zum Stehen kam, stellten sich die Offiziere in zwei Reihen vor der Abteiltür auf, die kurz darauf von einem Mann in Uniform geöffnet wurde. Die Luft schien elektrisch geladen zu sein, als die Offiziere salutierten. Kurz darauf stieg ein lächelnder Mann aus dem Zug.

»Das ist Hiden-sama.« Haruko war erstaunt. Hideto sah noch besser aus als sonst und wirkte ganz unbefangen. Natürlich wußte sie, daß er den höchstmöglichen Rang eines Militärarztes erreicht hatte und daß er der bisher jüngste Oberstabsarzt war, aber sie hatte ihn noch nie in Uniform unter seinesgleichen gesehen.

»Herzlich willkommen, Eure Exzellenz«, begrüßte ihn der Offizier, der neben der Tür stand.

»Eure Exzellenz!« Haruko machte große Augen und mußte das Lachen unterdrücken.

Nachdem er einige Worte mit den Offizieren gewechselt hatte, kam Hideto auf Nozomi und Haruko zu.

»Ich freue mich sehr, euch zu sehen«, sagte er zu Nozomi, dann betrachtete er Haruko. »Du siehst gut aus.«

»Ich bin beeindruckt«, sagte Haruko.

»Ach, die Armee liebt es theatralisch.« Er lächelte. »Ich habe ihnen gesagt, ich bräuchte kein Hotelzimmer, denn ich komme nachher zu euch.«

Es wurde Abend, bis er bei ihnen auftauchte. Nachdem er ein Bad genommen hatte, streifte er den Baumwollkimono über, den Haruko für ihn zurechtgelegt hatte. Bei einer Schale Sake fragte er: »Habt ihr in letzter Zeit Neuigkeiten aus Japan gehört?«

Nein, außer vagen Gerüchten hatten sie schon seit Monaten nichts mehr gehört. Die Menschen hatten weder Zeit noch Platz, noch Muße, Briefe zu schreiben, wenn sie in einem Luftschutzkeller oder in einem fremden Haus Zuflucht suchten, weil das ihre ausgebombt worden war. Papier und Tinte waren ebenfalls rar.

»Ein Großteil Tokios wurde von B-29-Bombern zerstört. Von meinem Stützpunkt aus sieht man nur verkohlte Baumstümpfe und schwarze Mauern. Mein Haus ist auch zerstört worden.«

Haruko war vor Schreck sprachlos. Schließlich stammelte sie: »Das war aber ein schönes Haus.« Und nach einer Pause: »Wie geht es deiner Frau, Kazuko-san?«

»Sie konnte sich in Sicherheit bringen und ist bei meiner Mutter in Kitani.«

»Oh, bei Großmutter. Geht's ihr gut? Und wie geht's meiner Mutter?«

»In Kitani geht es allen gut. Yasuharus Haus wurde auch bombardiert, und seine Frau ist ebenfalls in Kitani. Bei den Shirais wimmelt es nur so von Evakuierten aus Tokio. Yasuharu übernachtet in dem Krankenhaus, wo er arbeitet.«

Harukos Großvater Tei-ichi hatte vor vielen Jahren Masakazu für eine traurige Ausnahme unter seinen intelligenten Söhnen gehalten, doch nachdem alle anderen ausgeflogen waren, war der freundliche, fröhliche und fleißige Masakazu zur Hauptstütze der

Familie geworden. Nach Tei-ichis Tod war das Haus in seinen Besitz übergegangen, und jetzt wandten sich alle schutzsuchend an ihn. Wie selbstverständlich waren bei ihm und seiner Frau alle Familienmitglieder stets willkommen.

Seine erfolgreichen Brüder hatten vornehme Frauen aus Tokio geheiratet, die Masakazu oft kritisiert hatten, weil er an dem alten Haus nichts verändert hatte.

»Warum reißt du es denn nicht ab und baust ein kleineres, modernes Haus?« hatte zum Beispiel Kazuko gefragt, die sich auch bei Haruko beschwert hatte. »Ich weiß, ich muß meine Schwiegermutter hin und wieder besuchen, aber im Winter ist das unmöglich. Das Haus ist schrecklich zugig, ich wünschte, Masakazu-san würde etwas daran ändern.«

Sie fanden auch die Küche primitiv, und ihrer Meinung nach gab es viel zu viele große düstere Zimmer. Wie kam man nur mit einem Bad außerhalb des Hauses zurecht? Wie konnte man sich das Gesicht am Brunnen waschen? Warum wollte Masakazu in dem großen Garten nicht moderne Häuser errichten oder wenigstens einen Teil des riesigen Grundstücks verkaufen? Was wollte er mit dem Wallgraben und der Steinmauer?

Masakazu erklärte ihnen besonnen: »Ihr habt ja recht, aber es würde Mutter schrecklich aufregen, wenn wir das Haus abreißen würden. Uns stört es nicht. Wir mögen das alte Haus. Wir sind wie glückliche Frösche in ihrem Brunnen, die nicht wissen, wie schön es in der Welt draußen ist.«

Haruko erinnerte sich daran, wie umständlich das Leben in Kitani gewesen war, aber diejenigen, die in dem Haus aufgewachsen waren, waren Masakazu dankbar, daß er es samt der damit verknüpften Erinnerungen in seinem alten Zustand belassen hatte.

Yasuharus und Hidetos Frauen hatten keine Verwandten auf dem Land, an die sie sich jetzt wenden konnten. Sicher waren alle sehr froh, daß das große Haus genügend Zimmer besaß, um die Verwandten aus Tokio bequem unterzubringen. Außerdem gab es einen Garten, in dem für den großen Haushalt Gemüse angebaut werden konnte. Die Obstbäume gediehen prächtig, und im Wald konnte man Brennholz sammeln. Alles Dinge, die man nicht einmal für Geld bekommen konnte.

»Du hast deine Mutter bestimmt nie arbeiten sehen, oder?« lachte Hideto.

»Nein, was macht sie denn?«

»Sie kümmert sich um den Garten, putzt, macht die Wäsche... Es scheint ihr gut zu bekommen. Großmutter sieht ebenfalls zehn Jahre jünger aus, das sagt sie sogar selbst, und sprüht vor Energie. Mir wirft sie vor, ich müßte mich mehr anstrengen, damit wir den Krieg endlich gewinnen. Was nutzten mir die vielen Orden um den Hals, da ich doch offensichtlich unfähig bin? Shige kam zu meiner Verteidigung und meinte, sicher stünden mir jede Menge sturer Leute im Weg. Ich glaube, in Kitani wird es immer beim alten bleiben.«

Hideto kratzte sich am Kopf, und alle lachten. Haruko wußte aber ganz genau, daß Kei sehr stolz auf ihren jüngsten Sohn war.

»Hat Großmutter dich schon mal in Uniform gesehen?«

»Ja, als ich das Marinelazarett in Sasebo inspiziert habe, da habe ich einen kleinen Abstecher nach Kitani gemacht.«

»Sie war bestimmt sehr stolz.« Haruko dachte daran, wie überrascht sie selbst gewesen war, als sie Hideto am Bahnhof gesehen hatte.

»Sie nahm mich sogleich mit zu den Gräbern der Vorfahren, damit ich mich bei ihnen bedankte. Es war ein sonniger Nachmittag im Frühling, und ich bin mir sicher, daß wir die Ahnen bei einem netten Mittagsschläfchen gestört haben.«

Emi und Mari kicherten. Den Vorschriften der Armee entsprechend war Hidetos Haar ganz kurz rasiert, und über seinem linken Ohr schimmerte eine Narbe.

»Du hast bestimmt ganz viele Narben, Hide-ojichan«, bemerkte Emi, die schon viel von den legendären Abenteuern ihres Onkels Hideto gehört hatte.

»Ich war ein ungezogener Kerl«, schmunzelte Hideto. »Ich hatte vor Mutter mehr Angst als vor Vater, aber Shige hat immer alles geregelt. Weißt du noch, Haruko, als ich auf den verbotenen Baum bei den Gräbern kletterte, um Habichtseier zu stehlen, und in einen Nagel trat. Was für eine Schnapsidee! Mutter schickte mich erbarmungslos zur Schule. Wenn ich schon etwas Verbotenes tat, sollte ich wenigstens die Konsequenzen tragen. Vater hätte mich wahrscheinlich nur im Lagerhaus eingesperrt, bis ich mich entschuldigt hätte. Ich konnte nicht auftreten und mußte auf allen vieren kriechen. Als ich mich unter großen Schmerzen schließlich auf den Schulweg machte, da kam Mata und trug mich auf dem Rücken. Das war sicher Shiges Idee. So ungezogene Burschen wie ich einer war, gibt's heutzutage gar nicht mehr. Die Kinder werden heute ganz anders erzogen.«

Hidetos einziger Sohn studierte, aber Studenten hatten nicht mehr das Privileg, vom Militärdienst befreit zu werden.

»Jetzt buddelt er irgendwo in der Nähe Tokios Schützengräben. Sie haben einfach nicht genug Waffen, und inzwischen ist der Armee wohl klargeworden, daß sie die jungen Soldaten in den Tod treiben, wenn sie sie einfach auf irgendeine Pazifikinsel verschiffen. Kazuko hat ihn mit dem vernünftigen Ratschlag verabschiedet: ›Versuch nicht, dich als Held zu beweisen oder irgendeine Auszeichnung zu bekommen. Komm einfach gesund nach Hause.‹« Hideto lachte auf seine unbeschwerte Art. »Tja, so steht es also um die Familie ›Eurer Exzellenz‹.«

»Ich finde, Kazuko-san hat recht«, sagte Haruko, die an die Kamikazeflieger denken mußte, sechzehn- und siebzehnjährige Jungen. Sie hatte gehört, daß sie in aus Sperrholz zusammengeschusterte Flugzeuge gesetzt wurden und gerade genug Benzin bekamen, um ein feindliches Schiff zu erreichen. Sie waren die mit Sprengstoff beladene Bombe, die aufs Ziel herabfiel. Flugzeuge aus Sperrholz waren eine Sache, aber die Jungen auf eine Mission zu schicken, die sie unmöglich überleben konnten, hielt Haruko einfach für unmenschlich. »Dem Kaiser zur Ehre« schien ihr eine widersinnige Begründung für ein solches Opfer zu sein.

Haruko schämte sich zwar, konnte aber nicht leugnen, daß sie froh war, nur Töchter zu haben. Der Gedanke an die Jungen, die bei ihrer Abschiedsfeier vor fünf Jahren so sorglos und fröhlich gewesen waren, versetzte ihr einen Stich. Sie erinnerte sich, wie Hidetos Sohn Shinichi einen Handstand gemacht hatte und mit einem Aufschrei umgefallen war; wie Sakae, Sachikos Sohn, die Stirn in Falten gelegt hatte, als er einen Papierhut für Yaekos kleinen Hajime bastelte; wie Koji, Yasuharus Jüngster, mit seinen fünfzehn Jahren eine Grimasse gezogen hatte, als er Sake kostete.

»Können wir den Krieg gewinnen, Hide-ojichan?« fragte Mari.

»Das weiß ich nicht, Mari-chan. Ich bin für die Verwundeten und Kranken zuständig. Ich soll nachsehen, ob die Krankenhäuser bereit sind, falls sich der Krieg bis in die Mandschurei ausdehnt. Ich weiß nicht, was die richtigen Militärs machen und denken.«

»Und wenn wir verlieren? Mein Lehrer hat gesagt, die Amerikaner bringen uns entweder um oder versklaven uns.«

»Sieg oder Niederlage – Krieg ist immer eine grausame Sache. Erst recht natürlich, wenn das eigene Land verliert. Falls Japan besiegt wird, werden die kaiserliche Armee und die Flotte sicher ausradiert werden. Großmutter Kei hat einmal zu mir gesagt, wir müßten die Konsequenzen für unser Tun tragen«, erinnerte sich Hideto. »Aber wer auch gewinnt: Es wird bestimmt niemand versklavt werden.«

»Vor dem Tod hab' ich gar nicht soviel Angst«, sagte Emi leise. »Ich hab' viel mehr Angst, daß meine ganze Familie umkommt und ich zufällig als einzige überlebe.«

»Oh, Emi. Laß den Kopf nicht hängen!« sagte Hideto. »Es kommen auch wieder bessere Zeiten. Ihr junge Leute werdet das Chaos, das wir anrichten, schon wieder in Ordnung bringen. Oh, das hätte ich ja beinahe vergessen.« Er stand auf und holte aus seinem Koffer ein in Zeitungspapier gewickeltes Bündel, in dem sich drei kleine Mäntel aus Kimonoseide befanden.

»Ich erinnere mich noch an diesen Kimono. Er gehörte Großmutter«, sagte Haruko, als sie ihren Mantel betrachtete. »Und das war einer von Mutter!« rief sie und deutete auf die Mäntel ihrer Töchter.

Haruko stellte sich vor, wie Kei und Ayako auf ihren Kissen einander gegenübersaßen und alte Kimonos auftrennten, um daraus neue Kleidungsstücke herzustellen. »Aya-san, fädelst du mir bitte das Garn ein?« Haruko konnte Keis Stimme hören. Inzwischen war Kei achtzig Jahre alt. Ayako war auch keine junge Frau mehr, hatte die Sechzig überschritten. Bestimmt brauchte sie mittlerweile eine Brille und gutes Licht, um das winzige Nadelöhr zu finden. Das Geschenk in der Hand, versuchte sie, ihre Tränen zu unterdrücken. »Eigentlich hätten wir dieses Jahr Großmutter Keis achtzigsten Geburtstag feiern sollen«, sagte sie leise.

»Sie behauptet, sie sei erst siebzig, deshalb feiern wir erst in zehn Jahren.« Hideto grinste.

Später, nachdem Emi und Mari zu Bett gegangen waren, sagte er: »Arme Mädchen. Wir haben den Krieg zu weit getrieben. Es ist, als wollten ein paar Feuerwehrmänner einen Großbrand löschen. Sie hüpfen überall wild herum, werden der Flammen aber nicht Herr. Sie haben diesen Krieg begonnen, weil sie den Feind total unterschätzt haben. Die Marinesoldaten, die mehr von der Welt gesehen haben und gebildeter sind, waren – im Gegensatz zur Armee – gegen diesen Krieg.«

»Ich hab' in der Zeitung gelesen, daß sich Japan auf keinen Fall ergeben wird, eher wird das ganze Volk den Heldentod sterben. Das klingt doch sehr unrealistisch, Hiden-sama, oder?« fragte Haruko besorgt.

»Das klingt hysterisch.«

»Was ist eigentlich aus Teiko-san geworden? Ich habe nur vage Gerüchte gehört.« Harukos Stimme erstarb.

»Oh, das war eine Tragödie. Bisher blieben unserer Familie Kriegsopfer ja wundersamerweise erspart. Wie viele unserer jungen Männer sind eingezogen worden? Die beiden Söhne von Yasuharu, einer von Masakazu, einer von mir, einer von Takeko. Insgesamt fünf. Und Namikos Mann. Also sechs. Gott sei Dank sind sie noch alle am Leben. Teiko ist bisher das einzige Opfer des Krieges.« Hideto seufzte und schwieg eine Weile. Schließlich fuhr er fort: »Ihr wißt ja, Yasuharus ältester Sohn Ryoichi und Teiko hatten sich verlobt, als Ryoichi noch Assistenzarzt war. Als er dann eingezogen wurde, entschlossen sie sich zu einer raschen Heirat. Er bekam drei Tage Heimaturlaub. Die beiden feierten die Hochzeit ganz allein. Sie gingen einfach zum Yasukuni-Schrein und verneigten sich davor. Das war alles. Ich habe gehört, daß Ryoichi seine Uniform trug. Teiko ausgebeulte Arbeitshosen. Ihre Mutter hatte ihr geraten, Arbeitskleider über ihrem wunderschönen Kimono zu tragen, damit ihr niemand vorwerfen konnte, sie sei eine Verräterin. Ihre Mutter hätte es nicht ertragen, wenn sie in dieser vaterländischen Frauenuniform geheiratet hätte. Sie feierten zu Hause mit einigen Verwandten und tauschten die mit Sake gefüllten Schalen.

Nach der Hochzeit steckte Ryoichi fast einen Monat lang in

Hiroshima fest und wartete auf den Weitertransport. Er bat darum, daß seine Frau ihn besuchen dürfe. Sie kaufte eine Zugfahrkarte auf dem Schwarzmarkt und brauchte fast zwei Tage für die Fahrt nach Hiroshima. In der Kaserne wurde sie von zwei Wachtposten in Empfang genommen. Ihr wißt ja, wie Teiko aussah.«

Ja, Haruko erinnerte sich gut an die Frau ihres Cousins. Sie hatte nicht das für Japanerinnen typisch runde Gesicht mit schmalen Augen, sondern große Augen mit einer Lidfalte, und ihr gewelltes Haar mit dem Braunstich war ebenfalls ungewöhnlich. Sie war groß, hatte lange Beine und sah einfach blendend aus.

»Sie ist… war wunderschön.«

»Ja, sie war sehr exotisch. Es gibt eine Filmschauspielerin, die fast genauso aussieht. Ihr wißt schon, wen ich meine.«

Haruko erinnerte sich, daß Teiko auch in schäbigen Klamotten Aufsehen erregte. Womöglich hatte sie zu Ehren ihres Mannes sogar ein wenig Make-up aufgelegt? Damit wäre sie erst recht sehr attraktiv und beeindruckend gewesen.

»Als sie die Kaserne erreichte, wurde sie am Tor von zwei Wachtposten aufgehalten«, sagte Hideto noch einmal. »Offensichtlich wurde sie in einem Zimmer festgehalten, bis die anderen Wachen sie, einer nach dem anderen, begutachtet hatten. Schließlich wurde sie unter dem Vorwand einer Leibesvisitation in einen anderen Raum gebracht. Sie wurde von mehreren Soldaten vergewaltigt, einer nach dem anderen…«

»O nein!«

»Als Ryoichi endlich erfuhr, daß sie da war, konnte Teiko nicht mehr sprechen und erkannte niemanden mehr«, sagte Hideto leise. »Sie starrte nur stumm vor sich hin. Sie hat sich nicht mehr erholt. Ihr Vater hat sie abgeholt. Eine Woche darauf ist sie gestorben.«

Nach einer Weile fragte Haruko: »Was wurde gegen die Soldaten unternommen?«

»Nichts. Ich inspizierte damals gerade die Krankenhäuser im Südpazifik. Die Soldaten kamen kurze Zeit später an die Front.«

»Man hätte doch sicher ihre Namen herausbekommen können und…«

»Ich habe viel darüber nachgedacht. Ihr habt ja keine Ahnung, was auf dem Festland los ist. Der Krieg macht alle verrückt.

Schließlich waren das ehrbare Soldaten des Kaisers. Die Armee vertuscht solche Skandale natürlich, so gut es geht. Ich weiß nicht, ob ich etwas hätte ausrichten können. Übrigens«, wechselte er das Thema, wie um die düstere Stimmung zu verscheuchen, »habt ihr gehört, daß Okasan die Ehre hatte, eine Audienz bei der Kaiserin zu erhalten?«

»Tatsächlich?«

»Ja, sie ist die Vorsitzende des Roten Kreuzes in unserer Gegend. Wenn sie sich herausputzt, sieht sie immer noch phantastisch aus. Mancher Mann würde bei ihrem Anblick sicher auch heute noch von der Brücke fallen.«

Früh am nächsten Morgen kam ein Bursche vorbei, der Hidetos Uniform abbürstete, seine Stiefel polierte und saubere Unterwäsche und ein gebügeltes Hemd für ihn bereitlegte.

Hideto trank seinen Tee aus, erhob sich und befestigte sein Schwert mit einer Kette am Gürtel. Es war noch dasselbe antike Schwert aus dem 17. Jahrhundert, das ihm sein Vater als Junge geschenkt hatte.

Am Abend zuvor hatten Emi und Mari gebettelt, das berühmte Schwert sehen zu dürfen. Hideto hatte es aus der Lederscheide gezogen und ihnen auf beiden Händen hingehalten. Die Klinge hatte bläulich geschimmert.

»Wunderschön, wie Mondlicht«, hatte Emi gesagt, die ihre Augen nicht davon abwenden konnte.

»Kein bißchen unheimlich.« Mari hatte es ebenfalls ganz aufmerksam betrachtet.

»Sehr gut beobachtet. Ihr habt recht. Der Schwertschmied war ein Künstler. Seine Schwerter sind berühmt, weil sie bei der Betrachtung den Geist frei machen. Sie sollen das Böse im Geist abtöten.«

Emi und Mari waren bereits in der Schule, als Hideto sich verabschiedete.

»Grüßt Emi-chan und Mari-chan von mir. Sie sind so liebe Mädchen, und so intelligent. Hoffentlich ist der Krieg bald zu Ende, damit sie in einer friedlichen Welt aufwachsen können. So kann es nicht weitergehen. Vielleicht gibt es ja bald Frieden.« Sein sonnenverbranntes Gesicht hatte noch dieselben lebhaften Züge wie früher, als die Kinder der Miwas ihm in Kitani hinterherliefen.

»Frieden.« Haruko lauschte dem Klang dieses Wortes nach. Sie hatte gedacht, es sei tabu.

»Es war schön, euch zu sehen. Gebt auf euch acht.« Mit diesen Worten stieg er in den Wagen, an dessen Tür ein Hoheitszeichen prangte. Er winkte noch einmal kurz und entschwand dann ihren Blicken.

Im Radio spielten sie ein neues Lied: »Amerikaner und Engländer, diese grausamen Barbaren ...«

Haruko stand auf und stellte den Apparat ab. Zu Beginn des Krieges waren die Texte der Lieder noch ganz anders gewesen, auch wenn sie die gleichen militaristischen und patriotischen Botschaften vermitteln sollten. Sie hatten von fallenden Kirschblütenblättern gehandelt, von den silbernen Flügeln der Kampfflugzeuge am blauen Himmel über dem Pazifik, von Palmen und dem Kreuz des Südens ... Manche Lieder enthielten altmodische Worte und waren anrührend lyrisch.

Einem modernen Komponisten war eine würdevolle Vertonung des Gedichts eines Soldaten aus dem 8. Jahrhundert gelungen. Die Hingabe an den Kaiser, die darin zum Ausdruck gebracht wurde, war wunderschön in ihrer Schlichtheit. Doch je länger der Krieg dauerte, desto unverblümter brachen in den Liedern Verzweiflung und Haß hervor.

Nozomi und Haruko sagten es nicht laut, aber sie wußten, daß der Krieg verloren war. Ihnen war zu Ohren gekommen, daß die Bevölkerung Japans jetzt lernen mußte, sich mit Bambusspeeren zu verteidigen. Im 16. Jahrhundert hatten sich die Bauern, da sie sich keine anderen Waffen leisten konnten, mit angespitzten Bambusrohren verteidigt. Aber wen oder was sollten sie im 20. Jahrhundert mit Bambusspeeren angreifen?

## 6

### *Sommer 1945*

Obwohl Haruko an zahlreichen Luftschutzübungen teilgenommen hatte, oder vielleicht gerade deswegen, war sie überrascht, als sie echtes Sirenengeheul vernahm.

Es war ein Nachmittag im Frühling. Durchs Fenster sah sie hoch oben am hellblauen Himmel eine Formation silberner Flugzeuge, die weiße Kondensstreifen hinter sich herzogen. Die Bomber schienen nahezu reglos in der Luft zu stehen. Dies war ihre erste Begegnung mit dem Feind, und sie hatte Angst.

Die Amerikaner würden Bomben abwerfen und sie töten. Die Amerikaner, die Briten, sie waren die Feinde. Doch wer waren »sie« eigentlich genau? Waren sie reich und schön wie die Dame, die sie als Kind in dem Amulett des toten russischen Offiziers gesehen hatte? Lebten sie in traumhaften Schlössern und großen Häusern? Waren sie so freundlich wie die Dame des Hauses, in dem Yasuharu, Nozomi und Sachikos Mann als junge Männer gewohnt hatten?

Ihre Onkel, ihr Mann, ihr Schwager – sie alle hatten einst schöne Zeiten mit dem Feind verlebt. Haruko hatte noch ein Opernglas und ein verblaßtes Foto, das Nozomi in jungen Jahren mit Schlittschuhen zeigte. »Sankt Moritz, 1922« stand auf der Rückseite. Und viele Ansichtskarten. »Ich sitze im Café de la Paix und genieße in der Abendsonne einen Aperitif.« »Liebe Haruko, ich trinke gerade Tee im Hotel Ritz. Hier gibt es viele schön gekleidete Damen. Ich frage mich, wie du in einem solchen Kleid aussehen würdest.« Sie hatte in ihrem ganzen Leben noch keinen Liebesbrief erhalten, diese Karte kam dem noch am nächsten. Hotel Ritz – welch magischer Name! Kronleuchter, edles Porzellan und blütenweiße Tischwäsche tauchten vor ihrem inneren Auge auf.

Diese Bilder hatten rein gar nichts gemein mit den Propagandaplakaten von rotgesichtigen Fratzen mit großen Nasen und barbarisch grinsenden Männern in hohen Stiefeln.

Sie seufzte und rief nach Shun-ren. Wenigstens verspürte sie nicht mehr diese übermächtige Furcht. Mah wollte nicht ins Haus kommen. Er stand im Garten, hatte der Sonne wegen eine Hand über die Augen gelegt und blickte zu den Flugzeugen auf.

Haruko dachte auf einmal widersinnigerweise, daß Mah über Geheiminformationen verfügte und wußte, wo die Bomben fallen würden. Vielleicht war er ein Spion. Kurz darauf waren in der Ferne eindeutig Detonationen zu hören, und die Fensterscheiben klirrten. Das Geschirr im Schrank schepperte.

Mehrere Minuten lang ging das so. Schließlich kam Mah herein. »Ist vorbei«, verkündete er.

Haruko machte sich Sorgen um Nozomi, der im Büro war, und um ihre Töchter in der Schule.

»Nur Bahnhof«, sagte Mah im Brustton der Überzeugung. Erneutes Sirenengeheul verkündete das Ende des Luftangriffs. Kurz darauf kam ein Laufbursche aus dem Büro und teilte Haruko mit, Nozomi sei wohlauf. Zwanzig Minuten später trafen Emi und Mari ein.

Der Bahnhof war unbeschädigt, doch es hatte einige umliegende Häuser getroffen. Durch die Druckwelle waren die Kleider aus den Schränken der bombardierten Häuser in die Luft geschleudert worden und hingen nun in Fetzen in den Zweigen – was aussah wie von Kinderhand gezeichnete Weihnachtsbäume.

Eine Woche darauf bat Mah, ein paar Tage frei zu bekommen, er wollte Verwandte besuchen. Eine Hochzeit fände statt, außerdem sei jemand krank.

Zwei Tage später verschwand Shun-ren mitten in der Nacht. Am Morgen war ihr Zimmer leer. Ohne Shun-rens Singen und Plappern war es still im Haus. Beim Frühstück vermißten Emi und Mari den intensiven Geruch ihres Haaröls, den sie sonst kaum ertragen konnten.

»Du hast doch nicht mit ihr geschimpft, Mutter, oder?«

»Natürlich nicht. Ich glaube, ich hab' nie ernsthaft mit ihr geschimpft. Sie ist einfach verschwunden. Ich frage mich, ob sie von jemandem abgeholt wurde. Sie kann unmöglich ihre ganzen Sachen allein getragen haben.«

»Ich glaube, sie hat sie nacheinander fortgebracht«, sagte Mari, die sich besonders gut mit Shun-ren verstanden hatte. »Mir ist letzte Woche aufgefallen, daß kaum noch Kleider in ihrem Zimmer waren.«

»Die beiden hatten bestimmt Angst vor den Luftangriffen«, sagte Emi. »Ich wäre an ihrer Stelle auch nach Hause gegangen.«

Haruko kam es vor, als befände sie sich mit ihrer Familie auf einem Schiff, dessen Mannschaft desertiert war.

Reis, Zucker, Salz sowie wichtige Güter waren rationiert worden, und die Vorräte wurden knapp. Aber bisher hatte Tensei-sho immer alles, was Haruko benötigte, zu Schwarzmarktpreisen besorgen können. Dann, auf einmal, kam er nicht mehr. Haruko wußte, wo sein Geschäft lag, aber ohne Mah wollte sie den chinesischen Laden nicht aufsuchen.

Schließlich verschwanden auch die Weißrussen aus der Stadt. Das Angebot in dem Laden, in dem Haruko Notenmappen und billigen Schmuck für die Mädchen eingekauft hatte, war über Wochen immer schlechter geworden, schließlich schloß das Geschäft ganz. Die von den Weißrussen gegründete Siedlung Romanow wurde über Nacht geräumt.

Emi ging seit April auf die Oberschule für Mädchen. Das neue Schulgebäude war erst vor kurzem fertiggestellt worden und verschwenderisch ausgestattet. So gab es zum Beispiel ein kleines japanisches Teehaus, in dem den Mädchen die Teezeremonie beigebracht werden sollte. Emi war entzückt von den kleinen Musikzimmern und den luftigen, gut ausgestatteten Chemie- und Physiksälen. Die Lehrer waren aufgeschlossener als in der Grundschule. Diesen Sommer gab es keine Schulferien. Der Krieg ging ja schließlich auch weiter. Mari stöhnte, aber Emi freute sich. Schließlich war die Schule die einzige Abwechslung.

»Warum trägst du all deine Ringe, Mutter?« fragte Emi.

Haruko musterte ihre gespreizten Hände. »Ich verabschiede mich von ihnen, ich muß nämlich meinen ganzen Schmuck spenden.«

»Wozu?«

»Er wird verkauft, um Geld zu beschaffen.«
»Und wer kauft sie?«
»Das weiß ich nicht.«
»Und du mußt sie wirklich hergeben, obwohl du nicht weißt, was aus ihnen wird? Woher wissen sie überhaupt, daß du diese Ringe hast?«
»Sie waren bei Nakatani, unserem Juwelier, und haben die Kundenkartei studiert. Diese beiden hier wurden bei Nakatani gekauft. Und den hab' ich dort ändern lassen. Und dieser hier, nun ja, von dem wissen sie eigentlich nichts.«
Von ihrem Rubinring stand nichts in Nakatanis Kundenkartei; den hatte Ayako ihr zur Hochzeit gekauft.
»Ich hätte dir gern mehr Kimonos mitgegeben. Nozomi-san möchte nicht zu viel mitnehmen, aber ein Ring nimmt ja nicht viel Platz weg, nicht wahr?« Lächelnd hatte Ayako Haruko den Ring an den Finger gesteckt. »Ich hab' irgendwo gelesen, daß Rubine Glück bringen, Haruko-san. Ich hoffe, du wirst glücklich.«
Der Stein war tiefrot. Die schimmernde Farbe konnte das Herz zum Tanzen bringen, dachte Haruko wehmütig.
Abends gab es Schokolade zum Nachtisch.
»Toll!« rief Mari.
»Zum Glück sind wir nur noch vier. Es wäre viel schwieriger, sie in fünf Stücke aufzuteilen.« Nozomi ließ sich von der allgemeinen Begeisterung der Kinder anstecken. »Wo hast du die Schokolade her? Von der Armee?«
Wie bei den meisten Großprojekten war die Armee auch an Nozomis Projekt beteiligt, und die Sanjos kamen dadurch ab und zu in den Genuß von schwer zu beschaffenden Gütern.
»Aber nein. Das ist ein ganz rechtmäßiges Geschenk der Regierung.« Als sie am Nachmittag ihren Schmuck abgegeben hatte, hatte sie einen Coupon erhalten, der sie zum Bezug einer großen Tafel Schokolade berechtigte. »Das ist die teuerste Schokolade, die ihr je essen werdet. Laßt sie euch schmecken.«

Im August fielen Atombomben auf Hiroshima und Nagasaki. Sie erfuhren die Nachricht aus dem Radio. Nozomi begriff als einziger das ganze Ausmaß des Schreckens.

Im April hatten sich die Russen geweigert, den russisch-japanischen Nichtangriffspakt zu verlängern. Am 8. August, dem Tag zwischen dem Abwurf der beiden Atombomben, erklärten sie Japan – einer Nation am Abgrund – den Krieg. Als die Rote Armee in die Mandschurei einmarschierte, trafen sie kaum auf japanischen Widerstand.

Nozomi spielte mit dem Gedanken, seine Frau und seine Töchter weiter in den Süden zu schicken, doch Haruko blieb eisern. Sie bestand darauf, daß die Familie zusammenblieb und gemeinsam ihr weiteres Schicksal abwartete. Nozomi willigte schließlich ein, da er selbst nicht davon überzeugt war, daß sie anderswo wirklich sicherer sein würden. Ganz gleich, wie weit er sie wegschicken würde, sie wären immer noch in der Mandschurei und sicher bald unter russischer Besatzung. Es war nur eine Frage der Zeit.

»Wir werden alle sterben«, behauptete Haruko.

»Das solltest du nicht so leichtfertig sagen«, wies Nozomi sie zurecht. Doch als Haruko nicht lockerließ und fragte: »Was können wir denn tun, wenn die Russen mit ihren Waffen die Stadt umzingeln?«, wußte er auch keine Antwort.

»Lieber sterbe ich, als in Gefangenschaft zu geraten, und Emi und Mari auch«, murmelte Haruko. »Ich lasse es nicht zu, daß sie in russische Gefangenschaft geraten.«

»Werd nicht pathetisch.«

Der 15. August würde Haruko immer in Erinnerung bleiben. Schon am frühen Morgen ging das Gerücht, der Kaiser werde gegen Mittag eine wichtige Radioansprache halten. Das war eine Sensation, denn zum erstenmal würden gewöhnliche Leute die Stimme des Kaisers hören.

Der Tag versprach sehr heiß zu werden. Bereits am Vormittag wurde der Asphalt langsam weich. Mittags waren die Straßen wie ausgestorben.

Als Nozomi nach Hause eilte, sprach ihn auf der Straße Frau Matsuda an. »Hören Sie sich die Ansprache an? Könnten wir rüberkommen? Unser Radio ist nämlich kaputt.«

»Natürlich. Kommen Sie herein.«

Haruko machte Tee, und alle nahmen Platz.

»Sind Ihre Kinder noch in Tokio?« fragte Haruko höflich.

»Sie sind mit ihren Schulklassen evakuiert worden. Unsere beiden älteren Töchter haben Examen gemacht und arbeiten jetzt als Krankenschwestern.«

Nozomi und Dr. Matsuda schwiegen, während sich die beiden Frauen leise unterhielten, wie bei einer Beerdigung.

Aus dem Radio kam kein Ton. Keine Marschmusik. Keine Sondernachrichten. Punkt zwölf Uhr meldete sich kurz ein Ansager, dann begann die Übertragung. Der Empfang war schlecht, und es klang, als würde die Stimme des Kaisers von donnernden Wellen übertönt. Haruko konnte ihn nur mit Mühe verstehen. Mit erstickter Stimme verkündete der Kaiser, daß er sich ergeben werde, da seinem Volk kein weiteres Leid mehr zuzumuten war.

Nach der Übertragung saß Nozomi mit verschränkten Armen schweigend da. Als wäre den Worten des Kaisers nichts mehr hinzuzufügen, verstummte das Radio bis auf ein statisches Rauschen.

»Das war abzusehen«, stellte Dr. Matsuda nüchtern fest.

Haruko hatte das Gefühl, als wäre ihr eine schwere Last von der Schulter genommen worden. Sie brauchte keine Angst mehr vor Luftangriffen zu haben. Die russische Belagerung war zu Ende. All ihre Verwandten, die bis jetzt überlebt hatten, waren in Sicherheit. Frau Suzuki würde nachts nicht mehr aus Sorge um ihren Sohn und ihren Schwiegersohn hochschrecken. Der Krieg war vorbei. Sie hatten überlebt. Sie waren noch einmal ungeschoren davongekommen.

Nach der Übertragung ging Nozomi wieder in sein Büro, kam aber abends viel früher als sonst nach Hause. Aus dem oberen Fenster sah Haruko am frühen Nachmittag, daß die Suzukis ihr großes Eisentor bereits geschlossen hatten.

»Du kommst früh. Wie sieht's in der Stadt aus?« Das von den Chinesen bewohnte Zentrum der Stadt lag in unmittelbarer Nähe.

»Es ist still, aber irgendwie unheimlich«, erwiderte Nozomi. »Am besten, wir bleiben ein paar Tage zu Hause und sehen, was passiert.«

»Herr Suzuki kam heute anscheinend auch früher nach Hause. Sie haben ihr Tor geschlossen. Was wird jetzt geschehen?«

»Die Bank ist bestimmt in großen Schwierigkeiten, denn Mandschukuo, das von der japanischen Regierung unter einem Marionettenkaiser gegründete Reich, existiert nicht mehr. Alle Geldscheine mit dem Abbild des mandschurischen Kaisers sind ab heute wertlos.«

»Soll das heißen, unser ganzes Geld ist nichts mehr wert?« fragte Haruko schockiert.

»Genau. Aber unser Direktor hat mich bereits vor einigen Monaten gewarnt. Ich habe fast unser ganzes Geld abgehoben.«

»Oh!« Und warum habe ich das nicht erfahren, fragte sich Haruko im stillen. Und laut: »Haben das die anderen Leute auch getan?«

»Ich glaube nicht.«

Jedenfalls nicht alle, erklärte er dann. Die Banken wollten natürlich vermeiden, daß Menschenmassen sie stürmten, um ihr Geld abzuheben, und damit eine Panik auslösten. Nozomi hatte diesen Tip nur bekommen, weil er ein guter Freund des Bankdirektors war. Wer jedoch Weitblick besaß, hatte diese vertraulichen Informationen allerdings auch ahnen können.

Den Chinesen würde das egal sein, denn sie hatten aus der Vergangenheit gelernt und kein Vertrauen in Banken. Sie vertrauten nur ihren eigenen vier Wänden und den Hohlräumen unter ihren Dielen.

»Das heißt also, mein Erspartes ist jetzt wertlos?«

»Hast du denn etwas gespart?«

»Nun, ein wenig.«

Nozomi lachte. »Das ist die Strafe für die Geheimnisse, die du vor deinem Ehemann hast.«

Es gab also keine Banken mehr. Was es allerdings bedeutete, daß es auch keine Polizei und keine Armee mehr gab, sollte ihnen erst am nächsten Tag so richtig klarwerden.

## 7

### *Chinesen und Russen*

Die Sonne versank über der stillen Stadt. Bei Einbruch der Dunkelheit ging ein Raunen durch die chinesische Bevölkerung, und Menschen huschten verstohlen durch die engen Sträßchen und Gassen. Mit einem Schlag wurde den Japanern klar, daß sie grausame Eindringlinge gewesen waren. Nun befanden sie sich schutzlos und ohne Armee im Rücken in einem feindlichen, fremden Land.

Am nächsten Tag stieg die Spannung weiter an. Bei Einbruch der Dunkelheit wurde das entfernte Raunen lauter, wie Wellen, die immer dröhnender an den Strand schlagen. Die Chinesen strömten aus ihren Häusern. An jeder Straßenecke wurden es mehr. Drängelnd und schiebend bewegte sich der Mob vorwärts. Es waren jedoch weder Erleichterung noch Begeisterung, die die Menge vorantrieben; manche wirkten unsicher, andere hatten Angst, einige waren schrecklich aufgewühlt, aber den meisten war der eigentliche Zweck ihres Tuns unklar.

Ein beinahe tierisches Knurren und Heulen erhob sich zu beängstigender Lautstärke.

»Ein Aufstand!«

Japanische Männer rannten aus ihren Häusern und schlugen Töpfe und Pfannen gegeneinander, um den Mob einzuschüchtern. Anfangs zeigte dies etwas Wirkung, doch sie konnten sich unmöglich gegen die ganze Stadt wehren. Immer mehr Chinesen strömten aus ihrem ummauerten Viertel.

Nozomi und Haruko weckten ihre Töchter.

»Schnell, hier rein mit euch.« Nozomi schubste Haruko, Emi und Mari durch die Tür neben der Treppe in die kleine Wohnung nebenan. Dann schob er einen großen Kasten davor, auf den er leere Kisten stapelte. Die Tür lag gut verborgen im Schatten.

Die Wohnung hatte zwei kleine Zimmer, ein Bad und eine winzige Küche. Die verrammelten Fenster gingen nach hinten. Seit sie die Onos entlassen hatten, hatte niemand mehr hier gewohnt, und es roch modrig.

Während Haruko dastand und sich in den leeren Räumen umsah, waren draußen dumpfe Schläge zu hören.

»Passiert Vater auch wirklich nichts?« fragte Mari ängstlich und umklammerte fest ihr Stofftier.

»Sicher nicht«, erwiderte Haruko mechanisch.

Weitere Schläge. Sie hörten, wie Holz splitterte. Offensichtlich hatten sie die Haustür eingeschlagen. Bestimmt hatten sie die schwere Doppeltür aufgebrochen und strömten jetzt ins Haus. Was würde nur aus Nozomi werden? Sie hätte ihn mit in die kleine Wohnung ziehen sollen, aber es war gar keine Zeit zum Nachdenken gewesen.

»Kommt!« Haruko öffnete eine Luke im Schrank, stellte sich auf eine Kiste und kletterte hinauf auf den Dachboden. Alle drei saßen im Dunkeln auf einem Holzbalken und hörten, wie unten Geschirr auf dem Steinfußboden zerschmettert wurde. Schreie ertönten. Etwas Schweres wurde über den Boden gezerrt.

Haruko fiel auf, daß sie selbst mehr Angst verspürte als Emi und Mari. Die beiden schienen dieses unerwartete, neue Erlebnis sogar ein wenig zu genießen. Anscheinend fühlten sie sich sicher, solange ihre Mutter bei ihnen war.

Hier oben war es heiß und staubig. Sie hatten keine Uhr, doch selbst wenn sie eine gehabt hätten, wäre es zu dunkel gewesen, um die Zeit abzulesen. Der Tumult dauerte eine ganze Weile. Allmählich wurde es still.

»Wo seid ihr? Ihr könnt rauskommen.« Beim Klang von Nozomis Stimme krabbelte Mari hinunter.

»Vater! Ich hab' mir solche Sorgen um dich gemacht. Bist du verletzt?«

»Nein, nein, mir geht's gut.«

Die frühe Morgensonne warf lange Schatten auf die bloßen Dielen.

»Wo warst du?«

»Ich hab' aus sicherer Distanz zugesehen.«

»Sie hätten dich umbringen können«, sagte Haruko zornig. »Warum hast du dich nicht wie wir versteckt?« Jetzt, da sie ihn unversehrt sah, schlug ihre Angst in Wut um.

»Wieso hätten sie mich umbringen sollen? Sie waren viel zu beschäftigt. Das waren keine Schlägertypen, sondern ganz gewöhnliche Leute, die haben einfach die Gunst der Stunde genutzt.«

Nozomi legte seinen Töchtern die Hände beschwichtigend auf die Schultern, aber Haruko merkte sehr wohl, daß er außer Atem war und die Sätze wie gehetzt hervorstieß.

»Aber sie hassen uns. Sie werden sich an uns rächen.«

»Ich finde, sie haben sich schon genug gerächt.« Nozomi rang sich ein Lächeln ab.

Erst jetzt registrierte Haruko, wie sehr die Wohnung verwüstet worden war. Fast alle Türen waren aus den Angeln gehoben und weggetragen worden. Die Türrahmen wiesen häßliche Schrammen auf. Die Möbel waren verschwunden. Ein paar Dielen waren herausgerissen worden, darunter kam der Betonsockel zum Vorschein.

»Oh!« schrie Emi. »Sie haben das Klavier mitgenommen!«

Das Haus war komplett ausgeräumt: Tische, Stühle, Kommoden, Gemälde – sie hatten alles mitgenommen… Der kahle Raum wirkte viel größer, als sie ihn in Erinnerung gehabt hatten. Schrammen überzogen den blanken Holzboden, und der schwere geschnitzte Mahagonitisch war aus dem Eßzimmer verschwunden.

»Wie haben sie den bloß weggeschafft?«

»Wie Ameisen, die eine klebrige Süßigkeit wegtragen.«

»Die Teppiche haben sie auch mitgenommen!« Haruko klang beeindruckt.

»Ja, dazu brauchten sie zehn Männer. Untereinander gab's auch Raufereien. Einer kämpfte sich mit dem Lehnsessel ab, den ihm ein anderer wegschnappen wollte, während ein dritter den runden Tisch wegrollte.«

»Und du hast einfach zugesehen?«

»Was hätte ich denn tun sollen? Ich hätte ihnen gern gesagt, sie sollen sich Zeit lassen und die Möbel gut behandeln, aber sie waren viel zu aufgeregt. Jemand warf den schweren Aschenbecher nach mir, hat mich aber zum Glück nicht getroffen.«

»Gott sei Dank! Sie hätten dich töten können!«

Haruko sah sich in der Küche um. Ihre Lieblingsschüssel lag in Scherben auf dem Boden. In ihrem Eifer, möglichst viel aus den Regalen zu holen, hatten die Plünderer ein riesiges Chaos hinterlassen.

»Wir werden eine Zeitlang hier wohnen«, sagte Nozomi, als sie in der kleinen Wohnung trockene Kekse aßen und Dosensuppe aus dem Luftschutznotvorrat löffelten. »Übrigens, ich habe Ten-sei-sho in der Horde erkannt.«

»Nein! Den Ladenbesitzer?« rief Haruko entsetzt.

»Ja, genau. Diesen verschlafenen, fetten Kerl. Der immer so freundlich ist und sich kaum bewegt. Heute war er sehr beweglich. Er hatte ein paar junge Männer dabei, die er herumkommandierte, als wäre er der Chef eines Umzugsunternehmens. Mit vereinten Kräften haben sie ziemlich viel weggeschleppt. Sein Neffe, der zynische junge Kerl, bei dem du immer Sachen bestellt hast, war auch dabei. Er hat sich die hellgrüne Vase gesichert. Ich glaube, Ten-sei-sho hat den Teppich.«

Er sprach von dem großen, dicken Teppich mit dem blauen Muster, auf den Haruko so stolz gewesen war.

»Und wir durften nicht mal Tee darauf trinken«, sagte Mari wehmütig.

»Darüber ist Ten-sei-sho jetzt bestimmt sehr froh, Mari-chan.« Emi kicherte.

»Und dich haben sie nicht erkannt?« fragte Haruko.

»Ich tat so, als würde ich auch Sachen forttragen«, antwortete Nozomi.

Mari lachte laut auf.

»Mari-chan, das ist nicht lustig«, wies Haruko sie ärgerlich zurecht. Sie hatten soeben fast alles verloren, was sie besaßen. Eigentlich hatte sie alles nach Japan verschiffen wollen, sobald sie dort ein Haus gebaut hatten. Und einiges, das nun verschwunden war, hatte sie für die Aussteuer ihrer Töchter erworben.

»Wir haben Glück gehabt, Haruko«, tröstete Nozomi seine Frau. »Sie waren unten so beschäftigt, daß sie oben gar nicht mehr nachgesehen haben. Daher haben wir noch Kleider und Bettzeug. Und uns ist nichts passiert. Wegen ein paar Möbelstücken sollten wir uns nicht aufregen.«

»Kommt, helft mir mal, ihr zwei.«

Emi und Mari hielten die zerschrammte Haustür fest, während Nozomi Bretter davornagelte.

»Ob sie uns noch mal ausplündern?«

»Hoffentlich nicht. Aber wir haben immer noch viele Dielen, und Holz ist sehr wertvoll für sie. In China sind seit vielen Jahren keine Bäume mehr angepflanzt worden. Deswegen die kahlen Berge und die karge Landschaft«, erklärte Nozomi seinen Töchtern. »Sie haben nicht genügend Brennmaterial.«

Später am selben Tag nagelte Nozomi ein paar Regale an die Tür der kleinen Wohnung und stellte leere Kartons darauf. Die Tür in der dunklen Ecke war jetzt noch unauffälliger.

»Du bist sehr schlau.« Mari blickte bewundernd zu ihm auf.

Die Fenster waren doppelt verglast, und im Sommer wurden die Innenscheiben durch Drahtnetze ersetzt, aber da Mah nicht mehr da war, waren sie schon lange nicht mehr geputzt worden und sehr schmutzig. Doch das störte die Mädchen nicht, sie waren glücklich.

»Wie Urlaub«, meinte Mari. »Wie lange bleiben wir hier?«

Das Tor der Suzukis stand offen, und auf dem Gartenpfad lagen bunte Fetzen und ein seidener Frauenunterkimono. Nozomi und Haruko hätten gern gewußt, wie es den Suzukis ging, aber sie wagten sich noch nicht vor die Tür.

Nach und nach beförderten die Sanjos ihre Habe in die kleine Wohnung. Emi und Mari hatten viele Bücher dabei, machten es sich gemütlich und fingen an zu lesen. Nozomi beschloß, sich in der Nachbarschaft umzusehen.

»Den Suzukis ist nichts passiert. Sie haben sich auf dem Dachboden versteckt. Die Matsudas sind auch in Sicherheit. Bei ihnen war der Mob gar nicht«, teilte Nozomi ihnen mit, als er zurückkam. »Frau Matsuda meinte lachend, die Plünderer hätten sicher gewußt, daß bei ihnen nicht viel zu holen sei.«

Ob wohl Ten-sei-sho der Drahtzieher der ganzen Plünderungsaktion gewesen war? Immerhin wußte er viel über die japanischen Familien hier. Und er war mit Mah verwandt. Ob er vielleicht von diesem erfahren hatte, was es bei den Sanjos zu holen gab? Ob er deshalb darauf verzichtet hatte, das obere Stockwerk zu plündern?

»Mah hast du nicht unter den Plünderern gesehen, oder?«

»Jedenfalls nicht unter der Horde, die in unser Haus eingefallen ist.«

Zwei Tage darauf marschierten die Russen ein. Angeblich war den eigentlichen Soldaten eine Kompanie Strafgefangene vorausgeschickt worden. Dem Aufstand der Chinesen wurde umgehend ein Ende gesetzt, aber die Russen waren eine neue, unbekannte Bedrohung für die Japaner und viel furchteinflößender als die Chinesen.

Wahllos fallende Schüsse und wildes Geschrei zu jeder Tages- und Nachtzeit verstörten Japaner und Chinesen gleichermaßen. Armeefahrzeuge rasten ziellos durch die Straßen. Die Russen klebten an Wände und Strommasten Plakate mit einem Hinweis auf japanisch: »Für einen toten Russen werden einhundert Japaner mit ihrem Leben bezahlen. General Konstantin Kjewitsch.«

Als eines Nachts ein Gewitter tobte, wurden die Sanjos vom Donnergetöse wach, aber auch von dem Geschrei der Russen, die durch die Straßen rannten und mit ihren Gewehren wild um sich schossen.

»Haben die in Rußland denn keine Gewitter, Otosan?« fragte Emi von ihrem Bett aus. »Sie scheinen Angst zu haben.«

Die russischen Soldaten nahmen den Menschen auf der Straße mit vorgehaltener Waffe ihre Armbanduhren ab. Manch ein Soldat hatte schon eine stattliche Sammlung vorzuweisen und schnallte sich alle Uhren auf einmal um die dicken, haarigen Arme. Manche besaßen ein ganzes Dutzend davon.

»Angeblich können sie in Sibirien vom Verkauf einer Armbanduhr fünf Jahre lang leben«, wußte Frau Matsuda zu berichten.

»In diesem Fall werden sie für den Rest ihres Lebens ausgesorgt haben.«

Die Kinder der beiden Familien hatten mittlerweile ein Loch in die Mauer zwischen den beiden Gärten geschlagen, das auch von den Erwachsenen als Durchgang benutzt wurde.

Ein Wirtschaftssystem, in dem man vom Verkauf einer Armbanduhr fünf Jahre leben konnte, entzog sich Harukos Vorstellungsvermögen.

»Deine ›wunderbare Zukunft‹ scheint noch nicht bis Rußland vorgedrungen zu sein«, neckte sie ihren Mann.

»Das hab' ich nicht gemeint.« Nozomis Miene verdüsterte sich.

Vor vielen Jahren war er auf seiner Rückreise von Europa nach Japan auch durch die neu gegründete Sowjetunion gekommen. Er hatte sich sehr für den Aufbau der sowjetischen Elektrizitätswirtschaft und ihre Mechanisierungspläne interessiert, und er konnte sich noch genau erinnern, was er bei seiner Rückkehr Haruko damals berichtet hatte: »Alles war rückständig und primitiv, doch selbst jemand wie ich, der rein gar nichts von Politik und Wirtschaft versteht, konnte die Energie und die lebhafte Zuversicht spüren. In der Luft lag ein Gefühl von etwas Großartigem, das seinen Anfang genommen hatte; die Sowjetunion geht einer wunderbaren Zukunft entgegen.«

»Du wirst jetzt hoffentlich nicht Kommunist, oder?« hatte sie halb im Scherz gefragt.

Nozomi war überrascht, daß Haruko sich jetzt an diese Unterhaltung erinnerte.

»Ich bin weder klug noch willensstark genug, um Kommunist zu werden. Damals nicht und heute auch nicht«, murmelte er.

»Wo hast du deine schmutzige Unterwäsche hingetan, Nozomi?« fragte Haruko.

»Ich hab' sie an. Verkehrt herum.«

»Also wirklich!«

»Als Studenten haben wir wochenlang dasselbe angezogen. Wir hatten alle Flöhe und veranstalteten Flohfangturniere.«

»Sei still, Vater!« rief Emi entsetzt. »Mich juckt's schon überall. Ob wir auch Flöhe haben?«

»Gib deine Kleider her.«

Alles nahm viel Zeit in Anspruch, aber sie hatten den ganzen Tag, um die Hausarbeit zu erledigen. Aus alten Rohren und Seilen bastelte Nozomi einen Wäscheständer.

»Wie lustig!« kicherte Mari. »Mit Kleidern sieht er aus wie ein kauernder, bettelnder Riese.« Alle lachten.

Auf der elektrischen Platte etwas zu kochen, dauerte sehr lange, aber sie waren froh, daß die Stromversorgung funktionierte.

»Darum haben sich die Russen bestimmt als erstes gekümmert«, meinte Nozomi.

»Eiko-chans Vater hat ihr das Haar abrasiert, damit die Russen sie für einen Jungen halten. Muß ich das auch machen, Okasan?« Emi kam von den Nachbarn, sie war durch das Loch in der Gartenmauer gekrochen.

Haruko hörte ihr erschrocken zu. Das war ihr noch gar nicht in den Sinn gekommen. Emi war elf und sah noch aus wie ein kleines Mädchen. Sie hatte nichts Frauliches an sich.

»Ich glaube nicht, aber gib acht. Und geh nicht raus.«

Das war eine neue Sorge.

»Ich glaube, nicht, daß das nötig ist, aber was meinst du?« fragte Haruko Nozomi.

Auch er machte ein überraschtes Gesicht. »Emi? Das glaube ich nicht.«

»Fumi-chan hat sich das Gesicht mit Ruß geschwärzt. Ihr Vater will, daß sie so häßlich wie möglich aussieht.«

»Das ist wohl nicht nötig; aber sie sollte keine schönen Kleider anziehen.«

»Sie hat sowieso keine.«

Die Mädchen hatten schon seit zwei Jahren keine Gelegenheit mehr gehabt, Kleider zu tragen, und Emi war aus ihren längst herausgewachsen.

Eines Tages fand jemand ihr Versteck. Haruko und Mari waren gerade bei den Matsudas, und Emi war allein zu Hause. Sie sah draußen einen vorüberhuschenden Schatten. Die Fenster waren immer noch schmutzig, damit das Haus von außen unbewohnt aussah. Gleich darauf schlenderte ein russischer Soldat in das anscheinend leerstehende Haus.

Die Sanjos waren mit der Zeit etwas nachlässiger geworden, deshalb stand die Tür mit den Regalen offen, und Emi blieb keine Zeit, sie zuzumachen. Der Soldat schien überraschter als Emi, als er sie sah. Er ging blitzschnell hinter dem Türrahmen in Deckung und richtete seine Pistole auf das Mädchen.

Emi stand mit hängenden Armen da. Das einzige, was sie sah,

war die runde, glänzende Pistolenmündung. Alles andere lag im Schatten. Mit gezückter Pistole betrat der Soldat vorsichtig die kleine Wohnung. Seine großen Stiefel stapften über die Tatamimatten. Unterdessen kam Haruko mit Mari im Schlepptau herbeigeeilt. Sie war von einer Nachbarin alarmiert worden. Der Soldat drehte sich abrupt um und ahmte eine tickende Uhr nach: »Ticktack, ticktack.« Er deutete auf sein Handgelenk.

Kopfschüttelnd streckte Haruko ihm ihre Handgelenke hin. Emi und Mari taten es ihr nach. Er sah sich noch ein wenig um, streckte den Kopf in das kleine Bad und ging.

Die Zikaden zirpten laut. Es war ein sehr heißer Tag.

## *8*

## *Der Weg nach Shenyang*

»Vor unserem Haus läuft eine Frau auf und ab und bleibt immer wieder vor der Haustür stehen, Mutter. Sie sieht aus wie eine Bettlerin«, sagte Emi, als sie nach unten kam. Der Aufstand war jetzt einen Monat her, und die Familie bewegte sich auch im Rest des Hauses etwas freier.

»Eine Japanerin?«

»Ich weiß nicht.«

Haruko ging nach oben und spähte aus dem Fenster. Sie schnappte nach Luft und eilte nach unten. Die Haustür war mit Brettern verrammelt, deswegen mußte sie durch die Hintertür ums Haus herum zum Tor rennen.

»Tante!« schrie die Frau und taumelte mit ausgestreckten Armen auf Haruko zu. »Obasan! Ich dachte, ihr wärt alle verschwunden!« Tränen liefen ihr über die Wangen, und sie brach auf der Straße zusammen.

»Komm mit rein! Wir sind noch alle da.«

Haruko mußte sie ins Haus schleppen. Sie sah sehr mitgenommen aus und stank, und kaum hatte sie das Haus durch die Hintertür betreten, schluchzte sie hemmungslos.

»Das ist Toshie-san«, erklärte Haruko ihren Töchtern, die mit aufgerissenen Mündern dastanden. Toshie trug eine zerrissene »vaterländische Uniform«, um die Füße hatte sie Lumpen gewickelt.

»Oh!« Emi dämmerte es langsam. »Was ist passiert? Wo sind …«

Haruko warf ihr einen scharfen Blick zu und schüttelte den Kopf. Emi schlug die Hände vor den Mund.

»Ihr beide könnt schon mal Teewasser aufsetzen, ich will sehen, ob ich noch etwas Eßbares finde.«

Toshie war Nozomis Nichte. Nach ihrer Hochzeit in Japan war sie in eine Stadt in der Mandschurei gezogen, die eine etwa sechsstündige Zugreise von Shenyang entfernt lag. Toshie hatte eine dreijährige Tochter und einen kleinen Sohn, der erst wenige Monate alt war. Die Tatsache, daß Toshie sie nicht bei sich hatte, und ihr großer Kummer ließen Haruko das Schlimmste befürchten.

Haruko hatte sich Nozomis Verwandten nie besonders eng verbunden gefühlt, nur dem jüngeren Bruder, der als Student bei ihnen gewohnt hatte. Nozomi war immer sehr großzügig zu seinen Verwandten gewesen. Toshie war die Tochter seiner Schwester. Zu jeder Geburt sowie an Neujahr hatte er ihr großzügige Geldsummen geschickt.

Später, nachdem sie etwas gegessen und sich gewaschen hatte, streifte Toshie einen von Harukos Kimonos über.

»Verzeiht, daß ich in so einem schrecklichen Zustand bin. Ich hätte mir keinen Rat mehr gewußt, wenn ich euch nicht hier angetroffen hätte.« Wieder brach sie schluchzend zusammen. Doch dann fing sie an zu erzählen.

Die Nachricht, daß die Russen über den Grenzfluß Amur in die Mandschurei einmarschiert waren, hatte in Toshies japanischer Gemeinde große Verwirrung ausgelöst. Japan stand kurz vor der Kapitulation, und es gab keine Armee mehr, die die Mandschurei hätte verteidigen können. Die Verbindung zu den weiter nördlich gelegenen Städten war innerhalb eines Tages nach der Invasion abgebrochen.

Die Regierung in Japan hatte diesen sowjetischen Schachzug zwar vorhergesehen, aber sie sah sich außerstande, ihn zu verhindern, und sie konnte auch den in der Mandschurei lebenden Japanern keinen Schutz bieten. Man versuchte lediglich, die heikle Lage der Landsleute zu vertuschen, und ließ den Dingen ihren Lauf. Die Japaner in der Mandschurei waren – ohne ihr Wissen – schon längst abgeschrieben.

Toshies Mann arbeitete bei der mandschurischen Eisenbahn, und die Familie wohnte in einer einfachen Siedlung, die der Eisenbahngesellschaft gehörte. Einige Straßen weiter standen die größeren, besseren Häuser der höheren Angestellten, und weiter oben gab es inmitten schöner Gärten noch größere Häuser; hier lebten die leitenden Angestellten.

Die Leute in Toshies unmittelbarer Umgebung hatten mehr oder weniger alle den gleichen Lebensstandard: Sie wohnten in identischen Häusern und verdienten das gleiche. Allerdings war es um Toshies Familie etwas besser bestellt, da Nozomi ihr des öfteren finanziell unter die Arme griff. Sie machte mit ihren Kindern häufig Ausflüge nach Shenyang. Sie konnte sich öfter ein Mittagessen in einem Lokal leisten und es sich erlauben, hin und wieder in einem Kaufhaus einzukaufen, ohne daß die Sorge ums Geld drückend wurde.

Toshie war eine gutmütige, fröhliche Frau. Manchmal prahlte sie zwar ein wenig zu sehr mit »ihrem Onkel in Shenyang«, weshalb die Nachbarsfrauen gelegentlich hinter ihrem Rücken tuschelten, aber grundsätzlich war sie bei den anderen Frauen sehr beliebt.

Die Eisenbahngesellschaft sorgte gut für ihre Angestellten und deren Familien, selbst nachdem die meisten Männer eingezogen worden waren. Auch Toshies Mann mußte in den Krieg ziehen. Als nun bekannt wurde, daß jederzeit mit einem Einmarsch der Russen zu rechnen war, brach Panik aus. Die Gesellschaft trommelte die verbliebenen Bewohner – fast nur Frauen und Kinder – zusammen und teilte ihnen mit, daß in wenigen Stunden für sie ein Zug nach Shenyang bereitgestellt würde. Danach würde man weitersehen.

Sofort eilten alle nach Hause und machten sich für die Abreise fertig. Toshie war von dieser Nachricht nicht ganz so aufgewühlt wie die anderen. War sie erst einmal in Shenyang, so dachte sie, war sie mit ihren Kindern in Sicherheit.

»Nehmt möglichst wenig mit, und begebt euch schnellstmöglich zum Bahnhof«, befahl der Mann, der das Kommando übernommen hatte. Er hieß Hayashi, war Finanzdirektor und galt als fähig und gewissenhaft. Es hatte immer viel Gerede darüber gegeben, weshalb er Junggeselle war, aber niemand hatte je etwas über ihn in Erfahrung gebracht. »Sobald ihr bereit seid, fährt der Zug ab. Ihr dürft ihn auf keinen Fall verpassen. Wahrscheinlich ist es der einzige.«

Zu Hause schnürte Toshie ein paar Kinderkleider und Windeln zu einem kleinen Bündel zusammen und stopfte Kekse, Pfeilwurz für Notfälle sowie eine kleine Flasche Wasser zwischen die Kleider. Die Hälfte aus dem Beutel, in dem sie ihre Pfeilwurz aufbewahrte, mußte sie wegwerfen, und darob plagten sie Schuldgefühle.

Als sie mit dem Packen fertig war, sah sie sich noch einmal in der kleinen Wohnung um. Alle Schiebetüren standen offen. Die drei Zimmer, in denen sie ihre ersten vier Ehejahre verbracht hatte, waren bescheiden, aber gemütlich. Der Korb mit den Spielsachen, die Futons in den Schränken, die Kleider in der Kommode – all das mußte sie jetzt zurücklassen. Ein mit einer Perle besetzter Ring, den Haruko ihr geschenkt hatte und den sie sich nun überstreifte, sowie die Kleider, die sie am Leib trug, waren jetzt ihr einziger Besitz.

»Bist du soweit, Toshie-san? Beeil dich!« rief ihre Nachbarin Kimiko, mit der sie gut befreundet war.

»Ich komme«, erwiderte Toshie und überlegte, ob sie vielleicht ein paar Fotos mitnehmen sollte. Den Großteil der Kinderfotos hatte sie noch nicht in Alben eingeklebt, sondern bewahrte sie in einer Kiste auf. Das waren unersetzliche Erinnerungen.

»Wir verpassen den Zug! Was machst du denn?« Kimikos Stimme war jetzt ganz schrill. So ließ Toshie es bleiben. Sie hatte keine Zeit, die Kiste hervorzukramen und einen Briefumschlag für die Fotos zu suchen.

»Ich komme!« rief Toshie erneut und schnallte sich das Baby auf den Rücken. An der Tür zog sie sich und ihrer Tochter die Schuhe an.

Kimiko war bereits losgelaufen. Sie trug ein kleines Kind auf dem Rücken und einen Säugling an der Brust. Neben ihr lief ihr vierjähriger Sohn.

Toshie schloß die Haustür ab und legte sich die Schnur mit dem Schlüssel um den Hals.

»Wozu schließt du die Tür ab?« Kimiko blieb stehen und sagte gereizt: »Los, komm! Beeil dich!«

Unter normalen Umständen war Kimiko eine fröhliche Frau, aber jetzt zerrte sie ihren Sohn unsanft weiter. Er sah sie überrascht an und begann zu schluchzen.

»Sei still«, fuhr sie den Jungen an. »Ich laß dich allein zurück, wenn du nicht sofort aufhörst zu weinen. Hörst du? Ganz allein.«

Eigentlich wollte Toshie ihre Tochter laufen lassen, als sie jedoch merkte, daß sie zu langsam vorankamen, nahm sie sie auf den Arm. Bald schon rann ihr der Schweiß übers Gesicht. Mit einem Finger fuhr ihre Tochter den Schweißtropfen nach. Toshies Rücken war vor Anstrengung und der Last des Babys klatschnaß.

Kimiko zog und schubste ihren Sohn, und Tränen liefen ihm lautlos über die Wangen, denn er hütete sich zu schluchzen. Toshie setzte ihre Tochter Mii-chan ab und sagte zu dem Kleinen: »Tetchan, nimm sie an der Hand. Du bist doch ein großer Junge. Du paßt auf Mii-chan auf, ja?«

Sie waren nicht die einzigen, die zum Bahnhof eilten, und alle anderen hatten ihre eigene Last zu tragen. Ein etwa vierzehnjähriger Junge trug seine Schwester auf dem Rücken. Toshie kannte die Familie, sie wohnte in einem der größeren Häuser. Der Vater war vor einem Monat nach Dalian auf Geschäftsreise gefahren und hatte keinen Zug mehr zurück bekommen. Nun lief die Mutter neben ihrem Sohn und der kranken Tochter her. Alle wußten um das an Tuberkulose erkrankte, bettlägerige Mädchen. Ihre Haut war fast durchsichtig, ihre Wangen rosafarben. Die Wange am Rücken ihres Bruders, beobachtete sie mit ihren großen, feuchten Augen still den Trubel um sich herum.

Die Menschen waren noch keine hundert Meter von ihren Häusern entfernt, da ließen sie bereits ihre Habe, die sie für so wertvoll gehalten hatten, daß sie sie mitnehmen wollten, im Stich: Am Straßenrand lagen eine kleine Kiste, eine Tasche, ein Stapel Papier. Toshie fiel ein ordentlich zusammengestelltes elegantes Paar Damenschuhe auf.

Schwanzwedelnd lief ein Hund seiner Familie nach, und zwei weinende Kinder versuchten, ihn wieder nach Hause zu jagen.

»Laßt ihn ruhig mitkommen«, sagte ein freundlicher Mann mittleren Alters. »Am Bahnhof hat er es besser. Vielleicht ist sogar im Zug Platz für ihn. Kopf hoch, Jungs.«

»Ich hab' Durst«, klagte Toshies Tochter.

»Warte bitte, bis wir am Bahnhof sind.«

»Ist Vater auch dort?«

»Nein. Aber wir fahren mit dem Zug zu Onkel Nozomi und Tante Haruko. Du kannst dich doch noch an Emi-chan und Mari-chan erinnern, oder?«

»Fahren wir auch dorthin?« Tetsuo sah zu Kimiko auf.

»Nein.«

Die Sonne brannte heiß. Zwar war Toshie dankbar, daß es nicht Winter war, denn dann konnten die Temperaturen auf dreißig oder vierzig Grad unter Null fallen, aber sie merkte bald, daß das Gehen bei dreißig Grad Hitze auch eine Qual war.

Am Bahnhof herrschte ein großes Chaos. Toshie kam es so vor, als versuchte die ganze Stadt zu fliehen.

Hayashi wartete bereits auf sie und riet ihnen, das Bahnhofsgebäude zu umgehen und weiter unten am Gleis zu warten.

Für die Familien der leitenden Angestellten, die als erste von der Evakuierung erfahren hatten, waren Lastkarren bereitgestellt worden, und nun saßen sie bereits wartend im Schatten der Güterwaggons auf ihren Koffern. Toshie und Kimiko ließen sich wie die anderen auf den Kieselsteinen etwas abseits nieder. Die Babys, erschöpft von der Hitze, waren schweißgebadet eingeschlafen. Toshie gab ihrer Tochter und Tetsuo ein wenig Wasser und trank dann selbst einen Schluck. Die Flasche war so gut wie leer, als sie sie an Kimiko weiterreichte. Sobald sie in Erfahrung gebracht hatten, wie es weitergehen würde, wollte sie sich auf die Suche nach Wasser machen.

Hayashi sprach erst mit den Familien der leitenden Angestellten, dann kam er zu ihnen. »Es tut mir leid, aber Sie müssen noch warten. Der Zug hätte schon längst bereitstehen sollen. Hoffentlich kommt er bald.«

»Wo hält er, Hayashi-san?« fragte jemand.

»Irgendwo hier«, erwiderte er. »Wir wollen den Bahnsteig vermeiden, um nicht unnötig Verwirrung zu stiften.«

Eine Stunde verstrich, die Kinder dösten. Babys schrien und wurden gefüttert. Toshie holte Wasser und fütterte die Kinder mit Keksen. Den Kindern entging die merkwürdige Stimmung nicht, und sie blieben unaufgefordert in der Nähe ihrer Eltern. Toshie sammelte Steine für Michiko und Tetsuo, die darauf mit ein paar anderen Kindern spielten. Der Hund, der seiner Familie gefolgt war, saß lautlos hechelnd da.

Allmählich trockneten ihre nassen, klebrigen Kleider am Leib. Toshie träumte von Harukos riesigem Badezimmer. Die Sanjos benutzten importierte Handtücher. Groß und flauschig, waren sie ganz anders als die kleinen Baumwollappen, die die meisten Leute gleichermaßen zum Waschen und Trockenreiben benutzten.

Toshie mußte an die Sachen denken, die sie zurückgelassen hatte. Noch vor ein paar Stunden waren sie ihr unwichtig erschienen, aber jetzt bedauerte sie, daß sie auf die Kimonos verzichten mußte, die sie mit in die Ehe gebracht und bisher noch nie getragen hatte. Sie dachte an die Handtasche, die sie von Nozomis Neujahrsgeld gekauft hatte, und war bestürzt, als ihr die goldene Armbanduhr ihres Mannes einfiel. Toshie hatte das Geld dafür zusammengespart, und sie hatten sie gemeinsam ausgesucht.

»Das ist das Wertvollste, das ich je besessen habe«, hatte ihr Mann gesagt. Später im Restaurant hatte er – wie ein Kind mit einem neuen Spielzeug – immer wieder sein Handgelenk betrachtet.

Gequält schloß sie die Augen.

Gegen Abend wurden die Wartenden unruhig.

»Jetzt dauert es so lange, bis der Zug kommt, da hätten sie uns nicht so zu hetzen brauchen«, klagte eine Frau. »Ich wünschte, ich hätte mehr mitgenommen.«

»Fahren wir jetzt oder nicht? Die Russen erwischen uns noch!«

Plötzlich tauchte Hayashi wieder auf. »Alle, die helfen können, Nahrungsmittel zu schleppen, bitte mir nach. Je mehr, desto besser.« Jungen und Mädchen sowie Frauen ohne Kleinkinder standen auf und folgten ihm. Kurz darauf kamen sie mit allen möglichen Lebensmitteln und Utensilien bepackt wieder und wurden freudig begrüßt: Kekse, Dosenfisch, Fleisch, Obst, Gemüse, Süßigkeiten, Reis, Sake, Reiskuchen, Seetang, Zucker, Tee, Milchpulver, Spirituskocher, Taschenlampen, Kerzen, Streichhölzer, Decken.

»Hayashi-san hat ein Armeelager entdeckt«, erklärte eine von Toshies Nachbarinnen. Das Lager wurde nur von Soldaten bewacht, die bald ihren Posten verlassen würden. »Nachher holen wir noch mehr Vorräte dort. Vielleicht können wir sie in Shenyang gut gebrauchen.«

Geschäftiges Treiben brach aus. Reis wurde gekocht, Reiskuchen geröstet und zubereitet. Alle waren guter Dinge und faßten wieder Mut. Die Zugfahrt nach Shenyang würde etwa sechs Stunden dauern, und von dort konnten sie nach Japan gelangen. Darum, wie es in Japan weitergehen würde, machte sich im Moment niemand Gedanken. Wenigstens waren sie dann wieder in ihrer Heimat.

Der mit Milchpulver und Zucker zubereitete Tee schmeckte köstlich. Toshie war beruhigt, weil ihre Kinder satt und zufrieden waren, zumindest bis zum nächsten Morgen. Danach würde schon alles wieder in Ordnung kommen.

Die Männer rauchten, und allmählich erstarb das aufgeregte Geplapper. Mütter wuschen schmutzige Windeln aus und hängten sie zum Trocknen über die Hecke. Das Warten dauerte zwar an, aber die Stimmung war nicht mehr so verzweifelt.

Endlich, gegen Mitternacht, erfuhren sie, daß der Zug bereitstand. Es wurde gemunkelt, daß man angeblich keinen Zugführer hatte finden können, der gewillt war, nach Shenyang zu fahren. Schweigend und diszipliniert stiegen sie ein, dann setzte sich der Zug in Bewegung.

Toshie ging ohne Wehmut. Sie war erleichtert und von dem einzigen Gedanken beherrscht, daß sie heil davongekommen waren. Endlich, nach vier Jahren, kehrte sie nach Japan zurück. Sie hatte ihre Eltern schon seit ihrer Hochzeit nicht mehr gesehen. Von ihrem Mann hatte sie seit langem nichts mehr gehört, aber heute abend war sie einfach dankbar dafür, daß sie und ihre Kinder in Sicherheit waren. Wenn sie erst mal in Shenyang war, wollte sie ihren Mann ausfindig machen.

Kinder und Babys schliefen. Toshie und ihre Freundinnen plauderten noch ein wenig, dann verstummten auch sie. In den Waggons brannte kein Licht, und draußen war es dunkel. Zuerst war Toshie noch zu aufgeregt, um Schlaf zu finden, aber bald wurde auch sie vom gleichmäßigen Schaukeln des Zuges eingelullt. Für einen Tag hatte sie mehr als genug erlebt.

Sie wußte nicht, wo sie war, als sie vom Geräusch von in einer heißen Pfanne springenden Bohnen erwachte.

»Warum röstest du salzige Bohnen, Okasan?« murmelte sie. Als Kinder hatten sie und ihre Geschwister salzige Bohnen als besondere Leckerei bekommen, denn Kuchen und Süßigkeiten gab es nur an Feiertagen. Toshie sah im Traum ihre Mutter, die neben einem donnernden Wasserfall saß. Noch im Halbschlaf wurde ihr klar, daß sie in einem Zug saß. Fast wäre sie wieder vom Schlaf übermannt worden, wenn nicht jemand »Räuber!« geschrien hätte.

Verstört setzte sie sich auf. Allmählich wurden auch die Mitreisenden wach und blickten verschlafen um sich. Sie konnten mit dem Schrei »Räuber!« nicht viel anfangen, denn das klang irgendwie nach einem schlechten Film über eine Geschichte aus dem 19. Jahrhundert.

»Legt euch auf den Boden!« Das war Hayashis Stimme.

Ein Kind fing an zu weinen, ein zweites fiel mit ein. Der Zug ratterte weiter. Ehe sie auf dem Boden niederkauerte, warf Toshie einen kurzen Blick aus dem Fenster und sah draußen in der Dunkelheit Feuerblitze.

Der Zug fuhr langsamer und hielt schließlich an. Deutlich waren jetzt Schreie, Pferdegetrappel und Schüsse zu hören. In Toshies Abteil blieben alle reglos am Boden liegen.

Jemand kam mit einer Lampe herein, und sie hörten, wie Hayashi sagte: »Falls ihr Geld oder andere Wertgegenstände dabeihabt, legt sie auf die Sitze und steigt so ruhig wie möglich aus. Es wird euch nichts passieren. Keine Panik. Steigt aus dem Zug und bleibt draußen stehen.«

Hinter Hayashi stand ein Räuber in schmutzigen Lumpen, der ihn mit einer Pistole vor sich her schubste. Weitere verwegen aussehende Männer stiegen über die am Boden liegenden Menschen und rissen die Tür zum nächsten Abteil auf. Toshie und ihre Freundinnen rappelten sich auf und kletterten eine nach der anderen aus dem Zug. Als Toshie festen Boden unter den Füßen spürte, spielte sie mit dem Gedanken davonzulaufen. Zweifellos dachten die anderen das gleiche, aber es war zu dunkel. Und wo sollten sie hin? Aneinandergedrängt blieben sie am Bahndamm stehen.

Die Familien der leitenden Angestellten, die in einem separaten

Waggon untergebracht gewesen waren, stiegen ebenfalls aus. Jetzt standen auch sie, wie alle andern, mit leeren Händen da. Die Laternen bewegten sich am Zug entlang, während die Räuber ihre Beute einsammelten. Aus der Dunkelheit tauchten zwei Pferdegespanne auf, und die Banditen luden ihre Beute, einschließlich der Lebensmittel aus dem Armeelager, auf die Wagen.

Es war kalt. Toshies Tochter war aufgewacht, das Baby schlief noch auf ihrem Rücken. Im Osten war ein Lichtstreif am Himmel zu sehen, und die Sterne verblaßten. Mit der Morgendämmerung brach ein neuer, ungewisser Tag an. Wären sie nicht den Banditen in die Hände gefallen, wären sie jetzt schon fast an ihrem Ziel.

Nachdem die Räuber verschwunden waren, saßen alle wie benommen da. Hayashi war wieder in den Zug gestiegen, jetzt kam er heruntergeklettert.

»Es tut mir leid, der Zugführer ist verschwunden«, teilte er den bestürzten Menschen mit.

»Wir haben ihn bestochen, den Zug nicht abzubremsen, aber er hatte zuviel Angst. Uns bleibt keine Wahl, wir müssen zu Fuß nach Shenyang gehen.«

»Hayashi-kun«, rief einer der leitenden Angestellten, »wie weit, glauben Sie, ist es denn bis dorthin?«

»Ich schätze, einhundertfünfzig Kilometer. Ich würde vorschlagen, daß diejenigen, die nicht zu Fuß gehen wollen, im Zug bleiben. Bestimmt kommen die Russen bald, und wenn ihr euch nicht widersetzt, werden sie euch nichts tun. Es kann natürlich auch sein, daß noch eine Räuberbande vorbeikommt. Jemand müßte sich um Wasser und Nahrung kümmern. Es ist völlig ungewiß, wie lange ihr hier ausharren müßt. Diejenigen, die zu Fuß gehen, haben natürlich auch mit Schwierigkeiten und Gefahren zu rechnen.«

»So ist es.«

Der Großteil der Familien der leitenden Angestellten und die Frauen mit kleinen Kindern entschlossen sich zum Bleiben.

»Ich werde mein Bestes tun, Hilfe für euch zu holen«, versprach Hayashi denjenigen, die im Zug bleiben wollten. »Verliert nicht den Mut. Ihr wißt sicher, was eine Fata Morgana ist. Hier in dieser Gegend kann das vorkommen.«

Toshie hatte nur einen Gedanken. Sie wollte so schnell wie möglich nach Shenyang. Ein Marsch von hundertfünfzig Kilometern mit Kindern und ohne Nahrung und Wasser war zwar verrückt, aber immerhin besser, als tagelang hungernd herumzusitzen und auf die Russen zu warten, die sie vielleicht umbringen würden.

Die Mutter des kranken Mädchens versuchte, ihren Sohn zum Gehen zu überreden. »Wenn du nach Dalian kommst, kannst du Vater ausfindig machen und ihm unsere Lage schildern. Er wird uns retten.«

»Woher willst du wissen, daß ich Dalian erreiche?« fragte der Junge. »Falls ich mich verlaufe oder unter die Räuber falle, sind wir alle getrennt. Und falls wir doch noch zu Fuß gehen müssen, braucht Momoko-nesan meine Hilfe.«

»Er hat recht, Okasan. Laß ihn nicht gehen.« Das Mädchen hielt die Hand ihres Bruders. »Wir wollen nicht auseinandergerissen werden.«

Kimiko beschloß zu bleiben. »Schick einen Rettungstrupp los, sobald du nach Shenyang kommst.« Tränen rannen über ihre Wangen. An einer Hand hielt sie Tetsuo, mit der anderen ergriff sie Toshies Hand. »Ich sage nicht Lebewohl. Wir sehen uns bald wieder.«

Hayashi blickte um sich. »Alle, die zu Fuß gehen wollen, bitte zu mir her. Ich will wissen, wie viele wir sind.«

Es waren etwa dreißig Leute. Toshie war die einzige mit kleinen Kindern. Hayashi sah sie nachdenklich an.

»Wollen Sie wirklich mitkommen?«

Sie sah zu ihm auf und nickte.

»Viel Glück.«

»Paßt auf euch auf.«

»Bis bald!« riefen sie einander zu.

Nach einem Fußmarsch von zwei Stunden konnten sie über das flache, öde Land hinweg in der Ferne immer noch den Zug ausmachen.

»Solange wir neben den Gleisen hergehen, können wir uns nicht verlaufen. Sie führen uns unweigerlich nach Shenyang«, sagte Hayashi, der sich ein Baumwolltuch um den Kopf gebunden hatte.

Toshie kämpfte sich voran. Einige, die es am Anfang besonders eilig gehabt hatten, saßen bereits erschöpft neben den Gleisen. Sie wollte keinesfalls aufgeben. Das Baby, das leise auf ihrem Rücken gewimmert hatte, war inzwischen verstummt. Es schien schwerer zu sein als sonst. Die Sonne brannte wieder sehr heiß.

Denk nicht an die Hitze oder daran, wie schwer die Kinder sind. Mit jedem Schritt kommen wir Shenyang näher. Ich setze mich gleich hin und stille ihn. Sobald wir ein kühles Wäldchen finden, machen wir eine Pause, redete sie sich selbst gut zu, aber es war kein Wäldchen zu sehen. Nicht einmal ein einzelner Baum.

Allmählich fiel die Gruppe auseinander. Hayashi blieb häufig stehen und wartete auf die letzten Nachzügler, doch bald schon waren einige hoffnungslos zurückgefallen. Ihm blieb nichts übrig, als sie zurück zum Zug zu schicken.

»Wenn wir zu einem Dorf kommen, schicke ich euch Hilfe. Irgendwo muß doch ein Dorf sein.« Toshie war überzeugt, daß er das nur sagte, um ihnen Mut zu machen.

»Stellt euch vor, ihr lutscht eine Zitrone«, forderte er sie auf, »ihr werdet sehen, euer Mund wird wäßrig.«

Sie fanden zwar kein kühles Wäldchen, in dem sie sich ausruhen konnten, doch sie kamen zu einem Hügel, und die zwanzig Leute, die es so weit geschafft hatten, ließen sich in seinem winzigen Schatten nieder. Toshie legte ihr Baby ab. Sie verstand nicht, weshalb es sich so schlaff anfühlte und sich nicht regte. Sie nahm es in den Arm und saß einfach da. Ihre Tochter wimmerte: »Ich hab' Durst, Okasan.«

»Ich hol' dir was zu trinken«, erwiderte sie mechanisch und starrte auf die vertrocknete Landschaft, die sich vor ihr erstreckte.

Was mache ich bloß mit dem Kleinen? fragte sie sich. Ich will ihn nicht zurücklassen.

»Laßt uns versuchen, vor Einbruch der Dunkelheit so weit wie möglich zu kommen«, sagte Hayashi. »Gehen wir weiter. Irgendwo findet sich bestimmt ein Bach.«

Toshie saß mit ihrem Baby im Arm da.

»Gehen wir«, wiederholte Hayashi.

»Ich möchte mein Baby nicht zurücklassen.« Ihr kamen die Tränen. Sie schmeckten salzig.

Hayashi sah sie überrascht an, dann begriff er. »Wir begraben ihn an diesem Hügel«, sagte er sanft. »Eines Tages kommen Sie wieder. Sehen Sie, dieser Hügel ist sehr alt. Er wird immer hier sein.«

Lautlos weinend sah Toshie zu, wie ein paar Männer mit bloßen Händen eine flache Mulde aushoben und das Baby mit ein wenig Erde bedeckten.

»Gehen wir«, drängten sie. Toshie nahm ihre Tochter auf den Rücken und lief wie betäubt hinter den anderen her.

Abends, beim letzten Licht der Sonne, entdeckten sie am Horizont eine von einer Mauer umgebene Ansammlung von Lehmhütten. Dünne Rauchsäulen stiegen auf; das Dörfchen war von Hirsefeldern umgeben. Eine Reihe Weidenbäume ließ einen Bach vermuten. Ein friedlicher Anblick.

»Dort können wir um Hilfe bitten.« Doch sie waren noch gar nicht weit gekommen, als sie eine schreiende Menschenmenge sahen, die ihnen Stöcke schwingend entgegeneilte.

»Halt!« befahl Hayashi. »Ihr bleibt hier. Ich rede mit ihnen.«

»Wir kommen mit«, meldeten sich ein paar Freiwillige.

Den Wartenden wurde bald klar, daß die Menschen nicht die Absicht hatten, sie freundlich aufzunehmen oder ihren Bitten Gehör zu schenken. Sie konnten die weit aufgerissenen Münder und erhobenen Stöcke sehen. Die Männer kamen zurückgerannt, und eine wilde Flucht begann. Toshie war immer eine gute Läuferin gewesen, aber mit einer Dreijährigen auf dem Rücken war sie nicht schnell genug. Dicht hinter sich hörte sie ein schnelles Trampeln und Geschrei. Sie fühlte etwas Heißes an ihrer Schulter. Mehrere Schläge trafen ihren Kopf. Sie stolperte und fiel zu Boden. Sie trampelten auf ihr herum und traten nach ihr. Regungslos blieb sie liegen.

Fliegen summten. Die Zeit verging. Es wurde kalt und dunkel. Groß stieg der Mond am Himmel auf. Es war still, nicht mal das Zirpen von Insekten war zu hören. Langsam hob Toshie den Kopf. Ihre Schulter brannte, ihr Kopf schmerzte. Steif und unter der Last auf ihrem Rücken taumelnd stand sie auf und sah, daß vor ihr noch mehr Menschen lagen. Toshie berührte die nächste Person. Ihre ehemalige Nachbarin bewegte sich nicht. Sie war halb nackt, und ihr Blut glänzte schwarz im Mondschein.

Toshie wankte weiter, bis sie zu einem schlammigen Fluß unweit des Dörfchens gelangte. Hunde bellten. Dort standen Weidenbäume. Sie ließ sich nieder und ließ ihre Tochter sanft zu Boden gleiten. Sie wußte, daß Michiko tot war. Ihre Tochter Michiko, die sie auf dem Rücken getragen hatte, hatte sie wie ein Schild geschützt. Sie war erschlagen worden.

»Verzeih mir. Okasan hätte dich nicht auf dem Rücken tragen dürfen.« Sie streichelte Michikos zerschmetterten Kopf. »Das muß weh getan haben.«

Sie spürte, wie Tränen über ihre Wangen liefen, und erinnerte sich an die Berührung des kleinen Fingers, der auf dem Weg zum Bahnhof ihren Schweißperlen nachgefahren war. Gestern war sie noch so lebendig gewesen. Schluchzend drückte sie ihre Tochter an sich.

»Bald bin ich bei dir«, flüsterte sie ein ums andere Mal.

Als die Sonne aufging, stand sie auf und lief los. Sie hatte sich noch nicht entschieden, wie sie sich umbringen würde, aber wenn sie einfach immer weiterlief, würde sie irgendwann vor Hunger oder Erschöpfung sterben, oder die Mandschuren würden sie töten.

Es war am Abend des zweiten oder dritten Tages, als sie eine kleine Lehmhütte erreichte. Die einst weißgetünchte Hütte war halb zerfallen. Sie war von ein paar Bäumen umstanden, und in der Erde steckten Stöcke, an denen Lumpen hingen. Es sah aus wie ein alter Schrein oder eine Grabstätte.

Hier leg' ich mich hin, dachte sie. Hier ist ein schöner Platz zum Sterben.

Als sie die Hütte betrat, schrie sie auf. Ein Mann kam ihr entgegen.

»Ich bin's«, sagte eine Stimme. Hayashi hatte sie kommen sehen.

Nozomi war inzwischen nach Hause gekommen und lauschte Toshies Geschichte. Mit verschränkten Armen stand er wortlos da.

»Was meint ihr, Onkel, Tante, hätte ich beim Zug bleiben sollen, zumal der Krieg kurze Zeit später zu Ende war?« Diese Frage hatte Toshie schon die ganze Zeit beschäftigt.

»Nein, das hätten die Kinder keinesfalls überlebt«, beruhigte Haruko sie.

»Die Russen haben deine Leute nicht nach Shenyang gebracht. Ich habe jedenfalls von niemandem aus deiner Gruppe gehört«, versicherte ihr Nozomi. Er war gebeten worden, bei einem Komitee mitzuarbeiten, das eine Anlaufstelle für Flüchtlinge organisierte.

»Ich wünschte, ich wäre tot. Ich bringe mich um«, jammerte Toshie.

»Toshie!« Emi und Mari blickten ob der Schärfe in der Stimme ihres Vaters erschrocken auf. »Hast du nicht etwas Wichtiges vergessen? Wo er auch sein mag, dein Mann macht sich fürchterliche Sorgen um dich. Er kämpft ums Überleben, um bald wieder mit dir zusammenzusein.«

Haruko sah Nozomi an und fragte plötzlich: »Wo ist denn dein Gürtel?«

Aller Augen richteten sich auf Nozomi. Er blickte ebenfalls an sich hinab. »Ich sprach heute mit einem russischen Offizier. Er hat meinen Gürtel so bewundert, daß ich ihn herschenkte.«

»Und er hat dir dafür einen Strick gegeben?«

»Ich hab' anscheinend abgenommen. Meine Hose rutschte jedenfalls, und ich bat um einen Ersatz. Er wollte mir aber nur seinen schmutzigen alten Gürtel geben, und den wollte ich wiederum nicht.«

»Nozomi!« Haruko lachte ein wenig hilflos.

»Hast du denn keine Angst vor den Russen?« fragte Mari.

»Nein. Das sind doch nette, harmlose Kerle.«

»Ich finde, es war sehr verschlagen, wie sie sich nach Kriegsende durchs Hintertürchen hereingeschlichen haben«, sagte Haruko. Und zu Toshie: »Nozomi mag die Russen.«

»Ich bemühe mich nur, keine Feinde zu haben.«

»Komm und iß was, Toshie-san«, sagte Haruko, und nachdem sich Toshie an den Tisch gesetzt hatte, reichte sie ihr ein paar Eßstäbchen. Toshie musterte sie wie fremdartige Gegenstände. »Oh!« rief sie plötzlich.

Haruko sah sie fragend an.

»Tante, ich hab' noch meinen Ring mit der Perle.«

# 9

## *Überleben*

»Nozomi erledigt zur Zeit unsere ganzen Einkäufe, Toshie-san«, erklärte Haruko während des Essens. »Ich war noch gar nicht draußen. Er bringt frisches Gemüse und Fleisch mit, das offensichtlich auf der Straße von Männern verkauft wird.«

»Ist jetzt alles teurer als früher?« fragte Toshie besorgt.

»Ich weiß nicht, wie die Preise früher waren«, erwiderte Nozomi, und Haruko lachte.

In jener Nacht schlief Toshie mit den beiden Mädchen in einem Zimmer, Emi lag in der Mitte. Als Haruko nachts unterdrücktes Schluchzen hörte, stand sie lautlos auf, setzte sich neben Toshie und streichelte ihr Haar. Toshie klammerte sich verzweifelt an Harukos Hand.

»Was ist denn da drin, Tante?« fragte Toshie und deutete auf die Garage im Vorgarten. Gegen Kriegsende hatte die Armee Nozomi in der Annahme, seine Arbeit sei von militärischem Interesse, diverses Material angeboten. Er hatte nicht gefragt, wo und wie sie daran gekommen waren, sondern hatte es einfach bezahlt und in der leeren Garage gelagert, in der vor einem halben Jahrhundert ein russischer General sein Auto oder seine Kutsche untergestellt hatte. Nun lagen da große Rollen Draht, Isolierband, Kisten voller Nägel, Werkzeug; nichts davon hatte etwas mit Nozomis Beruf zu tun.

»Wieso gibst du Geld aus für Sachen, mit denen du nichts anfangen kannst?« hatte Haruko sich beklagt.

Es war typisch für Nozomi, daß er ihr eine Antwort schuldig geblieben war.

Haruko und Toshie sahen sich in der Garage um. »Entweder haben die Plünderer das übersehen, oder sie waren sich über den Wert nicht im klaren. Jetzt werden wir wahrscheinlich alles verkaufen.«

Diese Sachen waren bestimmt viel wert. Sie mußte zugeben, daß Nozomis Käufe eine gute Geldanlage gewesen waren.

»Ist das nicht der Sicherungsdraht, von dem wir kleine, um Karton gewickelte Mengen kaufen?« fragte Toshie.

»Kann sein, da muß ich Nozomi fragen.«

»Falls es der gleiche Draht ist, Tante, solltet ihr ihn nicht in großen Rollen, sondern in kleinen Mengen auf der Straße verkaufen.«

»Ich soll Draht auf der Straße verkaufen?«

»Nicht du, Tante«, erwiderte Toshie lächelnd. »Das mache ich.«

Nozomi hatte gegen den Vorschlag nichts einzuwenden.

»Vielleicht machen wir noch einen Gewinn!«

»Wer weiß, Nachfrage besteht auf jeden Fall.«

»Zu welchem Preis sollen wir sie verkaufen, Onkel?«

Als hätte diese Frage einen anderen Gedankengang ausgelöst, sagte Nozomi: »Heute lief ich Suzuki-kan über den Weg.« Suzuki, ein Namensvetter ihrer Nachbarn, war sein Direktor. »Seine Frau ist gestorben.«

Frau Suzuki war immer kränklich gewesen. Unglücklicherweise hatte sie während des Aufstandes eine Lungenentzündung gehabt, und ihr Mann hatte weder einen Arzt noch irgendwelche Medikamente auftreiben können.

Suzuki war derjenige, sagte Nozomi, der ihnen raten konnte, zu welchem Preis man das Material anbieten könnte. Später meinte Nozomi zu Haruko, Toshie würde eine Beschäftigung, mit der sie ihnen außerdem noch half, sicher guttun. Aber falls sie Suzuki um Rat fragten, mußte dieser seinen vierzehn Monate alten Sohn mitbringen, weil er niemanden hatte, der sich um ihn kümmerte. Nozomi fand, Haruko sollte Toshie vorwarnen.

Toshie war sehr tapfer. »Ich hab' mich fürs Leben entschieden, Tante. Ich werde kleinen Kindern nicht ewig aus dem Weg gehen können.«

So brachte Suzuki seinen Sohn mit, als er zu Besuch kam.

»Was für ein hübscher Junge!« Die Sanjos sahen den Kleinen zwar nicht zum erstenmal, aber er wurde trotzdem von allen bewundert. Er hatte rosafarbene Bäckchen und große, feuchte Augen. Toshie nahm ihn auf den Schoß, was er sich artig gefallen ließ. Emi und Mari waren entzückt.

Als es Abend wurde, sagte Suzuki zu seinem Sohn: »Wollen wir nach Hause gehen? Sag auf Wiedersehen und Dankeschön.«

Das Gesicht zur Tür, den kleinen Hintern ihnen zugewandt, verneigte sich der kleine Junge tief. Alle lachten.

»Was für ein hübscher Junge. So ruhig und so lieb«, schwärmten die vier Frauen, nachdem er gegangen war.

»Ich fand, er hatte einen sehr heißen Kopf«, sagte Toshie leise. Sie mußte an das Mädchen denken, das auf dem Rücken ihres Bruders zum Bahnhof getragen wurde. Sie hatte die gleiche durchscheinende Haut und rosafarbenen Wangen gehabt. »Hoffentlich fehlt ihm nichts.« Und dann sagte sie etwas, was die anderen etwas verwirrte: »Er ist einfach zu schön.«

Suzuki hatte versprochen wiederzukommen, aber er ließ sich einige Tage nicht blicken. Als er schließlich kam, war er allein. Sein kleiner Sohn war in der Nacht an Tuberkulose gestorben.

»Er muß schon lange krank gewesen sein. Er wußte vielleicht gar nicht, wie es sich anfühlt, gesund zu sein. Ich war viel zu sehr um das Wohl meiner Frau besorgt und habe ihn seit seiner Geburt nicht einmal untersuchen lassen. Ich habe keine Erfahrung mit Kindern und dachte, er ist eben besonders still. Meistens saß er einfach da und sah mich an.«

Mit diesen Augen… Haruko wußte nicht, wie sie die Nachricht aufnehmen sollte. Die Erinnerung an den Jungen war noch zu lebendig.

»Er hat in die falsche Richtung geschaut, als er sich von uns verabschiedete«, sagte Emi schluchzend.

Suzuki ließ den Kopf hängen und legte eine Hand vors Gesicht. Seine Schultern bebten.

Die Schule fing wieder an. Emi und Mari besuchten nicht die gleiche Schule wie früher, sondern neu zusammengestellte Klassen. Es gab nun ein neues Unterrichtsfach: Englisch.

Einer Menge Mädchen in Emis Alter war das Haar abrasiert worden, jetzt wuchs es stachlig nach. Daher trugen sie Schals um den Kopf, und bald schon machten sie sich einen großen Spaß daraus, diese einander vom Kopf zu reißen.

Haruko und Toshie rollten zu Hause Sicherungsdraht auf. Suzuki half ihnen, die großen Rollen ins Haus zu bringen und den Draht in kleine Stücke zu schneiden. Als sie zwanzig Sicherungsrollen hergestellt hatten, wollte Toshie sie auf der Straße feilbieten, beschloß aber, nicht zu viele auf einmal mitzunehmen.

»Ich tu so, als gäbe es nicht mehr.«

»Hast du so was schon einmal gemacht, Toshie-san?«

»Eigentlich nicht, Tante, aber meine Mutter hat oft Gemüse verkauft. Im Winter hat mein Großvater Körbe geflochten, und manchmal habe ich meine Großmutter begleitet, wenn sie diese verkaufte.«

Ob Nozomi auch auf dem Markt Körbe verkauft hatte, die sein Vater im Winter auf dem harten Lehmboden sitzend hergestellt hatte?

Nozomis Mutter hatte Haruko einmal in schwer verständlichem Dialekt erzählt, daß Nozomi sich sehr gut mit Kühen auskannte.

»Du hast keine Ahnung vom Leben der Bauern«, hatte Nozomi nachsichtig lächelnd gesagt.

»Nozomi mit seiner hochnäsigen Frau.« Ihre Schwägerinnen waren nie besonders freundlich gewesen.

»Sieh dich vor. Bauern sind ein falsches Volk«, hatte ihre Großmutter Kei sie gewarnt.

Toshie packte die Drahtrollen in einen alten Leintuchbeutel und verließ das Haus.

»Brauchst du keinen Verkaufsstand?«

»Nein, Tante. Ich werde sie im Beutel lassen. Das macht die Leute neugierig, so bekomme ich mehr Kundschaft.«

Zwei Stunden später kehrte Toshie triumphierend zurück. »Ich habe alles verkauft. Sie wollten wissen, ob ich noch mehr habe. Da sagte ich, vielleicht, und sie sollten doch morgen wiederkommen. Ich darf nicht zuviel auf einmal mitnehmen und auch nicht jeden Tag Sicherungsdraht. Ich kann auch andere Sachen verkaufen, Isolierband zum Beispiel.«

In der Garage entdeckten sie ein Dutzend funkelnder, viereckiger Blechbüchsen. Nozomi konnte sich noch daran erinnern, daß bei der gekauften Ware auch jede Menge Büchsen mit Nägeln gewesen waren.

»Das hört sich aber nicht nach Nägeln an.« Nozomi schüttelte eine Büchse und brach sie dann gewaltsam auf. Sie war gefüllt mit kleinen Splittern buntverpackter Schokolade in Form von Tannennadeln. Sie sahen einander an wie Kinder, die einen verborgenen Schatz gefunden hatten. Haruko langte hinein, und bevor Nozomi sie daran hindern konnte, steckte sie sich einen Schokoladensplitter in den Mund.

»Warte! Vielleicht sind sie vergiftet!« schrie Nozomi auf.

»Ach was, das ist doch nur Schokolade«, erwiderte Haruko kaltblütig.

Nun waren Haruko und Toshie damit beschäftigt, die Schokolade in Beutel abzufüllen. Als Toshie am Nachmittag zurückkam, brachte sie ein paar Teigtaschen mit saftiger Fleischfüllung mit.

»Hoffentlich bist du nicht böse, Tante, daß ich einen Teil unserer Einnahmen ohne dich zu fragen ausgegeben habe. Aber sie sahen so köstlich aus. Sie werden von Japanern direkt auf der Straße zubereitet und verkauft.«

Zum erstenmal seit Wochen verließ Haruko das Haus und ging einkaufen. Genau wie Toshie gesagt hatte, war die Straße von Händlern gesäumt, größtenteils von Japanern. Doch nur noch die wenigsten verkauften ihre Habe, die meisten stellten etwas her, vor allem Eßbares.

Bei dem Paar, das die Teigtaschen verkaufte, handelte es sich um einen ehemaligen Bankdirektor und dessen Frau. Haruko kannte die beiden gut. Der Mann rief: »Gedämpfte Teigtaschen, gedämpfte Teigtaschen!« während seine Frau vor dem Ofen hockte und der Kohle Luft zufächelte. Daneben stand ein kleiner Handkarren.

Haruko überlegte, ob sie einen Bogen um das Paar machen sollte, vielleicht war es ihnen peinlich, erkannt zu werden. Aber andererseits – sicher kamen viele Bekannte vorbei, und außerdem waren es außergewöhnliche Zeiten.

»Sie haben ja ziemlich viel zu tun, Otani-san«, sagte Haruko und trat näher.

»Ah, Frau Sanjo!« Er schien erfreut.

»Ich habe gestern Ihre Teigtaschen probiert. Sie waren köstlich. Woher haben Sie das Rezept?«

»Ah!« erwiderte Otani lächelnd, während er einem Kunden fünf Teigtaschen einpackte und das Geld entgegennahm. »Meine Eltern und mein Bruder hatten ein China-Restaurant, bevor er eingezogen wurde. Dort habe ich ab und zu ausgeholfen und einiges gelernt.«

Der nächste Kunde kam, und er packte eifrig weitere Teigtaschen ein. Seine Frau neben ihm nickte schüchtern.

»Ihr hat das zuerst nicht gefallen.« Er warf seiner Frau einen Blick zu, dann wandte er sich wieder an Haruko: »Aber von irgend etwas müssen wir schließlich leben.«

Ein warmes Päckchen in der Hand, setzte Haruko ihren Weg fort. Ein Mann verkaufte Kimonos, und ein Chinese war gerade dabei, einen davon zu begutachten: auf hellblauem Grund verlief diagonal ein Streifen mit Kirschblüten. Der Kunde befingerte das zarte Material mit seinen knorrigen Händen und ließ es dann achtlos zu Boden fallen. Der Kimono lag unordentlich da, als hätte eine Frau ihn gerade ausgezogen. Irgendwie sieht es unsittlich aus, sinnierte Haruko. Wir sind wirklich ein besiegtes Volk.

»Etsuko-chan verkauft Zigaretten, Mutter. Darf ich das auch?« fragte Mari.

»Nein.«

»Warum nicht? Ich könnte Geld verdienen.«

»Vater gibt uns Geld. Außerdem mußt du in die Schule gehen.«

»Nach der Schule. Toshie-san verkauft ja auch Sachen.«

»Toshie-san ist erwachsen.«

»Aber Etsuko-chan ist so alt wie ich.«

»Deine Mutter hat nein gesagt, Mari-chan. Mach deine Hausaufgaben, du hast genug zu tun.«

»Vater.« Mari fing Nozomi eines Tages an der Hintertür ab und bat mit zaghafter Stimme: »Otosan, könntest du mir vielleicht etwas Geld leihen? Wenn ich groß bin, gebe ich es dir zurück.«

»Wofür brauchst du auf einmal Geld?«

»Bitte, Otosan.«

»Sag mir erst, wofür du es brauchst.«

Mari druckste unschlüssig herum. »Versprich mir, daß du Mutter nichts davon erzählst.«

»Kommt drauf an. Sag mir erst, worum es geht.«

Mari errötete ein wenig und blickte dann auf ihre Füße hinab.

»Nun gut, ich sage Mutter nichts davon. Aber jetzt raus mit der Sprache.«

Mari hatte Etsuko gebeten, ihr den Bauchladen mit den Zigaretten auszuleihen. Das Verkaufen sah so spaßig aus. Schließlich verkauften alle irgend etwas. Den Eltern vieler Schulfreunde ging es finanziell nicht gut, und manche Kinder mußten zum Familieneinkommen beitragen.

Etsuko hatte schließlich nachgegeben und Mari allein zurückgelassen, um sich die anderen Auslagen anzusehen. Schon bald mußte Mari feststellen, daß Zigarettenverkaufen doch nicht soviel Spaß machte, wie sie gedacht hatte. Der Bauchladen war schwer, und schon bald schmerzte ihr Nacken. Die Russen waren riesig und furchteinflößend. Sie wagte es nicht, auf sie zuzugehen und ihnen Zigaretten anzubieten, so wie Etsuko es tat. Woher sollte sie wissen, ob sie überhaupt welche wollten? Sie traute sich nicht, ihnen den Bauchladen unter die Nase zu halten. Gerade als sie Etsuko den Bauchladen zurückgeben wollte, kam ein chinesischer Junge vorbeigerannt und klaute einfach zwei Päckchen.

Seit Etsukos Vater in den ersten Tagen der Invasion auf der Straße von Russen festgenommen worden war, hatten sie nichts mehr von ihm gehört. Gerüchten zufolge hatte man ihn mit anderen Männern in ein Arbeitslager in Sibirien verschleppt. Ihre Mutter kochte und wusch in der russischen Offiziersmesse, und ihre beiden Brüder gingen putzen.

»Wenn sie zwei Päckchen verliert, hat sie nichts verdient. Heute hat sie sogar Verlust gemacht, und ...« Mari brach in Tränen aus.

»Schon gut. Na, komm. Wir geben Etsuko-chan das Geld jetzt gleich. Sag Okasan, daß wir noch mal rausgehen.«

Mari wischte sich die Tränen weg und lächelte. Sie ergriff Nozomis Hand, und zusammen marschierten sie los.

»Dann hat dir das Verkaufen also keinen Spaß gemacht?« fragte Nozomi.

Mari schüttelte den Kopf. »Nein, es war schrecklich. Ich wollte es versuchen, ich würde dir schließlich gern helfen.«

»Du brauchst keine Zigaretten verkaufen, um mir zu helfen«, erwiderte Nozomi, fügte allerdings nachdenklich hinzu: »Jedenfalls noch nicht.«

»Wie verständigst du dich eigentlich mit den Russen, Otosan?« fragte Emi.

»Einige sprechen Französisch oder Deutsch. Manche können auch ein wenig Englisch.«

»Und du kannst all diese Sprachen?«

»Nicht fließend, aber ich kann mich verständlich machen, und solange es nicht allzu kompliziert ist, verstehe ich auch, was sie wollen. Wir erzählen uns Witze und lachen. Sprache ist eine wichtige Brücke zwischen den Menschen.«

»Hast du keine Angst vor ihnen?« Mari sah ihn ehrfurchtsvoll an.

»Nein, im großen und ganzen sind die Offiziere recht gebildete und anständige Männer.«

»Wollen sie immer noch Ledergürtel und solche Sachen?« schaltete Haruko sich ein.

»Sie haben sich immerhin mit Brot und einem Glas Kaviar bedankt, oder?«

»Aber Otosan, das Brot war schwarz«, sagte Emi. Das japanische Wort für Brot war »pan« und stammte von dem französischen »pain« oder dem portugiesischen »pão« ab. »Pan« war weiß. Schwarzes Brot galt als ein Zeichen von Armut.

»Wir könnten doch einige der russischen Offiziere zum Abendessen einladen«, schlug Nozomi vor.

»Das soll wohl ein Witz sein«, wehrte Haruko ab. »Unmöglich.«

»Weißt du, sie haben mich gefragt, ob ich nach Rußland kommen will. Sie würden mir als Ingenieur nationalen Gaststatus geben.«

»Was heißt das?« fragte Emi neugierig.

»Ich weiß nicht genau, aber sie würden mir auf jeden Fall eine Wohnung zur Verfügung stellen und ein ordentliches Gehalt zahlen. Vielleicht bekämen wir eine Datscha und könnten am Schwarzen Meer Ferien machen.«

»Können wir dort zur Schule gehen?«

»Natürlich. Und wenn ihr groß seid, könnt ihr die Universität in Moskau besuchen.«

»Red keinen Unsinn, Nozomi!« Haruko fuhr entsetzt dazwischen. »Du weißt gar nicht, wie sie mit uns umspringen würden. Womöglich würden sie dich nach Sibirien verschleppen. Du weißt ja nicht, was sie vorhaben. Den Russen kann man nicht trauen. Außerdem heißt es dort, wer nicht arbeitet, kriegt nichts zu essen. Ich hab' keine Lust, Toiletten zu putzen.«

## 10

## *Heimwärts*

Nozomi war jeden Tag für das Flüchtlingskomitee unterwegs. Abends saß er oft mit seinen Töchtern an dem kleinen Eßtisch und schrieb Briefe in fremden Sprachen.

»Was schreibst du da, Nozomi?« fragte Haruko.

»Hm?«

Emi, die seit neuestem Englisch lernte, beugte sich über den Brief. »Ich kann ein bißchen davon lesen. Da steht ›es ist‹ auf englisch.«

»Das ist das Problem. Alles, was über ›es ist‹ hinausgeht, ist sehr schwicrig.« Nozomi kratzte sich am Kopf. »Praktisches Englisch hab' ich nie gelernt.«

»Und was hast du gelernt?«

»Wir lasen zum Beispiel *Der Landpfarrer von Wakefield* von Goldsmith oder *Die Geschichte Englands* von Macauly und, ach ja, *Aufstieg und Fall des Römischen Reiches* von Gibbons. ›Im zweiten Jahrhundert nach Christus umfaßte das Römische Reich den größten Teil der Erde‹«, zitierte er, obwohl ihn niemand verstand. »Es ist doch interessant, daß man vieles, was man in jungen Jahren gelernt hat, nie vergißt. Wir mußten ganze Passagen auswendig lernen. Sicher nicht die schlechteste Art, eine Fremdsprache zu lernen. Aber wir dachten, moderne Engländer sprechen und schreiben wirklich so. Ich wette, unser Lehrer wußte selbst nicht, daß er uns altertümliches Englisch beibrachte und wir uns wie vornehme Gentlemen aus dem 19. Jahrhundert anhörten. In London starrten mich die Leute immer ganz entgeistert an, wenn ich sie ansprach.«

Alle lachten, aber Haruko hatte wieder nicht erfahren, weshalb er versuchte, englische Briefe zu verfassen. Toshie fragte sie eines

Tages: »Tante, weißt du eigentlich, daß Onkel Nozomi sehr beliebt ist?«

»Beliebt bei wem?«

»Du solltest ihn einmal bei der Arbeit im Flüchtlingslager sehen. Er wird sogar auf der Straße von schreienden Frauen umlagert.«

»Tatsächlich? Aber weshalb, Toshie-san?«

»Weil er der einzige ist, der ihnen hilft. Er ist wunderbar. Er geht ohne zu zögern ins Militärhauptquartier der Russen und verhandelt mit dem Oberbefehlshaber. Deshalb haben die Russen Decken, Kleider und alles mögliche, was sie in den japanischen Militärdepots konfisziert hatten, wieder herausgerückt. Im Flüchtlingslager sind Öfen installiert worden, und er hat sogar genug Kohle für den Winter organisiert. Er hat nicht nur für die Flüchtlinge ein Ohr, sondern auch für die Frauen, deren Männer noch nicht zurückgekehrt sind und die sich ohne Geld mit ihren Kindern durchschlagen müssen.«

Das Flüchtlingslager, das in einem ehemaligen Schulgebäude untergebracht war, hatte sich inzwischen auch zu einem Informationszentrum entwickelt. Toshie versuchte täglich, dort etwas über den Verbleib ihres Mannes und ihrer Freunde, die beim Zug ausgeharrt hatten, in Erfahrung zu bringen. Die Russen nutzten die Bahnstrecke zum Truppen- und Vorratstransport, aber bisher hatte niemand etwas von einem Zug gehört, der auf den Gleisen stehengeblieben war.

»Hayashi-san arbeitet jetzt auch mit Onkel Nozomi zusammen. Er sagt, Onkel bestehe immer darauf, die Ranghöchsten im Militärhauptquartier zu sprechen. Er bleibt hart, bis sie ihn endlich empfangen. Und dann argumentiert er so gut, daß er sie überzeugt. Sogar Hayashi-san, der selbst recht mutig ist, ist beeindruckt.«

Haruko konnte Nozomi in diesen Schilderungen nicht wiedererkennen, selbst nach fünfundzwanzig Ehejahren nicht.

Er hatte sich nie bereitwillig unter Menschen gemischt, erst recht nicht unter hochrangige. Haruko hatte immer gedacht, er hätte eine Aversion gegen Leute mit berühmten Namen oder militärischen Auszeichnungen. Angestrengt kramte sie in ihrem Gedächtnis nach Anhaltspunkten für diese Facette seiner Persönlichkeit, die ihr bisher verborgen geblieben war.

Harukos Großvater Tei-ichi hatte immer enge Freundschaften mit vielen mächtigen Politikern gepflegt. Sogar an Shobei Miwa konnte man sich in bestimmten Kreisen noch erinnern. Ayako hatte des öfteren zu Haruko gesagt: »Der neue Industrie- und Handelsminister hat deinen Großvater Shirai oft um Rat und Hilfe gebeten. Sorge dafür, daß Nozomi-san ihn aufsucht. Er kann ihm bestimmt sehr nützlich sein.« Oder: »Sag Nozomi-san, er soll Goto-san besuchen. Großvater Miwa hat ihn während des Studiums unterstützt. Er ist jetzt ein bekannter Industrieller, aber die Verbindung zu uns erhält er aufrecht. Er versäumt nie, an Großvaters Todestag ›Weihrauchgeld‹ zu schicken. Er wird sich über einen Besuch Nozomi-sans sehr freuen und hilft ihm bestimmt gern.«

Nozomi reagierte stets unverbindlich, wenn Haruko ihm diese Ratschläge ausrichtete und ihn drängte, sie auch zu befolgen. Wenn sie gar nicht lockerließ, erwiderte er: »Ich bin Ingenieur und ganz zufrieden mit meinem Leben. Politik interessiert mich nicht.«

»Das hat nichts mit Politik zu tun«, protestierte Haruko dann hitzig. »Warum gehst du nicht einfach mal hin? Du wirst bestimmt davon profitieren. Schaden wird es jedenfalls nichts. Nur so kommt man im Leben voran.«

Darauf blieb er einfach die Antwort schuldig. Immer wenn es Auseinandersetzungen gab, schwieg Nozomi. Daher war es nie zu einem Streit zwischen ihnen gekommen, aber es war eben unmöglich, ihn zu etwas zu überreden, wozu er keine Lust hatte.

»Warum willst du ihn denn nicht besuchen? Gibt es dafür einen bestimmten Grund?« hatte sie ihn zum Beispiel bedrängt, als es um einen Mann in sehr hoher gesellschaftlicher Stellung ging.

»Wir haben nichts gemein. Er hat mir nichts zu bieten, und ich habe ihm nichts zu bieten.«

»Das kannst du doch gar nicht wissen. Vielleicht kann er dir zu guten Beziehungen verhelfen und manche Tür öffnen.«

»Ich bin Ingenieur und keine Person des öffentlichen Lebens. Ich brauche keine Beziehungen.«

»Auch als Ingenieur könntest du gesellschaftliches Ansehen genießen. So jemand Scheinheiliges wie du ist mir noch nie untergekommen«, hatte Haruko ihm frustriert an den Kopf geworfen.

Nozomi hatte sich geweigert, darauf einzugehen, und Haruko

war schließlich zu dem Schluß gekommen, daß er nach all diesen Jahren noch immer unter seiner Herkunft litt. In ihren Augen hatte er zuwenig Selbstbewußtsein. Sie beschloß, das nicht einfach kampflos zu akzeptieren.

»Selbst wenn du keine Beziehungen brauchst, so könnten doch Emi und Mari davon profitieren«, hatte sie eines Tages einen neuen Vorstoß gewagt. Das war wirklich ein treffliches, nicht zu widerlegendes Argument.

»Emi und Mari?« Nozomi hatte sie amüsiert gemustert. »Ich dachte, du bist eine Anhängerin dieser berühmten Dame. Wie hieß sie doch gleich – diese Feministin? Emi und Mari sind viel zu intelligent, als daß sie auf Beziehungen angewiesen wären, um einen Ehemann zu finden, falls du das meinst. Sie sind meine Töchter, und ich werde dafür sorgen, daß das zählt.«

Haruko überlegte: Diese Leute haben Titel und viel Geld. Durch ihren Einfluß könnten Fotos von Emi und Mari in der Gesellschaftsspalte aller wichtigen Zeitungen erscheinen. Gute Familien mit Söhnen würden auf sie aufmerksam. Eine Schande, daß Nozomi seine ärmliche Herkunft nicht abstreifen konnte. Er versteht es einfach nicht. Er fühlt sich unwohl in diesen Kreisen.

Nozomi war zwar manchmal stur, aber er war kein tyrannischer Ehemann. Er mischte sich nicht in Harukos Pläne ein und hatte sich nie über ihre Entscheidungen beklagt.

Genügte beispielsweise das Haus nicht mehr ihren Ansprüchen, war es Haruko, die beschloß umzuziehen. Einmal konnte Nozomi nach der Arbeit ihr neues Haus nur finden, weil er in einem Nudelladen in der Nachbarschaft fragte, ob sie jemand kannten, der an diesem Tag umgezogen war.

»Ich hab' es dir oft genug gesagt, Nozomi. Und heute morgen hab' ich dir noch einmal die genaue Adresse aufgeschrieben. Ich hab' dir ganz genau erklärt, wo es ist.«

»Ich konnte mich ja auch noch an die Haltestelle erinnern. Ich finde, es war sehr schlau von mir, im Nudelladen zu fragen«, hatte er schmunzelnd erwidert. Wenn Frühjahrsputz oder ein Umzug anstand, kochten Japaner meistens nicht selbst, sondern ließen sich Nudeln bringen.

»Trotzdem.«

Nur wenige Menschen besaßen ein eigenes Haus, aber irgendwann fand Haruko, es wäre an der Zeit, eines zu kaufen. Sie hatte vor, ein Grundstück zu erwerben und darauf ein neues Haus zu bauen. Ayako, die gerade zu Besuch weilte, unterstützte Harukos Pläne.

»Der Platz auf der Erde ist begrenzt, Nozomi-san. Die Bevölkerung wächst, und die Grundstückspreise steigen stetig. Du kannst eigentlich nichts falsch machen, wenn du ein Grundstück kaufst.«

Nozomi hatte gelächelt. »Du hast recht, Mutter. Wir denken darüber nach.« Er war gegenüber seiner Schwiegermutter stets freundlich und zuvorkommend. Damals war Ayako noch jung gewesen, und ein Journalist, der kam, um ein Interview mit Nozomi zu machen, hatte sie fälschlicherweise für seine Frau gehalten. Der Altersunterschied zwischen Ayako und Nozomi war kleiner als der zwischen Nozomi und Haruko. Später war in dem Artikel zu lesen, daß der bemerkenswerte Ingenieur Nozomi Sanjo ein Gentleman war, der seine Frau sehr höflich behandle.

Mit Ayakos Unterstützung begann Haruko, sich nach Bauland umzusehen. Als sie meinte, ein geeignetes Grundstück gefunden zu haben, hatte Nozomi gesagt: »Ganz schön abgelegen, findest du nicht?«

»Ich weiß. Aber angeblich wird bald eine neue Bahnlinie dorthin gebaut, deshalb ist es jetzt ein Schnäppchen. Die Preise werden bald in die Höhe schießen.«

»Hat das der Grundstücksmakler gesagt?«

»Das ist doch offensichtlich, wenn eine neue Bahnlinie gebaut wird, oder?«

»Hm.«

»Was hältst du davon?«

»Es ist zu weit weg von meinem Büro. Ich würde jeden Tag mindestens drei Stunden verlieren. Das heißt, in einem Jahr verliere ich...«

»Es ist doch als Investition gedacht! Wenn die Preise steigen, kannst du es verkaufen.«

»Und wozu diese mühselige Prozedur? Kaufen, verkaufen, kaufen. Warum suchen wir uns nicht ein schönes Plätzchen, wo wir bleiben wollen?«

Nach mehreren Gesprächen dieser Art war Haruko ärgerlich geworden. Sie fand Nozomi unentschlossen und gleichgültig.

»Gibt es eigentlich irgendwo ein Gesetz, das vorschreibt, Ingenieure dürfen nichts anderes tun als konstruieren und planen?« hatte sie eines Abends gefragt. Ihr wurde sofort bewußt, daß sie diesmal zu weit gegangen war, aber dann dachte sie, Nozomi würde diese verletzende Bemerkung wahrscheinlich wie immer übergehen. Sie war überrascht, als er seine Zeitung sinken ließ und sie scharf musterte.

»In der Tat, es gibt so ein Gesetz. Ich habe nicht vor, meine Zeit damit zu vergeuden herauszufinden, ob das Grundstück früher ein Friedhof war oder neu gewonnenes Land ist und womöglich viel zu sumpfig, um darauf ein ordentliches Haus zu bauen. Ich brauche meine ganze Energie für meine Projekte. Von mir aus können wir einen Park kaufen oder ein Schloß bauen, ganz wie du willst, aber ich habe nicht vor, diesen Grundstücksmaklern hinterherzurennen, diesen Gaunern.«

»Warum hast du das nicht gleich gesagt? Das hätte mir viel Zeit erspart.« Haruko rechnete wieder nicht mit einer Antwort.

»Weil du dann gedacht hättest, ich suche nur einen Vorwand, um kein Grundstück zu kaufen. Du hättest mir vorgeworfen, ich sei nicht ehrgeizig genug und würde mich gegen einen luxuriöseren Lebensstil wehren.«

»Oh!«

»Aber ich muß zugeben, die Grundstückspreise sind viel höher, als ich dachte. Das hast du immerhin für mich in Erfahrung gebracht.«

Als Leiter der Planungsabteilung eines renommierten, expandierenden Unternehmens hatte Nozomi damals sehr gut verdient. Trotzdem hatte sein Einkommen nie ausgereicht, da seine Verwandtschaft ihn ständig um finanzielle Unterstützung bat.

»Das Familiengrab muß neu gemacht werden.« »Sowieso heiratet.« »Jemand ist krank.«

»Die denken wohl, unser Geld wächst auf den Bäumen«, hatte Haruko bei Ayako geklagt, als sie sich gezwungen sah, sich nach einem Grundstück in einer bescheideneren Gegend umzusehen.

Als Nozomis älterer Bruder das dritte Mal um Geld bat, um

noch mehr »sehr fruchtbares Land für einen Spottpreis« zu kaufen, verweigerte Haruko zum erstenmal ihre Zustimmung. Ihr war nicht entgangen, daß es ihrer angeheirateten Familie inzwischen viel besser ging.

»Ich weiß, wir haben schon viel getan«, hatte Nozomi gesagt, »und ich weiß, wie du dich fühlst. Aber ich muß immer daran denken, wie Niisan jeden Monat einen Sack Reis für meinen Unterhalt anschleppte, als ich bei meinem Lehrer wohnte. Meine Familie konnte für Kost und Logis nicht aufkommen. Ich werde nie vergessen, wie er durch den tiefen Schnee nach Hause stapfte. Er besaß nicht einmal einen Mantel.«

Haruko hatte schließlich eingewilligt, aber einen Kompromiß vorgeschlagen: »Wenn das so ist, dann gib ihm das Geld und bitte ihn, das Land in Emis und Maris Namen zu kaufen. Niisan kann mit dem Land machen, was er will.«

Nozomi hielt dies für eine gute Idee.

Haruko konnte sich nicht erklären, woher Nozomis Verhandlungsgeschick und sein Organisationstalent auf einmal stammten. Am meisten erstaunte sie aber, daß er sich freiwillig mit hochrangigen Militärs traf.

»Nozomi hat sich verändert.« Sie schüttelte den Kopf.

»Haruko, sind eigentlich meine alten Wörterbücher hier?«

Wahrscheinlich lagen sie in irgendeiner Kiste in Japan, oder sie waren vor der Abreise in die Mandschurei bei der Hausauflösung in Tokio weggeworfen worden. Nozomi hätte dringend ein Wörterbuch gebraucht, weil er an die neugegründeten Vertretungen des britischen Konsulats, des amerikanischen Konsulats und des Internationalen Roten Kreuzes schreiben wollte.

Während Nozomi durch die Straßen lief und versuchte, im Kopf englische Sätze zu formulieren, erblickte er auf einmal hinter einem kleinen Verkaufsstand einen jungen Ingenieur, den er gut kannte.

»Hirai-kun! Es freut mich sehr, Sie zu sehen. Offensichtlich sind Sie wohlbehalten zurückgekommen. Wie geht es Ihrer Familie?«

»Sanjo-san! Wie schön, Sie zu sehen.« Hirai strahlte. »Ich hatte Glück. Als Kind hatte ich eine Rippenfellentzündung, deshalb wurde ich zurückgestellt und erst ganz zum Schluß eingezogen. Ich war noch gar nicht stationiert, da war der Krieg schon zu Ende.«

Nozomi hatte den jungen Mann immer für einen besonders brillanten Kopf gehalten. Nun musterte er seine Auslage: Geschirr, Kleider, ein paar Bücher. Zu seiner Freude entdeckte er auch zwei Wörterbücher: Englisch-Japanisch und Japanisch-Englisch.

»Genau, was ich brauche.« Er hob die beiden Bücher auf. »Ich versuche, Briefe an alle möglichen Organisationen zu schreiben, die uns helfen könnten.«

»Unsere eigene Regierung tut nichts?«

»Nein. Da geht im Moment sicher alles drunter und drüber. Zur Zeit ist eine Kontaktaufnahme sowieso unmöglich. Was kosten die?«

»Nehmen Sie sie bitte mit.«

»Das kann ich nicht annehmen.«

»Doch. Ich würde ohnehin nicht viel dafür bekommen. Bitte. Ich hoffe, sie sind Ihnen nützlich und helfen unserer Sache.«

»Sie sind kein guter Geschäftsmann, was?« Nozomi lachte und fügte verschwörerisch hinzu: »Meine Frau würde jetzt sagen, alle Ingenieure sind miserable Geschäftsleute. Und ich würde sagen: nur die guten.«

Hirai lachte. »Warum verbleiben wir nicht so: Wenn wir wieder in Japan sind, darf ich auf Ihre Hilfe zurückkommen?« Er hatte Sanjo-san immer sehr bewundert.

Nozomis Blick schweifte in die Ferne, und er schien für einen Augenblick ins Leere zu starren. Plötzlich machte er einen sehr verlorenen Eindruck. Dann wandte er sich wieder an den jungen Ingenieur.

»Sie sind ein junger, fähiger Mann. Sie brauchen meine Hilfe nicht. Außerdem werde ich in Japan gar nicht in der Lage sein, Ihnen zu helfen.« Dann lächelte er. »Vielen Dank für die Bücher. Geben Sie auf sich acht. Es wird Winter.«

Die Wörterbücher unter dem Arm, verschwand er in der Menge.

Trotz schlechter Unterkunft und Verpflegung hatte der rauhe Winter relativ wenige Opfer unter den über tausend Flüchtlingen gefordert. Draußen war es so kalt, daß beim Einatmen die Haare in den Nasenlöchern gefroren; das Flüchtlingslager wurde allerdings ausreichend geheizt. Es gab genügend Bettzeug und Kleider, auch für Kinder und Säuglinge. Hayashis unermüdlichem Einsatz war es zu verdanken, daß im Lager hygienische Verhältnisse herrschten.

Nozomi hatte Ärzte und Krankenschwestern organisiert und zwei Kliniken aufgebaut. Über das britische Konsulat hatte er das Internationale Rote Kreuz um Medikamente gebeten – und hatte auch gewissen Erfolg gehabt.

Als das Eis zu schmelzen begann und der Wind nicht mehr so schneidend wehte, merkten die Menschen, daß ihre Stadt einen viel trostloseren Anblick bot, als sie in Erinnerung hatten. Die Bäume, die früher die Straßen gesäumt hatten, waren gefällt worden. Trotzdem – endlich war Frühling, und der chinesische Gemüsehändler verkaufte aus einem Korb Narzissen. Gleichgültig überreichte er Haruko einen in vergilbtes Zeitungspapier eingewickelten Strauß.

Dann fegte der Wind aus der Mongolei übers Land. Im Frühjahr nach der Schneeschmelze färbte sich der Himmel immer gelb, und der Wind brachte winzige Sandpartikel aus der Wüste Gobi. Es knirschte zwischen den Zähnen, und die Gesichter, vor allem die Augenbrauen, wurden gelb, als wären sie mit Sojamehl bestäubt.

Nachdem sich der Wind gelegt hatte, begann die Evakuierung. Sie ging völlig geregelt vonstatten. Zuerst wurden die Flüchtlinge und Frauen mit Kindern evakuiert. Als der Sommer vorbei war, war die gesamte japanische Bevölkerung verschwunden, und die Chinesen hatten ihre Stadt nach vielen Jahren endlich wieder für sich.

Die Familien, deren Lage nicht allzu verzweifelt war, wurden zuletzt evakuiert; dazu gehörten auch die Sanjos.

Am frühen Morgen bestiegen sie eine Kutsche und fuhren zu dem kleinen Bahnhof jenseits des Hauptbahnhofs, auf dem sich schon andere Reisende versammelt hatte. Größtenteils handelte es sich um ehemals wohlhabende Laden- oder Fabrikbesitzer. Keine Intellektuellen, sondern Leute mit Geld. Ihre Rucksäcke waren neu, sie hatten sich für die Reise ordentlich eingekleidet, die Kinder waren gut genährt.

»Sanjo-san.« Der ehemalige stellvertretende Bürgermeister bat

Nozomi um eine kurze Unterredung. Die beiden Männer entfernten sich von der Menge, drei weitere schlossen sich an. Nachdem sich die fünf eine Weile beratschlagt hatten, löste sich Nozomi aus der Gruppe und rief: »Kommt bitte aus jeder Familie ein Mitglied zu uns?«

Es hatte sich herumgesprochen, daß heute die Evakuierung der wohlhabenden Familien stattfinden würde, und so drohte die Gefahr, von Räubern überfallen zu werden.

»Unsere einzige Chance, heil durchzukommen, besteht darin, die Zugführer zu bestechen. Sie sind zu zweit, und wir können ihnen durchaus vertrauen. Aber es wäre hilfreich, wenn jeder etwas beisteuern könnte. Übrigens sollten Sie Ihre Familien nicht unnötig damit ängstigen.«

Das Geld wurde in Nozomis Hut eingesammelt. Hayashi, der bis zum Schluß geblieben war, um die Evakuierung zu Ende zu führen, erklärte sich bereit, die Zugführer im Auge zu behalten.

Der Zug fuhr ein, und alles setzte sich in Bewegung. Haruko trug zum erstenmal in ihrem Leben einen Rucksack. Sie hatte sorgfältig gepackt, und in dem Rucksack befand sich ihre restliche Habe aus der Mandschurei. Sie hatten strikt Anweisung erhalten, keine Wertgegenstände mitzunehmen, da eine Zollkontrolle stattfinden würde.

Der Rucksack war schwerer als erwartet. Beim Packen hatte sie nicht daran gedacht, daß sie ihn selbst tragen mußte. Haruko taumelte, als Emi und Mari ihn ihr auf den Rücken hievten. Nozomi stellte seinen auf einer Bank ab und streckte die Arme durch die beiden Riemen. Zwei Männer halfen ihm, sich aufzurichten.

Um zu dem Zug zu gelangen, mußten sie die Stufen der Brücke erklimmen, die über die Gleise führte. Vornübergebeugt krallte sich Haruko am Geländer fest, sonst wäre sie von der schweren Last nach hinten gezogen worden. Sie mußte sich konzentrieren und achtete daher weder auf Nozomi noch auf ihre Töchter.

Am Bahnsteig standen eine Lokomotive und mehrere offene Güterwaggons. Einige Männer bestiegen den Zug und ließen sich von den anderen die Rucksäcke hochreichen.

»Wo ist Sanjo-san?« fragte einer der Männer und blickte sich suchend um. »Eben war er noch auf der anderen Seite der Brücke.«

Das sah ihm ähnlich, dachte Haruko. Jedesmal wenn sie mit einer Reisegruppe eine Besichtigung gemacht hatten, hatte er getrödelt und war als letzter zum Bus gekommen. »Wo steckt er bloß?« fragte sie verärgert. Da erschien Nozomi auch schon oben auf der Treppe und stieg dann langsam hinab. In einer Hand hielt er ausgestreckt einen Spazierstock, an dessen anderem Ende sich ein kleines Kind mit tränenüberströmtem Gesicht festklammerte. An dem Stock zwischen ihnen baumelte ein winziger Rucksack. Nozomi ahmte das Geräusch eines Zuges nach. Sein Gesicht glänzte vor Schweiß.

»Oh, das ist doch Masao, oder?« rief ein Mann namens Onari.

Die Onaris hatten sieben Kinder. Da »Onari« soviel hieß wie reichhaltige Ernte oder große Gemüsemengen, waren sie natürlich häufig die Zielscheibe gutmütigen Spotts.

»Wir haben ihn verloren. Er war noch auf der anderen Seite!« sagte Onari vorwurfsvoll zu seiner Frau.

»Um Gottes willen, das hab' ich gar nicht gemerkt!« Inmitten ihrer Kinderschar stehend, schlug Frau Onari die Hände vor dem Mund zusammen.

Jedes Kind der Familie trug einen seiner Größe entsprechenden kleinen Rucksack. Der kleine Masao war der zweitjüngste.

»Vielen, vielen Dank, Sanjo-san.« Onari eilte ihnen entgegen. »Es tut mir leid, daß wir uns verzählt haben.«

Alle lachten erleichtert. Die Kinder der Onaris ähnelten einander wie ein Ei dem anderen, und da konnte so etwas schon vorkommen.

Aufgebracht und zugleich bewundernd dachte Haruko: Das sieht Nozomi ähnlich, einen hilflosen, jammernden kleinen Jungen aufzugabeln, ihn aufzuheitern und ins Schlepptau zu nehmen, obwohl er selbst mit einer kaum zu bewältigenden Last zu kämpfen hat.

Endlich setzte sich der Zug in Bewegung und rollte in die sternklare Nacht hinaus. Von Banditen keine Spur. Die Reisenden schliefen zusammengerollt neben ihren Rucksäcken.

Als Mari am frühen Morgen erwachte, war Nozomi bereits auf den Beinen.

»Oh, wie schön!« Sie weckte Emi. »Wach auf, O'nechan. Der

Himmel sieht großartig aus!« Die aufgehende Sonne färbte den Himmel rosa und gold.

»Du bist ganz schwarz im Gesicht«, sagte Emi lachend.

»Du auch.« Mari rieb sich die rußgeschwärzte Nase, womit sie es nur schlimmer machte.

Haruko wachte ebenfalls auf und reichte ihnen ein kleines, feuchtes Tuch. Die anderen schliefen noch.

Am westlichen Horizont, dort wo der Himmel noch grau war, sahen sie riesige, flaschenförmige Schornsteine. Aus keinem davon stieg Rauch auf. Offenbar waren sie noch nicht in Betrieb genommen.

»Seht ihr«, sagte Nozomi, »daran hat euer Otosan gearbeitet. Es sollte eines der größten Kraftwerke in Asien werden.«

»Das hast du gebaut?«

»Ich hab' die Planung gemacht«, nickte Nozomi.

Die vier standen einfach da und blickten in die Ferne. Nozomi legte seinen Töchtern die Arme um die Schultern.

»Ich dachte, ich könnte euch beide auf Schulen und Universitäten eurer Wahl schicken, ob im Ausland oder zu Hause. Es sollte euch an nichts mangeln. Und bei eurer Hochzeit solltet ihr eine große Aussteuer erhalten. Aber« – sein Blick war noch immer auf die langsam kleiner werdenden Schornsteine geheftet – »ab jetzt müßt ihr auf euren eigenen Füßen stehen.«

In diesem Augenblick wurde Haruko mit einem Schlag klar, daß sie und Nozomi alles, was sie für die Zukunft aufgebaut hatten, in der Mandschurei zurückließen. Ein Kapitel ihres Lebens ging damit zu Ende.

# 3. TEIL

## 1

### *Die zerstörte Stadt*

Der Zug setzte die Reisenden an einem Hafen ab, und die Zugführer stahlen sich in der Mittagssonne mit zusätzlichem Geld in den Taschen davon. Windzersaust und von der Sonne verbrannt wurden die Flüchtlinge zur Zollkontrolle getrieben, wo chinesische Soldaten Stichproben durchführten. Sie verließen nun das chinesische Hoheitsgebiet und befanden sich fortan unter dem Schutz der Alliierten. Nach der Zollkontrolle ging es weiter zu einer ehemaligen Kaserne. In dem Gebäude herrschte eine drückende Hitze, und sie rissen sofort die kleinen viereckigen Fenster auf, aber das half nicht viel.

Man hatte ihnen einige japanische Beamte entgegengeschickt. Diese trugen die khakifarbene Uniform der ehemaligen Kaiserlichen Armee und befahlen den Neuankömmlingen, sich beim Gongschlag in einer anderen Baracke zum Essen einzufinden. Der Erleichterung der Menschen, die eine nicht ungefährliche Reise überstanden hatten und sich nun in der Obhut von Landsleuten wähnten, begegneten sie äußerst reserviert.

»Wie steht's in Japan? Das Leben allgemein, meine ich«, fragte jemand.

»Ziemlich schlecht.«

Sie wollten wissen, was das zu bedeuten hatte, doch der Beamte gab ihnen durch seine dienstliche Art zu verstehen, daß von ihm keine weiteren Auskünfte zu erwarten waren. In wenigen Tagen konnten sie sich außerdem selbst ein Bild machen. Ein anderer Japaner schritt langsam durch die unruhige Menge, schrieb Familiennamen auf und zählte die Personen.

Nachdem sie sich in einer Reihe zur Essensausgabe angestellt hatten, wurden ihnen Aluminiumteller, Löffel und Tassen mit dem Aufdruck »USA Armed Forces« in die Hand gedrückt. Ein Chinese mit weißer Schürze und Mütze verteilte Reis und goß eine dicke Sauce darüber. Sie sollten im angrenzenden Zelt essen, dort gab es Tische und Metallstühle.

Niemand sprach ein Wort. Sie wußten nicht, ob sie froh sein sollten, weil sie etwas zu essen bekamen, oder sich ärgern sollten, weil sie wie Gefangene behandelt wurden. Selbst die Kinder löffelten ihr Essen schweigend in sich hinein.

Für Kleinkinder und Babys wurde Milchpulver bereitgestellt, dafür waren die Mütter den Amerikanern dankbar. Die Amerikaner hatten sie zwar besiegt, aber anders als die Chinesen waren sie freundlich. Ihre materielle Großzügigkeit überraschte die Flüchtlinge.

Nach dem Essen wurde an Frauen und Kinder Milchschokolade verteilt. Und die Männer erhielten zu ihrer Verwunderung jeder eine Schachtel Zigaretten. Um sie von anderen Zigaretten auf dem Markt zu unterscheiden, prangte in der Mitte der weißen Päckchen ein rotes, rundes Zeichen.

Die meisten Männer waren beeindruckt.

»Wenn wir den Krieg gewonnen hätten, sähe es heute anders aus.«

»Schließlich ist Amerika ein großes, reiches Land.«

»Genau das wollen sie hören.« Ein Mann gab sich zynisch, aber sein Kommentar konnte die gute Stimmung nicht trüben. Die Männer ließen sich ihre Zigaretten schmecken.

»Was für ein Glück, daß wir nicht von Räubern überfallen worden sind.«

»Sie waren doch die ganze Nach über wach, nicht wahr, Sanjo-san?«

»Hayashi-kun hat Wache geschoben«, erwiderte Nozomi. »Ich lag einfach nur wach und habe über alles mögliche nachgedacht.«

Mari und eine Gruppe Kinder gingen inzwischen auf Entdeckungsreise. Der Eingang zu einem Zelt stand etwas offen, und sie lugten hinein. Dicke Kabel schlängelten sich über den Boden, auf Klapptischen standen Radios und Telefone. Ein *Nisei* – ein in Amerika geborener Japaner – trat aus dem Zelt und fragte auf englisch mit amerikanischem Akzent: »Chewing gum?«

Die Kinder starrten ihn entgeistert an. Als er ihnen ein Päckchen Kaugummi entgegenhielt, rannten sie davon.

Nach drei Tagen stiegen die Flüchtlinge die Gangway eines »American Liberty Boat« hinauf. Für den Transport von Panzern, Schwerfahrzeugen und Waffen konstruiert, verfügte das Schiff über einen riesigen Frachtraum, in dem Hunderte von Evakuierten Platz fanden. Mit Wällen aus Rucksäcken grenzten sich die Familien voneinander ab. Auf dem kalten Eisen wurden Armeedecken zum Hinsetzen ausgebreitet. Inmitten plärrender Babys und herumrennender Kinder begann ihre Reise übers Meer, die sie zu einem Hafen im Süden ihres Heimatlandes bringen sollte.

Zeit wurde für die Evakuierten, die im Schiffsbauch unter kaltem Neonlicht zusammengepfercht waren, zu einer bedeutungslosen Größe. Einzig das unaufhörliche Brummen der Motoren erinnerte daran, daß sie auf einer Reise waren.

Haruko fiel auf, daß sich niemand über die Rückkehr in die Heimat zu freuen schien, ja, daß sich nach der gefährlichen Reise nicht einmal Erleichterung breitmachte. Die Flüchtlinge starrten nur stumpf vor sich hin, als erwarteten sie gar nichts mehr und hätten akzeptiert, daß man nie wissen konnte, was der nächste Tag brachte.

Am zweiten Tag schlängelte sich ein junger Mann zwischen den Rucksackwällen durch.

»Sind hier zufällig Miwa-sans aus Kitani?«

»Kitani?« Haruko richtete sich auf. »Ja, ich bin aus Kitani.«

»Sind Sie Fräulein Miwa-san?«

»Ja, so hieß ich früher.«

»Mata-san hat mich gebeten, nach Ihnen Ausschau zu halten.«

Er sei an Bord für verschiedene Aufgaben zuständig, erklärte er, und er sei der Sohn eines Dorfbewohners aus Kitani.

Der junge Mann ging in die Hocke und raunte ihr zu: »Ich kann für Sie alle ein heißes Bad und eine Schale Tee arrangieren, wenn Sie mir folgen.«

Als sie gerade eine steile Eisentreppe emporstiegen, drehte sich der junge Mann um und sagte: »Ich heiße übrigens Teisuke. Kurz nach meiner Geburt wäre ich fast an einer Infektion gestorben, hätte Dr. Shirai mich nicht zu sich genommen und gepflegt. Er hat mir das Leben gerettet. Deshalb bekam ich einen Teil seines Namens und wurde Teisuke genannt. Meine Eltern sagten, ich dürfe nie mit den Füßen in Richtung Dr. Shirais Haus schlafen.

Meine Eltern haben von Matabei-san erfahren, daß Sie demnächst zurückerwartet werden. Sie sagten mir Bescheid, und ich halte seit vier Monaten nach Ihnen Ausschau.«

Das Badezimmer war zwar klein, aber gefliest, und es gab sogar duftende Seife. Emi und Mari schnupperten entzückt daran.

»So hast du früher immer gerochen, Mutter«, sagte Emi, »als du in Dalian Parfüm gekauft hast.«

Nachdem die ganze Familie fertig war, führte Teisuke sie in eine Ecke des Speisesaals und bewirtete sie mit Tee und Kuchen.

»Nozomi«, Haruko betupfte das Kinn ihres Mannes mit einem kleinen Tuch, das sie bei sich trug. »Du hast dich geschnitten.«

»Okasans Gesicht glänzt richtig«, sagte Mari.

»Was haltet ihr davon, wenn wir irgendwann einmal eine heiße Quelle besuchen?« Nozomi stellte die Ellbogen auf den Tisch, faltete die Hände und blickte in die Runde.

Als sie nach drei Tagen im Hafen von Sasebo anlegten, öffnete sich der Bug des Schiffes wie ein riesiger Rachen. Die Sonne flutete ins Halbdunkel des Schiffsrumpfes, und jenseits der ruhigen See tauchten grüne Berge auf.

Wie hatte ein chinesischer Dichter im achten Jahrhundert geschrieben?

> Das Land war zwar besiegt, doch Berge
> und Flüsse sind unverwandelt…

Während Haruko diesem Gedanken nachhing, ging ein Ruck durchs Schiff, und sie hörte, wie jemand um Hilfe schrie. Großes Durcheinander. Die Menschen strömten zu der Öffnung im Bug. Eine Mutter mit Kind hatte am Rand gestanden und beim plötzlichen Rucken des Schiffes das Gleichgewicht verloren. Beide waren ins Wasser gefallen und konnten nicht mehr lebend geborgen werden.

Als die Evakuierten an Land gingen, wurden sie samt ihrer Habe mit DDT eingesprüht. Davon hatten sie noch nie etwas gehört, hielten es aber für eine fortschrittliche Art der Schädlingsbekämpfung, für ein hygienisches Allheilmittel. Auf diese Weise taufte man sie zu Mitgliedern einer modernen, zivilisierten Gesellschaft.

Danach wurden sie von Regierungsbeamten befragt. Sie hatten ausnahmslos keine Papiere, da das Gerücht umgegangen war, schriftliche Dokumente würden Mißtrauen erwecken. Niemand wußte, woher das Gerücht stammte, aber die Evakuierten wollten natürlich alles, was ihre Heimreise gefährden konnte, vermeiden.

Nach der Befragung erhielten sie Lebensmittelkarten und eine Zugfahrkarte. Das alles nahm schrecklich viel Zeit in Anspruch, doch dann waren sie endlich frei und bestiegen einen Zug, der eigens für die Flüchtlinge organisiert worden war.

An jedem Bahnhof hielt der überfüllte Zug, und Leute stiegen aus. Abseits des Gedränges fanden die Familien auf dem Bahnsteig zusammen. Sie wirkten erleichtert und glücklich. Denen, die weiterfuhren, blieb kaum Zeit, sich von ihren Freunden zu verabschieden.

Auf den Bahnsteigen wimmelte es von Menschen. Unter Drücken und Schieben versuchten einige Männer, den Zug zu besteigen. Offenbar wollten sie unbedingt mitfahren, obwohl jeder Waggon deutlich mit einem Schild »Nur für Flüchtlinge« gekennzeichnet war. Manche schlugen drohend gegen die Fensterscheiben. Irgendwo klirrte Glas, Frauen schrien, Kinder heulten.

»Nur für Evakuierte!« schallte es mehrmals nutzlos durch den Lautsprecher am Bahnsteig, aber vergebens. Die Eindringlinge trugen Rucksäcke, und ihre Gesichter waren ausgemergelt. Beharrlich kämpften sie sich vor, und wenn sie ein kleines Plätzchen erobert hatten, verteidigten sie es hartnäckig.

Als der Zug an dem Bahnhof hielt, der Kitani am nächsten war, kämpfte sich ein Mann mittleren Alters durch das Gewühl und versuchte, ins Zuginnere zu spähen.

»Mata-san!« schrie Haruko und klopfte an die Scheibe.

Nozomi schob das Fenster ein wenig hoch, und Matabei erkannte sie.

»Haruko-ojosama!« Er sah sie gerüht an, und klammerte sich an den Fensterrahmen. »Willkommen zu Hause! Sie sind in Sicherheit. Und auch Danasama und die kleinen Ojosama! Sie haben sicher viel durchgemacht!« Tränen kullerten über seine runzligen Wangen. Atemlos berichtete er, daß alle – allen voran Ayako – zum Bahnhof hatten kommen wollen, daß er es ihnen aber ausgeredet habe.

»Bahnhöfe sind heutzutage kein Ort für Damen. Außerdem fahren keine Busse. Aber sobald die Lage sich bessert, besuchen Sie die Familie, nicht wahr, Ojosama? Sie wollen Sie unbedingt sehen.«

»Aber natürlich.«

Schniefend hob Matabei ein Bündel hoch, und Nozomi schob das Fenster noch ein wenig höher.

»Sushi für die Reise. Die alte Dame und Ayako haben es gestern abend gemacht. Außerdem ein paar Bohnenkuchen für die kleinen Ojosama, und etwas Reis für Sie, wenn Sie in Tokio sind. Man kommt nur noch schwer an Reis. Ich hab' auch ein wenig Miso dazugepackt.«

»Vielen Dank, Mata-san. Wie bist du mit diesem schweren Bündel hierhergekommen?«

»Zu Fuß.«

»Du hast sicher einige Stunden gebraucht.«

»Ich freue mich so, Sie zu sehen. Teisuke hat uns ein Telegramm geschickt.« Als die Trillerpfeife ertönte, sprach er schneller: »Geben Sie acht! Es wimmelt von Taschendieben. Passen Sie gut auf Ihre Handtasche auf, Haruko-ojosama, und lassen Sie niemanden wissen, daß Sie Geld haben.«

»Nein, Mata-san.«

»Lassen Sie die kleinen Ojosama abends nicht mehr raus. Gehen Sie am besten selbst auch nicht mehr abends auf die Straße. Die Menschen sind böse geworden.«

Als der Zug sich in Bewegung setzte, lief er noch ein Stück nebenher. Er wischte die Tränen, die ihm übers Gesicht rannen, nicht weg. Plötzlich fiel Haruko auf, daß er einen Buckel hatte.

Haruko hielt das Bündel auf ihrem Schoß. Die vier Ecken des gestreiften Baumwolltuchs waren zusammengeknotet. Sie hielt den Knoten fest umklammert. »Er hat Haruko-ojosama zu dir gesagt, Mutter«, sagte Emi und kicherte.

Haruko nickte nur. Hätte sie etwas erwidert, wären ihr die Tränen gekommen. Nozomi, der die vorbeiziehende Landschaft betrachtete, zog ein Taschentuch hervor und putzte sorgfältig seine Brille.

Haruko hätte vor der Weiterreise nach Tokio gern in Kitani haltgemacht. Ein oder zwei Wochen bei Kei, Ayako und Masakazus Familie wären vor dem Beginn ihres neuen Lebens genau das Richtige gewesen. Da große Teile der Stadt ausgebrannt oder zerstört waren, mangelte es in Tokio an allem: an Wohnraum, an Schulen, an öffentlichen Verkehrsmitteln. So war der Zuzug nach Tokio von den städtischen Behörden strikt begrenzt worden. Nutzten die Sanjos nicht sofort ihre privilegierte Stellung als Evakuierte, so würden sie die Erlaubnis, sich in Tokio niederzulassen, einbüßen. Doch schon wegen Nozomis Beruf mußten sie unbedingt nach Tokio ziehen.

Gleich nach der Ankunft machte Nozomi sich auf die Suche nach Genzo, einem seiner jüngeren Brüder, der Polizeichef eines Tokioter Bezirks war. Ayako hatte Genzo am Anfang seiner beruflichen Karriere unterstützt, indem sie die Beziehungen der Shirais und der Miwas spielen ließ. Einige von Shobeis ehemaligen Protegés bekleideten inzwischen wichtige Führungspositionen in der Regierung.

Nozomi sah sich auch nach Akira um, Takekos Sohn. Akira und seine Schwester Namiko waren für die Sanjos wie eigene Kinder gewesen, als sie vor vielen Jahren bei ihnen gewohnt und die Schule in Tokio besucht hatten.

Haruko und die Mädchen warteten am Bahnhof auf Nozomis Rückkehr. Nozomi und Genzo sahen sich sehr ähnlich. Schließlich kamen die beiden Brüder, Takekos Sohn im Schlepptau.

»Danke, daß ihr gekommen seid.« Haruko verneigte sich.

»Tante!« Akira lächelte und entblößte eine Reihe strahlendweißer Zähne. »Wir haben uns solche Sorgen um euch gemacht.« Er wandte sich an seine jüngeren Cousinen. »Wie war die Reise?«

»Wo ist Nami-chan?« fragte Emi, die ihre ältere Cousine verehrte. »Warum ist sie nicht gekommen?«

Akira überging ihre Frage. »Ich hätte euch beide auf der Straße wirklich nicht erkannt. Ihr seid ganz schön groß geworden.«

»Ich habe dich aber erkannt«, sagte Mari. »Du bist immer so dunkel.«

»Mari-chan!« wies Emi sie zurecht.

Akira lachte.

Vor dem Bahnhof wartete ein Wagen auf sie.

»Ich bin so froh, euch zu sehen«, sagte Akira. »Jetzt muß ich wieder an die Arbeit. Ich besuche euch bald mal.« Damit verschwand er.

Nozomi, Haruko und die Kinder wurden zur Dienstwohnung des Polizeichefs gebracht. Das aus billigem Material aus dem Boden gestampfte Haus stand inmitten eines abgebrannten Bezirks. Wacklige Schiebetüren führten in einen Flur. Der Fahrer half ihnen, ihre Rucksäcke in einen kleinen Raum zu tragen.

Yoshi, Genzos Frau, trat heraus und verneigte sich ohne ein Lächeln.

Haruko mußte daran denken, wie Yoshi vor vielen Jahren mit ihrer Mutter und einem älteren Bruder von Nozomi, einem buddhistischen Mönch nach Tokio gekommen war. Ihr Auftreten hatte sich seither nicht verändert.

Yoshi war Genzos zweite Frau. Seine erste war ein hübsches Mädchen gewesen, das fast täglich bei Haruko hereinschneite. Damals hatten, abgesehen von Akira und Namiko, noch Harukos jüngerer Bruder Shuichi und Nozomis jüngerer Bruder Seiji bei den Sanjos gewohnt, und es ging immer recht lebhaft zu.

Haruko hatte Genzos junge Frau, die gern plauderte, gegen Abend immer ermahnen müssen: »Du gehst jetzt besser nach Hause. Genzo-san kommt bald zurück.« Haruko hatte ihr häufig Fische oder etwas anderes Eßbares eingewickelt und gesagt: »Nimm das, dann brauchst du nicht mehr so lange zum Einkaufen. Beeil dich. Du hast gerade noch Zeit, um Reis und Misosuppe für euer Abendessen zu kochen. Hast du Gemüse zu Hause?«

»Ja, danke. Dann bis morgen.«

»Morgen kaufe ich im Kaufhaus Mitsukoshi Kimonostoff für meine Mutter. Und im Eri-han-Laden einen Kragen für meine Großmutter. Möchtest du mich begleiten?«

»Oh, gerne. Dann komme ich schon in der Frühe.«

»Schließ dein Haus gut ab. Du bist den ganzen Tag unterwegs.«

Haruko ahnte, daß für Yoshi das Leben mit Genzo bestimmt schrecklich langweilig war.

»Er sagt, Romane seien unmoralisch. Sie wären reine Zeitverschwendung«, beklagte sich die junge Frau. »Wir haben keine Gesprächsthemen, wir sitzen einfach nur schweigend da. Und er lacht nie.«

Nachdem sie ein halbes Jahr verheiratet waren, kehrte Yoshi nach einem Besuch bei ihren Eltern nicht mehr zu Genzo zurück. Den ländlichen Sitten entsprechend war eine Ehe erst nach der Geburt des ersten Kindes rechtskräftig. Die Heiratsvermittlerin entschuldigte sich bei Genzos älterem Bruder, und Yoshi verschwand aus Harukos Gesichtskreis.

Etwa ein Jahr später rief Nozomi mitten am Tag zu Hause an. Nur wenige Privathaushalte hatten ein Telefon; und eine Telefonkabine mit Glasfront am Ende des Flurs war ein Statussymbol.

Nozomis Stimme klang schnarrend. »Haruko? Mein älterer Bruder aus dem Jodo-Tempel hat gerade ein Telegramm geschickt. Er kommt heute nachmittag am Bahnhof mit einer Braut für Genzo an.«

»Womit? Mit einer Braut?«

»Hallo, hallo!« rief Nozomi, und Haruko merkte, daß er viel zu tun hatte. »Kannst du mich verstehen?«

»Ja, ich verstehe dich. Hast du davon gewußt?«

»Nein, überhaupt nicht. Würdest du sie also bitte vom Bahnhof abholen? Der Zug kommt um halb vier. Halb vier. Und heute abend soll die Hochzeit stattfinden.«

Haruko war wie vor den Kopf geschlagen. »Was soll das heißen: ›Heute abend findet die Hochzeit statt?‹«

Unterdrücktes Gemurmel.

Nozomi sprach offensichtlich mit jemand anderem. »Ja, tun Sie das«, sagte er, und dann: »Entschuldige. Im kleinen Kreis. Ich komme sobald wie möglich nach Hause. Bestell was Passendes zum Abendessen.« Damit hängte er ein.

Haruko warf einen Blick auf die Uhr und rief ihre Dienerin. »Geh zum Fischhändler und frag ihn bitte, ob er uns heute abend zehn rote Brassen liefern kann. Das ist sehr kurzfristig, ich weiß, aber es geht bestimmt. Er soll sie um acht Uhr gegrillt vorbeibringen. Für Genzos Hochzeit.«

Erstaunt riß die Dienerin die Augen auf.

»Ich weiß.« Haruko fühlte sich zu einer Erklärung verpflichtet. »Der Priester hat viel zu tun. Er möchte so schnell wie möglich wieder nach Hause.«

»Übrigens«, rief sie der Dienerin nach, die gerade gehen wollte, »sag dem Händler einfach, der Fisch wäre für ein Familienfest. Die Hochzeit brauchst du nicht zu erwähnen.«

Sie schämte sich dafür, daß ein naher Verwandter einfach so nebenbei heiratete. Außerdem war sie verärgert: Wer auch immer die Eltern dieses Mädchens waren, wie konnte man eine Tochter auf diese Weise verheiraten? Das wäre bei den Miwas und Shobeis undenkbar gewesen. Sie hätten wenigstens schriftlich anfragen können.

Haruko saß vor ihrem Frisiertisch, cremte und puderte sorgfältig ihr Gesicht. Dann nahm sie einen neuen Kimono mit weißen Streifen auf schwarzem Grund aus der Hülle und kleidete sich an.

Am Bahnhof kaufte sie eine Bahnsteigkarte und wartete. Der Zug fuhr pünktlich ein, und die Reisenden – manche mit Körben, deren Deckel mit einer Schnur festgezurrt waren, manche mit Koffern – strömten dem Ausgang entgegen.

Da erblickte Haruko den Mönch mit der schwarzen Robe. Er wedelte wild mit dem Arm, der weite Ärmel flatterte. Als sie näher trat, sah sie hinter ihm zwei Frauen: Die eine trug eine riesige Hochzeitsperücke, die andere einen schwarzen *haori.*

»Ah, Haruko-san!« rief der Priester erleichtert aus und wischte sich mit einem Handtuch übers Gesicht. »Gott sei Dank. Ich hab' mich schon gefragt, was ich machen soll, wenn du nicht gekommen wärst.« Er drehte sich um und verkündete laut: »Eigentlich wollte ich sie erst mit Genzo bekannt machen. Doch anstatt Zeit und Geld zu verplempern, haben wir beschlossen, sie gleich zu verheiraten.«

Soll das heißen, Genzo-san hat bis heute nichts von seiner eigenen Hochzeit gewußt? wollte Haruko schon fragen, doch beim Anblick der Braut verschlug es ihr die Sprache. Ihre zukünftige Schwägerin hatte bäuerlich-derbe Züge, eine Knollennase und dicke, wulstige Lippen. Das Gesicht unter der dicken Schminke zeigte keine Gemütsregung. Sie war schon etwas älter; vielleicht hatten die Verwandten nach Genzos erster Ehe bewußt eine ältere Braut ausgewählt, der Zerstreuung nicht so wichtig war. Aus den zu kurzen Ärmeln ihres viel zu bunten Kimonos schauten derbe, rote Hände hervor. Haruko vergaß ganz, die Brautmutter mit dem sonnengebräunten, runzeligen Gesicht zu begrüßen, und fand sich auf einmal viel zu elegant gekleidet. Die drei sahen aus wie eine reisende Schauspieltruppe, doch den Mönch schien das nicht weiter zu stören. Mit klappernden *geta* lief er laut schwatzend neben Haruko her. »Hier ist es schon richtig herbstlich, nicht wahr?«

Was muß es für die Frau eine Tortur gewesen sein, in diesem Aufzug dreißig Stunden zu reisen! »Die Braut hätte sich doch vor der Zeremonie bei uns umziehen können«, sagte Haruko zu dem Mönch.

»Oh, aber sie bestand darauf, bei ihrer Ankunft in Tokio so schön wie möglich auszusehen.«

Um wen zu beeindrucken? fragte sich Haruko im stillen. Vielleicht hatte sie erwartet, daß Genzo sie vom Bahnhof abholen würde. Hoffentlich hatte Nozomi ihn inzwischen erreicht.

Haruko bezahlte den Gepäckträger und winkte ein Taxi herbei. Die Braut hatte nur eine kleine Aussteuer dabei, und plötzlich stieg in Haruko Mitleid mit Genzo auf.

Die Dienerin machte ein überraschtes Gesicht, als sie die Tür öffnete.

Die vier jungen Leute – Shuichi, Akira, Namiko und Nozomis jüngster Bruder, der ebenfalls die Universität besuchte – kamen fast zur gleichen Zeit nach Hause. Haruko nahm sie diskret beiseite. »Ihr seid die einzigen Gäste«, raunte sie ihnen zu. »Zieht euch was Hübsches an, und laßt euch nichts anmerken.«

Später, nach der Hochzeitszeremonie, ließen sich alle zu einem Festessen nieder. Haruko hatte das Geschirr, von dem sie sonst nur an Neujahr aßen, aus dem Schrank holen lassen.

Dann machten sich Braut und Bräutigam, die Brautmutter im Schlepptau, auf den Weg zu Genzos kleinem Haus.

»Wo haben sie bloß diese häßliche Frau aufgetrieben?« wunderte sich Nozomi.

»Vielleicht ist sie ja ganz nett.« Haruko meinte, die Braut verteidigen zu müssen, doch deren mürrische Miene schien wirklich nicht sehr vielversprechend.

Immer wenn Nozomi während seiner Zeit in Shenyang geschäftlich nach Tokio reisen mußte, hatte er bei Genzo und Yoshi übernachtet. Es wäre zwar komfortabler gewesen, in einem Hotel in der Stadtmitte abzusteigen, aber er wollte die beiden ein wenig unterstützen und gab ihnen das Geld, das er sonst für die Hotelübernachtung bezahlt hätte. Genzo wußte das zu schätzen, und sein Bruder war ihm daher stets willkommen.

Nozomis Wunsch entsprechend hatte Haruko bei Genzo und Yoshi einige Möbel und antikes Geschirr gelassen, die sie eigentlich mit nach Shenyang hatte nehmen wollen. Sie hatte bei ihnen auch einige Garnituren guter Bettwäsche deponiert, in der Nozomi während seiner Besuche in Tokio schlief.

Nozomi und seine Familie wurden nun in einem kleinen Raum untergebracht. An der Wand standen ein Bücherschrank und eine hohe Kommode, beides Nozomis Eigentum. Als Haruko die Schubladen öffnete, mußte sie feststellen, daß diese fast leer waren; früher waren sie mit ihrem Silber gefüllt gewesen. Ihre Bettwäsche fanden sie im Schrank. Auf den Laken standen die Namen von Genzos Sohn und Tochter. Offensichtlich hatten die Kinder sie mitgenommen, als sie mit ihren Schulklassen wegen der Luftangriffe evakuiert worden waren.

Als Genzo nach Hause kam, rief er sie zum Essen. Emi und Mari freuten sich schon auf ihre Cousins. Eita war ein Jahr älter als Emi, seine Schwester Teruko ein Jahr jünger als Mari.

Emi und Mari waren den Umgang mit einem fast gleichaltrigen Jungen nicht gewohnt, und vielleicht war er auch ein wenig gehemmt – aber Teruko war jedenfalls gar nicht nett zu ihnen. Sie benahm sich sehr schroff und eilte übermäßig geschäftig zwischen der Küche und der kleinen *chanoma* hin und her.

Sie saßen eng um das niedrige Tischchen, so daß sie einander fast berührten. Während der ganzen Mahlzeit fiel kein einziges Wort.

Nozomi liebte Fleisch. Fisch schmeckte ihm auch, besonders

wenn er gegrillt oder gebraten war; gekochten Fisch mochte er gar nicht. Jetzt aß er schweigend eine kleine Portion gekochten Fisch, die ihm auf einem winzigen Teller vorgesetzt worden war. Es gab keinen Tee.

Nach dem Essen half Haruko beim Spülen. Verblüfft stellte sie fest, daß ihr antikes Geschirr, das Kutani-Service aus dem 18. Jahrhundert, in Yoshis Küchenschrank stand. Von ursprünglich fünf Tellern waren nur noch vier vorhanden, einer davon war schwer angeschlagen.

»Wir dachten, ihr wärt alle tot«, sagte Genzo. »Wir waren sehr überrascht, als Toshie von euch erzählte.«

»Wie geht es Toshie-san? Ist ihr Mann zurückgekommen?« fragte Haruko.

»Ja. Er ist angeblich aus einem Zug entkommen, der in Richtung Sibirien unterwegs war, und hat sich unter fürchterlichen Strapazen nach Hause durchgeschlagen.«

»Und wo sind die beiden jetzt?«

»Irgendwo hier in Tokio. Ich glaube, er ist in illegale Geschäfte verwickelt.«

Natürlich, Genzo war Polizist, Toshie würde sich nicht in der Nähe seines Hauses blicken lassen, falls diese Vermutung tatsächlich stimmte.

Nach dem Essen ging Haruko mit ihrer Familie ins nächste öffentliche Badehaus, denn bei Genzo gab es zwar ein Badezimmer, aber anscheinend kein heißes Wasser. Auf dem Rückweg sagte Mari: »Ich hab' Hunger.«

»Laßt uns was Anständiges essen«, sagte Nozomi und führte seine Familie in ein Labyrinth aus notdürftig gebauten Schuppen und Buden. Der köstliche Duft gebratenen Hühnchens wehte ihnen entgegen.

»Hmmm!« Mari hob schnuppernd das Näschen. »Oh, mir tut der Bauch richtig weh.«

Nozomi schob den Vorhang beiseite, der einer der Buden als Tür diente. In dem kleinen Lokal gab es eine Theke und mehrere Barhocker. Im Freien hinter der Bude fächelte eine Frau einem Kohlengrill Luft zu.

»Was für ein winziges Lokal«, flüsterte Emi erstaunt.

»Das ist eine *yakitoriya,* ein Treffpunkt für Männer«, erklärte Nozomi. »Hier trinken sie Sake und essen eine Kleinigkeit.«

Nozomi bestellte eine kleine Flasche Sake und gegrilltes Hähnchen. »Könnten wir bitte vier Sakeschalen haben?«

»Vier? Für die kleinen Mädchen auch?«

»Ja, wir wollen feiern, daß wir gesund zurückgekommen sind.«

»Ach ja? Und wo waren Sie denn?«

Der Wirt gab Emi und Mari einige Hühnchenstücke extra. »Was für hübsche Mädchen. Ein Glück, daß ihr heil nach Hause gekommen seid. Ein Krieg ist eine fürchterliche Sache. Wir hatten ein kleines, gutgehendes Restaurant. Nun ist es vollständig niedergebrannt. Wir haben alles verloren.«

»Darf ich Sie und Ihre Frau einladen?« Nozomi schenkte Sake in sechs winzige Schalen.

»Kanpai!« rief der Mann, und seine Frau gesellte sich zu ihnen. »Auf unser aller Wohl.«

»Sogar dieser fremde Mann hat sich für uns gefreut und uns Glück gewünscht«, sagte Emi zu Haruko. Der gleiche Gedanke war Haruko auch durch den Kopf gegangen.

»Das war köstlich! Ich glaube, so was Leckeres habe ich in meinem ganzen Leben noch nicht gegessen«, sagte Mari, die mit Nozomi ein Paar Schritte vorausging.

»In deinem ganzen jungen Leben?« Nozomi musterte Mari amüsiert. »Und was ist mit den Restaurants in Dalian, in die wir euch früher ausgeführt haben?«

»Da war ich nie so hungrig. Ich wünschte, ich hätte damals mein Banana Split nicht stehengelassen. Jetzt könnte ich zwei davon essen.«

Die Inflation, die Abwertung der Währung und das Einfrieren der Sparkonten machten allen das Leben schwer. Es gab viel zu wenige Wohnungen, und selbst ein Jahr nach der Kapitulation hausten noch viele Familien in Wellblechbaracken und Holzverschlägen. Die Schulen, die von den Bomben verschont geblieben waren, waren überfüllt und nahmen keine neuen Schüler auf.

Die Amerikaner verteilten zwar Lebensmittel, jedoch hauptsächlich Fruchtsäfte und braunen Zucker. Um an andere Nahrungsmittel zu gelangen, mußte man auf den Bauernmärkten hart feilschen.

Genzos Familie war etwas besser dran. Unter dem Vorwand, daß sie ihm etwas schenken wollten, brachten Händler Eier, Gemüse, Obst, Reis, Miso, Zucker und Kuchen vorbei. Gelegentlich griffen die Polizisten auch strikt auf dem Schwarzmarkt durch und teilten die konfiszierten Waren untereinander auf. Yoshi hortete diese Vorräte in ihrem Schlafzimmer. Wann und wie diese Schätze verzehrt werden sollten, wußte Haruko nicht, hatte im Gegenzug aber auch nicht vor, den Reis und die Misosuppe, die Matabei ihnen an den Zug gebracht hatte, zu teilen.

Am Morgen nach ihrer Ankunft fuhr ein Dienstwagen der Polizei vor und holte Genzo ab. Seine beiden Kinder machten sich auf den Weg in die Schule. Nozomi und Haruko, die noch keine Schule für Emi und Mari gefunden hatten, blieben im Bett, denn sie wollten den Tagesablauf ihrer Gastgeber nicht noch mehr stören.

Als die vier aufstanden, war niemand mehr da. Auf dem Tisch lagen vier kalte, graue Teigtaschen. Yoshi hatte am Abend zuvor Teig geknetet und, als er genügend durchgewalkt war, einen kleinen Teil als Hefevorrat für den nächsten Tag beiseite gelegt. So verfuhr sie wahrscheinlich schon seit Monaten; die Hefe hatte ihre Treibmittelfunktion nämlich fast ganz verloren. Da es keinen Ofen gab, wurde der Teig gedämpft, was ihn ganz klebrig machte.

Das Gesicht zu einer Grimasse verzogen, griff Nozomi nach einer Teigtasche, riß ein kleines Stück davon ab und kaute eine Weile darauf herum. Die anderen ekelte es, auch nur einen Bissen zu nehmen.

Nach diesem Frühstück zog Nozomi einen Anzug an und ging zum erstenmal in seinem Leben auf Arbeitssuche. Bisher waren ihm immer Stellen angeboten worden. Am Ende der Woche hatte er dank der Hilfe eines ehemaligen Kommilitonen eine Stelle als Berater einer Firma gefunden. Über diese Arbeit war er zwar nicht begeistert, aber immerhin war es ein Anfang.

Unterdessen hatte Genzo ein kleines Haus, das ihm gehörte, für sie räumen lassen. Und der Sohn eines von Ayakos Freunden, ein Minister, hatte geholfen, eine Schule für Emi und Mari zu finden.

## 2

### *Die Ming-Schale*

Genzos kleines Haus befand sich am Ende eines schlammigen Weges in einem Randbezirk von Tokio, dort, wo die Stadt allmählich in Land überging. Die hölzernen Außenwände waren verwittert, und das etwa dreißig Jahre alte Gebäude sah aus, als drohte es jederzeit unter der Last des Daches zusammenzubrechen.

Haruko konnte sich nicht erklären, was Genzo zum Kauf dieses häßlichen Hauses bewogen hatte, aber sie mußte sich eingestehen, daß er weitblickender als sein Bruder gewesen war; vielleicht hatte er auch einfach Glück gehabt.

Und wir, wir haben Pech gehabt, dachte sie unzufrieden. Wären wir in Japan geblieben, hätten wir jetzt vielleicht ein anständiges Haus. Ich wollte ja damals ein Grundstück kaufen. Ich hatte recht. Nozomi hätte auf mich hören sollen.

Aber vermutlich wären sie jetzt gar nicht besser dran, wenn sie ein Stück Land gekauft hätten, denn da sie in der Mandschurei gelebt hatten, wären sie wahrscheinlich sowieso enteignet worden. Ihre beiden Onkel zum Beispiel, die während des Krieges mit ihren Familien aus Tokio geflüchtet waren, hatten ihren Besitz nur deshalb verloren, weil sie nicht sofort nach der Kapitulation zurückgekommen waren und Anspruch erhoben hatten. Sie hätten sofort auf ihrem Land eine Hütte aus Brettern und Wellblech zimmern müssen, doch keiner von beiden hatte das getan. Außerdem hatten sie versäumt, rechtliche Mittel gegen eine neugeplante Straßenführung einzulegen. Schon nach kurzer Zeit war nicht mehr erkennbar, wo ihre Häuser einst gestanden hatten.

Diesmal hat die Oberschicht verloren, dachte Haruko. Die ihr vertraute Welt gehörte der Vergangenheit an, und pragmatische Leute hatten jetzt das Sagen. Statt jedoch der guten alten Zeit nachzutrauern, ärgerte sie sich über die Schwäche einst geliebter und geschätzter Menschen. Ihre Verwandten waren größtenteils hochqualifizierte Leute, doch die jüngsten Ereignisse hatten bewiesen, daß sie nicht in der Lage waren, den Widrigkeiten des Lebens zu trotzen.

Sie hegte keinen Groll gegen die Amerikaner oder Briten. Krieg war – genau wie viele andere kleine und große Lebenskrisen auch – etwas Unausweichliches, und der Wert eines Menschen sollte sich eigentlich gerade in schwierigen Zeiten unter Beweis stellen.

Das war eine neue Lektion, ging es ihr durch den Sinn. Ich mußte fast alles verlieren, um das zu lernen.

Für sie kam diese Erkenntnis vielleicht zu spät, aber Emi und Mari sollten zu starken, selbstbewußten Frauen heranwachsen, die von unvorhersehbaren Ereignissen nicht so schnell aus der Bahn geworfen wurden.

Das kleine viereckige Haus hatte einen Flur und drei Zimmer, die miteinander durch *fusuma*, papierene Schiebetüren, verbunden waren. Die Küche befand sich in einem kleinen Anbau hinter dem Haus, und ihr Boden war uneben, denn es waren bereits einige Trägerbalken verrottet; je nachdem, wo man auftrat, sprang laut knallend eine Diele in die Höhe. Im Haus gab es kein fließendes Wasser; neben der Zinkspüle stand ein irdener Krug mit einem Holzdeckel. Ein rostiger Gasbrenner, ein Lehmofen, ein kleines Gestell und ein Regal vervollständigten die Kücheneinrichtung. Das kleine, rußgeschwärzte Küchenfenster wurde durch das schwere Dach von oben so zusammengedrückt, daß es auf ewig ungeöffnet bleiben würde und bauchig hervortrat. Die Hintertür, eine Schiebetür, ließ sich nur mit viel Kraft und gutem Zureden öffnen. »Schlösser brauchen wir jedenfalls nicht«, meinte Nozomi lakonisch.

Im Schuppen daneben standen eine Holzbadewanne sowie eine Wasserpumpe.

In einem der Zimmer gab es einen schweren Gasofen, und es war dieser Ofen, der in Haruko die wehmütige Erinnerung an ihr früheres Tokioter Haus wachrief.

Die Häuser der Mittelschicht hatten oft einen Empfangsraum gehabt, der auch europäisches Zimmer genannt wurde. Dieses befand sich normalerweise direkt neben der Haustür, hatte Holzdielen statt Tatamimatten sowie einen Kaffeetisch und Sofas. Natürlich hatte auch das ehemalige Haus der Sanjos ein solches Zimmer gehabt, und Nozomi hatte damals fast seine ganzen Wochenenden im europäischen Zimmer verbracht, wo er Besucher empfing, die Verträge aushandeln oder ihn um einen Gefallen bitten wollten. Der Ofen mit der filigranen Blechverkleidung hatte eine ganze Ecke des Raums eingenommen, und an kalten Tagen hatte das rötliche Glühen dem Raum mit den schweren Gardinen und wertvollen Möbeln eine gediegene Atmosphäre verliehen.

Haruko spürte bei dem Gedanken an die verlorene Pracht einen Kloß im Hals, doch der Rest der Familie ließ sich von ihrer trübseligen Stimmung nicht anstecken. Besonders die beiden Mädchen waren guter Dinge.

»Sieh nur, heute nacht können wir auf getrennten Futons schlafen. Jetzt haben wir viel mehr Platz.«

»Dürfen wir dieses Zimmer für uns haben?«

Nach dem Auspacken kochte Haruko den Reis, den Matabei ihnen an den Zug gebracht hatte. Die lockeren Körner leuchteten weiß.

»Ich hab' noch nie so leckeren Reis gegessen«, seufzte Mari.

»Du scheinst hier einiges zum erstenmal zu erleben«, neckte Nozomi sie, doch auch er langte kräftig zu.

»Wenn du in Tokio warst, hast du doch auch bei Genzo und Yoshi übernachtet. Gab es immer solch schlechtes Essen?« fragte Haruko.

»Ich habe zwar bei ihnen übernachtet, aber nie bei ihnen gegessen. Außerdem glaube ich, daß es vor dem Krieg auch bei ihnen besseres Essen gab.«

Haruko wollte schon eine abfällige Bemerkung über Yoshis Kochkünste machen, doch sie hielt sich zurück. Schließlich gehörte Yoshi zu Nozomis Verwandtschaft.

»Und dieses Brot! Diese Frau hat die guten Sachen vor uns versteckt und uns die Reste gegeben.«

»Mari-chan!« wies Haruko ihre Tochter zurecht. »Was fällt dir ein, deine Tante ›diese Frau‹ zu nennen?«

»Sie ist nicht meine Tante.«

»Mari-chan!« Haruko war entsetzt.

»Natürlich, Genzo ist mein Onkel, weil er Vaters Bruder ist, aber sie ist nur seine Frau. Würde er sich von ihr trennen, hätte sie nichts mehr mit mir zu tun.«

Nozomi lächelte gequält und schüttelte den Kopf. Als Mari sah, daß er gar nicht wütend wurde, setzte sie ein freches Grinsen auf.

»Mari-chan!«

Nozomi gebot Haruko mit erhobener Hand Einhalt. »Wir wollen heute abend nicht streiten. Kennt ihr eigentlich die Geschichte von ›Gonta und den Räubern‹?«

»Nein, nur die von Ali Baba.«

»Es war einmal...«

»O nein.«

»Hört zu. Es war einmal eine berüchtigte Räuberbande. Sie hauste in den Bergen, und hin und wieder suchte sie die Reichen in Dörfern und Städten heim. Sie metzelte ganze Familien nieder und raubte ihre Schätze. Eines Tages, als sie gerade ein Haus verlassen wollte, hörte sie ein Niesen.«

»Der arme Gonta!«

»Genau, das war Gonta. Er flehte um sein Leben, sagte, er sei seiner Mutter einziger Sohn, ihr Leben hinge von ihm ab. Die Räuber zeigten zum erstenmal Mitleid, denn einige mußten an ihre eigenen Mütter denken. Doch sie hatten sich schon darüber unterhalten, wo sie den Schatz vergraben wollten. Also sagten sie Gonta, sie würden ihn verschonen, wenn er das Geheimnis für sich behalten könnte. Würde er sie aber verraten und so weiter und so fort.

Natürlich verriet Gonta niemandem, wo der Schatz vergraben lag, doch nach einer Weile bereitete ihm das Geheimnis immer größeren Kummer. Es lag ihm wie ein Stein im Magen. So wurde er immer dünner und schließlich krank.

Das kam einem berühmten Priester zu Ohren, der Gonta riet, in die Berge zu gehen, an einen Ort, wo er ganz allein war. Dort sollte er sein Geheimnis laut einem Baum zurufen. Er tat, wie ihm geheißen; der Stein verschwand, und er war wieder geheilt. Sucht man allerdings an einem windigen Tag diesen Baum auf, dann ruft er, sogar heute noch, laut Gontas Geheimnis.«

Nozomi sah in die Runde. »Ich würde sagen, ihr dürft heute abend ausnahmsweise sagen, was ihr bisher als Geheimnis tief in euren Herzen begraben habt, und dann vergessen wir das Gesagte ganz schnell wieder.«

»Aber es könnte peinlich werden, wenn die Wände hier plötzlich laut zu rufen anfangen, was wir heute abend sagen«, sagte Haruko.

Emi und Mari lachten.

»Hm. Das war ein gutes Essen. Machst du noch Tee, Haruko?« Nozomi legte seine Eßstäbchen zur Seite.

»Es war komisch, vom Tisch aufzustehen, ohne Tee zu trinken, nicht wahr?« bemerkte Emi. »Das wollte ich die ganze Zeit schon sagen.«

Haruko ging in die Küche, um Wasser aufzusetzen. Nozomi war früher abends fast immer spät nach Hause gekommen. Manchmal war er in Begleitung von Gästen, und daheim wurde noch weiter gefeiert und gegessen. Er war so an das gute Essen teurer Restaurants gewöhnt, daß Haruko sich bemühte, besonders gut zu kochen, wenn er mal zu Hause aß. Sie kaufte dann ganz frischen Fisch und zartes Fleisch. Er hatte sich nie beschwert; Speisen, die ihn nicht interessierten, hatte er gar nicht erst angerührt.

Während Haruko die Teetassen auf dem Tablett arrangierte, fragte sie sich, ob Nozomi sich mit seinem jetzigen Leben würde abfinden können. Ob er wohl den Ehrgeiz und das Durchhaltevermögen hatte, sich noch einmal aufzurappeln, oder ob er sich damit zufriedengeben würde, von einem Tag zum andern zu leben, ohne Hoffnung auf eine bessere Zukunft?

Emi und Mari hatten keine Schwierigkeiten, den Stoff in der Schule aufzuholen. Der Englischunterricht fiel Emi allerdings schwer.

»Sie sagt, die anderen Mädchen sind so weit fortgeschritten, sie versteht gar nichts mehr. Sie kann nur das Alphabet und ein paar einfache Worte. Hilf ihr doch bitte ein bißchen.«

Anfangs schenkte Nozomi Harukos Bitten keine große Beachtung. Zu Emi sagte er: »Mit einem Wörterbuch und etwas Geduld kannst du jedes fremdsprachige Buch verstehen.«

»Ich kann es einfach nicht.« Emi brach in Tränen aus.

»Zeig mal her. Du brauchst nicht zu weinen. Es ist ja nur eine Sprache. In London kann sogar der dümmste Bettler Englisch sprechen.«

Nozomi nahm ihr Lesebuch zur Hand. Neue Schulbücher waren nicht gedruckt worden, und er stellte fest, daß es sich um einen alten Text handelte. Er las: »He who would enjoy the spring…«

»Was *he* heißt, weiß ich. Das ist ein Personalpronomen, dritte Person Singular. Dann hab' ich *who* nachgeschlagen. Da stand ›Fragepronomen‹. Heißt es also ›er, wer‹? Dabei ließ ich es erst mal und sah das nächste Wort nach, ›Vergangenheitsform von *will*‹. Dann hab' ich *will* nachgeschlagen, das ist ein Hilfsverb und meint anscheinend die Zukunft.«

Nozomi brach in Gelächter aus. »Entschuldige. Aber der Satz ist auch zu albern!«

»Hast du denn kein Englisch in der Schule gelernt?« wollte Mari von Haruko wissen.

»Ja, aber wir sprachen immer in einer Art Singsang nach: ›*Cat* heißt *neko,* C-A-T‹. ›*Dog* heißt *inu,* D-O-G‹.«

Mari kicherte, und Emi wischte sich die Tränen ab.

»Das war alles?«

»Ich konnte noch ein bißchen mehr, aber das fällt mir nicht mehr ein.«

Es war sehr günstig, daß ihr Nachbar Tsuchiya einen kleinen Holzhandel betrieb. Die Nachfrage nach Baumaterial stieg stetig, und seine Geschäfte gingen gut. Daß die Elektrosäge in seinem Garten immerzu kreischte, war zwar störend, aber Haruko bekam ausreichend Holz für ihren Ofen, zum Kochen und zum Erhitzen des Badewassers. Der Nachbar wußte, daß sie mit einem Polizisten verwandt waren, und begegnete ihnen mit ausgesuchter Höflichkeit. Als Händler konnte man nie wissen, wann sich eine Verbindung zur Polizei als nützlich erwies.

Viel schwerer war es, Lebensmittel aufzutreiben. Die meisten Familien hatten inzwischen ihre Versorgung gesichert, doch sie gaben ihre Quellen nicht preis, da der direkte Kauf und Verkauf von Reis illegal war. Die Tatsache, daß man von den rationierten Lebensmitteln nicht leben konnte, wurde von allen totgeschwiegen.

Haruko erstand auf dem Schwarzmarkt Milch, Zucker und Tee, um ihrer Familie eine Freude zu bereiten, aber irgendwo mußte sie auch Grundnahrungsmittel auftreiben.

Dann kam Nozomi eines Tages mit der Nachricht nach Hause,

daß er Wakabayashi getroffen hätte, den ehemaligen Direktor der Aluminiumfabrik in Shenyang. Dessen Frau stammte aus einer Präfektur am Rande Tokios, und deren Cousine wiederum könnte Haruko eventuell zu einem Bauern mitnehmen.

Ein paar Tage später, die Mädchen hatten Schulferien, stand Haruko um vier Uhr morgens auf, kochte Reis und Misosuppe und weckte dann ihre Töchter.

Sie wollten gerade mit ihren Rucksäcken das Haus verlassen, als Nozomi an die Tür kam. »Paßt auf euch auf!«

Es war noch dunkel, und der Himmel war sternenübersät. Bis zum nächsten Bahnhof war es zu Fuß eine halbe Stunde. Da sie in eine andere Richtung wollten als die meisten Arbeiter, waren die Züge nicht sehr voll, fuhren allerdings auch selten. Sie mußten dreimal umsteigen und saßen zuletzt in einer uralten Bimmelbahn, die aussah, als hätte sie längst ausgedient. Der Zug schwankte bedrohlich, als er über eine Brücke fuhr. Die meisten der Mitreisenden hatten Rucksäcke dabei.

Die Cousine von Wakabayashis Frau war sehr nett, und nachdem sie ihnen Tee angeboten hatte, nahm sie Harukos Geschenk entgegen, einen Brokatstoff. Dann führte sie ihre Gäste zu einem nahe gelegenen Bauernhof.

»Sie sind wie meine Cousine aus Shenyang zurückgekehrt und kennen niemanden hier. Wärt ihr freundlicherweise bereit, ihnen zu helfen?«

Haruko konnte die Person, mit der die Cousine sprach, hinter der halbgeschlossenen papierenen Schiebetür nicht sehen. Nach einem kurzen, für Haruko unverständlichen Wortwechsel schaute das rote Gesicht einer Frau heraus. Sie musterte Haruko kritisch.

»Sie kann Ihnen vielleicht etwas Reis verkaufen.« Die Cousine verneigte sich vor Haruko. »Sie können jetzt mit ihr reden.«

»Vielen Dank.« Haruko verneigte sich ebenfalls und wandte sich an die Frau. Ihr war mulmig zumute. Wie fing man eine solche Verhandlung an? Sollte sie mit ihr wie mit einer Freundin, einer Händlerin oder wie mit den Bauern in Kitani reden? »Ich habe Ihnen Kimonostoff mitgebracht«, begann sie schließlich.

»Zeigen Sie her.«

Haruko kramte aus dem Rucksack den Stoff hervor. Sie hatte ihn bei Kikuya in Shenyang für Emi gekauft, und ihre Tochter hätte in dem zarten Lachsrosa sehr elegant ausgesehen. Das Muster mit den frisch erblühten Pfingstrosen hätte ihre vermeintlich stille, aber fröhliche Art gut zur Geltung gebracht.

Geschäftsmäßig breitete die Frau mit derben Händen den Stoff aus, der in dem dunklen alten Bauernhaus seltsam fehl am Platz wirkte. Haruko sah die Gier in den Augen der Bäuerin.

Für den Stoff bekamen sie Reis, Chinakohl, Auberginen, Möhren und Rettich.

»Es tut mir leid, daß wir deinen Kimono hergeben mußten«, sagte Haruko auf der Rückfahrt zu Emi.

»Schon gut, Mutter. Ich hab' ihn nie getragen, deswegen fühlte er sich nicht an wie meiner. Er war allerdings wunderschön.«

Haruko lagen die Worte ›Wir kaufen dir irgendwann einen neuen‹ auf der Zunge, doch sie schluckte sie hinunter. Wann sollte das geschehen? Sie sollte froh darüber sein, daß sie für einige Wochen genug zu essen hatten.

Am Bahnhof gab es keine Bänke. So setzten sie sich auf nackten Beton und verzehrten Reisbällchen und Gurken, die Haruko am Morgen eingepackt hatte, und tranken dazu kalten Tee. Niemand schenkte ihnen Beachtung, denn sie boten keinen seltenen Anblick.

Mit ihren schweren Rucksäcken brauchten sie für den Weg vom Bahnhof nach Hause fast eine Stunde. Als sie sich schließlich ihrem Haus näherten, sahen sie, daß es im Dunkeln lag.

»Wo ist euer Vater?«

Er hätte schon seit Stunden zu Hause sein müssen. Die Haustür war abgeschlossen. Haruko ließ ihren Rucksack fallen und rannte ums Haus herum.

»Nozomi!«

»Oh!« Nozomi trat auf die Veranda.

»Warum sitzt du im Dunkeln?« Harukos Herz pochte heftig.

»Der Mond scheint heute so hell. Ich bin anscheinend eingenickt.«

Später fragte sich Haruko, weshalb sie solche Angst gehabt hatte. Doch tief in ihrem Innern wußte sie den Grund.

Als sie ihm vor einigen Tagen seine Untätigkeit vorgeworfen und ihn bedrängt hatte, weil sie mehr Geld brauchten, hatte er gemurmelt: »Meine Ausbildung taugt heutzutage offensichtlich nicht mehr zum Geldverdienen. Für mich kommt wohl nur noch eine unbewohnte Insel in Frage oder, besser, noch irgendein Ort, an dem man nichts zu essen braucht.«

Haruko ließ sich auf den Tatamimatten nieder und stellte eine große, flache Kiste vor sich hin. Bestimmt war diese Kiste von Shobei in Auftrag gegeben worden, denn auf dem Deckel prangte in seiner Schrift: »Große Ming-Schale: Eigentum der Miwas.« Die Kiste war aus *kiri*-Holz gefertigt, dem leichten, feuchtigkeitsbeständigen Holz der Paulownie.

Die Schale war dreifach in Seiden- und Baumwolltücher eingeschlagen, die von einem Seidenfaden zusammengehalten wurden. Haruko setzte sich aufrecht hin. Als Kind hatte Shobei ihr das beigebracht, und später war sie von Ayako ermahnt worden. Setz dich aufrecht hin, Haruko, wenn du antikes Porzellan in die Hand nimmst. Halte die Oberarme dicht am Körper. Aber bleib dabei entspannt. Betrachte den Gegenstand von allen Seiten und versuche, dich daran zu erfreuen. Solange du behutsam damit umgehst, wird ihm nichts geschehen.

Haruko schlug die Tücher auf, und die blaugraue Schale kam zum Vorschein. Dies war einer der Schätze, die Shobei Ayako persönlich überreicht hatte, nachdem sie wieder zu ihren Eltern gezogen war. »Dies ist eine meiner kostbarsten Antiquitäten, und ich wollte sichergehen, daß du sie erhältst.«

Es schien Ayako, als hätte Shobei es sich zum Hauptanliegen gemacht, für die Zukunft seiner Schwiegertochter und seiner Enkel zu sorgen. Damals war er noch gesund und hatte immer wieder betont, er würde am Leben bleiben, bis Shuichi die Universität absolviert hatte, aber vielleicht hatte er ja schon eine Vorahnung gehabt.

Als Shuichi sein Studium aufnahm und bei Nozomi einzog, sagte dieser zu Ayako, er hätte schließlich auch seine Brüder unterstützt, also warum nicht auch Harukos Bruder? Ayako stand damals finanziell nicht mehr so gut da. Ayako war zu Shuichis Examensfeier nach Tokio gekommen und hatte sich förmlich bei Nozomi und Haruko bedankt. Für Haruko hatte sie einen Obi mitgebracht, für Nozomi die Schale.

»Es ist eine Ehre, eine so wertvolle Schale in die Hand nehmen zu dürfen. Ich danke dir, Okasan. Ich werde sie aufbewahren, bis Shu-chan seinen eigenen Hausstand gründet«, hatte Nozomi gesagt. »Diese Schale soll entweder ihm gehören oder aber einem Museum.«

»Nozomi-san, sie soll dir gehören. Ich kann dir gar nicht genug dafür danken, daß Shuichi all die Jahre bei euch wohnen durfte und ihr euch um ihn gekümmert habt. Das sind dir die Miwas schuldig.«

Ayako zufolge war der Obi für die Aussteuer einer Prinzessin gewebt worden, und Mikuniya, Keis und Ayakos altvertrauter Kimonohändler in Kyoto, hatte ihnen geholfen, ihn zu einem vernünftigen Preis zu erstehen. Goldfäden waren eingewirkt worden, was ihm einen dezenten Glanz verlieh, und darüber waren aufgespannte Fächer mit aufwendigen Mustern eingestickt.

»Den kannst du zu jedem Anlaß tragen, und alle sollen ihn sehen.« Ayako hatte ihre Freude und ihren Stolz darüber, daß sie ihrer Tochter ein so wertvolles Geschenk machen konnte, unverhohlen gezeigt.

Vor ihrem Umzug nach Shenyang hatte Haruko in Erwägung gezogen, Yasuharu die Schale in Verwahrung zu geben, aber dann hatte sie sie doch mit ihren anderen Sachen bei Genzo und Yoshi untergestellt. Den kostbaren Obi hatte sie im Rucksack von Shenyang nach Japan zurückgeschmuggelt, in der Hoffnung, die Zollbeamten würden seinen Wert nicht erkennen. Im nachhinein schien es ihr bei genauerer Überlegung recht unwahrscheinlich, daß sie sich überhaupt für einen japanischen Obi interessiert hätten.

Vielleicht hatte Yoshi die Schale nicht ausgepackt, weil sie so groß und nicht besonders hübsch war.

Am Abend zuvor, nachdem ihre Töchter zu Bett gegangen waren, hatte Haruko zu Nozomi gesagt: »Wir sollten die Ming-Schale verkaufen.«

Nozomi hatte die Zeitung zur Seite gelegt.

»Jetzt, da Shu-chan tot ist, brauchen wir sie nicht mehr aufzuheben. Mutter hat sicher nichts dagegen, wenn wir das Geld für Emis und Maris Ausbildung verwenden.«

»Meinst du nicht, wir sollten noch eine Weile warten, bevor wir uns zu diesem Schritt entschließen?« hatte Nozomi eingewandt.

»Wieso? Sie ist uns zu nichts nütze«, sagte Haruko kummervoll. Wenn ihr Bruder Shuichi doch nur noch am Leben wäre... Der Verlust schmerzte immer noch sehr.

Haruko dachte oft an ihre Schwägerin und ihren Neffen. Sie hatten bei Yaekos verwitweter Mutter Unterschlupf gefunden, in einem Haus, das noch kleiner und schäbiger war als das von Haruko. Zur Verbesserung der Finanzen vermieteten sie ein Zimmer an einen Regierungsbeamten, dessen Familie noch auf dem Land wohnte.

»Die Nachbarn reden über uns, und meine Mutter macht sich Sorgen«, hatte Yaeko Haruko einmal gestanden. »Aber ich habe zu ihnen gesagt: ›Seid doch nicht albern. Was soll denn in so einem kleinen Haus passieren.‹« Ihre Haut war voller Flecken, aber ihre Augen waren groß wie eh und je, mit langen, gebogenen Wimpern, ihr Mund noch immer voll und sinnlich.

Haruko fühlte sich verpflichtet, sie ab und an zu besuchen. Yaekos Mutter rief dann den Jungen von draußen herein und befahl ihm: »Sag deiner Tante guten Tag.« Der Junge beobachtete die Mundbewegungen seiner Großmutter und gehorchte mit näselnder, dünner Stimme. »Tante hat dir Süßkartoffeln mitgebracht. Die magst du doch, oder? Ich brate sie dir nachher. Sag Dankeschön.« Mit ihrem unaufhörlichen Geplapper wirkte Yaekos Mutter stets deprimierend auf Haruko. »Er kann natürlich nichts hören, aber in Mathematik ist er sehr gut, er hat auch eine sehr schöne Schrift.« Sie lächelte ihrem Enkel zu. »Zeig der Tante deine Schulhefte.« Haruko mußte sich die Hefte ansehen; sie nickte dann und lächelte dem Jungen zu.

»Er wird Shuichi-san immer ähnlicher«, sagte Yaekos Mutter.

Es war schon so lange her, daß Haruko Shuichi bei den Hausaufgaben geholfen hatte. Sie bemühte sich, den Bruder in ihrem Neffen zu erkennen, doch der Anblick Shuichis in diesem überfüllten Raum mit den schäbigen Möbeln und den alten Tatamimatten machte sie traurig. Das Schulheft in der Hand, sinnierte Haruko darüber nach, wie unterschiedlich die Lebensumstände von Vater und Sohn doch waren. Zweifellos hatte der Krieg zum

Niedergang der Miwas beigetragen, doch der Niedergang der Familie hatte schon viel früher begonnen, nämlich mit Shobeis Tod.

Sie seufzte und stellte die Schale vorsichtig auf den Tisch. Dann erhob sie sich. Heute abend würde sie Sushi machen und in der Schale anrichten. Auf diese Weise wollte sie von dem kostbaren Stück Abschied nehmen, das ihre Vorfahren von einer Generation an die nächste weitergereicht hatten. Jetzt würde es für immer aus dem Familienbesitz verschwinden. Aber schließlich besaß diese Familie nichts mehr außer ihrem Namen. Und warum sollte sie sich wegen des letzten Gegenstandes grämen, der an den verflossenen Reichtum der Miwas – und ihren eigenen – erinnerte?

## 3

## *Harte Zeiten*

Eines Abends kam Nozomi nicht zur gewohnten Zeit nach Hause. Inzwischen war es schon fast acht Uhr. Die Bevölkerung führte einen täglichen Kampf ums Überleben, und wenn ein Familienmitglied von seiner Routine abwich, sorgten sich die Angehörigen schnell.

Abends ging es in der Innenstadt bunt und laut zu. Große, schlaksige Amerikaner stolzierten mit kleinen Japanerinnen am Arm einher. Neben den Soldaten sahen die Frauen mit ihren hohen Absätzen noch kleiner und zerbrechlicher aus. Stark geschminkt und grell gekleidet, schienen sie mit ihren Landsleuten nichts gemein zu haben, so, als kämen sie von einem anderen Stern.

In der Nähe des Bahnhofs schossen provisorische Behausungen wie Pilze aus dem Boden, und tagsüber florierte der Schwarzmarkthandel. Abends war in den Kneipen und Gaststätten viel los. Ein paar Häuserblocks weiter waren die Straßen nicht erleuchtet, und zwischen den Gebäuden, die der Zerstörung entgangen waren, lag unbebautes Gelände. Wer im Dunkeln mit dem Zug ankam, hastete eilig durch diese Gegend und achtete auf jeden Schritt und jeden Schatten.

»Vielleicht hat er einen alten Freund oder Bekannten getroffen.« Haruko beschloß, sich nicht allzu viele Gedanken zu machen. »Fangen wir mit dem Essen an.«

Nach dem Essen wurde der Tisch abgeräumt, damit Emi und Mari ihre Hausaufgaben machen konnten. Haruko schlug die Zeitung auf. Es war die vom Vortag, die Nozomi wie nun immer auf dem Weg zur Arbeit gekauft hatte. Vor dem Krieg hatten die Sanjos drei große Tageszeitungen und eine Abendzeitung abonniert, aber jetzt bezogen sie gar keine mehr, weil die monatliche Rechnung eine zusätzliche Belastung gewesen wäre.

Haruko hatte schon lange keine Zeit mehr gefunden, einen Blick in die Zeitung zu werfen. Den größten Teil des Tages verbrachte sie damit, Lebensmittel für ihre Familie aufzutreiben. Das Einkaufen war sehr zeitaufwendig, denn man konnte nichts auf direktem Weg erstehen. Mehl erhielt man gegen einen Gutschein, nachdem man in einer langen Schlange gewartet hatte. Einen Teil davon mußte man zum Brotbacken zum Bäcker bringen. Auch dort mußte man wieder anstehen, denn der Bäcker buk wegen Holzmangels nicht täglich. Und zu guter Letzt kam man dann mit einem dünnen, langen Brot nach Hause, dem sogenannten *koppepan*.

Hatte Haruko am Schwarzmarkt keine Butter bekommen, mußten sie das Brot trocken essen. Um günstig Eier einzukaufen, nahm sie einen fünfzehnminütigen Fußmarsch in der entgegengesetzten Richtung vom Markt in Kauf. Dort wohnte eine Familie, die Hühner hielt, doch es gab nicht jeden Tag Eier. Manchmal kam ihr jemand zuvor, oder die Hühner hatten gar nicht gelegt.

Eigentlich könnte ich selbst welche halten, dachte Haruko, und kaufte sechs Hühner. Zu dem Geld legte sie noch ein Stück Baumwollstoff, da man ohne zusätzliches Geschenk gar nichts bekam. Sie hielten die Hühner in einer Holzkiste im Freien. Eines Nachts wurde Haruko von großem Gegacker geweckt und spähte hinaus. Zuerst glaubte sie, sie hätte es mit einem Rudel Wölfe zu tun, aber es waren Hunde, die um die Holzkiste schlichen. Das gesträubte Fell glänzte im hellen Mondschein silbern. Nozomi, der ebenfalls aufgestanden war, schlug laut gegen die Fensterscheibe. In aller Ruhe traten die Hunde einen geordneten Rückzug durchs Gartentor an und verschwanden in der Dunkelheit. Anscheinend hatten sie es irgendwie geschafft, das Gartentor zu öffnen.

»Sie sahen aus wie wilde Tiere aus den Bergen.« Haruko war auf die Veranda getreten.

»Haustiere verwildern sicher schnell«, sagte Nozomi vom Bett aus. Haruko hatte bereits gehört, daß halbverwilderte Tiere in Rudeln durch die Stadt streunten. Seit jener Nacht hatte sie eine zusätzliche Aufgabe vor dem Schlafengehen: Sie mußte ihre potentiellen Eierlieferanten jeden Abend in den Schuppen sperren und die Holztür mit schweren Gegenständen verrammeln.

Fürs Bad mußte sie über eine Stunde Wasser pumpen, um die Wanne zu füllen. Sie wechselte das Wasser nicht täglich, und um es zu erhitzen, warf sie Holzstückchen, die sie auf dem leeren Nachbargrundstück sammelte, ins Feuerloch.

Doch am schlimmsten waren die Geldsorgen. Gemeinsam mit einer Arztwitwe begann sie, Papiertüten zu kleben. Sie wurden mit zurechtgeschnittenem Zeitungspapier beliefert und klebten den ganzen Morgen lang Tüten. Die Arbeit war leicht, die Bezahlung jedoch kaum der Rede wert. Gegen Mittag zählten sie die fertiggestellten Tüten und schnürten sie zu Bündeln zusammen, dann machte Haruko Tee.

»Wir haben uns wahrscheinlich gerade eine Schale Tee verdient«, sagte Haruko und lachte.

»Ach, da bin ich mir nicht mal sicher«, erwiderte ihre Freundin seufzend. »Gestern auf dem Heimweg dachte ich, ich hab' so schwer gearbeitet, zur Belohnung könnte ich mir eigentlich auf dem Schwarzmarkt ein Stück Kuchen kaufen. Das hat mich wahrscheinlich den Verdienst einer Woche gekostet. Zu guter Letzt hab' ich ihn meinen Kindern gegeben. Ein Stück Kuchen für drei!«

»Ich denke oft, daß ich etwas Besseres tun könnte.« Haruko goß heißes Wasser in die Teekanne und schenkte noch einmal japanischen Tee nach. Die Teetassen waren aus gutem Imari-Porzellan. Sie durfte auf keinen Fall vergessen, so schnell wie möglich billigere Teeschalen zu kaufen, denn diese waren für den täglichen Gebrauch viel zu kostbar. »Aber ich weiß nicht, wo ich anfangen soll. Alles, von dem ich erfahre, hat einen Haken. Ich bin zu nichts nutze. Ich hab' sogar schon daran gedacht, in einer dieser Kneipen zu arbeiten.«

»Ich weiß.« Ihre Freundin nickte. »Daran hab' ich auch schon gedacht. Aber ich bin wahrscheinlich zu alt.«

Beiden war klar, daß sie sowieso nie in einer Kneipe arbeiten würden. Dazu fehlte ihnen der Mut.

»Wir wurden falsch erzogen«, sagte Haruko. »Dumme Sprüche wie ›Ein Samurai erfreut sich seiner ehrenwerten Armut‹ nützen uns jetzt wenig.«

»Ja, genau. Armut ist Armut, und es gibt keinen Unterschied zwischen ehrenwerter und anderer Armut.«

»Ich kann zwar nähen, aber meine Hände sind viel zu rauh, als daß ich Seide anfassen könnte.« Haruko spreizte ihre Finger unterm Tisch auf dem Schoß. Wie sie Yoshi damals vor vielen Jahren verachtet hatte, als sie sie zum erstenmal auf dem Bahnhof in Tokio sah. Yoshis rauhe, rote Hände waren ein Grund dafür gewesen. Sie nach ihren Händen zu beurteilen war falsch, schoß es Haruko durch den Kopf. Vielleicht ist es meine Schuld, daß wir uns nie nahegekommen sind. Ihre eigenen Hände waren jetzt nicht nur rauh und rot, sondern auch aufgesprungen. Wenn sie sich morgens kämmte oder die Haare hochsteckte, blieb manchmal eine Strähne in einem Riß hängen, dann schnappte sie vor Schmerz nach Luft. Keines ihrer Dienstmädchen hatte je so schwer arbeiten müssen wie sie jetzt.

»Meine einzige Hoffnung bleibt«, sagte ihre Freundin, »daß mein Sohn erwachsen wird. Andererseits ist der älteste Sohn nach dem neuen Familienrecht nun nicht mehr verpflichtet, sich um seine Eltern und seine Familie zu kümmern.«

Haruko sah auf die Uhr. »Zeit zum Mittagessen. Ich könnte etwas Reis braten. Ich hab' auch noch Eier und Speck.«

»O nein, ich geh' nach Hause. Ich kann dir nicht dein Essen wegessen. Heb es für heute abend oder morgen auf.«

»Morgen ist ein neuer Tag. Wegen einem Happen Speck und einem bißchen Reis sollten wir uns keine Sorgen machen.«

Nachdem ihre Freundin gegangen war, beschloß Haruko, im Garten zu arbeiten. Die Auberginenpflanzen und Tomatenstöcke blühten. Als sie sich zum Unkrautjäten niederkauerte, dachte sie daran, daß sie sich nie hätte träumen lassen, wie drastisch sich ihr Leben einmal ändern könnte.

Zu Beginn des Krieges hatte der Premierminister, General Hideki Tojo, sich am Neujahrstag in der Zeitung an die Kinder gewandt: »Liebe Jungen und Mädchen, ich wünsche euch ein siegreiches, gutes neues Jahr.« Weiter schrieb er, das japanische Kaiserreich habe gegen Amerika und Großbritannien das Schwert der Gerechtigkeit gezogen: »Unser Schwert ist das Schwert Gottes, und wir werden siegen. Wir schreiten unermüdlich voran und werden den Feind schlagen. Der Feind kann dem Land Gottes nichts anhaben. Ich gratuliere euch, daß ihr in einem solch wunderbaren Land geboren seid, das seinesgleichen sucht.«

Während des ganzen Krieges war das Volk mit blumigen Worten getäuscht worden. Sorgfältig waren die Fakten vertuscht worden. Jetzt waren die Zeitungen voll von Enthüllungen und Vorwürfen. So las Haruko, daß die Seeschlacht bei den Midway-Inseln im Juni 1942 ein völliges Desaster für Japan gewesen sei und das militärische Oberkommando es nach der Schlacht versäumt hätte, die strategischen Fehler zu analysieren. Die einzige Sorge der Regierung sei es gewesen, die Niederlage vor der Bevölkerung geheimzuhalten, um die Moral nicht zu beschädigen. Die Piloten und die Schiffsbesatzung hätte man auf einer Insel gefangengehalten und ihnen jeglichen Kontakt zu ihren Familien untersagt. Im Radio und in der Zeitung hatte man damals nur flüchtige Berichte finden können: »Kaum Verluste auf unserer Seite.«

Danach hatte Japan den Krieg noch achtunddreißig Monate in die Länge gezogen. Mitte 1943, die Lage hatte sich zusehends verschärft, hatte Premierminister General Tojo behauptet: »Ob wir siegen oder verlieren, hängt einzig von unserer Willenskraft ab. Verlieren werden wir nur, wenn wir uns geschlagen glauben.«

Der Krieg hatte allein auf japanischer Seite über drei Millionen Opfer gefordert. Wäre er nach der Seeschlacht bei den Midway-Inseln beendet worden, wäre so manche Familie – die von Haruko eingeschlossen – vielleicht nicht zerstört worden. Denn bis zu dieser Kriegsphase hatten sie noch keine Toten zu beklagen gehabt.

Die militärischen Oberbefehlshaber waren als Kriegsverbrecher inhaftiert worden.

Sie mußte an die Frau denken, die sie in der Schlange beim Bäcker gesehen hatte. Ihr Auftreten und der Stil ihres Kimonos hatten Haruko an ihre Mutter erinnert. Ganz anmutig, als fröstelte sie in der Frühlingssonne, stand sie da. Mit etwas Brot in ihrem Beutel war sie schweigend gegangen.

»Das war General Akagis Frau«, raunte die Bäckersfrau. »Er wird demnächst gehängt.«

»Die arme Frau!«

Was konnte man sonst sagen?

»Sicher, aber andererseits haben sie so viele Leben auf dem Gewissen. Sie haben es nicht anders verdient. Und ihre Frauen haben sich während des Krieges auch ein schönes Leben gemacht.«

Wie schnell die Menschen doch die Fronten wechselten.

»Eine Wende um hundertachtzig Grad.« – »Alles geht drunter und drüber.« – »Opportunisten.«

Auf einmal waren bisher verabscheute Worte wie Demokratie und Freiheit in aller Munde, und aus ehemaligen Feinden wurden Vorbilder. Doch diejenigen, die sich nach der Radiokundgebung des Kaisers »für die Ehre des Landes« umgebracht hatten oder mit dieser Tat »den Kaiser um Verzeihung bitten wollten, weil er sich derart demütigen mußte«, wurden nicht als Helden verehrt. Der Krieg galt jetzt als eine kurzzeitige Verirrung, und Menschen, die sich gefühlsmäßig zu sehr involviert hatten, tat man nun als hysterisch ab. Alle wollten die Erinnerung schnellstmöglich aus ihrem Gedächtnis tilgen.

Das Volk begrüßte die neuen Schlagworte »Freiheit«, »Individualismus« und »Demokratie«. Der Kaiser, früher ein lebendiger Gott, verkündete, auch er sei nur ein Mensch. Nun wurde er der menschliche Kaiser genannt und sprach plötzlich mit Leuten, die ihn nie zuvor zu Gesicht bekommen hatten. Noch während des Krieges waren Personen, die Gerüchte über den Kaiser in Umlauf gebracht hatten, von der Militärpolizei verhört und wegen Verrats inhaftiert worden.

So hatte ein Mann zu behaupten gewagt, auch der Kaiser müsse die Toilette benutzen. Er wurde von einem Nachbarn bei der Geheimpolizei denunziert und festgenommen. Gespräche über einen bestimmten Gott, einen angeblichen Vorfahren des Kaisers, waren verboten gewesen. Einem alten japanischen Buch zufolge war dieser Gott, ein Bruder der Sonnengöttin, berüchtigt für seine Streiche. Irgendwann ging der Sonnengöttin das Benehmen ihres Bruders derart auf die Nerven, daß sie sich in einer Höhle versteckte. Vor kurzem hatte Haruko im Radio eine Diskussion darüber verfolgt, ob dieses sagenhafte Verstecken der Sonnengöttin sich womöglich auf eine Sonnenfinsternis bezog. Wie schnell sich das Land doch verändert hatte. Wie anpassungsfähig die Menschen doch waren.

Die Amerikaner waren die neuen Herren im Land und ordneten die Abschaffung der alten Geschichts-, Geographie- und Ethiklehrpläne in den Schulen an. Die Japaner begrüßten diese Veränderungen. Die Amerikaner reformierten das Schulsystem, führten eine Bodenreform durch und arbeiteten eine neue Verfassung aus. Niemand rebellierte.

Sogar ins Kabuki-Theater drang die Demokratie vor. Seit Jahrhunderten führte dieses altehrwürdige Theater Stücke auf, die sich mit der Problematik des Feudalsystems auseinandersetzten. Eines der beliebtesten Stücke handelte von der Fehde zweier Herrscher. Der Sieger verlangt den Kopf des Sohnes des besiegten Lehensherrn. Die Amme des Sohnes tötet statt dessen ihr eigenes Kind und schickt dem Feind den abgetrennten Kopf. Als dieses Stück zum erstenmal nach dem Krieg wiederaufgeführt wurde und die Kiste mit dem vermeintlichen Kopf auf der Bühne erschien, stürmte die Polizei herein und befahl, sofort den Vorhang fallen zu lassen.

In der Folge wurden Stücke, in denen es um Blutrache, Tod, Gewalt oder Harakiri ging, verboten.

Letztendlich war die Rettung des Kabuki-Theaters einem amerikanischen Gelehrten für japanische Kunst zu verdanken, der sich selbst als Kunstinspektor vorschlug. Die Japaner standen der Situation hilflos gegenüber.

Die Haustür ging auf, und Haruko wurde aus ihren Gedanken gerissen.

»Nozomi!« Alle drei sprangen auf.

»Was ist passiert?« Haruko, die ihrem Mann in die *chanoma* folgte, blickte auf die Uhr an der Wand. »Es ist beinahe elf.«

Im Licht sah sie, daß sein Gesicht ein wenig gerötet war.

Bevor er sich setzte, reichte sie ihm schnell einen Kimono zum

Wechseln. Von den vielen Anzügen, die er früher besessen hatte, hatte er nur vier aus Shenyang mitgebracht. Und die mußten so lange wie möglich halten. Sie ahnte, daß sie ihm so schnell keine neuen Anzüge würde schneidern lassen können.

Sorgfältig hängte sie die Hose auf und legte den Inhalt der Taschen auf ein Tablett. »Hast du schon etwas gegessen?«

»Ja.«

»Möchtest du einen Tee?«

»Gern.« Er ging noch einmal in die *chanoma* und band sich einen Obi um. »Ich war mit Wakabayashi im Restaurant.«

»Ah«, erwiderte Haruko aus der Küche, wo sie Tee zubereitete. »Habt ihr euch nett unterhalten?«

Vor einer Woche hatte Nozomi ihr erzählt, daß Wakabayashi ein Ingenieurbüro gründen wollte und einen Partner suchte; eventuell bestand die Möglichkeit, daß sie den Auftrag zur Planung eines Kraftwerks für eine berühmte Tempelanlage erhalten könnten.

»Ihr zwei habt wohl schon mal eure zukünftigen Erfolge gefeiert?« fragte Haruko lächelnd.

»Kajiwara war auch dabei.«

»Kajiwara-san?« Haruko runzelte die Stirn. Wie Wakabayashi war auch Kajiwara ein ehemaliger Kommilitone von Nozomi. Er hatte es nie geschafft, sich in einem Beruf zu etablieren, hegte aber immer hochfliegende Pläne, die ihn und alle Beteiligten angeblich zu Millionären machen würden. Er versuchte ständig, seine Freunde als Geschäftspartner für Grundstücksspekulationen zu gewinnen. Einmal wollte er Nozomi zum Kauf einer Insel überreden, ein anderes Mal zur Beteiligung an einer Kupfermine. Nozomis andere Freunde, etablierte Wissenschaftler, Ingenieure und Geschäftsmänner, zeigten sich Kajiwara gegenüber nachsichtig und behandelten ihn wie einen liebenswerten Ganoven.

Kajiwara war ein gutaussehender Mann. »Er ist doch verheiratet, oder?« hatte Haruko Nozomi gefragt, nachdem Kajiwara den Sanjos in Shenyang einen Besuch abgestattet hatte. Er schien ständig unterwegs zu sein.

»Das hab' ich ihn nicht gefragt.« Und nach einer Weile hatte er hinzugefügt: »Die eine oder andere Frau hat er immer dabei.«

Er hatte sie damals in Shenyang besucht, weil er Nozomi dazu überreden wollte, sich an einer Silbermine zu beteiligen.

»Das ist doch lächerlich. Wenn Silber einfach so herumläge, daß jeder Dilettant es findet, würde es auf der Welt doch von Millionären nur so wimmeln«, hatte Haruko ihrem Mann heimlich zugeraunt. »Aber von Gold hat er noch nichts gesagt. Vielleicht hat er ja noch einen letzten Funken Verstand.«

Als Haruko erfuhr, daß Nozomi ihm Geld gegeben hatte, hatte sie gereizt gefragt: »Warum wirfst du dein Geld zum Fenster hinaus? Warum gibst du es nicht mir, wenn du zuviel davon hast?« Es war damals aber nicht so wichtig gewesen, und wie immer hatte Nozomi nichts erwidert.

Harukos Ansicht nach war Kajiwara kein Mann, mit dem man sich abgeben sollte.

»Warum muß er auf einmal mitmischen?« fragte sie nun.

»Wakabayashi hat ihn zufällig getroffen und mitgebracht. Kajiwaras Neffe kennt einen *niesei*, der uns mit jemandem bekannt machen könnte, der uns amerikanische Staatsanleihen vermitteln könnte.«

»Und das kaufst du ihm ab? Wieso glaubt dieser *niesei*, die amerikanische Armee würde euch Gelder geben? Du und Wakabayashi, ihr traut diesem Kajiwara-san doch hoffentlich nicht, oder?«

»Wir haben uns das nur angehört.«

Haruko war voller Zweifel. Wenigstens war Nozomi nicht allein. Wakabayashi schien weniger leichtgläubig zu sein.

»Sei vorsichtig. Hast du denn vergessen, wie Kajiwara-san dir diesen angeblich wertvollen Stein für ein Siegel verkauft hat? Er hat behauptet, es sei ein Hämatit, und du hast ihm viel Geld dafür gegeben. Ich habe dich gewarnt. Und der Siegelschneider sagte, er sei viel zu weich. Und was ist aus deinem Geld für die Silbermine geworden? Er hat dich nach Strich und Faden betrogen. Du kannst es dir nicht leisten, noch einmal auf diesen Kerl hereinzufallen.« Vor Sorge sprudelte alles aus ihr heraus.

»Er will mich nicht betrügen. Wir haben uns nur unterhalten«, erwiderte Nozomi ausweichend.

»Genau davor hab' ich Angst. Einfach nur unterhalten. So fing es jedesmal an. Ich warne dich. Wenn du dich wieder von ihm betrügen läßt und uns in Schwierigkeiten bringst, gehe ich.« Tagelang aufgestaute Frustration brach aus ihr hervor, und sie war von ihren eigenen Worten überrascht.

Es wurde still im Zimmer. Emi und Mari starrten sie an. Mari war kurz davor loszuweinen. Nozomi lächelte schwach.

»Reg dich nicht unnötig auf. Wakabayashi ist ein guter und intelligenter Mann, wenn ich es schon nicht bin.« Und an seine Töchter gewandt: »Eure Mutter muß hin und wieder auch mal Gonta spielen und den Knoten in ihrem Magen loswerden. Es ist spät. Laßt uns schlafen gehen. Wir alle haben morgen viel zu tun.«

Haruko ahnte, warum Nozomi sich mit Kajiwara einließ. Mit der Planung des Kraftwerks für die Tempelanlage bestand endlich Aussicht auf Arbeit, die ihm lag. Er hatte früher ähnliche Projekte betreut und mit seiner Fähigkeit, die Energieversorgung für spezielle Projekte in besonders unwegbarem Gelände zu planen, sich seinerzeit einen Namen gemacht. Doch für dieses Unternehmen brauchte er Kapital. Sie mußten irgendwo Geld auftreiben, bevor er sich mit Leuten wie Kajiwara einließ.

Einige Jahre zuvor hatte sich Haruko mit ihrem Schwager Noriyasu über diesen Ganoven unterhalten.

»Erinnerst du dich noch an Kajiwara-san, Niisan? Er war auch auf der Universität.«

»Ja, sicher. Der Kerl, der wie eine Frau aussieht.«

Sie hatte sich gewundert, denn so drastisch hätte sie ihn nicht beschrieben.

Ihr Schwager hatte hinzugefügt: »Die Sorte Mann, die Takeko mag.«

Haruko hatte unwillkürlich gelächelt. Wie scharfsinnig Noriyasu doch war, und sie mußte daran denken, wie sie vor vielen Jahren das Foto des Grafen verbrannt hatte, um ihn vor Takekos Dummheit zu bewahren.

»Warum fragst du nach Kajiwara? Du bist doch viel zu schlau, auf den wirst du doch nicht hereinfallen? Ein Betrüger ist das. Einmal kam er und wollte sich Geld von mir leihen. Er hatte ein Bündel Papiere dabei, angeblich Aktienzertifikate. Ich hab' ihn weggejagt; erstens hatte ich kein Geld und zweitens, noch wichtiger, konnte ich sehen – obwohl das Bündel versiegelt war –, daß nur das obere Papier ein Zertifikat war.«

»Und der Rest?«

»Einfach zurechtgeschnittenes weißes Papier.«

»Hast du das Siegel aufgebrochen und nachgesehen?«

»Ich hatte so eine Ahnung, daß er es mit einem miesen Trick probiert, und bei genauerem Hinsehen bemerkte ich, daß die Ränder etwas anders aussahen.«

»Nozomi hat er das gleiche Bündel gezeigt, und der hat ihm Geld gegeben, Niisan.« Das Bündel lag noch mit intaktem Siegel in ihrem Safe.

»So war Sanjo schon immer.« Noriyasu hatte gelacht. »Er glaubt jedem. Das sollte man wirklich nicht tun. In unserer Studienzeit machten ihm alle möglichen Freunde alle möglichen Versprechungen, und er gab sein letztes Hemd her. Eins kann ich dir sagen: Aus Sanjo wird nie ein guter Geschäftsmann!«

»Du bist verantwortungslos, Niisan«, hatte Haruko ebenfalls lachend gesagt. »Warum hast du uns zusammengebracht, wenn du seine Schwächen so gut kennst?«

»Er ist der beste Freund, den ich je hatte. Und jetzt ist er – im Gegensatz zu mir – ein hervorragender Ingenieur und ein guter Ehemann. Und es geht ihm finanziell gut, auch ohne Geschäftssinn. Was willst du mehr? Sei nett zu ihm und mach ihn glücklich.«

Haruko wünschte sich von ganzem Herzen, sie könnte jetzt mit Noriyasu über Kajiwara und Nozomis Leichtgläubigkeit reden, denn obwohl ihr Schwager im Lauf der Jahre immer sarkastischer geworden war, hatte sie ihn stets gemocht. Aber er war kurz vor Ausbruch des Krieges gestorben. Kei und Ayako machten seinen übermäßigen Alkoholkonsum dafür verantwortlich; Takeko hatte ihn schon lange als zügellos abgeschrieben. Haruko wußte, daß er ein Romantiker und immer einsam gewesen war. Takeko hatte ihn nie richtig verstanden.

Er starb, als die Sanjos bereits in Shenyang wohnten. Haruko konnte nicht zur Beerdigung reisen, da Emi und Mari schwer an Scharlach erkrankt waren. Als Nozomi zurückkam, war er stiller als sonst und hatte bloß gesagt: »Er starb einsam.«

»Warum sprichst du nicht mit deinem Bruder?« fragte Haruko Nozomi am nächsten Tag. »Du hast so viel für ihn getan. Ich finde, er kann es sich mittlerweile leisten, dir auch mal zu helfen. Und denk an das Stück Land, das du für ihn gekauft hast und das in Emi und Maris Namen eingetragen wurde.«

Haruko wußte sehr wohl, daß es Nozomis ältestem Bruder, wie anderen Bauern auch, finanziell recht gutging. Mit Nozomis Hilfe hatte er seine Ländereien vergrößert und außerdem, als seine Eltern noch am Leben waren, ein neues Haus gebaut.

Vielleicht könnte auch Nozomis jüngerer Bruder helfen. Er hatte in den Bergen Land gekauft und belieferte nun zu astronomischen Preisen Leute mit Holz. Seine Gewinne legte er hochverzinst an und wurde immer reicher.

»Vergiß nicht, du hast seine Ausbildung finanziert.«

Nozomi blickte aus dem Fenster.

»Hörst du mir überhaupt zu, Nozomi? Warum fragst du Niisan nicht? Er ist auch immer zu dir gekommen, wenn er Geld brauchte.«

»Ich werde darüber nachdenken.«

»Was gibt's da nachzudenken? Es ist höchste Zeit, daß sie dir nach all den Jahren auch mal helfen. Wenn wir unser Geld nicht für sie ausgegeben hätten, wären wir jetzt besser dran. Es ist dumm, sich so ausnutzen zu lassen. Mit ein bißchen Anstand müßten sie eigentlich wissen, daß es ihre Pflicht ist, dir zu helfen.«

Nach langem Drängen suchte Nozomi schließlich doch seinen Bruder auf.

»Es ist eine gute Zeit, das Grab deiner Eltern zu besuchen.« Haruko hatte ihn überreden müssen. »Und wenn du nicht willst, mußt du sie gar nicht um Hilfe bitten. Kläre einfach, was uns gehört.«

Doch als Nozomi nach Hause kam, hatte sie ihm sofort angesehen, daß es nicht zu offenen Gesprächen gekommen war. Nach ihm betrat ein junger Mann das Haus.

»Das ist Tokus Sohn«, stellte ihn Nozomi vor, und der junge Mann verneigte sich knapp. Toku war eine von Nozomis zahlreichen Schwestern. Als sie alle um den Tisch versammelt waren, sagte Nozomi: »Er heißt Kensaku. Er möchte in Tokio aufs College gehen.«

Da es nur zwei Schlafzimmer gab, breitete sie Kensakus Futon in dem kleinen Flur aus. Nachdem er sich schlafen gelegt hatte, flüsterte Haruko: »Nun, was ist aus dem Land geworden?«

»Hm?«

»Was hat Niisan gesagt?«

»Es gibt kein Land auf die Namen unserer Töchter.«

»Warum nicht?«

»Er kann sich nicht an die Abmachung erinnern.«

»Nozomi!« Sie konnte nicht laut sprechen, da Kensaku jenseits der papierenen Trennwand schlief. »Wie können sie das behaupten? Hast du das denn nicht mit ihm abgemacht, als du ihm das Geld geschickt hast? Hast du nicht nach den Unterlagen gefragt?«

»Es gibt keine Unterlagen. Ich habe ihm damals einfach einen Brief geschickt.«

Haruko war empört. Sie mußte sich erst etwas beruhigen, dann sagte sie ganz leise: »Aber sie haben das Land doch gekauft, oder? Es läßt sich doch feststellen, welches Grundstück von deinem Geld gekauft wurde. Er wird sich doch daran erinnern, daß du es bezahlt hast.«

Etwas in Nozomis Blick ließ sie innehalten. Er war mit den Gedanken ganz woanders – ganz sicher nicht bei dem Stück Land. Sein Blick war in weite Ferne gerichtet.

Harukos Hoffnungen hatten sich zerschlagen. Statt dessen hatte sie einen Esser mehr. Sie besaß nicht die Kraft, sich darüber aufzuregen.

## 4

## *Kei und ihre Kinder*

Inzwischen war ein Jahr seit Harukos Ankunft in Japan vergangen, und noch immer hatte sie ihre Mutter Ayako und ihre Großmutter Kei nicht besucht. Es war ein schweres Jahr für Haruko gewesen, und sie konnte sich nicht vorstellen, daß ihr Leben in absehbarer Zeit besser werden würde.

Nun aber schrieb Ayako, daß sie ihre Tochter und ihre beiden

Enkelinnen, die so große Gefahren überstanden hatten, gern sehen würde. Doch es war immer noch schwierig, an Zugfahrkarten zu kommen, auch wenn man keine besondere Bescheinigung mehr brauchte. Man mußte lange anstehen. Außerdem waren die Züge überfüllt, und es war nicht einfach, Sitzplätze zu ergattern.

Nozomi sagte: »Zu dritt ist das nicht so schlimm. Sobald der Zug einfährt, können die Mädchen losrennen und Plätze sichern.«

»Wie wirst du zurechtkommen mit Einkaufen und Kochen?«

»Mach dir keine Sorgen. Kensaku hilft mir.«

Sie fuhren die ganze Nacht. Am Morgen kamen Haruko und ihre Töchter an dem in der Nähe von Kitani gelegenen Bahnhof an. Matabei stand neben der Treppe auf dem Bahnsteig und erwartete sie. Das Kinn nach vorn gereckt, um möglichst auf ihrer Augenhöhe zu sein, strahlte er, als er die drei sah. Als er sich verneigte, fiel Haruko auf, wie krumm sein Rücken war.

»Wie schön, Sie zu sehen. Ich bin froh, daß es Ihnen gutgeht.« Er ergriff Harukos Rucksack und streckte die Hand nach Emis und Maris Gepäck aus.

»O nein, Mata-san, das tragen wir selbst.«

»Das sollten Sie nicht«, protestierte er. »Das gehört sich nicht. Es heißt zwar heutzutage, Männer und Frauen sind gleich, aber Männer sind immer noch stärker.«

Haruko konnte nicht sagen, ob er das wirklich ernst meinte.

Ein Bahnhofswärter, der an der Pforte die Fahrkarten einsammelte, lächelte Matabei zu. »Sind sie gut angekommen?« Und an Haruko und ihre Töchter gewandt: »Ich wünsche Ihnen einen schönen Aufenthalt.«

Seit einigen Monaten verkehrten die Busse wieder. Matabei wischte sich mit einem Baumwolltuch über sein gebräuntes, faltiges Gesicht. Die herbstliche Mittagssonne brannte hier stärker als in Tokio. Beim Anblick seines sehnigen Arms fühlte sich Haruko an eine Bronzestatue erinnert.

»Welche Strecke fährt der Bus? Kommen wir durch Takao?«

Als Matabei den Namen des Dorfes der Miwa hörte, erstarrte er ein wenig. »Gehen Sie lieber nicht dorthin, Haruko-ojosama. Das macht Sie nur traurig.«

»Geht es Onkel Rinji nicht gut?«

»Doch«, erwiderte Matabei brüsk und wandte sich ab.

Haruko hatte ihren Onkel das letzte Mal bei ihrer Hochzeit gesehen. Kei und Ayako waren nicht begeistert gewesen, daß Rinji zu Harukos und Takekos Hochzeit eingeladen werden sollte, aber Tei-ichi hatte darauf bestanden. »Nach außen hin sollten wir immer als intakte Familie auftreten.«

Auch nach Tei-ichis Tod hielten Kei und Ayako noch an der von ihm gewünschten Sitte fest und sandten Matabei zweimal im Jahr zu den Miwas, um Geschenke und Grüße zu überbringen. Doch Matabei hatte Rinji nie verziehen, daß er den Besitz, der eigentlich Shuichi zustand, an sich gerissen hatte.

»O Haruko-ojosama, Herrn Shuichis Sohn Hajime ist so ein lieber Junge.« Matabeis Gedanken waren offensichtlich erst zu Shuichi und dann zu dessen Sohn gewandert. Haruko hatte schon davon gehört, daß Hajime während der letzten Schulferien zum erstenmal seine Großmutter väterlicherseits besucht hatte.

An der Bushaltestelle war eine kleine Menschenmenge versammelt, und Matabei grüßte nach allen Seiten. Im Bus setzte Haruko die Unterhaltung fort. »Und mochte Mutter Hajime-san?«

»Oh, und wie! Sie weinten beide, als er ging. Ich schätze, wir werden ihn bald wiedersehen.«

»Es freut mich, das zu hören.«

»Ich mag ihn auch sehr«, sagte Matabei. »Alle mögen ihn, sogar die Kinder im Dorf. Sie haben mich gefragt, wann er wiederkommt. Jeden Tag kamen ein oder zwei vorbei, um mit ihm zu spielen. Ihre Großmutter behauptet, sie kamen, weil Ayako ihnen Süßigkeiten gab.«

Typisch Kei. Haruko lachte.

Der Bus rumpelte über die unbefestigte Straße. Ohne sich umzudrehen, rief der Busfahrer Matabei zu: »Hast du Dr. Yasuharu von Eisakus Sohn erzählt, Mata-san?«

»Das werde ich tun, wenn Yasu-dansama uns das nächste Mal besucht.«

»Eisakus Sohn möchte unbedingt Augenarzt werden.«

»Ich weiß.«

Eine Frau wandte sich mit lauter Stimme, um den Motorenlärm

zu übertönen, an Matabei. »Mata-san, ich hab' die alte Dame schon lange nicht mehr gesehen. Geht's ihr gut?«

»Sehr gut. Das hier ist Haruko-ojosama mit ihren Töchtern. Sie sind wieder aus der Mandschurei zurück und wohnen jetzt in Tokio«, erwiderte Matabei vernehmlich.

»Aha!« Die Frau verneigte sich im Sitzen. »Ich hab' mich schon gewundert.«

»Das ist Matsus Schwester, Haruko-ojosama. Ihr Sohn arbeitet bei der Post.«

»Ja, dank Herrn Masakazu.«

»Wie geht's Matsu-san?« Haruko konnte sich noch gut an Matsukichi erinnern. Er war ein großer Junge gewesen und hatte die andern Kinder herumkommandiert.

»Danke, gut. Er arbeitet immer noch bei der Stadtverwaltung. Vielleicht erinnern Sie sich, Dr. Shirai hat ihm seinerzeit eine Empfehlung geschrieben. Er hat drei Kinder. Der jüngste Sohn ist genau wie Matsu damals als Kind.«

»Dann ist er sicher ein kräftiger Junge.« Haruko lächelte.

»Er ist einer von Hajimes Spielkameraden«, warf Matabei ein.

»Matsu war schrecklich«, sagte seine Schwester kopfschüttelnd. »Er ist jeden Tag in der Schule in die Ecke gestellt worden. Wie ich mich seinetwegen geschämt habe. Seine Söhne sind nicht so schlimm.«

»Matsu war recht grob, aber Haruko-ojosama ließ sich nicht leicht einschüchtern. Sie raffte ihren Kimono hoch« – Matabei machte eine Geste, als würde er einen Rock hochziehen – »und setzte sich mit einem Bambusstock zur Wehr. Eine gute Läuferin war sie, und sehr gut im Diskutieren. Tei-ichi-dansama tat immer so, als wüßte er nichts davon. Aber er hat immer gesagt: ›Wie schade, daß sie kein Junge ist, sie hätte Premierminister werden können‹.«

»Mata-san!«

»Das können Sie mir ruhig glauben, Emi und Mari, das ist nämlich wahr«, sagte Matabei zu den Mädchen.

»Ja, ja. Ich sollte Rechtsanwalt werden, General oder Feuerwehrmann. Leider hatte ich das falsche Geschlecht. Wäre ich ein Mann gewesen, sähe die Welt jetzt vielleicht ganz anders aus«, sagte Haruko heiter.

»Feuerwehrmann? Das hab' ich noch nicht gewußt.«

»Ja, Großmutter Kei meinte, ich sollte zur Feuerwehr gehen, da ich immer auf Bäume geklettert bin.«

»Jetzt fällt es mir wieder ein. Sie konnten klettern wie ein Eichhörnchen.«

Emi und Mari hörten begeistert zu.

»Sachiko-ojosama war auch so ein Wildfang. Sie lief ihrer großen Schwester immer hinterher.«

»Sachiko-ojosamas Sohn ist inzwischen bestimmt auch schon groß«, sagte eine andere Frau. »Ich hab' sie schon lange nicht mehr gesehen.«

Haruko und Sachiko wurden immer noch Ojosama – Fräulein – genannt, wie früher, als sie noch unverheiratet waren. Einzig Takeko wurde mit Okusama angeredet, da sie in der Nähe wohnte.

Als sie am Dorf Takao vorbeifuhren, sah Haruko die schwarzen Dachschindeln des Hauses der Miwas, umrahmt von dunkelgrünen Zypressen. Das Haus, in dem Rinji gewohnt hatte, lag in der Nähe. Haruko war jünger als Mari gewesen, als sie zu Rinji geschickt worden war und schwere Hausarbeit verrichten mußte. Sachiko hatte sie damals wieder nach Hause geholt, und gemeinsam waren sie ebendiese Straße entlanggerannt, als müßten sie vor einem schrecklichen Schicksal fliehen. Aber diese Geschichte war zu kompliziert, um sie ihren Töchtern auf der Busfahrt zu erzählen...

Als sie sich dem Dorf Kitani näherten, sagte Haruko zu ihren Töchtern: »Auf dieser Straße gingen eure Mutter und Sachiko zur Schule. Unsere Bücher trugen wir in einem *furoshiki.*«

»Kam Tante Takeko denn nicht mit?«

»Sie war immer zu spät dran. Entweder gefiel ihr der Kimono nicht, den sie anziehen sollte, oder sie fühlte sich nicht wohl. Sie hatte ihre Hausaufgaben oft nicht gemacht und fand immer tausend Ausreden.«

»Takeko-ojosama ist mit Freundinnen zu den heißen Quellen nach Keisen gefahren. Das hatte sie schon geplant, bevor sie wußten, daß Sie kommen. In ein paar Tagen ist sie aber wieder zurück.«

In Kitani schien die Zeit stehengeblieben zu sein. Hier hat sich nichts verändert, dachte Haruko. Kitani ist vom Krieg verschont geblieben.

»Viele Grüße an Ihre Großmutter und die ganze Familie.« Der Busfahrer hielt vor dem Haus der Shirais und reichte ihnen das Gepäck.

Jenseits des Wassergrabens stand das große Tor mit dem riesigen Ziegeldach. Die wuchtigen Eichentüren waren gewöhnlich von innen mit einem schweren, viereckigen Balken verrammelt, und die Familie und Besucher benutzten die kleine Seitentür. Die moosbedeckten Steine des Wallgrabens wölbten sich wie immer aus dem klaren Wasser, in dem leuchtendgrüne Gräser vom Wind sanft hin und her bewegt wurden.

Bevor sie die Brücke überquerte, hielt Haruko inne. Ihren Rucksack in der Hand, blieb Matabei neben ihr stehen.

»Es ist viel Zeit vergangen«, sagte Haruko leise.

»Einundzwanzig Jahre«, nickte Matabei.

»Tatsächlich?«

»Ja, und vor sechsundzwanzig Jahren sind Sie als Braut durch dieses Tor gegangen.«

Er ging vor ihnen über die Brücke, öffnete das kleine Tor und ließ Haruko und ihre Töchter hinein.

»Oh!« Emi und Mari waren überrascht, als sie den großen Innenhof sahen. Am anderen Ende waren Matten ausgebreitet, auf denen Chinakohl in der Sonne trocknete. Eine Schar Hühner stob auseinander. Die Dattelpflaumenbäume trugen reichlich Früchte. Inmitten der riesigen Blätter der japanischen Kastanienbäume hingen stachlige, grüne Kugeln. Dies war ein abgeschiedenes Reich.

Ayako, die das Hupen des Busses gehört hatte, eilte ihnen, gefolgt von Miki, Masakazus Frau, auf dem steinernen Pfad entgegen.

»Wir haben uns so lange nicht gesehen, Haruko-san! Wir haben uns solche Sorgen um euch gemacht. Ich bin so froh, daß ihr wieder gesund und munter in Japan gelandet seid.« Miki trat näher und verneigte sich.

»Danke.« Haruko verneigte sich ebenfalls. »Es ist schön, wieder hier zu sein.«

»Ihr habt bestimmt Hunger. Es stehen Nudeln für euch bereit. Masakazu kommt heute früher von der Arbeit.« Miki ging wieder ins Haus.

»Ich bin so froh, dich zu sehen, Haruko«, sagte Ayako. »Aber du bist so dünn. Du mußt mehr essen.«

Haruko lächelte und folgte ihrer Mutter, die, eine Enkelin an jeder Seite, vor ihr herging. Ayako plauderte lebhaft mit den beiden Mädchen. Haruko liefen Tränen über die Wangen, und sie wischte sich mit dem Handrücken übers Gesicht.

Kei saß wie eine Puppe in ihrem kleinen Hinterzimmer. Sie hatte eine Handvoll Haare zu einem adretten Knoten zusammengerafft, und ihre Haut hatte ihren Glanz nicht verloren. Als sie sich bewegte, wehte ein Hauch Eau de Cologne herüber.

»Haruko-san.« Kei lächelte. »Wir haben uns so lange nicht gesehen.« Sie nickte. »Und ich kann mich nicht an die Namen dieser beiden hübschen kleinen Mädchen erinnern.« Sie lachte und hielt ihre winzige, knochige Hand vor den Mund.

»Das sind Emi und Mari.«

»Ach, natürlich. Wie dumm von mir. Mein Hirn ist dieser Tage wie ein Bambuskorb. Ich bin so froh, daß ihr gesund zurückgekommen seid. Wir wären gern zum Bahnhof gekommen, als ihr auf der Fahrt nach Tokio hier durchgefahren seid. Als ich euch das letzte Mal sah, wart ihr noch Babys. Da hast du wirklich zwei liebe Mädchen großgezogen, Haruko-san. Was macht Nozomi-san? Geht's ihm gut?«

Kei plapperte munter drauflos. Sie wurde zwar gut versorgt, hatte aber nur selten Besuch, mit dem sie plaudern konnte.

Ihr Zimmer lag direkt neben der Hintertreppe mit den vielen Schubladen. Kei bat Haruko, aus einer Schublade die Lackschachtel herauszuholen. Dann nahm sie den Deckel ab und legte ihn behutsam zur Seite. In der Schachtel befanden sich trockene rosafarbene und weiße Reiskuchen, geformt wie Chrysanthemen.

»Emi-san und Mari-san. Was für hübsche Namen. Diese Kuchen sind vom Kaiser«, erläuterte Kei. »Die bekam euer Onkel Hideto immer geschenkt, wenn er im kaiserlichen Palast seine Aufwartung machte. Er hat sie mir geschickt. Und diese hier« – sie ergriff ein paar noch in Papier gewickelte Reiskuchen, auf denen das kaiserliche Wappen, eine sechzehnblättrige Chrysantheme, prangte – »bekam ich, als Hideto-san mich mit in den Palast nahm. Ich hatte eine Audienz beim Kaiser.«

Keines der Familienmitglieder durfte dieses Ereignis je vergessen. Kei hatte damals neue Unterkleider und einen neuen Kimono bestellt und wochenlang würdevolles Schreiten geübt. Ayako hatte schon befürchtet, Kei könnte vor lauter Aufregung krank werden.

»Ich hab' keinen einzigen davon gegessen. Ich heb' sie für die Familie auf«, sagte Kei.

Sie nahm zwei Bogen Papier aus einer kleinen Kommode und wickelte die Kuchen sorgfältig ein. Bei den Papierbogen handelte es sich um alte, geplättete Briefe und altes Geschenkpapier. Bei Kei wurde nichts weggeworfen.

»Ihr könnt sie zum Tee essen.«

»Aber Großmutter, du bekommst doch keine neuen mehr«, protestierte Mari.

»Das ist schon in Ordnung. Ihr seid etwas Besonderes.« Kei schloß den Deckel und reichte die Schachtel Haruko, die sie wieder in der Schublade verstauen sollte.

»Jetzt heißt es also, der Kaiser sei ein Mensch, als wäre er je etwas anderes gewesen. Wie albern. Natürlich ist er schon immer ein Mensch gewesen, das weiß doch jeder«, fuhr Kei fort. »So viel Aufhebens wird nur gemacht, weil wir den Krieg verloren haben. Zum Streiten gehören immer zwei. Das ist doch klar. Und beide Seiten trifft die gleiche Schuld. Natürlich bestimmt der Sieger nachher immer die Regeln, aber ich bin nicht der Meinung, daß er automatisch recht hat.«

»Aber Großmutter«, wandte Mari ein, »die Militärregierung hatte wirklich unrecht. Wir wurden von der Sonderpolizei und der Militärpolizei unterdrückt. Es gab keine Redefreiheit...«

»Lernt ihr das etwa heutzutage in der Schule?« fragte Kei mit einem sarkastischen Lächeln. »Es war Krieg, junge Dame. Es war unsere Pflicht, dem Land zu dienen. Ich hab' mein Bestes getan, um den Krieg zu gewinnen, dafür schäme ich mich nicht. Ich werde mich nie für mein Verhalten entschuldigen. Und ich hab' immer gesagt, was ich sagen wollte. Mir hat nie jemand das Wort verboten.«

Ayako lächelte nachsichtig und suchte Harukos Blick.

»Emi-san und Mari-san«, fuhr Kei fort. »Die Welt ist aus den Fugen geraten. Die Männer sind verloren, verwirrt und nutzlos. Der

Krieg hat ihnen anscheinend allen Mut geraubt. Jetzt müssen wir Frauen die Dinge in die Hand nehmen.«

Miki war eingetreten, offensichtlich hatte sie diesen Augenblick abgepaßt. »Soll ich den Tee hier servieren, Okusama?«

Kei kicherte mit hoher Stimme. »Miki-san und Aya-san wissen, wann ich bei meinem Lieblingsthema bin. Nein danke, trinkt euren Tee ruhig in der *chanoma*. Ich komme später zum Abendessen rüber, wenn Masakazu-san zu Hause ist.«

Später begriff Haruko, daß Keis Worte der Enttäuschung über ihre beiden Söhne entsprangen. Der Krieg hatte in diesem scheinbar so friedlichen Haus wohl doch Narben hinterlassen...

Nach Kriegsende war Yasuharu wieder nach Kitani gezogen, wo auch seine Frau seit ihrer Evakuierung lebte. Er wollte sich zur Ruhe setzen, hatte er erklärt, und den Rest seines Lebens mit Malen, Töpfern und der Kontemplation von Haiku-Gedichten verbringen.

»Ich ziehe mich von der erdrückenden Last der menschlichen Gesellschaft zurück. Ab jetzt sind Vögel und Blumen meine Gefährten«, hatte er mit gekünsteltem Lächeln gesagt.

Kei war überrascht und fühlte sich hintergangen. Sie hatte erwartet, daß er sich voller Begeisterung wieder in die wissenschaftliche Forschung seines medizinischen Spezialgebiets stürzen würde, die er wegen des Krieges hatte unterbrechen müssen.

Yasuharu war vor sehr langer Zeit – »an einem schönen Sommertag«, schwelgte Kei häufig in Erinnerungen – nach Deutschland aufgebrochen. Damals war Kei zum erstenmal in Tokio gewesen und hatte den Kaiserpalast gesehen. Wie die anderen Touristen hatte auch sie sich tief vor der kaiserlichen Residenz jenseits der Doppelbrücke und der Kiefern verneigt. Doch in ihrer Vorstellung unterschied sie sich von den gewöhnlichen Touristen, schließlich überbrachte sie dem Kaiser die persönliche Botschaft, daß ihr Sohn zum Studium nach Europa gehen würde. »Wenn er zurückkommt, wird er Eurem Land dienen und das Leid vieler Menschen lindern. Ich werde alles tun, um ihn zu unterstützen.« Mit geschlossenen Augen hatte sie dem Kaiser dieses Versprechen gegeben.

Haruko, die neben ihr wartete, hatte ihre Großmutter – die eine ganze Weile mit gefalteten Händen kniete – zum Aufstehen drängen müssen.

Gemeinsam mit anderen Mitgliedern der Familie hatte Haruko ihre Großmutter nach Yokohama begleitet, um Yasuharu zu verabschieden.

»Das Schiff braucht einen Monat bis Marseille«, erklärte ihr Shuichi, der am Abend zuvor eine Landkarte studiert hatte. »Es fährt durch den Indischen Ozean und den Suezkanal. Dort könnte man einen kleinen Ausflug auf einem Kamel machen. Dann geht es weiter nach Neapel. Ich wünschte, ich könnte mitfahren.«

»Wenn du hart arbeitest, wirst du auch einmal fahren können.« Die nüchterne Bemerkung seiner Großmutter konnte seine jugendliche Begeisterung nicht dämpfen, doch die Welt, in die Shuichi hineinwuchs, sollte eine ganz andere sein...

Nachdem Yasuharu wieder nach Japan zurückgekehrt war und geheiratet hatte, hatte er Kei angeboten, bei seiner Familie in Tokio zu wohnen. Als ältester Sohn war er sich seiner Pflichten gegenüber seiner Mutter sehr wohl bewußt. Kei blieb jedoch in Kitani. Nicht weil sie das Haus, in dem sie den Großteil ihres Lebens verbracht hatte, ungern verlassen hätte, sondern weil sie sich um Yasuharus Besitz kümmern wollte.

Tei-ichi hatte das Haus und das angrenzende Grundstück Masakazu vermacht, aber auch Yasuharu hatte etwas Land geerbt. Kei wollte sich darum kümmern, damit Yasuharu sich frei von Geldsorgen ganz der Erforschung des Trachoms widmen konnte. Kei hatte nie vergessen, welch große Erregung sie erfaßt hatte, als Yasuharu ihr zum erstenmal von seinen hochfliegenden Plänen berichtet hatte, und sie war von der ehrgeizigen Vorstellung besessen, daß ihr Ältester der beste Augenarzt Japans werden sollte, wenn nicht gar der ganzen Welt.

Der Krieg bedeutete für Yasuharu eine große Zäsur. Das Lebensglück seines ältesten Sohnes und seiner Schwiegertochter wurde zerstört, der zweite Sohn starb auf Guadalcanal. Yasuharus Haus mitsamt der wertvollen Gemälde- und Antiquitätensammlung brannte nieder.

Kei empfand zwar Mitleid für ihn, konnte aber nicht akzeptieren, daß diese Tragödie ihn wie einen Grashalm gebrochen haben sollte.

»Als Samurai geboren, als Samurai gestorben«, pflegte sie zu sagen.

»Großmutter!« rief die Familie sie zur Räson.

»Dann wenigstens als Mann gestorben!« Kei blieb eisern.

Hideto war zwar trotz seiner hohen Stellung in der Armee nicht als Kriegsverbrecher verurteilt worden, aber bei seiner Rückkehr hatte er verkündet: »Ich hab' zuviel Leid gesehen, zu viele Tote. Mein einziger Wunsch ist es, buddhistischer Mönch zu werden.«

Statt nach Tokio zu ziehen, wollte er sich in einem kleinen Dorf in den Bergen niederlassen. Gegen den Widerstand seiner Frau Kazuko machte er einen kleinen Tempel ausfindig, in dem er seine Tage meditierend verbringen konnte. Doch vermögenslos wie er war, mußte er irgendwie seinen Lebensunterhalt verdienen. Eine Stelle an der Universität, die mit einem Lehrauftrag verbunden war, hatte er abgelehnt. Statt dessen ließ er sich in einem kleinen Dorf in der Nähe Kitanis nieder, in dem es keinen Arzt gab. Sein Sohn, der erst gegen Ende des Krieges eingezogen worden war und keine Schlacht miterlebt hatte, war heil zurückgekehrt und hatte sein Studium an der Universität in Tokio wiederaufgenommen.

Hideto war als Kind nicht nur seiner Sportlichkeit wegen sehr beliebt gewesen, sondern auch, weil er ein gutmütiger und besonnener Mensch war. Man konnte ihn schnell zu Tränen rühren. Im Lauf des Krieges war es ihm von einer Inspektionsreise zur nächsten zunehmend schwerergefallen, die Reihen verwundeter Soldaten abzuschreiten; hier lag einer mit offenem Bauch, dort einer, dem es die Schulter weggerissen hatte, ein anderer hatte das Augenlicht verloren. Womit hatten sie so viel Leid verdient? Und wem sollte seine medizinische Ausbildung in dieser Hölle nützen? Als das Morphium ausging, schrie er die sich vor Schmerz krümmenden Soldaten an: »Tragt es wie ehrenhafte Soldaten des Kaisers!« Doch in der Nacht, allein in seinem Zelt, weinte er bitterlich über seine eigene Grausamkeit und Verlogenheit. Wenn der Krieg zu Ende sein wird, hatte er sich immer wieder geschworen, dann gehe ich nach Hause und bete den Rest meines Lebens für sie, die gefallenen Soldaten. Ich darf nicht verrückt werden.

Kei kannte ihren Sohn. Dennoch sagte sie: »Ich weiß, wie du dich fühlst. Aber du bist erst neunundvierzig Jahre alt. Warum verkriechst du dich und leidest? Der Krieg war nicht deine Schuld. Es ist noch genug Zeit, ein neues Leben zu beginnen. Geh wieder hinaus in die Welt. Bau ein Haus und sei fröhlich. Du verschwendest deine Fähigkeiten und deine Ausbildung. Vergelte es deinen Soldaten, indem du dich wieder nützlich machst.«

Hideto sah immer noch gut aus, aber Kei bemerkte, daß seinem Lachen der Klang fehlte, der die Menschen früher fasziniert hatte.

»Du klingst wie der Herbstwind«, sagte sie zu ihm. »Ein junger Mann wie du sollte doch noch voller Leben sein.«

Masakazu schien als einziger ihrer Söhne gefestigt. Ganz auf sich gestellt, hatte er im Krieg und danach das Hauptpostamt, die Telefon- und Telegrammabteilung geleitet und zu Hause die ganze Großfamilie unterstützt.

»Hast du schon gehört, Haruko, daß das Haus und das Tor zu nationalen Kunstschätzen erklärt worden sind?« fragte er, nachdem sie sich zum Abendessen hingesetzt hatten.

»Zu nationalen Kunstschätzen?« Haruko blickte sich unwillkürlich um. Sie sah die Säulen, die doppelt so dick waren wie die eines modernen Hauses und vom jahrelangen Polieren matt schimmerten. Sie sah die breiten Schiebetüren, deren Rahmen aus massivem Holz waren.

In Gedanken wanderte sie durch das ihr so vertraute Haus. Am Ende des langen, geraden Steinpfades, der sich vom Tor bis zum Haupthaus erstreckte, öffnete sich eine breite Tür zu einer großen Halle mit spiegelblanken Holzdielen. Der mit Pinsel und Tusche bemalte Wandschirm befand sich noch an der gleichen Stelle wie früher. Die hölzernen Türen standen tagsüber immer offen, sogar im Winter, obwohl nur Gäste und die gelegentlich männlichen Mitglieder der Familie den Vordereingang benutzten.

Zur Linken gelangte man durch einen Gang zu dem mit Ziersteinen angelegten Garten. Er war eine Komposition in Grün, außer im Herbst, wenn die Gäste in der Abendsonne staunend vor den Ahornbäumen standen. Eine steinerne Brücke führte über einen Teich. Diese Brücke hatten Haruko und die anderen Kinder überquert, um vor dem Familienschrein neben dem kleinen Wasserfall zu beten. Die beiden großen, auf den Garten blickenden Empfangssäle konnte man zu einem Raum verbinden; hier hatten sowohl Takeko als auch Harukos Hochzeitszeremonie und -fest stattgefunden. Am Ende des Flurs befand sich Tei-ichis ehemaliges Arbeitszimmer.

Zur rechten Seite des Eingangs führte ein langer Flur zu mehreren Zimmern. Kleine Gärten zwischen den Räumen sorgten für Licht und Luft. Der Lagerraum mit den dicken Lehmwänden bildete den innersten Teil des Hauses.

»Es ist alles noch so, weil Masakazu-san sich darum bemüht hat, es zu erhalten«, sagte Kei mit großer Genugtuung. »Alle anderen haben gesagt, er solle es verkaufen und ein modernes Haus mit einem modernen Tor bauen, den Graben zuschütten, das Land verkaufen. Das wäre viel einfacher gewesen.«

»Ich wußte, daß du der Meinung warst, wir sollten es so bewahren, und das war richtig so, Mutter.«

»Egal, was du dachtest, es ist dein Haus. Du hättest tun und lassen können, was du willst. Nein, nein, es ist deiner Umsicht zu verdanken, daß unser Haus jetzt ein nationaler Kunstschatz ist.«

Kei war sichtlich stolz.

Wie früher war das Bad getrennt vom Haus, allerdings gab es jetzt einen langen, überdachten Gang zwischen Wohn- und Badehaus, und wo sich früher ein paar Holzbalken mit einem Wellblechdach befanden, stand nun ein ordentliches Badehaus.

»Im Winter wird es Mutter sonst zu kalt«, erklärte Masakazu auf Harukos Frage hin. »Sie kann nur noch sehr langsam laufen. Ich hab' schon überlegt, ein Bad ins Haus zu bauen, aber du weißt ja, viele Häuser sind schon von glühenden Funken in Brand gesetzt worden.«

Er führte Haruko durch das Anwesen.

»Diese Pfirsichbäume, die japanischen Kastanien und die Dattelpflaumenbäume wurden in dem Jahr gepflanzt, als du geheiratet hast. Das da drüben sind Takekos Bäume. Pfirsich und Kastanie tragen nach drei Jahren Früchte, Dattelpflaumenbäume nach acht.

Alle waren entzückt, als sie nach den Luftangriffen hierherkamen und köstliches Obst vorfanden.«

»Es muß schwer für dich gewesen sein, dich um so viele Leute zu kümmern.«

»Wir haben überlebt.«

»Ich bin froh, daß Nobuhiko-san heil nach Hause gekommen ist.« Haruko sprach von Masakazus Sohn.

»Hmh. Er hat Glück gehabt. Sein Zerstörer ist versenkt worden, und er mußte über zehn Stunden im Wasser ausharren, bevor er gerettet wurde. Das war ein Wunder. Aber Reikos junger Mann fiel kurz vor Ende des Krieges bei Okinawa.«

»Oh, das wußte ich nicht.«

»Er war ein netter Bursche, er arbeitete bei der städtischen Behörde. Reiko will nicht noch einmal heiraten, sagt sie. Das stört mich nicht, sie kann bei uns wohnen, schließlich ist sie meine Tochter. Aber ich frage mich, ob sie nicht einsam sein wird, wenn wir nicht mehr da sind. Was soll sie im Alter machen? Wo soll sie wohnen? Eine Frau allein kann dieses Haus nicht führen. Durch die Bodenreform haben wir unsere Berge verloren, und von unseren Ländereien haben wir kaum Einnahmen. Ob Reiko vielleicht bei Nobuhikos Familie wohnen könnte? Manchmal wache ich mitten in der Nacht auf und fange dann an, darüber nachzudenken. Dann kann ich nicht mehr einschlafen.«

Man sieht ihm gar nicht an, wie er sich verändert hat, dachte Haruko, aber er ist nicht mehr so sorglos wie früher. Auch ihm hat der Krieg viel Leid zugefügt.

»Wir mußten früher durch Schnee und Regen zum Badehaus rennen«, erzählte Haruko ihren Töchtern, als sie durch den überdachten Gang liefen. Sie öffnete eine Glastür. »Das ist neu. Wir hatten nur ein Dach.«

»Ihr habt im Freien gebadet? Ohne Wände?«

»Genau. Aber das war so üblich. Uns störte niemand, wenn wir ein Bad nahmen, nur wenn wir riefen. Wenn Großvater ein Bad nahm, mußte Mata-san ins Feuer blasen, um das Badewasser heißer zu machen, oder kaltes Wasser bringen, denn Großvater badete immer als erster. Großmutter stieg mit gerafftem Kimono und hochgekrempelten Ärmeln in die Wanne, um Großvater den Rücken zu waschen.«

»Mein Gott! Wie feudal!«

Kei hätte auf diese Bemerkung erwidert: Wieso? Das gehört sich so. Er ist doch ein Mann.

»Wenn wir ein Stück Kuchen hatten, bekam Shuichi die Hälfte, und wir drei mußten uns die andere Hälfte teilen.«

»Unglaublich! Habt ihr euch nicht beschwert?«

»Wozu? Großmutter hätte gesagt: ›Was wollt ihr? Er ist ein Junge.‹ Wir kannten es nicht anders. Aber«, fügte Haruko hinzu, »Großmutter hat sich anscheinend verändert.«

Ein riesiger Eisenpott diente als Badewanne. Das Wasser wurde von unten erhitzt, und um die direkte Berührung mit dem glühendheißen Metallboden zu vermeiden, trieb ein rundes Holzbrett auf der Wasseroberfläche.

»Das ist ein sogenanntes Goemonbad. Ihr müßt euch mitten auf das Holzbrett stellen und das Gleichgewicht halten, wenn es mit euch nach unten sinkt, sonst kippt es um«, erklärte Haruko und zeigte ihnen, wie sie ins Bad steigen sollten. Ein sagenumwobener Räuber namens Goemon war Ende des 16. Jahrhunderts in einem solchen Bottich mit heißem Wasser gefoltert worden.

»Ohne Holzbrett?«

»Ohne Holzbrett. Als das Wasser immer heißer wurde, soll er gesagt haben. ›Ach, was für ein angenehmes Bad, und wie schön warm.‹ Und bevor er starb: ›Selbst wenn aller Sand von den Stränden verschwunden ist, wird es noch unzählige Räuber geben.‹«

»Der Rand ist auch heiß, Mutter.«

»Ihr müßt in der Mitte stillsitzen.«

Haruko und Sachiko hatten immer zusammen gebadet, und sie glaubte noch die schrillen Schreie hören zu können, wenn eine von ihnen danebentrat und das Holzbrett kippte.

Neben dem Badehaus stand ein Dattelpflaumenbaum. Im Herbst hatten sie immer die orangefarbenen Früchte gepflückt und in der Wanne gegessen. Sie waren kühl und süß gewesen.

Emi war begeistert, als Reiko sie abends einlud, in ihrem Zimmer zu schlafen. Kei bot Mari an, bei ihr übernachten zu können, und

Mari nahm das Angebot freudig an; die beiden hatten aneinander Gefallen gefunden. So breitete Haruko ihren Futon in Ayakos Zimmer aus, und die beiden Frauen lagen Seite an Seite.

Nachdem sie ein Gebet gesprochen und das Licht gelöscht hatte, fragte Ayako: »Wußtest du, daß Hajime-chan uns besucht hat?«

»Ja, Yaeko-san hat es mir erzählt.«

Es war eine Weile still, dann sagte Ayako: »Gott ist wirklich gnädig. Hajime-san ist so ein lieber Junge. Er hat wunderschöne Augen, dieselben wie Shuichi.«

»Und wie deine.«

»Wie lieb, daß du das sagst, Haruko. Er schlief da, wo du jetzt liegst. Wir haben gemeinsam gebetet, und bevor ich das Licht ausschaltete, hat er mich ganz sanft berührt. So sagt er gute Nacht. Da wurde mir klar, daß ich mich im Dunkeln gar nicht mit ihm verständigen kann. Das hat mich ganz traurig gemacht.«

»Das kann ich verstehen.«

»Er ist sehr feinfühlig und hat gemerkt, daß ich traurig war. Morgen würde er mir ein wunderschönes Geschenk geben, sagte er. Er spricht jetzt gut, er hat einen sehr guten Lehrer.«

»Und was hat er dir gegeben?«

»Er hat mir das Morsealphabet beigebracht. Das war sein Geschenk.«

»Oh.«

»Ich hab' seine Hand im Dunkeln gedrückt. Zuerst konnte ich nur ganz leichte Worte. Er war sehr geduldig, wenn mir ein Buchstabe nicht einfiel oder ich Fehler machte. Ich hätte beinahe vergessen, daß er erst neun Jahre alt ist. Ich wurde immer besser. Da fällt mir ein, ich muß meine Hausaufgaben machen, bevor Hajime das nächste Mal kommt.« Ayakos Stimme klang hell und jung.

»Yasuhara und Hideto meinen, ihm könnte vielleicht von einem Spezialisten geholfen werden. In Amerika sind sie mit der Forschung auf diesem Gebiet schon sehr weit. Vielleicht kann er teilweise geheilt werden. Ich bete um seinetwillen darum. Ich für meinen Teil finde ihn wundervoll, so wie er ist. Er ist sehr klug und so freundlich. Er ist Shintaro-san, deinem Vater, sehr ähnlich. Ich freue mich schon darauf mitzuerleben, wie er erwachsen wird.«

Dann drehte sie sich um und sagte: »Über Yaeko läßt sich auch viel Gutes sagen.«

Bei den Shirais hatten die Männer alle Hoffnungen auf die Zukunft verloren, aber Kei und Ayako waren ungebrochen.

Haruko stellte sich zwei grüne Weizentriebe vor, die aus der Wintererde zur Sonne hin trieben. Der Wind war zwar noch sehr kalt, aber sie wuchsen unaufhaltsam weiter. Ein schönes Bild.

Ob ich es ihnen gleichtun kann? fragte sich Haruko. In jener Nacht ließ der Gedanke an die zärtliche Wärme zwischen Ayako und Hajime sie voller Zuversicht einschlafen.

## 5

## *Die Schwestern*

Am nächsten Tag saßen Haruko und Ayako auf der sonnigen Veranda und schälten harte Dattelpflaumen. Man konnte die Früchte nicht direkt vom Baum essen, aber getrocknet schmeckten sie fleischig und süß. Emi und Mari fädelten sie auf eine Schnur auf. Sie sollten in der Sonne gedörrt und für den Winter eingelagert werden.

»Als ich klein war, gab es außer den Bohnenkuchen, die Großmutter kaufte, kaum Süßigkeiten. Im Winter waren getrocknete Dattelpflaumen unsere einzige Leckerei«, erzählte Haruko ihren Töchtern.

In der Sonne war es sehr heiß, und bald schon bildeten sich auf Ayakos Stirn kleine Schweißperlen.

»Früher hielten wir Schweißperlen für ein Zeichen besonderer Schönheit. Tante Sachiko und ich versuchten, Perlen auf unsere Gesichter zu zaubern, indem wir sie mit Wasser benetzten; das gelang uns aber nie.« Haruko schmunzelte.

»Eine lustige Idee. Sieh nur, du hast auch Schweißperlen um den Mund herum.« Mari musterte prüfend Harukos Gesicht.

»Wie ich mich gefreut hätte! Ich hätte sie auf keinen Fall abgewischt, sondern damit vor Sachiko angegeben.«

Wie auf ein Stichwort hin hörten sie hastige Schritte auf den Tatamimatten, und zu ihrer großen Überraschung erschien völlig unerwartet Sachiko. Sie wohnte jetzt in Kioto, eine mehrstündige Zugreise von Kitani entfernt. Haruko hatte sie seit Jahren nicht mehr gesehen.

»Tante!« Emi und Mari sprangen auf.

Sachiko ging schnurstracks auf ihre Nichten zu und schloß sie fest in die Arme. »Oh, wie schön, euch zu sehen. Ich bin so froh, daß ihr heil zurückgekommen seid.« Über ihre Wangen liefen Tränen. Sachiko hatte schon immer nah am Wasser gebaut, aber dieses Mal schluchzte sie vor Freude. »Ihr habt bestimmt Fürchterliches mitgemacht. Was für tapfere Mädchen.«

Sie drückte das feuchte Gesicht gegen die Wangen ihrer Nichten, die fast so groß waren wie sie, und redete derweilen mit ihrer Schwester Haruko. Ihre Augen füllten sich erneut mit Tränen, die sie gar nicht erst wegwischte.

»Ich dachte lange Zeit, ihr wärt tot.« Sie ließ Emi und Mari endlich los und nahm zwischen ihrer Mutter und ihrer Schwester Platz. »Ich hab' mich schon gefragt, wie man ohne sterbliche Überreste ein Grab anlegt.« Sie lachte laut auf, zog ein Taschentuch aus dem Ärmel und tupfte sich damit die Tränen ab.

Ayako warf ihr einen vorwurfsvollen Blick zu, lächelte dann aber versöhnlich.

Sachiko hatte zugenommen, was ihr sehr gut stand. Ihr Haar war fachmännisch hochgesteckt, und sie trug einen neuen Kimono. Es war offensichtlich, daß sie einen erfolgreichen Ehemann hatte und gut versorgt war.

Seit ihrer Rückkehr nach Japan hatte Haruko mit Erstaunen festgestellt, daß Sachikos Mann sich als Volkswirtschaftler einen Namen gemacht hatte. Seine Beiträge wurden in Zeitungen und Zeitschriften veröffentlicht, und er war oft im Radio zu hören. Auf den Schulbüchern stand neben anderen auch sein Name als Herausgeber. Aus dem Radio oder der Zeitung hatte Haruko erfahren, daß er gegen Ende des Krieges in Gefangenschaft geraten war.

Haruko hatte ihn in letzter Zeit recht häufig gesehen. Immer wenn er in Tokio zu tun hatte, übernachtete er ein, zwei Nächte bei den Sanjos. Nozomi und Haruko wußten, daß es umständlich für ihn war, sie in ihrem kleinen, abgelegenen Haus zu besuchen, und sie wußten diese Geste zu schätzen. Sein Haar war im Gefängnis ganz weiß geworden. Es hatte lange gedauert, bis er von einem chronischen Magenleiden genesen war, und er hatte bisher noch nicht wieder zugenommen. Seine offene Art und das ansteckende, fröhliche Lachen hatte er freilich nicht eingebüßt.

»Jetzt haben wir gut reden, Nesan, aber was haben wir für Zeiten erlebt!« An diesem Abend breiteten Haruko und Sachiko ihre Futons in Ayakos Zimmer aus. Haruko lag in der Mitte, und sie mußte lächelnd daran denken, daß Ayako sogar im Schlaf noch gute Manieren bewahrte. Im Sommer unter der dünnen Decke lag sie morgens immer noch genauso da wie am Abend zuvor.

Haruko drehte sich um und musterte das Profil ihrer Mutter. Ayakos Augen waren geschlossen, und sie atmete regelmäßig. Anscheinend schlief sie.

»Ich kann nicht einschlafen, wenn das Licht an ist«, wisperte sie Sachiko zu. Diese stützte sich auf, warf einen Blick auf Ayako und flüsterte: »Sie kann immer und überall schlafen. Sie ist einfach ein zuversichtlicher Mensch. Ich bin felsenfest davon überzeugt, daß sie ein Liebling der Götter ist.«

»Na, dich haben die Götter auch nicht gerade vernachlässigt, oder?« Sachiko war von Natur aus heiter. In ihrer Nähe fühlte man sich wohl, und die Leute halfen ihr gern. Immer hatten andere ihre Sorgen getragen. Früher hab' ich immer auf sie aufgepaßt, dachte Haruko.

»Das kannst du nur sagen, Nesan, weil du nicht weißt, wie es uns ergangen ist. Hast du meine Briefe erhalten, die ich dir in den Jahren vor Kriegsende geschrieben habe?«

»Nein, ich hab' überhaupt nichts von der Familie gehört, ich bringe erst jetzt langsam alles in Erfahrung. Aber alle sind so beschäftigt, ich hab' noch nicht viele Verwandte gesehen.«

»Briefe sind streng zensiert worden. Besonders meine.«

Dann erzählte sie, daß eine Sondereinheit der Polizei Hitoshi wiederholt in seiner Wohnung und an der Universität aufgesucht hatte. Sie stellten immer wieder die gleichen Fragen, wollten wissen, was er vom Kaiser hielt, der Sowjetunion, Stalin, Jesenin,

Gorki ... Sie durchsuchten Hitoshis Schreibtisch und seine Bücherregale.

Hitoshi tappte in keine ihrer Fallen, sagte nichts Falsches und hütete sich, sie seine Verachtung spüren zu lassen. Sie konnten ihn nicht brechen. Da wurden sie zornig, weil er keine Angst vor ihnen hatte, und schließlich beschuldigten sie ihn, er hätte seinen Sohn Sakae nach dem Anarchisten Sakae Osugi benannt, der mit einem geplanten Attentat auf den Kaiser in Verbindung gebracht wurde.

»Das ist ja lächerlich!« Haruko konnte es nicht fassen.

»Aber Nesan, sie wollten Hitoshi unbedingt festnehmen. Der Grund war ihnen egal. Solche fadenscheinigen Beweise reichten aus, um sogenannte ›kommunistische Sympathisanten‹ und ›Personen, die die Sicherheit des Landes gefährdeten‹ zu verfolgen. Hitoshi hat sich nie für den Anarchismus interessiert, er hat auch nie den Kommunismus für Japan propagiert.«

»Ich weiß.«

Als Hitoshi und Sachiko eines Nachts Trillerpfeifen hörten, war ihnen klar, was nun folgen würde. Etwa zwanzig Personen hatten das Haus umstellt. Einige waren aufs Dach geklettert. Die Nacht war sternenklar, und die mit Reif überzogenen Dächer glitzerten. Vom Schlafzimmerfenster aus sahen sie schwarze Schatten durch den Garten huschen. Schließlich schrillte die Klingel durchs stille Haus.

Hitoshi ging im Schlafanzug nach unten und öffnete die Tür. Er sagte, er wolle sich umziehen, und bat sie, im Flur zu warten, doch sie folgten ihm mit ihren dreckigen Schuhen über die Tatamimatten nach oben. Hitoshi hatte Sachiko befohlen, sich etwas Warmes überzuziehen und sich im Kinderzimmer zu verstecken. So konnte er sich nicht einmal von seiner Frau verabschieden. Vier Polizisten führten ihn ab. Auch der Hausbesitzer wurde zu einem Kreuzverhör auf die Wache gebracht.

»Als unser Vermieter zurückkam, war er verängstigt und wütend. Er wolle keine ›Roten‹ im Haus, mit solchen Verrätern wolle er nichts zu tun haben, sagte er. Also mußte ich mit Sakae eine neue Wohnung suchen.«

»Du und Sakae-chan, ihr hättet nach Hause kommen sollen«, hörten sie Ayakos Stimme ganz ruhig sagen.

Haruko und Sachiko schwiegen eine Weile.

»Das hätte ich gern getan, Mutter«, sagte Sachiko schließlich, »aber dann wäre die Sondereinheit womöglich hierhergekommen. Ich konnte euch doch nicht mit hineinziehen. Im Gegensatz zu Haruko und Takeko habe ich mir meinen Mann selbst ausgesucht. Diese Ehe hat mir niemand vorgeschrieben. Deshalb muß ich die Konsequenzen auch selbst tragen.«

So kannte Haruko ihre Schwester gar nicht. Die enge Beziehung zwischen Sachiko und Hitoshi beeindruckte sie tief.

»Trotzdem, ich wünschte, du wärst nach Hause gekommen«, beharrte Ayako. »Was hätten sie hier schon tun können? Sie hätten Großmutter ruhig nach Marx und Tolstoi oder wie der hieß, von dem Vater immer erzählt hat, fragen können... was glaubt ihr, was sie da für Antworten bekommen hätten?«

Die drei lachten, doch Haruko konnte ihre Schwester verstehen. Womöglich hätten sie Hideto und Masakazu ebenfalls verhört, oder ihr Arbeitsplatz wäre gefährdet gewesen; zumindest hätte man sie observiert.

Als die Verhöre immer ernster wurden, war Sachiko auf Hitoshis Geheiß zu seinen Eltern gezogen. Er durfte ihr keine Briefe schicken. Das Innenministerium teilte Sachiko nur mit, daß Hitoshi im Gefängnis in Abashiri saß. Die Stadt Abashiri lag im Nordwesten von Hokkaido am Ochotskischen Meer, über das eisige sibirische Winde wehten.

Sie und ihr Sohn hatten viele Luftangriffe überlebt.

»Wenn Sakae bei den nächtlichen Luftangriffen zu Hause war, trug er Hitoshis Mutter auf dem Rücken. Einmal brannten um uns herum alle Häuser, aber Sakae goß geistesgegenwärtig Wasser über uns und zerrte Hitoshis Mutter und mich buchstäblich durchs Feuer.

Sakaes Klasse mußte in einer Munitionsfabrik arbeiten, bis sie eines Nachts zerbombt wurde. Danach mußte er die Trümmer wegräumen. Das war genauso gefährlich wie die Arbeit in der Munitionsfabrik. Er arbeitete gern, denn wenigstens bekam er so jeden Tag etwas zu essen. Das war schreckliches Zeug, aber er hatte solchen Hunger. Einmal fand während seiner Arbeit ein Luftangriff statt, und bevor er in Deckung ging, stahl Sakae zwei Koppe-Brote und brachte sie mit nach Hause. Eins teilte ich mit Hitoshis Eltern in drei Teile. Mit Zucker bestreut schmeckte es köstlich.«

»Wir essen dieses Brot immer noch.« Haruko seufzte.

»Nun ja. Manchmal kamen Offiziere und brachten den Schülern den Umgang mit Gewehren bei, für den Fall eines feindlichen Angriffs. Sakae sagte, die Waffen waren vom gleichen Typ wie die während des Russisch-Japanischen Krieges vor vierzig Jahren.«

»Das kann ich mir vorstellen.«

»Als der Krieg vorbei war, war ich einfach glücklich. Um den Kaiser, unsere Unabhängigkeit und Ehre machte ich mir keine Sorgen. Es dauerte eine Weile, bis ich mich daran gewöhnt hatte, daß man draußen herumlaufen konnte, ohne daß plötzlich Bomben vom Himmel fielen. Anfangs fand ich es richtig ungewöhnlich, daß der Himmel einfach blau und still war. Dann wurde mir bewußt, daß ich zu den Leuten wieder ohne Bedenken ›auf Wiedersehen‹ und ›bis bald‹ sagen konnte.

Ich mußte weinen, als mir klarwurde, daß keine Gefahr mehr drohte. Ich habe unbeobachtet im Garten getanzt. Dann las ich in der Zeitung, daß alle politischen Gefangenen entlassen würden, worauf ich jeden Tag zum Ueno-Bahnhof ging, wo ich mich neben dem Eingangsportal auf eine Zeitung setzte und wartete. Bis er endlich kam. Er war unrasiert, hatte eine alte Uniform an und einen kleinen Rucksack dabei ...

Ich war froh, bis ich ... bis ich sah, wie er sich vor seinen Eltern, die Hände auf die Tatamimatten gestützt, verneigte und sie um Verzeihung bat, weil er ihnen so viele Sorgen bereitet hatte ... Da wurde mir klar, daß er diese Hände nie auf den Gefängnisboden gelegt hätte, um sich für irgend etwas zu entschuldigen. Er hat schreckliche Narben am Rücken und an den Händen.«

In der Stille war das Zirpen einer Grille zu hören. War es das erste Grillenzirpen, das Haruko diesen Herbst hörte, oder war es ihr in der Nacht zuvor nur nicht aufgefallen?

»Jetzt ist er der Liebling der Medien.« Ayakos Stimme klang ruhig. »Mach dir keine Sorgen mehr.«

»Der Krieg ging rechtzeitig zu Ende«, fuhr Sachiko fort. »Ein Jahr länger, und Sakae wäre eingezogen worden, sogar wenn sein

Studium begonnen hätte. Oh, wie ich den Krieg hasse. Hoffentlich gibt es nie, nie wieder Krieg.«

Eine Zeitlang rührte sich niemand. Haruko schaltete das Licht aus.

»Nesan.« Sachikos Kopf auf dem Kissen bewegte sich, und sie flüsterte. »Hast du gehört, was mit Nami-chan passiert ist?«

Takekos Tochter Namiko hatte als Schülerin und später, als sie das College besuchte, fast zehn Jahre bei den Sanjos in Tokio gewohnt, und Haruko war Namikos Vertraute gewesen.

Eines Tages hatte jemand für Namiko einen Heiratsantrag von einer Familie überbracht, die angeblich von den Vasallen eines Lehensherrn abstammte. Takeko war überglücklich gewesen. Haruko und Sachiko fanden das absurd.

»Was ist nur mit Takeko-san los?« hatten sie sich über ihre Schwester lustig gemacht. »Du lieber Himmel, es ist über hundert Jahre her, daß sein Vorfahre mit einem Haarknoten herumlief oder vielleicht auf einem Pferd neben der Sänfte seines Lehnsherrn die Tokaido-Straße auf und ab ritt. Was hat das mit dem jungen Mann zu tun? Außerdem ist die Familie inzwischen verarmt.«

»So war Takeko doch schon immer, Haruko. Sie mag nun mal die Nachkommen von Lehensherrn und Edelmännern. Gib ihr einen unehelichen Aristokratensohn, schon ist sie überglücklich«, hatte Sachiko gespottet.

Aber Takeko hatte sich in den Kopf gesetzt, daß der Sohn dieser Familie Namikos Mann werden sollte. Schließlich war nicht nur seine Herkunft beachtenswert, er war außerdem intelligent und studierte Medizin.

Nozomi hatte versucht, seine Frau und seine Schwägerin zur Räson zu bringen. »Benehmt euch, ihr beiden. Warum laden wir den jungen Mann nicht ein, wenn das Takekos Wunsch ist? Dann kann Nami-chan ihn kennenlernen.«

Nozomi hatte ein Treffen in seinem Klub arrangiert. Er wartete bereits, als Haruko mit Namiko eintraf, und kurz darauf erschien der junge Mann.

In einem abgetragenen Anzug und ausgelatschten Schuhen schlurfte er auf sie zu. In dem erlesenen Klubraum wirkte er in dieser Aufmachung fehl am Platz, doch das entschuldigte Haruko bereitwillig, schließlich befand er sich noch in der Ausbildung. Er hatte ein rundes Gesicht und müde Augen.

Haruko hatte Namiko für diesen Anlaß einen neuen Kimono gekauft. Sie sah bezaubernd aus, und viele Köpfe wandten sich nach ihr um. Auf dem Gesicht des jungen Mannes registrierte Haruko jedoch keine Anzeichen von Aufregung angesichts der Tatsache, daß er mit einer hübschen jungen Dame bekannt gemacht werden sollte.

Namiko hatte ihn sofort abgeschrieben. Sie hatte sich nicht einmal zu ihm geäußert.

»Aber er ist doch geeignet. Er ist intelligent. Intelligente, ehrliche Männer wie wir schäumen nicht gleich beim Anblick einer schönen jungen Frau über vor Begeisterung. Wir verbergen unsere Gefühle tief im Innern.« Auf der Heimfahrt im Taxi hatte Nozomi sein Bestes getan, den jungen Mann zu verteidigen.

Namiko hatte lachend losgeprustet. »Du überraschst mich, Onkel!«

Nozomi hatte sich verlegen hinter dem Ohr gekratzt.

Vielleicht hatte Nozomi sogar recht, dachte Haruko. Sie hatte Namiko eine Gardenie ins Haar gesteckt, bevor sie das Haus verlassen hatten. Die weiße, duftende Blume konnte dem jungen Mann bestimmt nicht entgangen sein.

Sein Name war nie wieder gefallen. Wenig später war Haruko mit ihrer Familie in die Mandschurei übergesiedelt. Sie wußte nicht, wie es Takeko doch noch gelungen war, Namiko zur Heirat mit dem jungen Mann zu überreden. Nach dem Tod ihres Mannes hatte Takeko wahrscheinlich auf eine baldige Heirat ihrer Tochter gedrängt. Schließlich war eine schöne junge Frau, die eine gute Erziehung genossen hatte, recht passabel malte und ein wenig Englisch und Französisch verstand, nicht in der Lage, ein eigenes Leben außerhalb einer Familie zu meistern.

Die Hochzeit war schnell über die Bühne gegangen, denn der junge Mann sollte eingezogen werden. Da keine Zeit für Vorbereitungen gewesen war, fand die Hochzeitsfeier ohne die Familie statt. Auf dem Foto, das Haruko später zugeschickt wurde, war ein Mann in Uniform zu sehen; Namiko trug den Kimono, den Haruko ihr für das erste Treffen gekauft hatte, sowie eine diamantene Schmetterlingsspange im Haar, ein Geschenk Nozomis zum Collegeabschluß. »Mein schönster und kostbarster Schatz«– Namiko hatte sich immer sehr über die Spange gefreut.

Drei Tage nach der Hochzeit war Namikos Ehemann in den Südpazifik aufgebrochen, und sie sollte ihn nie wieder sehen.

»Sie wohnte bei seiner Familie. Das waren vier Frauen«, erzählte Sachiko. »Zwei ledige Schwestern und eine, deren Mann im Krieg war, weshalb sie mit ihrem Kind nach Hause gekommen war, und die Schwiegermutter.«

Sie hatten kaum zu essen. Nach Namikos Tod fanden sie in ihrem Schrank nur wenige Kleider, denn sie hatten alles gegen Lebensmittel eingetauscht, und Namikos Frisierkommode stand im Zimmer der Schwägerin. Auch die Haarspange war verkauft worden.

Am Tag vor ihrem Tod hatte Namiko die Nachricht erhalten, daß ihr Mann wohlauf und auf dem Heimweg sei. Kiyoshi, ihr Sohn, war damals etwas älter als zwei Jahre alt.

»Immer wenn die Rede auf Nami-chan kommt, werden alle plötzlich still. Was ist passiert, Sachiko-san? Stimmt es, daß Kiyoshi-chan und Nami-chan gleichzeitig gestorben sind?«

Vor kurzem hatte Hitoshi eine Buch veröffentlicht, das sich mit dem Wandel der japanischen Gesellschaft seit dem Krieg befaßte. Die Widmung lautete: »Für Namiko und ihren Sohn Kiyoshi – für sie ging die Sonne zu spät auf.«

»Sie hat Kiyoshi-chan umgebracht und dann sich selbst, Haruko.«

»Warum?«

Die beiden Schwestern steckten die Köpfe zusammen.

Hätte Namiko ein wenig länger gelebt – so wie Hitoshi in seiner Widmung angedeutet hatte –, hätte sie die Änderung des Familienrechts erlebt. Frauen konnten jetzt die Scheidung einreichen, durften eigenen Besitz haben und konnten erben. Frauen durften jetzt arbeiten, ohne daß es ihre Familie entwürdigt hätte.

Eine der Schwägerinnen hatte Namiko über die Leiche ihres kleinen Sohnes gebeugt gefunden. Der schlaffe, kleine Leichnam lag ausgestreckt auf ihrem Schoß. Namikos Arm mit der aufgeschnittenen Pulsader baumelte über einem Wasserkrug. Sie hatte keinen Letzten Willen hinterlassen.

»Weißt du«, raunte Sachiko, »Nami-chan war noch am Leben, als Takeko gerufen wurde. Sie hatte eine Menge Blut verloren und war fast bewußtlos, aber sie hätte vielleicht gerettet werden können. Kiyoshi-chan war tot. Sie hat ihn erstickt. Wie konnte sie das nur tun?«

Darauf wußte Haruko auch keine Antwort, aber sie mußte an eine Stelle aus *Die Geschichte der Heike* aus dem 12. Jahrhundert denken. Der Heike-Clan war besiegt worden, und gutgekleidete junge Höflinge und Damen in bunten Kleidern waren in offenen Booten aufs Meer geflüchtet. Weiter konnten sie nicht fliehen. Eine Hofdame hielt den sechsjährigen Kaiser im Arm und flüsterte ihm zu: »Unter den Wellen gibt es eine wunderschöne Stadt.« Sie hielt das Kind fest und sprang ins Wasser.

Vielleicht hatte Namiko ihren Jungen auch an sich gedrückt und ihm zugeflüstert: »Okasan bringt dich an einen wunderschönen Ort, wo wir glücklich sein werden. Wir gehen zusammen.«

## 6

## *Ayako und ihre Töchter*

Haruko fragte Sachiko, ob sie Lust habe, sie zu Onkel Rinji zu begleiten.

»Gehst du zu Fuß?« Sachiko zog eine lange Haarnadel aus ihrer Frisur und kratzte sich damit am Kopf, wobei sie versuchte, ihre Haarpracht nicht zu zerstören.

»Wir können auf den Bus warten, aber es ist nicht weit. Früher sind wir doch immer gelaufen.« Lachend fügte sie hinzu: »Wir sind die Strecke sogar gerannt.«

Sachiko überlegte. »Es ist noch so heiß. Geh lieber allein. Ich komme nächstes Mal mit.«

Eigentlich war Haruko froh, daß Sachiko nicht mitkommen wollte. Was sie vorhatte, war allein bestimmt leichter auszuführen. Bevor sie ging, wollte sie noch jemanden von ihrem Besuch unterrichten. Sie fand Matabei hinter dem Haus, wo er Holz hackte. Er hielt inne und wischte sich mit dem Handrücken über die Stirn.

»Du arbeitest schwer, Mata-san.«

»Jetzt, wo wir fließendes Wasser haben, ist es viel leichter, ein Bad zu richten.«

Haruko sagte ihm, daß sie Rinji besuchen wolle. »Mach dir keine Sorgen, Mata-san. Ich komm' schon zurecht. Das wird mich nicht traurig machen. Ich will nur mal sehen, wie es Ojisan und dem Haus geht.«

»Wenn das so weitergeht, gibt's da bald kein Haus mehr. Das sind nur noch ein paar Wände mit einem Dach. Ein starker Sturm, und es ist weg.«

Er konnte Haruko jedoch nicht umstimmen und gab nach. »Sie müssen ums Haus herum zur Hintertür gehen, wo früher Dansamas Arbeitszimmer war. Seien sie vorsichtig, überall wuchern Brennesseln.«

Sie spannte den Sonnenschirm auf, den sie auf Ayakos Rat hin mitgenommen hatte. Der weiße Stoff und die Rüschen am Rand waren vergilbt. Am Ende des langen Stiels baumelte eine kunstvoll gearbeitete Quaste mit einem kleinen Etikett, auf dem der Name einer nicht mehr existierenden Import-Export-Firma in Yokohama stand. Wer den Schirm wohl gekauft hatte? Bestimmt konnte Kei sich noch daran erinnern. Haruko hatte auf einem impressionistischen Gemälde eine Dame mit einem ähnlichen Schirm gesehen. Einem Relikt aus der Studienzeit ihres Vaters Shintaro. Damals trugen die Damen der Gesellschaft europäische Abendkleider und besuchten Partys in einem Gebäude namens Rokumei-kan, das von einem Engländer erbaut worden war. Japan war von einem regelrechten Europafieber ergriffen worden, und die Oberschicht wetteiferte im Nachahmen europäischer Moden und Lebensart.

Dann war eine nationalistische Welle übers Land geschwappt, und alles Europäische und Amerikanische war verpönt.

Jetzt stand die amerikanische Lebensart wieder hoch im Kurs. Amerikanische Waren galten als hochwertiger. Die amerikanische Armee hatte ein großes Kaufhaus in Tokios Innenstadt übernommen, in das Japanern der Zutritt verwehrt war. Niemand wußte, was hinter den verdunkelten Fenstern und Türen vor sich ging. Für die vorübergehenden Passanten war es ein Haus voller verbotener Schätze.

Junge Frauen kauften die ausrangierte Kleidung amerikanischer Armeeangehöriger. Alte Strickjacken, Pullover, Röcke – Sachen, die man sonst nirgends kaufen konnte. Einige Frauen stopften mit winzigen Nadeln Laufmaschen in Nylonstrümpfen und verkauften sie an jüngere Frauen, denn Nylonstrümpfe waren heißbegehrt.

Zu beiden Seiten der Straße, die Haruko entlangging, gab es Reisfelder. Bald war Erntezeit. In glänzenden, weißen Wellen wogten die Pflanzen im Wind. Haruko fand, daß man Japan mit einer Reispflanze vergleichen konnte: Das Land wogte raschelnd hin und her, je nachdem, aus welcher Richtung der Wind wehte.

Als sie sich dem Dorf näherte, in dem die Miwas lebten, bedauerte sie, kein Geschenk für ihren Onkel dabeizuhaben, sie hätte allerdings auch gar nicht gewußt, was sie einem alten, alleinstehenden Mann hätte schenken sollen.

Unter dem Vorwand, in diverse Unternehmungen Geld zu investieren, waren – wie vor vielen Jahren von Shobei befürchtet – beträchtliche Summen an Tetsus Familie geflossen. Es war ein offenes Geheimnis, daß damit die Spielschulden eines ihrer Neffen beglichen wurden. Alle außer Rinji, der auf einem Stapel gefälschter Zertifikate sitzengeblieben war, hatten das gewußt. Um sich nicht zum Gespött des Dorfes zu machen, war Rinji schließlich dem Rat seiner Verwandten gefolgt und hatte sich von Tetsu scheiden lassen.

Als Haruko das Tor sah, verstand sie, weshalb Matabei sie von diesem Besuch hatte abhalten wollen. Seit dem Tod ihrer Großmutter war sie nicht mehr im Haus der Miwas gewesen. Das war vor ihrer Hochzeit gewesen. Nun war das massive Eichentor geschlossen; sie drückte gegen einen der Flügel, der sofort nachgab.

Das Holzbrett, das das Tor unten zusammengehalten hatte, war verrottet, und der Querbalken war verschwunden.

Zu Shobeis Lebzeiten hatte morgens immer eine Dienerin das Tor geöffnet und als erstes Türen und Säulen abgewaschen. Auch nach Regengüssen hatte sie sorgfältig alle Schlammspritzer weggewischt.

Ein gewundener Pfad, früher von kunstvoll geschnittenen Büschen und Bäumen gesäumt, führte zur Haustür. Jetzt war der Pfad überwuchert, und eine dicke Schicht modrigen Laubs verdeckte die Trittsteine.

Früher war das Haus immer voller Menschen gewesen. Drei Generationen waren hier zu Hause, und es gab stets zahlreiche Gäste, vor allem wenn Wahlen bevorstanden.

Sie ging ums Haus herum zur Hintertür. Wie Matabei gesagt hatte, war der feuchte Boden neben der Küchentür, wo aus einer defekten Regenrinne Wasser in eine offene Grube floß, mit Brennnesseln überwuchert. Eine der Hauswände war verrottet und mit Pilzen bewachsen. Vorsichtig bahnte sie sich einen Weg am Haus entlang. Aus dem Teich, in dem Shobei seine Koi – die Zierkarpfen – gehalten hatte, war ein trauriger Tümpel geworden. Eine Steinlaterne, die ihre Zierkugel verloren hatte, nahm sich unter der Kiefer sehr merkwürdig aus – als würde sie mit gezogenem Hut lachen.

Haruko konnte vom Garten aus sehen, daß die hölzernen Fensterläden des Haupthauses geschlossen waren, doch die Schiebetüren des Arbeitszimmers standen offen, und sie erblickte Rinji, der ein kupfernes *hibachi* reinigte. Haruko war erleichtert, denn sie hatte befürchtet, ihn mit leerem Blick vor sich hinstarrend in einem verfallenen Haus sitzend anzutreffen. Das Zimmer war aufgeräumt. Den Rücken sehr gerade, saß er in einer gestreiften Baumwollschürze da.

»Ojisan!« rief Haruko leise, um ihn nicht zu erschrecken.

Rinji drehte sich um und starrte sie an.

»Ja?«

»Onkel Rinji, ich bin's, Haruko.«

Es dauerte eine Weile, bis ihm langsam dämmerte, wer da vor ihm stand. Zuerst überwog das Erstaunen offensichtlich seine Freude, und er starrte sie mit offenem Mund an.

»Entschuldige, daß ich dich so überfalle. Darf ich reinkommen?«

Er fing sich wieder. »Ja, natürlich, natürlich, komm rein.«

Er nahm seine Brille ab und setzte sie wieder auf.

»Du bist eine stattliche Frau geworden.« Er musterte sie über den Rand seiner Hornbrille hinweg, und als Haruko sich setzte, nahm er die Brille wieder ab.

»Du hast dich nicht sehr verändert, Ojisan.« Das stimmte. Er war Mitte Siebzig, aber sein Haar war noch dicht und schwarz. Er wirkte gesund.

Das Zimmer sah genauso aus wie zu Großvater Shobeis Lebzeiten. Großmutter hatte nach seinem Tod in diesem Seitenflügel gewohnt, doch auch sie hatte alles unverändert gelassen. Auf dem Regal standen noch diesselbe Vase und dieselben Holzschnitzereien, und in der Nische hing eine Bilderrolle.

»Setz dich, setz dich. Möchtest du eine Schale Tee?« Ohne ihre Antwort abzuwarten, erhob er sich und verschwand hinter den *shoji*, den Schiebewänden. Offensichtlich hatte er sich dort eine einfache Küche eingerichtet. Haruko fielen zum erstenmal seine anmutigen Bewegungen und guten Manieren auf. Als Sohn eines reichen Landbesitzers hatte er schließlich eine gute Erziehung genossen. Wie schade, daß sein Leben eine so traurige Wendung genommen hatte. Großvater Shobeis übertriebene Sorge hatte das Gegenteil von dem bewirkt, was er erreichen wollte.

Rinji kam mit einem Tablett aus massivem Holz zurück. Haruko kannte das Tablett; die herrlich verschlungene Maserung des Maulbeerbaumholzes war noch gut zu erkennen. Rinji schob den *hibachi*, den er gerade gereinigt hatte, zur Seite und stellte eine große, tiefe Teeschale vor Haruko hin. Die Schale enthielt genau die richtige Menge, um ihren Durst zu stillen. Haruko hatte gar nicht gemerkt, wie durstig sie war. Als sie ausgetrunken hatte, stellte Rinji die Schale wieder aufs Tablett und schritt würdevoll aus dem Zimmer. Als er zurückkam, standen auf dem Tablett zwei kleine, blauweiße Teeschalen. Außerdem zwei Lackteller mit je einer großen, gekochten Kastanie.

Wie bei einer Teezeremonie stellte er Schalen und Teller ganz ruhig vor Haruko ab.

»Ich hab' die Kastanien letztes Jahr gekocht und eingemacht.«

Haruko aß ihre Kastanie mit einer kleinen Lackgabel. Sie schmeckte süß und köstlich. Der Tee war ein edler grüner Tee, ein Gyokuro, was Tautropfen bedeutete.

Sie konnte ihre Neugier nicht länger zügeln. »Wie bist du an Gyokuro-Tee gekommen, Onkel? Das ist dieser Tage doch fast unmöglich. So guten Tee habe ich nicht getrunken, seit ich wieder in Japan bin.«

Er nippte lächelnd an seinem Tee. »Ein altes Haus hat auch seine Vorteile. Im Lagerraum standen viele Dosen, an die sich bestimmt niemand mehr erinnert hat. Ich geb' dir welchen mit für …«

»Nozomi.«

»Natürlich, Nozomi.«

»Wie bist du darauf gekommen, mir erst eine große Schale Tee zu geben, Ojisan, um mich auf den Gyokuru vorzubereiten?«

Er senkte die Hände mit der Teeschale auf seinen Schoß. »Oh, wenn man durstig ist, weiß man eine kleine Menge guten, heißen Tees gar nicht richtig zu schätzen. Das sagt einem doch der gesunde Menschenverstand.«

Haruko war angenehm überrascht.

»Als dein Großvater starb, dachte ich, ich müßte die Verantwortung übernehmen und die Finanzen der Familie regeln. Das hat mir angst gemacht. Ich machte mir Sorgen, was aus dem Haus der Miwas werden würde. Vielleicht habe ich zu überstürzt gehandelt. Ich war jung und unerfahren.« Er lächelte sein altes, schüchternes Lächeln.

Es war genau vor diesem Zimmer gewesen, wo er damals mit Haruko zusammengestoßen war und sie beinahe umgeworfen hätte, als er sich mit der Kiste, in der die wichtigen Papiere der Miwas lagen, aus dem Staub gemacht hatte. Sicher war Habgier sein Hauptbeweggrund gewesen, doch das alles war lange her, und Shuichi, um dessen Interessen es in den darauffolgenden Streitigkeiten ging, war längst tot.

»Die Welt hat sich seitdem verändert. Geld ist wie Sand. Rinnt es einem erst mal durch die Finger, ist es im Nu verschwunden.«

»Mach dir nichts draus, Onkel.«

Haruko hätte gern über früher geplaudert. Wehmütig dachte sie daran, wie Shobei seine Koi im Teich gepflegt hatte, doch das war sicher kein gutes Gesprächsthema. Gern hätte sie sich über Rinjis Mutter, ihre Großmutter, unterhalten, doch das war auch ein zu trauriges Thema.

Rinji murmelte: »Wenn du bei uns geblieben wärst, wäre vielleicht alles besser ausgegangen.«

»Nein, Onkel. Wie du schon sagtest: Die Welt hat sich verändert. Das wäre nicht gutgegangen.«

Er wurde lebhafter. »Ich hab' dich nicht vergessen, Haruko. Ich habe nicht mehr viel, aber immerhin noch ein paar wertvolle Kunstgegenstände, die ich dir vermachen möchte. Erinnerst du dich an die Wandschirme? Die mit den Kiefern und den Kranichen?«

Ja, sie erinnerte sich an die Wandschirme, die ein Maler der Kano-Schule gestaltet hatte. Sie waren sehr wertvoll und nur bei besonderen Gelegenheiten hervorgeholt worden. Als kleiner Junge hatte sich Shuichi vor den gelben Augen der Kraniche gefürchtet, sie sahen so lebendig aus.

»Ich hab' noch mehr. Soll ich es dir zeigen? Vieles habe ich bereits Takeko mitgegeben. Sie besucht mich hin und wieder, aber die wertvollsten Stücke hab' ich für dich aufgehoben.«

Haruko zögerte einen Augenblick. Dann, wie um eine Versuchung abzuschütteln, sagte sie entschlossen: »Onkel, ich bin heute gekommen, um zu sehen, wie es dir geht. Aber ich wollte dich auch etwas fragen.«

Ein argwöhnischer Schleier überschattete seinen Blick. Haruko wurde unsicher.

»Onkel«, fing sie noch einmal an. »Großvater sorgte sich vor seinem Tod vor allem um Shu-chans Zukunft und den Fortbestand der Miwas. Vielleicht hat er dir das nicht gesagt« – sie war vom Gegenteil überzeugt –, »aber er bat mich, ich solle die Kiste, die er immer bei sich hatte, Großvater Shirai und Mutter geben, falls ihm etwas zustoßen sollte. Da du die Kiste mitgenommen hast, konnte ich mein Versprechen nicht einhalten. Ich wußte nicht, wie wichtig sie war.« Sie hielt inne. Ihr Onkel hatte seinen Blick gesenkt und rieb sich verlegen die Hände.

»Shu-chan ist leider tot«, fuhr sie fort, »aber er hat einen Sohn. Hajime ist ein wunderbarer Junge und der letzte Miwa. Ich würde gern mein Versprechen gegenüber Großvater und Vater halten und ihm helfen.«

Sie machte eine Pause und fuhr dann unbeirrt fort: »Onkel, die Wandschirme, Kutani-Schüsseln, Ming-Schalen und, wenn ich vorschlagen dürfte, auch das Haus und das Grundstück – wenn du das alles nicht mehr brauchst, würdest du es dann bitte Hajime-chan vermachen? Das alles steht ihm zu. Und Großvater könnte endlich in Frieden ruhen.«

Haruko war überrascht, als sie die Tränen in Rinjis Augen sah.

»Ich mußte oft an meinen Vater denken, Haruko. Es tut mir so leid. Ich hatte gehofft, du würdest eines Tages kommen und alles mit mir bereden. Ich wollte wirklich, daß du kommst. Ich bat Takeko, dir das auszurichten. Ich wollte dir alles vermachen. Schließlich wollte ich dich einmal an Kindes Statt annehmen. Aber wenn du das wünschst – und du hast sicher recht –, so soll Shuichis Sohn erben, was noch da ist.«

Haruko entfuhr ein Seufzer der Erleichterung. »Vielen Dank, Ojisan. Mir fällt ein Stein vom Herzen. Ich hatte schon lang ein schlechtes Gewissen wegen Hajime-chan.«

»Ich tu, was du verlangst.«

Dann schrieb Rinji auf Harukos Vorschlag hin alles nieder, was sie besprochen hatten.

»Am besten, wir lassen das von einem Notar in der Stadt beglaubigen. Einverstanden?«

»Von einem Notar?« Er sah sie beunruhigt an. »Wir brauchen keinen Notar. Das ist eine unnötige Ausgabe. Ich werde meine Meinung nicht ändern. Ich bin zufrieden mit unserer Abmachung.«

»Das kostet nicht viel, Ojisan.« Haruko lächelte und schüttelte sacht den Kopf. »Und wir brauchen die ganzen Papiere nicht in einer lästigen Kiste herumschleppen, die leicht gestohlen werden könnte.«

»Na gut, wie du meinst. Noch etwas Tee?«

Später fragte Haruko. »Darf ich mir das Haus ansehen, Onkel?«

»Ich hab' die Fensterläden schon seit über zehn Jahren nicht mehr geöffnet. Ich brauche die Räume nie.«

Die Luft in den dunklen Räumen war muffig. Aus den verfaulten Tatamimatten quoll die Füllung heraus.

»Vorsichtig.« Rinji packte Haruko am Arm. Er hatte einen kräftigen Griff.

Einige Holzdielen drohten zu brechen.

»Jetzt, wo wir wissen, was aus dem Haus wird, sollten wir es in Ordnung bringen lassen. Wie du siehst, hab' ich in diesen Zimmern nichts gemacht. Es bedrückte mich immer, wenn ich daran dachte, was aus dem Haus wird. Für wen hätte ich es renovieren lassen sollen?«

Haruko nahm sich vor, Masakazu zu bitten, mit Rinji über die Instandsetzung zu sprechen.

»Es freut mich, daß du gekommen bist. Besuchst du mich wieder?« Rinji begleitete sie zum Tor.

»Ja. Nächstesmal bringe ich meine Töchter mit, und vielleicht auch Hajime-chan. Paß auf dich auf.«

Er nickte.

Nachdem Haruko ein Stück gegangen war, drehte sie sich um. Rinji hob winkend den Arm.

Haruko fühlte sich plötzlich müde. Was hab' ich getan? Hätte ich die Wandschirme und die kostbaren Antiquitäten angenommen, wäre ich meine Geldsorgen erst einmal für eine ganze Weile los. Hajime-chan hätte immer noch das Haus und das Grundstück erhalten. Hatte sie sich dumm verhalten? Vielleicht hätte sie wenigstens die Wandschirme und ein, zwei andere Stücke annehmen sollen.

Aber nein, sie durfte das Vertrauen nicht mißbrauchen, das ihr Großvater in sie gesetzt hatte.

Als Nozomi in seinem Beruf noch gut verdient hatte, war Haruko davon ausgegangen, daß sie Hajim zu gegebener Zeit unterstützen konnten. Seit sich ihre Situation geändert hatte, hatte sie auf eine Gelegenheit gewartet, mit Rinji zu sprechen. Sie hatte befürchtet, alte Geschichten aufwärmen und ihm seinen Fehler klarmachen zu müssen. Aber es hatte überhaupt keinen Anlaß für eine unangenehme Szene gegeben. Er hatte sich reuig gezeigt. Es freute Haruko, daß ihr Onkel so sanft und freundlich war, und sie beglückwünschte sich zu ihrem Erfolg. Bei dem Gedanken daran, wie froh Ayako diese Neuigkeit aufnehmen würde, wurde sie ganz aufgeregt.

Als Haruko wieder beim Haus der Shirais ankam, hörte sie drinnen lebhafte Stimmen. Bevor sie eintrat, wusch sie sich am Brunnen Gesicht und Füße und trocknete sie sorgfältig mit dem kleinen Handtuch, das sie bei sich trug.

Als sie die *chanoma* betrat, sahen fünf Frauen zu ihr auf. Kei war auch anwesend, und Masakazus Frau schenkte Tee ein.

Die von ihrem Ausflug mit den Freundinnen zurückgekehrte

Takeko schnitt einen Kuchen auf, den sie als Geschenk mitgebracht hatte.

»Haru-chan!« Takeko legte das Messer zur Seite.

Haruko war ihrer älteren Schwester nie sehr nah gewesen, denn Takeko hatte sich ihren beiden Schwestern immer überlegen gefühlt. Als Sachiko letzte Nacht nun erzählt hatte, daß Takekos Tochter Namiko hätte gerettet werden können, war Haruko zornig auf sie gewesen. Sie wußte allerdings auch, daß Namiko – hätte sie überlebt – es nie verwunden hätte, ihren Sohn getötet zu haben. Zweifellos war es ein Akt der Barmherzigkeit gewesen, sie sterben zu lassen. Aber Haruko wurde den Gedanken nicht los, daß bei ihrer Schwester auch kalte Berechnung mit im Spiel gewesen war. Sicher wäre ihre Hauptsorge der befleckte Name der Familie gewesen.

Trotz alledem wurde Haruko von Zuneigung überwältigt, als sie ihre Schwester nach so langer Zeit wiedersah. Alles war vergessen und vergeben.

»Wie ist es dir ergangen, Takeko-san?«

»Mir geht's gut, aber ich hab' wirklich Schreckliches durchmachen müssen. Ich bin so froh, euch wohlbehalten zu sehen. Emi und Mari sind groß geworden! Ich hab' sie gar nicht wiedererkannt. Du mußt dir bald Gedanken über ihre Hochzeit machen.«

»Nur nichts überstürzen, Nesan. Sie sind noch viel zu jung. Außerdem suchen sie ihre Männer selbst aus. Die Zeiten haben sich geändert.«

»Du kannst doch hier übernachten«, schlug Ayako Takeko nach dem Abendessen vor.

Sie breiteten vier Futons in ihrem Zimmer aus.

»Wann haben wir eigentlich das letzte Mal in einem Zimmer geschlafen?« fragte Sachiko aufgekratzt.

»Haben wir das je?« Haruko konnte sich nicht daran erinnern. »Takeko-nesan schlief immer bei Großmutter. Und wir schliefen mit Shu-chan in einem Zimmer, bis er zur Oberschule ging. Du und Shu-chan, ihr habt immer nach Urin gerochen, als ihr klein wart.«

»Haben wir nicht!«

»Wir sind zusammen zur Latrine gegangen, wißt ihr noch?«

schmunzelte Haruko. »Du warst schrecklich, Takeko-nesan. Ich hab' immer gebettelt, du sollst auf mich warten, aber du bist einfach schreiend weggerannt. Ich hatte solche Angst, allein in der Latrine zu bleiben, ich dachte, ich müßte sterben.«

»Wenn ich mich recht entsinne, kamst du einmal raus, ohne daß du dein Geschäft ganz beendet hattest.«

»Schon möglich.«

»O je.« Ayako rümpfte die Nase.

Alle vier lachten.

»Mir ist die Gästetoilette immer noch unheimlich.«

Die Gästetoilette befand sich im Garten. Um dorthin zu gelangen, mußte man eine Schiebetür aufmachen, Holzschuhe anziehen und einen kleinen, mit Kieselsteinen bestreuten und mit Bambus bepflanzten Innenhof überqueren.

»Hmhm!« Mazakazu ging an ihrem Zimmer vorbei und räusperte sich geräuschvoll. »Seid ihr nicht ein bißchen zu laut? Was glaubt ihr, wie spät es ist?« Sie wußten, daß er Tei-ichi nachahmte. »Kannst du sie nicht bändigen, Ayako?«

Darauf wurden sie noch übermütiger.

»Warum hast du den Heiratsantrag nicht angenommen, Takeko-nesan?« fragte Sachiko ihre Schwester.

»Du hast einen Heiratsantrag bekommen?« Davon hörte Haruko zum erstenmal.

»Von einem Richter, einem guten Bekannten Hitoshis. Er sucht eine Frau, und ein anderer Freund fragte Hitoshi, ob Nesan vielleicht geeignet wäre.«

»Warum heiratest du ihn nicht, Takeko-nesan? Das klingt doch gut. Und du brauchst dir keine Gedanken mehr machen, später auf Akira angewiesen zu sein. Wir stellen die Aussteuer für dich zusammen.« Haruko meinte das teils im Scherz, teils im Ernst.

»Ach, halt den Mund. Ich kann nicht mehr heiraten. Das wäre zu peinlich.«

»Zier dich doch nicht so. Du weißt doch, was eine Ehe bedeutet.«

Sie lachten erneut.

»Ich hab' auf der Ginza einen amerikanischen Militärpolizisten gesehen, Haruko-nesan, der den Verkehr regelte. Wie der mit dem

Hintern gewackelt hat.« Takeko sprang auf und imitierte eine Trillerpfeife, wedelte mit den Armen und wog sich in den Hüften.

»Takeko, wie alt bist du eigentlich?« Ayako riß die Augen auf, um zu zeigen, wie entsetzt sie war.

Takeko schenkte Ayakos Bemerkung keine Beachtung, legte sich wieder hin und streckte ein Bein in die Luft.

»Warum haben Europäer eigentlich so lange, schlanke Beine?«

»Also wirklich, Takeko-nesan!« Aber Sachiko streckte ebenfalls ein makelloses Bein in die Luft. »Du hast ziemlich dicke Beine, Takeko-nesan.«

»Meine Masseurin hat gesagt: ›Ihre Beine sehen aus, als würden sie zu einem anderen Körper gehören.‹«

»Tatsächlich.« Haruko und Sachiko mußten kichern.

»Das kommt, weil wir immer knien. Seit Generationen knien wir schon so.« Takeko musterte ihr Bein.

»Kauf Stühle für dein Haus, Haruko-san, und laß deine Mädchen nicht so knien, wie wir es immer taten.«

»Wir Japaner haben so lange Oberkörper, nicht wahr? Seht euch zum Beispiel Yasu-ojisama an. Es macht kaum einen Größenunterschied, ob er steht oder sitzt.« Sachiko nahm das Bein runter und deckte es wieder zu.

»Und unsere Gesichter sind platt und großflächig. Deshalb sehen wir in Kleidern so albern aus.«

»Großmutter Kei hat aber lange Beine und ein schmales Gesicht.«

»Du hast auch lange Beine, Haruko-san. Das hat Mari von dir geerbt.«

»Dann sollte ich wohl Kleider anziehen.«

»Zeig uns deine Beine, Okasan!«

Zur Verwunderung ihrer Töchter streckte Ayako ein Bein in die Luft und sagte: »Da! Na, sind diese Beine gut genug für westliche Kleider?«

## 7

### *Ein Gott, der dir zu Hilfe kommt*

Weißliches Licht fiel durch die Milchglasscheibe der Haustür. Wieder zurück ins kleine, alte Haus. Wieder zurück zum Überlebenskampf. Doch für einen Augenblick empfand Haruko Erleichterung. Hier war ihr Zuhause.

»Otosan! *Tadaima!* Wir sind wieder da!« Mari stellte den schweren Rucksack ab und schleuderte ihre Schuhe von den Füßen. Emi tat es ihr nach. Haruko hob die Schuhe ihrer Töchter auf und stellte sie ordentlich zusammen. Dann betrat sie das Haus.

»Wie spät ist es? Ihr kommt früher, als ich erwartet hatte. Ich wollte euch vom Bahnhof abholen.« Nozomi betrachtete die geröteten Gesichter der drei Heimkehrer. Eine Teeschale stand auf dem Tisch, daneben eine aufgeschlagene Zeitung.

»Wo ist Kensaku-san?«

»Ich hab' eine Abendschule für ihn gefunden. Und eine gute Unterkunft in der Nähe.«

Haruko war erfreut.

»Habt ihr schon gegessen? Ich hab' Misosuppe und Reis gekocht, falls ihr Hunger habt.«

Haruko ging in die Küche und warf einen Blick auf die Uhr, deren Pendel reglos herabhing. Offensichtlich hatte Nozomi das wöchentliche Aufziehen vergessen.

»Wie spät ist es, Otosan?«

»Hm? Ich hab' keine Uhr an.« Wie ungewöhnlich, dachte Haruko. »Ich schalte das Radio ein.«

Kensaku, die Abendschule, die Unterkunft – bestimmt hatten all diese Ausgaben etwas mit der verschwundenen Uhr zu tun, seinem letzten wertvollen Stück aus einer besseren Zeit. Haruko seufzte. Sie selbst hatte auf Erbstücke verzichtet, die zum Greifen nah gewesen waren. Sie und Nozomi waren wohl doch, wie man so schön sagt, zwei vom gleichen Schlag.

»Vater«, plapperte Mari drauflos, »Großmutter Kei sagte, du hättest sie besucht, um Mutter kennenzulernen, und du mochtest sie so sehr, daß du Großvater sofort um ihre Hand gebeten hast. Mutter hätte wunderschön ausgesehen, hat sie gesagt.«

»Wie lieb von Großmutter, dir das zu erzählen.«

»Otosan, hast du schon mal Tante Takekos Beine gesehen?«

»Du liebe Güte, natürlich nicht!«

»Reiko-san und ich linsten durch einen Schlitz in der *fusama*, weil sie soviel Krach machten. Tante Sachiko und Tante Takeko haben kichernd ihre Beine in die Luft gestreckt.«

»Sicher ein herrlicher Anblick. Ihr habt euch anscheinend alle gut amüsiert.«

Haruko beschloß, Nozomi keine Fragen wegen der Uhr zu stellen.

»Wir haben Reis mitgebracht und Azukibohnen, und was noch, Emi-chan? Eine ganze Menge jedenfalls.« Sie brachte die aufgewärmte Misosuppe und den Reis in die *chanoma*.

»Ich habe ein paar Arbeitshandschuhe von Mata-san bekommen, und er hat mit gezeigt, wie man Tomaten pflanzt. Wir müssen Hajime-chan bald einmal besuchen, Mutter. Großmutter hat uns Großvaters Tusche- und Federkasten für ihn mitgegeben, und Mata-san getrocknetes Obst.« Haruko wollte ihrem Mann später erzählen, was sie für Hajime getan hatte, Nozomi würde sich bestimmt darüber freuen. Wenn es darum ging, anderen zu helfen, standen sie sich in nichts nach. Sie vergaßen ihre eigene Lage und benahmen sich wie mildtätige Helfer. Oder etwa nicht? Nein, das stimmte auch nicht, sie wollten eben beide nur das Richtige tun.

Haruko war auf dem Heimweg von einem Treffen mit einer Frau, die Puppenkleider nähte. Nicht für irgendwelche Puppen, sondern für solche, die den berühmten Kabuki-Schauspielern nachempfunden waren. Die Puppen trugen die gleichen Kleider wie die echten Schauspieler in den traditionellen Theaterstücken und Tänzen. Die Stoffe für die Puppenkleider wurden mit winzigen Originalmustern der echten Kostüme bedruckt. Das Kabuki-Theater verwendete keine Imitate. Der prächtige Haarschmuck, Fächer, Kostüme und Möbel waren verschwenderisch mit echtem Gold, Silber und kostbaren Steinen besetzt; jedes Stück war von besonderem Wert. Eine ganze Armee von Männern war speziell für die Instandhaltung, Reinigung und Lagerung dieser Kostbarkeiten abgestellt. Die Puppen waren mit winzigen, aber aufwendig gearbeiteten Imitaten dieser Accessoires versehen. Um die Puppen anzukleiden und sie in bestimmte Posen aus diversen Szenen zu setzen, mußte man etwas vom Kabuki-Theater verstehen.

Eine Bekannte hatte Haruko der Agentin vorgestellt, die das Ganze organisierte. Haruko war zuversichtlich, schließlich wußte sie eine Menge übers Kabuki-Theater und war äußerst geschickt. Das Wetter war mittlerweile besser, und ihre Hände waren nicht mehr so rauh. Sie erinnerte sich daran, wie Großmutter Kei ihr und Takeko Nähen beigebracht hatte.

»Du bist zu schludrig«, hatte Kei Takeko gutmütig gescholten. »Du mußt flache, glatte Nähte machen und nicht so runde, dicke, als hättest du eine Nuß miteingenäht. Zeig mal, Stoff und Futter müssen genau aufeinanderpassen, als wären sie aus einem Stück. Schließlich soll das kein Beutel werden.« Dann lachte Kei, und Takeko war beleidigt gewesen. Dann hatte Kei Harukos Arbeit gemustert. »Sieh nur. Haruko macht ordentliche Nähte. Das ist eine ganz andere Sache. Hier haben wir es mit einer gewissenhaften jungen Dame zu tun.« Kei neigte dazu, Menschen aufgrund ihres Alltagsverhaltens oder anderer Leistungen zu charakterisieren, die eigentlich nichts mit ihrem Wesen zu tun hatten.

Bei der Fertigung der Puppenkleider ging es nicht nur um das Nähen winziger Kimonos, aber Haruko hatte den Dreh bald heraus. Die Frau hatte sich von ihrer Arbeitsprobe beeindruckt gezeigt. Haruko hatte somit die erste Hürde mit Bravour genommen. Aber um wirklich Geld damit verdienen zu können, hieß es, müsse sie einen mehrwöchigen Kurs absolvieren und ein Zertifikat erlangen.

Haruko überlegte hin und her. Eigentlich konnte sie sich die hohen Kursgebühren sowie die Material- und Fahrtkosten gar nicht leisten, auch wenn die Agentin gesagt hatte, sie würden ihr die Gebühren, sobald sie die Arbeit aufgenommen hatte, monatlich vom Gehalt abziehen.

»Das ist Ausbeutung«, würde Mari jetzt entrüstet sagen. Die Gesinnung und Ausdrucksweise ihrer Tochter wurde dieser Tage immer gesellschaftskritischer und radikaler, und Haruko fragte sich, ob dies von ihren ärmlichen Lebensverhältnissen herrührte.

Die Studentenbewegung war auf ihrem Höhepunkt. Das Polizeihauptquartier Tokios hatte ein Demonstrations- und Versammlungsverbot verhängt, und Mari regte sich schrecklich auf, als sie erfuhr, daß General MacArthur alle Mitglieder des Zentralkomitees der Kommunistischen Partei Japans ausgeschlossen und die Veröffentlichung der Zeitung *Die rote Flagge* für einen Monat untersagt hatte.

»Denkst du, sie wird zu radikal?« Haruko hatte mit Nozomi darüber geredet.

»Sie wird auch wieder ruhiger, wie die meisten intelligenten jungen Leute. Wenn die erst mal dreißig sind, unterstützen die bestimmt keine Busfahrerstreiks mehr.«

»Dreißig!«

»Ich finde, wir sollten sie in Ruhe lassen und die Sache im Auge behalten.«

Auch das mußte bedacht werden. Haruko wollte nicht den ganzen Tag Puppenkleider nähen lernen, wenn das bedeutete, daß ihre Töchter nach der Schule in ein leeres Haus zurückkehrten. Es hatte Verhaftungen unter den Studenten gegeben. Und sie mußte sich auch um Emi kümmern, die zur Zeit für die Aufnahmeprüfung an einer sehr renommierten Universität büffelte.

Eigentlich wußte sie gar nicht, ob sie wirklich Kimonoschneiderin für Kabuki-Puppen werden und den Rest ihres Lebens inmitten winziger Stoffetzen verbringen wollte. Doch die Auswahl an Tätigkeiten war begrenzt. Haruko hatte weder eine offizielle Ausbildung noch irgendwelche Zeugnisse; sie verfügte nur über einen gewissen Stolz und die Überzeugung, daß sie mindestens durchschnittlich intelligent war. Ob sie nicht eine sinnvollere Arbeit finden konnte?

Als Kinder hatten sie immer ein Lied gesungen:

> Das Glück wohnt jenseits der Berge, heißt es,
> Ich steige auf den Berg und suche vergebens,
> »Geh weiter«, sagen sie, »es wohnt jenseits der Berge in
> weiter Ferne.«

Als sie dieses Lied damals sangen, war ihr die Bedeutung nie bewußt geworden...

»Obasan! Tante!« Haruko hörte Rufe, blieb aber nicht stehen. Auf dem Marktplatz gab es sicher viele Obasans. »Obasan!« rief die gleiche Stimme erneut, und Haruko hörte hinter sich schnelle Schritte. Sie drehte sich um. Toshie holte sie heftig keuchend ein.

»Wir haben uns so lange nicht gesehen, Tante! Es tut mir leid, daß ich euch nie besucht habe. Was machst du hier?«

Haruko freute sich sehr über das Wiedersehen mit Toshie und wollte unbedingt erfahren, wie es ihr seit Shenyang ergangen war.

»Bist du gerade sehr beschäftigt, Obasan?«

»Nein, ich bin auf dem Heimweg.« Emi und Mari kamen erst in ein paar Stunden nach Hause. »Wollen wir uns setzen?«

Haruko sah sich um. Dann fiel ihr das kleine Café ein, an dem sie gerade vorbeigekommen war, und überschlug schnell, wieviel Geld sie dabeihatte. Konnte sie sich zwei Tassen Kaffee und vielleicht ein Stück Kuchen leisten? Hatte sie dann noch genug Geld fürs Abendessen? Vielleicht würde ihre Familie heute abend mit etwas Einfachem vorliebnehmen müssen. Sie wollte Toshie einladen.

Toshie interpretierte Harukos Zögern offensichtlich als Zeitknappheit.

»Kannst du mit zu mir kommen, Obasan? Ich verspreche dir, ich halte dich nicht lange auf. Dann weißt du, wo ich wohne, und kannst ein andermal wiederkommen.«

»Wohnst du in der Nähe?«

Toshie berührte Harukos Rücken und schob sie sachte vor sich her. »Komm mit.« Diese Geste ließ auf mehr Selbstvertrauen und Reife schließen, als Haruko sich erinnerte.

Sie gelangten zu einem kleinen Straßenlokal, das geschlossen hatte. Toshie schloß die Tür auf, und Harukos Blick fiel auf drei Tische und eine Theke. Ein Mann, der aber nicht Toshies Ehemann war, bereitete Fisch zu.

»Das ist Sugimoto-san. Er ist Koch und bringt mir das Kochen bei. Sugimoto-san, das ist meine Tante, die in der Mandschurei lebte. Gehen wir nach hinten, Obasan.« Toshie öffnete einen Durchgang in der Theke und führte Haruko in ein kleines Hinterzimmer, in dem eine Person gerade genug Platz zum Schlafen hatte.

»Hast du Hunger, Tante?«

Haruko hatte nichts zu Mittag gegessen, aber das würde sie unter keinen Umständen erwähnen. »Nein, nein.«

Toshie musterte sie, nickte und rief: »Sugimoto-san, machst du uns bitte ein Hühnchen? Ich hab' auch noch nichts gegessen.« Zu Haruko gewandt versicherte sie: »Keine Sorge, Obasan. Das Restaurant gehört mir. Sugimoto-san ist vor kurzem aus der Armee entlassen worden. Er kennt meinen Bruder gut. Er ist verheiratet, und seine Frau arbeitet in einem Restaurant in der Nähe. Wir sind gute Freunde.«

Haruko sah sich um. Ein kleiner Karton, in der Ecke ein zusammengerollter Futon, ein altes Radio. An einem schwarzen Kabel baumelte eine nackte Glühbirne. Die Wände waren gegen die Zugluft mit Zeitungspapier tapeziert.

»Es ist zwar klein und schäbig, aber es gehört mir.«

»Das ist wunderbar. Geht dein Lokal gut?«

»Essen müssen die Leute immer, nicht wahr? Ich kann mich nicht beklagen. Ich hab' zwar noch Schulden, aber ich hab' schon eine Menge abbezahlt.«

»Und ...«

»Ja, er ist zurückgekommen.«

Der köstliche Duft gegrillten Hühnchens zog zu ihnen herüber, während sie über ihrem Tee saßen.

»Sugimoto-san ist sehr gut. Wir kochen nichts Ausgefallenes, aber er kann sogar aus ungewöhnlichen Sachen, zum Beispiel aus Hühnchenhaut, ein wunderbares Essen zaubern, das sehr gut zu Sake paßt. Unser Lokal ist recht beliebt.«

»Und wo ist dein Mann?«

»Ehrlich gesagt, ich weiß es nicht. Ich hab' ihn seit über einem Jahr nicht mehr gesehen.«

Nach seiner Rückkehr aus China, erklärte Toshie, hatte er lange keine Stelle finden können. »Anders als Onkel Nozomi hat er keine gute Ausbildung oder irgendwelche besonderen Fähigkeiten.«

»Nun ja, dein Onkel mit seinen besonderen Fähigkeiten sitzt im gleichen Boot.«

Zuerst hatten sich Toshie und ihr Mann ein Zimmer gemietet; als das zu teuer wurde, kauften sie für wenig Geld ein Stück vom Feuer verwüstetes Land, auf dem sie aus angekokeltem Holz und Wellblech eine kleine Hütte bauten. Ein Verschlag mit einem Loch im Boden diente als Latrine. Sie hatten gehaust wie die Tiere, aber sie war bereit gewesen, ihren Mann zu unterstützen und wieder etwas Gemeinsames aufzubauen.

Dann erzählte Toshie, daß sie während des Krieges nach der Einberufung ihres Mannes außer zwei Briefen nichts mehr von ihm gehört hatte, bis er eines Tages plötzlich vor der Tür ihres Bruders aufgetaucht war. Ihre Briefe hatten ihn gar nicht erreicht. Sie hatte nicht gewußt, daß sein Regiment tief im Innern Chinas stationiert war. Nach der zweijährigen Trennung war ihr bei seiner Rückkehr sofort aufgefallen, daß er sich verändert hatte. Den aufrichtigen, liebevollen Familienvater gab es nicht mehr. Ein heiterer Mensch war er zwar nie gewesen, aber jetzt war er geradezu mürrisch. Er hatte kaum mit ihr geredet. Manchmal, wenn sie nachts im Bett lag, dem Klappern des Wellblechs im Wind lauschte und an ihre Kinder dachte, hatte sie sich vor ihm gefürchtet. Sie spürte, daß er neben ihr wach lag.

Ein Monat nach dem anderen verging, und er fand keine Arbeit. Sie waren der Verzweiflung nah. Toshie durchwühlte den Müll anderer Leute. Einer Frau, die vor ihr lief, stahl sie das Brot aus dem Einkaufskorb. Er versuchte es mit körperlicher Arbeit, war aber nicht robust genug. Und die ganze Zeit über behandelte er sie wie Luft. Er näherte sich ihr kein einziges Mal, und sie ließ ihn nicht an sich heran.

Dann wollte sie selbst Arbeit suchen, doch ihre Kleider waren nur noch Lumpen, und niemand wollte etwas mit ihr zu tun haben.

»Aber du wußtest doch, wo wir wohnten«, sagte Haruko mit einem leisen Vorwurf in der Stimme.

»Einmal stand ich vor eurem Haus. Aber ich wollte euch nicht zur Last fallen. Als ihr genug hattet, habe ich mir gern von euch helfen lassen, aber die Zeiten haben sich geändert.«

Ihr Mann war jeden Tag bis spätnachts unterwegs. Da sich ihre Hütte nicht absperren ließ, mußte einer immer zu Hause bleiben, um die armselige, aber lebensnotwendige Habe zu bewachen: Bettzeug, ein paar Töpfe und Schalen, eine Handvoll Holz, Kohle.

Eines Abends kam er völlig betrunken nach Hause und warf ihr

Geld vor die Füße. Von da an brachte er regelmäßig Geld mit, war aber nie mehr nüchtern. Er wurde scharfzüngig und gewalttätig. Jeden Abend setzte er ihr zu, weil sie die Kinder nicht gerettet hatte. Sie ließ seine Vorwürfe über sich ergehen, ohne sich zu rechtfertigen oder zu wehren. Dann fing er an, an ihrer Freundschaft mit Hayashi herumzumäkeln.

»Doch ohne Hayashi hätte ich das alles gar nicht durchgestanden. Ich mag ihn und hab' ihm vertraut, aber es war nichts zwischen uns. Nach dem Tod meiner Kinder war ich seelisch am Ende. Ich wäre nicht fähig gewesen, ein Verhältnis zu beginnen. Glaubst du mir?

Vielleicht habe ich mich tatsächlich falsch verhalten und bin schuld am Tod unserer Kinder. Es tut mir leid, daß ich mich aus lauter Angst und Verwirrung dem Schutz eines anderen Mannes anvertraut habe, aber mußte sich mein Mann deswegen wie ein Verrückter aufführen? Er stand immer erst mittags auf und verließ wortlos das Haus. Manchmal prügelte er auf mich ein wie ein Verrückter. Wir haben kein einziges Mal miteinander geschlafen.

Eines Nachts kam er nicht nach Hause. Wenn er zu Hause war, hatte ich auch Angst, aber ganz allein war mir unheimlich. Es regnete die ganze Nacht hindurch heftig, am Morgen schien wieder die Sonne. Ein Polizist kam vorbei und sagte, sie hätten meinen Mann verhaftet. Ich hatte schon so etwas geahnt: Er und seine Freunde waren in illegale Geschäfte verwickelt: Sie haben große Mengen gestohlenen Zucker verkauft, den sie mit weißem Sand vermischten; Mehl streckten sie mit Kreide und billigen Schnaps mit Methylalkohol.

Ich habe ihn nicht im Gefängnis besucht. Ich hatte Angst davor, wie er bei meinem Anblick reagieren würde. Ich bin einfach gegangen. Ich fand Arbeit in einem Restaurant, machte dort die Wäsche und habe geputzt. Eines Tages ließ ein Gast eine Zeitschrift liegen.

Darin las ich einen Bericht über die Greueltaten der japanischen Soldaten in China. Sie haben Frauen vergewaltigt, Babys umgebracht, alte Leute bei lebendigem Leib verbrannt – sie haben unvorstellbar gräßliche Dinge getan. Ich weiß, daß er in der Gegend war, von der in diesem Bericht die Rede war.

Er ist eigentlich kein brutaler Mann. Aber er ist schwach. Wahrscheinlich hat er sich in seiner Furcht vor dem Wüten des Krieges selbst verloren. Er wurde bestimmt von Angst und Verzweiflung getrieben. Als er dann zu Hause feststellen mußte, daß seine Kinder umgebracht worden waren, quälte ihn die Erinnerung an seine eigenen Greueltaten. Da er selbst solche Verbrechen begangen hatte, wurde er den Verdacht nicht los, auch seine Frau könnte vergewaltigt worden sein. Gewiß kannte er sich selbst nicht mehr vor lauter Reue. Andere Männer haben überlebt, er nicht.

Vielleicht wäre ich bei ihm geblieben, wenn unsere Kinder noch am Leben wären. Schließlich ist er ihr Vater. Für ihn wäre es das beste, er könnte den Krieg ganz vergessen und noch einmal von vorn anfangen.

Ich ging zu Hayashi, weil ich mit jemandem reden mußte, der das alles versteht. Bevor er für die südmandschurische Eisenbahn arbeitete, war er Lehrer gewesen; jetzt unterrichtet er wieder und besucht die Abendschule.

Er verhalf mir zu einem Kredit, und ich borgte mir für dieses Lokal auch etwas Geld bei meinen Brüdern. Es gehört uns gemeinsam. Hayashi hat mich auch mit Sugimoto-san bekannt gemacht.

Hayashi-san hat mir einen Heiratsantrag gemacht. ›Du willst doch nicht im Ernst eine Frau heiraten, die ein kleines Lokal führt‹, habe ich gesagt, worauf er erwiderte: ›Sehe ich etwa so aus, als würde ich mich für jemanden, der schwer und ehrlich arbeitet, schämen?‹

Ich möchte gern mit ihm zusammensein, aber mich quält noch die Erinnerung an meine Kinder. Anfangs tat jeder Gedanke an sie fürchterlich weh, und ich mußte unablässig an sie denken. Mit der Zeit sind sie zu einer süßen Erinnerung geworden. Von Michiko habe ich ein Babyfoto, das ich meinen Eltern geschickt hatte. Aber an meinen kleinen Sohn hab' ich keine einzige Erinnerung. Als hätte er nie existiert... Nach einer Weile konnte ich wieder an sie denken, ohne gleich zu weinen. Ich sehne mich zwar sehr danach, sie im Arm zu halten, um mit ihnen zu reden, aber ich bin nicht mehr verzweifelt. Ich liebe sie, und ich weiß, sie sind immer bei mir. Der Gedanke, daß ich sie gehabt habe, macht mich fast ein wenig glücklich. Ich weiß, sie werden mich nie verlassen. Sie gehören zu mir.

Hayashi-san sehe ich häufig. Wir unterhalten uns, gehen ins Kino, verbringen gern Zeit miteinander. Ich glaube, so langsam bin ich wieder bereit für ein neues Leben. Wir werden sehen.

Komm bitte wieder, Tante. Entschuldige, daß ich dich so lange aufgehalten habe. Hoffentlich sind Emi-chan und Mari-chan noch nicht aus der Schule zurück. Bitte bring nächstes Mal Onkel Nozomi, Emi-chan und Mari-chan mit. Hier, das ist für euer Abendessen. Doch, wirklich, nimm es. Irgendwann komme ich vorbei und werde mich richtig bei euch beiden bedanken. Hayashi-san erwähnt Nozomi oft. Er würde ihn auch gern wiedersehen. Paß auf dich auf, Obasan, bis bald.«

Haruko lächelte gequält vor sich hin und mußte darüber nachdenken, wie weit es mit ihr gekommen war: Nur weil sie ein köstliches Essen bekommen und nach Herzenslust geschlemmt hatte, blickte sie zuversichtlich in die Zukunft. Es war ihr peinlich, daß Hunger ihre Einstellung zum Leben derart beeinflußt hatte.

Sie würde sich nicht »ausbeuten« lassen, indem sie den Kurs absolvierte, beschloß sie. Der Lohn fürs Tütenkleben war entsetzlich gering, eigentlich eine noch größere Ausbeutung, aber selbst der kleinste Verdienst war nützlich. Sie konnte nicht einfach sechs Wochen darauf verzichten, um den Kurs zu absolvieren. Bei dem Gedanken, daß sie nächste Woche zur Gebietsleiterin befördert werden sollte, mußte sie kichern. Dieser erhabene Titel bedeutete, daß sie Papierkram erledigen, die Einnahmen zählen und ihre »Subunternehmer« entlohnen mußte. Sie würde weniger Tüten kleben und eine kleine Lohnerhöhung erhalten. Wer weiß, wenn es in diesem Tempo weiterging, brachte sie es vielleicht sogar irgendwann zu einer leitenden Position in der Papiertütenherstellung.

»Es gibt einen Gott, der dich im Stich läßt«, hatte Kei bei ihrem letzten Treffen gesagt. »Aber denk immer dran: Es gibt auch einen Gott, der dir zu Hilfe kommt.«

Haruko eilte weiter.

Und tatsächlich stieg ein Gott herab und kam ihr zu Hilfe. Ein Arzt, mit dessen Frau Haruko befreundet war, fragte an, ob sie ihm beim Ordnen der Versicherungsformulare zur Hand gehen könnte. Am Monatsende sollte sie für jeweils zwei, drei Tage in sein Haus kommen und die Formulare für die Krankenversicherung vorbereiten. Das sei eine komplizierte Arbeit und verlange gute Rechenkenntnisse, sagte er. In einem Trödelladen erstand sie einen alten Abakus und machte sich zuversichtlich ans Werk. Schon bald nahmen drei weitere Ärzte ihre Dienste in Anspruch.

Sie war überrascht über ihre Begeisterung und ihren Elan. Einst hatte sie selbst Ärztin werden wollen. Hiden-sama hatte gesagt, sie hätte das Zeug dazu. Ein Kunstlehrer hatte ihr einmal geraten, auf die Kunstschule zu gehen und Malerin zu werden. Früher hatte sie die meisten Berufe für unter ihrer Würde gehalten. Vielleicht hatte sie sich endlich mit ihrem Leben ausgesöhnt und begriffen, wer sie wirklich war. Sie war darüber nicht traurig, sondern erleichtert.

»Ich bin froh, daß ich keine Kurse besuchen oder irgendwelche Zertifikate vorlegen muß«, gestand Haruko Nozomi.

»Ich hätte gedacht, das beste Zeugnis der Mädchenschule der Präfektur und dein Preis im Abakusrechnen wären Empfehlung genug«, neckte Nozomi sie. Er war in diesen Tagen fröhlich gestimmt. »Hast du sie Dr. Miyagi etwa nicht gezeigt?«

»Sei nicht albern.« Sie war überrascht, daß Nozomi von ihrem Preis im Abakusrechnen wußte, und noch mehr, daß er sich daran erinnerte.

»Wer hat dir von dem Abakuspreis erzählt?«

»Dein Großvater Tei-ichi. Er meinte, du hättest das Zeug zu einem vorzüglichen Vasallen, der die Ländereien seines Lehensherrn zu Wohlstand gebracht hätte.«

## *8*

## *Auf bessere Zeiten*

»Es geschah so plötzlich.« Sachikos Augen waren gerötet.

Es war tatsächlich plötzlich gewesen.

Nozomi war einige Tage zuvor zusammengebrochen. Der Krankenwagen hatte lange auf sich warten lassen. Dr. Miyagi hatte geduldig mit Haruko ausgeharrt, doch dann hatte er gehen müssen.

Als Haruko nach der ersten Aufregung und Hektik allein neben dem schlafenden Nozomi Platz nahm, wurde ihr bewußt, daß sie eigentlich schon lange mit einer solchen Katastrophe gerechnet hatte.

Als Emi vor einem Jahr ihren Universitätsabschluß machte, ging es ihm noch gut, und er war stolz auf seine Tochter, die mit der Bestnote abgeschlossen hatte. Danach hatte sie ein Stipendium für ein Studium an einer Universität in Amerika erhalten. Die japanische Währung genoß damals noch kein internationales Ansehen, und private Reisen außerhalb des Landes waren kaum finanzierbar.

Am Tag von Emis Abflug nach New York waren einige Schulfreundinnen zum Flughafen gekommen, um sie zu verabschieden. Emi stand inmitten der lachenden Gruppe, das Gesicht hinter dem großen Blumenstrauß versteckt, den die Freundinnen ihr überreicht hatten. Takeko und Sachiko standen lächelnd daneben und beobachteten die Szene. Haruko war besorgt, sie könnte etwas vergessen haben.

Dann war die Zeit des Abschieds gekommen. Im letzten Augenblick glitt Emis Blick suchend über die Menge. Doch sie konnte die gesuchte Person offensichtlich nicht finden und verabschiedete sich mit einem Winken.

»Nun denn.« Ein leises Seufzen ging durch die Versammelten, und alle strebten dem Ausgang zu. Die Mädchen gingen schnatternd und kichernd vornweg, dahinter folgten die Verwandten. Erst jetzt wurde Haruko klar, daß Emi sich in letzter Minute nach Nozomi umgesehen hatte. Er stand abseits an eine Säule gelehnt. Da hatte sie zum erstenmal gemerkt, daß mit ihm etwas nicht in Ordnung war. Der schlotternde Anzug, die herabhängenden Schultern – er sah müde aus.

»Mari-chan, hol Vater«, bat Haruko ihre Tochter und sah ihr hinterher, als sie auf ihn zurannte. Nozomi starrte geistesabwesend vor sich hin, bis Mari direkt vor ihm stand. Wahrscheinlich hatte die Krankheit schon damals begonnen, an ihm zu zehren.

Vor einem Monat hatte Mari nun ihr Examen gemacht. Nach der Zeugnisverteilung war sie mit Freunden auf eine Party gegangen, und als sie nach Hause kam, zog sie ihr Zeugnis aus der runden Papphülle und rollte es auseinander. Sie überreichte es Nozomi und

Haruko mit den förmlichen Worten: »Vater, Mutter, ich danke euch vielmals.«

»Das ist einer der schönsten Tage in meinem Leben.« Nozomi hatte das Zeugnis eingehend gemustert und Mari zugelächelt. Haruko hatte gedacht, sie würden zur Feier vielleicht am nächsten Tag essen gehen, doch Nozomi winkte ab. Statt dessen hatte Haruko Sushi gemacht. Er gab sich sichtlich Mühe, hatte aber einfach keinen Appetit.

Im Krankenhaus, in das Haruko ihn begleitet hatte, lag Nozomi lange auf einem Bett im Flur herum. Dann wurden sie endlich in ein Behandlungszimmer gerufen. Der junge Arzt gab durch sein Benehmen zu verstehen, daß Nozomi ihm eine Last war: ein armer, unwissender Schlucker, der in letzter Minute ins Krankenhaus gebracht worden war. Mit arrogantem Blick fragte er Haruko nach dem Namen des Patienten. Harukos besorgter, fragender Miene schenkte er keine Beachtung.

»Wir können nicht viel für ihn tun. Sollen wir ihn hierbehalten, oder wollen Sie ihn wieder mit nach Hause nehmen?«

Sprachlos warf Haruko einen Blick auf Nozomi und hoffte, daß er nichts gehört hatte. Der Arzt trommelte mit seinem Kugelschreiber ungeduldig auf den Tisch und rief plötzlich nach einer Krankenschwester, die dem Patienten ein Bett zuweisen sollte. Die Krankenschwester war ähnlich brüsk. Auf dem Weg zur Station plauderte sie lachend mit einem Kollegen und rammte mit dem fahrbaren Bett eine Ecke.

Dann saß Haruko neben Nozomi, musterte sein aschfahles Gesicht und fing an, innerlich vor Wut zu beben. So durfte man nicht mit Menschen umgehen. Ihr Vater war Arzt gewesen, und sie war als Enkelin eines Arztes aufgewachsen. Sie war Ärzte gewohnt, die ihren Patienten mit Respekt begegneten. Zum erstenmal behandelte man sie so, als könnte sie ihre Arztrechnung nicht bezahlen.

Sie stand auf, um ein Telefon zu suchen. Eine halbe Stunde später war Nozomi in ein Einzelzimmer verlegt worden und wurde von einem Oberarzt betreut, dem zwei Assistenzärzte zur Seite standen – einer davon war der überhebliche junge Arzt von vorhin. Jetzt sah er beschämt aus.

Haruko hatte einfach Hidetos Hilfe in Anspruch genommen.

»Wie geht es Dr. Shirai?« erkundigte sich der Oberarzt, nachdem er die Untersuchung beendet hatte. »Er und ich haben viel Elend durchgemacht, aber wir hatten auch schöne Zeiten. Er war mir ein wundervoller Lehrer.« Dann sagte er leise zu Haruko: »Wir werden unser Bestes tun, um ihm die Schmerzen zu nehmen.«

»Ich hab' doch nichts Falsches gesagt, oder?« fragte der junge Arzt besorgt, als sie das Zimmer verließen. Dieser schäbige Kerl, dachte Haruko, hat nicht das Zeug zu einem Arzt in der Tradition, die Tei-ichi vertreten hatte. Das ist einer dieser jungen, modernen Spezialisten, denen man keine Patienten anvertrauen sollte. Großmut ist hier fehl am Platz.

Nacheinander wurden Ampullen, Schläuche, ein Elektrokardiograph, ein Tablett mit Spritzen hereingebracht. Bald sah Nozomi aus wie ein Teil einer Maschine. Alle zehn Minuten kontrollierte eine Krankenschwester die Apparate. Der junge Arzt zeigte sich nun sehr beflissen.

Dann erschien Mari. Schweigend saßen sie nebeneinander und betrachteten Nozomi.

»Sollen wir Emi benachrichtigen?« flüsterte Mari nach einer Weile. Das hatte Haruko auch schon überlegt. Sie schüttelte den Kopf. Würde Emi zurück nach Japan kommen, könnte sie unmöglich noch einmal nach Amerika reisen, um ihr Studium fortzusetzen. Haruko war sich sicher, daß Nozomi nicht mehr zu Bewußtsein kommen würde. Es gab keinen Grund, Emi einfliegen zu lassen.

Am nächsten Tag starb Nozomi. Emi wäre nicht mehr rechtzeitig gekommen, dachte Haruko und war erleichtert. Die Apparate wurden fortgeschafft, und Nozomi lag friedlich da.

Er hat sich bestimmt schon lange nicht gut gefühlt, dachte Haruko. Sie hatte ihn ein paarmal, als er besonders schlecht ausgesehen hatte, gedrängt, einen Arzt aufzusuchen.

»Ruhe ist die beste Medizin. Ich weiß, was mir fehlt, ich hab' Verdauungsprobleme und eine Erkältung. Nur keine Aufregung!« Er hatte gequält gelächelt, und Haruko hatte ihn nicht weiter bedrängt. Sie kamen mit ihrem Geld gerade so über die Runden. Eine zusätzliche finanzielle Belastung wäre eine zu große Bürde gewesen. Haruko hatte die Augen vor dem Offensichtlichen verschlossen.

Er hatte immer gesagt, er sei ein Vertreter des Prinzips des Nichtangreifens. Das hörte sich zwar nach einer lahmen Ausrede an, aber es hatte sicher großen Mut erfordert, kampflos mit anzusehen, wie das eigene Leben dahinschwand. Er wollte seiner Familie bis ganz zum Schluß keine finanzielle Bürde sein.

Der Oberarzt trat auf Haruko zu und sagte leise: »Es tut mir leid.«

Haruko verneigte sich, dann bedankte sie sich. »Sagen Sie ehrlich, Doktor«, fuhr sie fort. »Hätte er überlebt, wenn er die Behandlung früher – sagen wir vor ein paar Monaten – begonnen hätte?«

Der Arzt schüttelte den Kopf. »Nein. Er hätte vielleicht zwei, drei Monate länger gelebt, höchstens sechs. Und er hätte eine schmerzhafte Behandlung durchmachen müssen. So ist es für ihn und alle das beste. Sie sollten sich keine Vorwürfe machen.«

Takekos Sohn Akira organisierte die Beerdigung, und Hajime in seiner Oberschuluniform unterstützte ihn tatkräftig. Akira mietete einen großen Saal in einem Tempel, und Hayashi und Toshie richteten mit Sugimotos Hilfe gemäß der buddhistischen Tradition ein vegetarisches Essen aus.

Yasuharu konnte nicht selbst kommen und ließ von Ayako, die in Begleitung von Takeko gekommen war, einen weißen, schwarz umrandeten Briefumschlag mit der üblichen Gabe für den Dahingeschiedenen überreichen. »Weihrauchgeld« stand darauf, und es war eine ungewöhnlich hohe Summe darin. Kei hatte ihren Trauerkimono geschickt, was Haruko sehr zu schätzen wußte. Sie hatte sich schon den alten, schwarzen Kimono von Sachiko ausleihen wollen, da Sachiko sich vor kurzem einen neuen hatte schneidern lassen.

Bei der Beerdigung waren viele Menschen anwesend, und Haruko und Mari fühlten sich geborgen. Hitoshi hatte seine Vortragsreise abgesagt und kam gerade noch rechtzeitig zum Verlesen des Sutra. Kensaku saß mit gesenktem Kopf da. Nozomis alter Universitätsfreund, der ihm zuletzt eine Stelle verschafft hatte, war ebenfalls anwesend. Neben dem »Weihrauchgeld« hatte er Haruko nach der Beerdigung noch einen anderen Umschlag gegeben.

»Das ist sein Gehalt für die letzten zwei Monate, in denen er wegen seiner Krankheit nicht mehr ins Büro kommen konnte.« Als er sah, daß Haruko zögerte, fügte er hinzu: »Bitte, nehmen Sie es. Es tut mir leid, daß ein Mann mit seinen Fähigkeiten nicht mehr verdient hat, aber es ist mir eine große Ehre, das letzte Gehalt auszuzahlen, das Sanjo-kun auf dieser Erde verdient hat.«

Nozomi war bis zu seinem Zusammenbruch täglich aus dem Haus gegangen. Haruko hatte versucht, das traurige Bild, das sich in ihrem Gedächtnis eingegraben hatte, zu leugnen. Eines Abends hatte sie länger als gewöhnlich gearbeitet und war auf dem Heimweg – um Zeit zu sparen – durch eine Lücke in der Hecke geschlüpft und hatte den Park durchquert. Während sie so durch den Park hastete, fiel ihr ein Mann auf, der am anderen Ende auf einer Bank saß. Seine Silhouette hatte sich scharf vor der sinkenden Sonne abgezeichnet. Er verharrte regungslos, bis sie den Park verlassen hatte. Erst als Nozomi nach ihr das Haus betrat, dämmerte ihr langsam eine quälende Erkenntnis.

Es war sehr teuer, ein Grab zu kaufen. Haruko fragte daher Nozomis Bruder, den buddhistischen Priester, ob ihr Mann im Ahnengrab beigesetzt werden könnte. Nozomi hatte dieses Grab vor langer Zeit auf Bitten seiner Familie hin anlegen lassen. Als sie keine Antwort erhielt, zögerte sie nicht länger und veranlaßte die Errichtung einer Grabstätte in der Nähe eines Tempels bei Yokohama. Das Grab lag auf einem Gipfel, von dem aus man das Meer überblicken konnte. Wie viele in den Bergen aufgewachsene Menschen hatte auch Nozomi die See geliebt.

Der freundliche Priester versprach: »Ich bin ein alter Mann, aber mein Sohn wird sich als mein Nachfolger um den Tempel und das Grab kümmern.«

Es gab noch keinen Grabstein, sondern nur ein kleines Holzbrett, auf dem Nozomis posthumer buddhistischer Name mit Pinsel und Tusche geschrieben stand. Das Meer glitzerte, ein Liniendampfer fuhr dem Horizont entgegen.

Haruko kniete nieder und spürte die wärmende Sonne auf dem Rücken.

»Ich hab' diesen Platz für dich ausgesucht, Nozomi, damit du aufs Meer schauen kannst. Ich weiß noch, wie du mir erzählt hast, daß du Heimweh hattest, als du nach einer langen Reise von Yokohama Neapel erreichtest und dich auf einen Hügel setztest und lange Zeit aufs Meer hinausblicktest. Und dann entdecktest du ein Grab mit einem japanischen Namen. An den Nachnamen kann ich mich nicht mehr erinnern, der Vorname war jedenfalls Kappei. Auf dem Grabstein stand die Widmung eines Freundes, die besagte, daß hier ein Maler lag, der immer auf Erfolg gehofft hatte, damit er wieder nach Hause fahren konnte. Du hattest Tränen in den Augen, als du mir diese Geschichte erzähltest. Übrigens, Nozomi, da drüben, auf der anderen Seite des Meeres, liegt Amerika. Dort ist Emi, und Mari fährt auch bald hin. Du kannst sie sehen, nicht wahr?« Der sachte Wind reichte nicht aus, um ihre feuchten Wangen zu trocknen.

In dem Wäldchen unterhalb des Friedhofs pfiff jemand nach einem Hund. Da fiel Haruko ein, daß Nozomi zugenommen hatte, als er um die Vierzig war. Das stand ihm gut, er sah sehr attraktiv aus. Immer wenn Haruko und Sachiko auf der Ginza ihre Einkäufe erledigt hatten, schauten sie in seinem Büro vorbei; er hatte sie dann oft zum Mittagessen in ein kleines, schickes Restaurant in einer Seitengasse eingeladen. Am Straßenrand stehend hatte er nach einem Taxi gepfiffen.

»Nozomis Pfeifen klingt rein und klar«, hatte Sachiko bemerkt.

»So hab' ich unseren Kühen gepfiffen, wenn sie nach Hause kommen sollten«, hatte er lachend erwidert.

»Du hast einmal gesagt, Nozomi, daß du keine Beerdigung willst. Wir drei sollten deine Asche ins Meer streuen. Nun, Sachiko-san hat darauf bestanden, die Beerdigung zu bezahlen, und danach gab es eine Feier mit den Menschen, die uns nahestehen. Ich bin froh, daß wir es so gemacht haben. Du hast mir gar nicht gesagt, daß du Sachiko-san aufgesucht hast, als die Sondereinheit der Polizei Hitoshi-san folterte. Du machtest von der Mandschurei aus eine Geschäftsreise und hast Sachiko-san in ein Stück Stoff gewickelt eine große Summe Geld für den Notfall gegeben. Das hat mir Sachiko-san nach der Beerdigung erzählt. Sie sagt, die Leute hätten damals einen Bogen um sie gemacht, und das Geld hätte ihr sehr geholfen.«

Haruko saß am Tisch und zählte Geld.

»Das ist alles, was uns nach dem ganzen Ärger geblieben ist.« Sie hatte sich angewöhnt, in Gedanken mit Nozomi zu sprechen, wenn sie allein war.

Vor Jahren hatte ein Versicherungsvertreter Haruko dazu überredet, eine Lebensversicherung für Nozomi abzuschließen.

»Ich bin mir nicht sicher, ob ich die Prämien regelmäßig zahlen kann«, hatte sie dem Vertreter gesagt.

»Das macht überhaupt nichts, Frau Sanjo. Sie zahlen nur, wenn Sie können.«

Aber wenn sie dann kein Geld für die Rate hatte, war es doch nicht so einfach, wie er gesagt hatte.

»Es ist doch nicht so, daß ich Ihnen das Geld schulde, oder?« Haruko war zwei- oder dreimal richtig laut geworden und der Verzweiflung nah, nachdem der Mann schließlich verwirrt von dannen gezogen war. Sie beneidete Ayako und Sachiko, die nicht solch kleinliche Diskussionen führen mußten und immer ihre Würde bewahren konnten.

Sie wünschte sich, sie hätte nie eine Lebensversicherung abgeschlossen. Weil sie die Zahlungen nicht regelmäßig leisten konnte, war die Summe, die sie nun erhielt, so klein, daß man meinen könnte, Nozomis Leben sei wertlos gewesen.

»Ich werde die gesamte Versicherungssumme für eine Perlenkette für Mari ausgeben. Tun wir doch einfach so, als wäre es dein Geld, das du für ein letztes Geschenk für Mari bestimmt hattest.«

Haruko wollte die Kette bei einem der besten Juweliere auf der Ginza kaufen. Wenn sie sich schick machen wollte, mußte sie immer auf denselben Kimono zurückgreifen – sie nannte ihn ihre Uniform.

Im Stammhaus von Mikimoto war es still und kühl. Haruko merkte, daß sie nicht mehr zu den Leuten gehörte, die in solchen Geschäften einkauften. Sie war eingeschüchtert und kam sich ziemlich schäbig vor, doch die Angestellten bei Mikimoto waren gut geschult und keineswegs arrogant. Die junge Frau, von der sie bedient wurde, war genauso höflich und geduldig wie die Verkäuferin, die einem amerikanischen Ehepaar lange Perlenketten zeigte, oder wie die, die den gutgekleideten Herrn dort drüben an der Theke bediente. Es handelte sich um einen etwa fünfzigjährigen Mann mit angenehmen Manieren. Nach eingehender Prüfung wählte er Ohrringe, Broschen und Krawattennadeln aus. Auf dem Tresen neben ihm stapelten sich rasch mehrere samtbezogene Schatullen.

Harukos Einkäufe waren bescheiden. Als Emi vor einem Jahr ihr Examen gemacht hatte, hatten Haruko und Nozomi hier eine Kette für sie erstanden. Das war einer ihrer seltenen gemeinsamen Einkaufsbummel gewesen, und einer ihrer letzten. Jetzt wollte Haruko für Mari ein ähnliches Geschenk kaufen. Nozomi hatte für Emi eine kurze, weiße Perlenkette ausgewählt, und Haruko fragte sich, ob der etwas größeren Mari eine längere Kette mit verschieden großen Perlen stehen würde. Vielleicht würden rosafarbene Perlen gut zu ihrer dunklen Haut passen. Haruko ließ sich bei der Auswahl Zeit.

Sie merkte, daß der Mann, der so viele Geschenke gekauft hatte, ihr hin und wieder einen Blick zuwarf.

Sie verließen das Geschäft gleichzeitig, und er hielt ihr die Tür auf. Auf dem Gehweg fragte er: »Entschuldigung – Sie sind doch Haruko-san, stimmt's?«

Haruko musterte ihn eine Weile verdutzt, dann lächelte sie. »Kenji-san!«

»Ja, es ist lange her, daß wir gemeinsam im Arzneihandel tätig waren.« Kenji lachte.

Er fragte, ob sie für den Abend schon etwas vorhatte, und lud sie in ein ruhiges Restaurant in der Nähe ein.

»Wie haben Sie mich erkannt? Daß ich mich nicht verändert habe, können Sie ja unmöglich behaupten.«

»Ich habe Sie schon vorher gesehen, zweimal, um genau zu sein. Einmal waren wir im selben Zug, aber ich erkannte Sie erst beim Aussteigen, und beim zweitenmal sah ich Sie wieder vom Zug aus. Da waren Sie mit Ihren beiden entzückenden Töchtern am Bahnhof, Mata-san hat Sie abgeholt. Leider konnte ich mich nicht bemerkbar machen, der Zug hatte sich schon wieder in Bewegung gesetzt.«

»Das klingt ja wie ein Melodram aus der Meiji-Zeit.« Haruko war ganz unbefangen, obwohl sie Kenji kaum kannte.

»Außerdem hab' ich bei den Shirais oft Ihr Foto gesehen. Aber wie haben Sie mich erkannt? Ich hab' ja schon befürchtet, Sie würden sich gar nicht mehr an mich erinnern.«

»Ich hab' Ihr Foto in der Zeitung gesehen. Sie sind der erste japanische Richter, der an den Internationalen Gerichtshof berufen wurde. Nun gehen Sie für fünf Jahre nach Genf.«

»Stimmt.«

»Sind Sie verheiratet?« fragte Haruko, nachdem sie ihre Bestellung aufgegeben hatten. Er wirkte nicht wie ein Familienvater.

»Sie hat mich verlassen.«

»Oh!«

»Das ist schon lange her. Danach hab' ich noch ein-, zweimal an Heirat gedacht, aber irgendwie hatte ich zuviel zu tun, um mich um diese Seite meines Lebens zu kümmern.«

Haruko fühlte sich ihm so vertraut, daß sie zu fragen wagte: »Warum hat sie Sie denn verlassen?«

»Wegen Geldmangel, na ja, jedenfalls aus ihrer Sicht. Ich wollte meine Eltern mit meinem kleinen Einkommen unterstützen. Ich fand mein Gehalt wunderbar, sie aber nicht. Ihr Vater war ein erfolgreicher Rechtsanwalt und wollte mich finanziell unterstützen. Ich hab' mich geweigert.« Er lachte. »Stur und stolz wie immer.«

»Das scheint in Kitani erblich zu sein.«

»Ich war vor kurzem zu Hause, um mich zu verabschieden. Wenn ich in Kitani bin, schaue ich immer bei den Shirais vorbei. Ich habe von Ihrer Mutter erfahren, daß Sanjo-san gestorben ist.«

Haruko berichtete ihm von Nozomis Krankheit und von ihren Töchtern.

»Was für prächtige Kinder! Dann sind Sie jetzt also allein?«

»Ach, Kenji-san. Sie haben doch selbst gesagt, die Welt wird immer kleiner. Ich träume von einer Europareise. Ich würde gern nach Neapel fahren, dort möchte ich auf einem Berg sitzen, übers Mittelmeer schauen und mir vorstellen, wie Nozomi sich dabei fühlen würde.

Außerdem versuche ich mich darauf einzustellen, daß ich in Zukunft auf einmal fünf blauäugige, blondgelockte Enkel habe.« Sie lächelte. »Es sieht so aus, als würde die Welt auch in dieser Hinsicht immer kleiner.« Dann wechselte sie das Thema: »Kehren Sie nach den fünf Jahren in Genf wieder nach Japan zurück?«

»Wer weiß. Vielleicht setze ich mich zur Ruhe und eröffne einen Arzneiladen.« Darüber mußten beide lauthals lachen, so daß die Leute am Nachbartisch sich erstaunt zu ihnen herumdrehten.

»Ich glaube, soviel wie heute abend hab' ich seit Jahren nicht mehr gelacht.«

»Ich auch nicht.«

»Langsam steht Japan wieder aus den Ruinen auf. Es tut mir leid, daß Sanjo-san gestorben ist, bevor er bessere Zeiten gesehen hat.«

»Nozomi und ich haben den Zug anscheinend verpaßt, Kenji-san. Aber das macht nichts. Ich hoffe, daß es Emi und Mari und jungen Menschen wie Hajime möglich sein wird, in einer besseren Welt zu leben.«

Er suchte in seiner Tasche und förderte zwei Schatullen mit Ohrringen zutage. »Leider nichts Besonderes; ich hab' sie gekauft, falls ich mal ein Geschenk brauche. Geben Sie sie bitte Ihren Töchtern als Geschenk von mir mit meinen besten Wünschen für die Zukunft. So kluge und hübsche Töchter. Sie haben Ihre Sache sehr gut gemacht. Es tut mir nur leid, daß ich die Ohrringe nicht für sie persönlich ausgewählt habe.« Er lächelte schelmisch. »Das Wörterbuch und die Grammatik hab' ich übrigens immer noch. Erinnern Sie sich, wie ich sagte, ich würde mich eines Tages dafür bedanken? Ich mußte an jenem Abend meinen ganzen Mut zusammennehmen, um Ihnen das zu sagen. Ich war bestimmt barfuß und hab' übel gerochen.«

»Kann gut sein.«

Und wieder mußten sie lachen.

Sie traten hinaus auf die belebte und hell erleuchtete Straße. Er blickte sich um. »Jetzt heißt es wohl Abschied nehmen von der Ginza.«

»Vielen Dank für den schönen Abend.« Haruko verneigte sich an der Ecke Ginza/Yurakucho. »Geben Sie auf sich acht.«

»Sie auch. Ich habe den Abend sehr genossen. Er wird mir in bester Erinnerung bleiben.«

Mari war noch nicht zu Hause. Ein blauer Luftpostumschlag war mit der Post gekommen. Haruko machte Tee, setzte sich in die *chanoma* und öffnete den Brief.

Liebe Mutter, liebe Mari-chan,
ich hoffe, Ihr seid wohlauf. Entschuldigt, daß ich mich so lange nicht gemeldet habe, aber ich hätte nicht gedacht, daß es so lange dauern würde, mich in diesem Land einzuleben.
Ich habe mich nie für materialistisch gehalten, aber seit ich hier bin, bin ich immer wieder erstaunt darüber, wieviel ich mir leisten kann, sogar mit meinem Stipendium. Am Anfang war ich sehr beeindruckt von den riesigen Kühlschränken im Studentenwohnheim – wie in einem Hollywoodfilm. Wir Studenten sind als Selbstverpfleger in Gemeinschaftswohnungen untergebracht, und vier von uns gehen wöchentlich im Supermarkt einkaufen. Wir kaufen Unmengen Tiefkühlkost und lagern sie im Gefrierfach. Wir kaufen auch riesige Tüten Eiskrem, die wir zu Hause essen! Aber ich glaube, das habe ich Euch schon geschrieben.
Die Menschen sind wirklich sehr nett. Viele Leute sind in der Kirche engagiert, und wir ausländischen Studenten werden auch dazu eingeladen. Die Leute interessieren sich für uns, und eh ich mich versah, verbrachte ich die ersten Monate damit, in ihren riesigen Autos von einer Party zur nächsten kutschiert zu werden. Ich hatte gar keine Zeit mehr für meine Arbeit oder um Euch einen langen Brief zu schreiben. Diesen Fehler will ich nicht noch einmal machen.
Die Amerikaner wissen nicht viel über andere Länder und stellen uns eifrig Fragen wie: »Tragen japanische Männer immer noch einen Haarknoten?« oder »Habt ihr gebundene Füße?« oder »Dürfen Männer mehrere Ehefrauen haben?« oder »Ihr badet doch gemischt, oder?« (Ich weiß nicht, was sie damit meinen.) Sie wollen uns nicht beleidigen, aber manchmal fällt es mir schwer, ihre Fragen ernst zu nehmen.
Bei diesen Treffen sollen wir unsere Nationaltracht anziehen, und sie waren sehr überrascht, als ich ihnen sagte, daß ich meine Nationaltracht in den Vereinigten Staaten zum erstenmal trage.
Neulich war ich mit einigen anderen ausländischen Studenten bei einer Familie zum Abendessen eingeladen. Sie hatten ein schönes Haus, wie in einem amerikanischen Film. Wir saßen

zu zehnt um den großen runden Tisch, und es gab einen riesigen Braten. (So ein großes, tropfendes Stück Fleisch hab' ich in meinem ganzen Leben noch nicht gesehen. Ich glaube, daran hätten wir ein ganzes Jahr gegessen.) Sie fragten, was ich studiere, und als ich Thermodynamik antwortete, stieß unser Gastgeber einen Pfiff aus, rollte mit den Augen und fragte: »Was ist das? Ein Ersatzteil fürs Auto?«
Thermodynamik ist wirklich kein geeignetes Gesprächsthema, aber der philippinische Student, der sich mit T. S. Eliot beschäftigt, kam auch nicht gut an, und der Historiker aus Taiwan ebenfalls nicht. Mari-chans Interesse für die Arbeiterbewegung des 19. Jahrhunderts wäre sicher auch nicht gut angekommen. Unsere Gastgeber konnten einfach nicht verstehen, daß wir mit dem Studium der englischen Literatur oder englischen Geschichte zurechtkommen, obwohl wir nicht fehlerfrei Englisch sprechen.
Ich fragte in meinem fehlerhaften Englisch, womit sie ihr Geld verdienen – sie haben eine Wäscherei. Kein Wunder, daß sie sich nicht für *Das wüste Land,* Kolonialismus oder orientalischen Despotismus interessieren. Und erst recht nicht für Thermodynamik.
Am schlimmsten war es bisher, als mehrere asiatische Studenten eingeladen wurden und von sich erzählen sollten. Wir standen in einer Reihe in unserer Nationaltracht auf einem Podest. (In meinem bunten Blumenkimono komme ich mir immer so albern vor, obwohl ich dir natürlich dankbar bin, daß du ihn extra für mich hast anfertigen lassen.) Jedenfalls sagte eine Studentin aus Korea, ihr Land sei von Japan besetzt worden, die Japaner hätten ihnen ihre Sprache geraubt und sie wie Menschen zweiter Klasse behandelt. Ein philippinischer Student sagte, seine Großeltern, sein Vater, zwei Brüder, fünf Onkel und Tanten und mehrere Cousins seien von japanischen Soldaten gefoltert und ermordet worden. Ein chinesischer Student sprach von den unaussprechlichen Greueltaten japanischer Soldaten und brach weinend zusammen.
Was hätte ich danach noch sagen sollen?
Unser großer Schriftsteller Soseki schrieb um die Jahrhun-

dertwende, als er nach London reiste, daß alle Menschen so wunderbar gekleidet wären; er selbst trüge solche Kleider nur, wenn er eine Audienz beim Kaiser hatte. Er kam sich vor wie ein kleiner, schmutziger Straßenköter. Hast du das gelesen, Mutter?

So fühle ich mich auch oft und kann seine Klagen sehr gut nachvollziehen, aber ich merke auch, daß die Welt Fortschritte macht, nicht nur hinsichtlich der Technik und Wirtschaft, sondern auch hinsichtlich des Verständnisses der Völker. Die Grenzen zwischen den Völkern werden immer unwichtiger. Vater hat einmal gesagt, daß er das Meer liebe, weil ihn diese Weite mit Demut erfülle und ihm verdeutliche, daß er nur ein kleiner Mensch sei.

Entschuldigt, daß dieser Brief wie ein Vortrag klingt, das liegt sicher daran, daß ich dauernd Vorträge halten muß. Damit und auch mit diesem Brief sollte ich jetzt wohl besser Schluß machen, da ich morgen nach Boston zu einer Konferenz fahre. Das klingt großartig, aber ich werde nur eine von vielen still dasitzenden Teilnehmern sein. Trotzdem muß ich mich noch vorbereiten, damit ich richtig zuhören kann und hoffentlich auch etwas verstehe.

Ich freue mich schon auf das Wiedersehen mit Mari-chan. Wenn Ihr die Shirais seht, richtet ihnen bitte herzliche Grüße von mir aus. Ich schreibe bald wieder. Gebt auf Euch acht.

Der Tee war kalt geworden. Haruko setzte erneut den Kessel auf. Während sie darauf wartete, daß das Wasser kochte, murmelte sie vor sich hin: »Ich darf nicht untätig alt werden. Die Welt verändert sich, und es gibt so viel Interessantes zu tun.«

Nach Nozomis Tod rechneten alle damit, daß Haruko wieder nach Kitani ziehen würde.

»Ich freue mich schon darauf, daß mir bald eine Expertin beim Ordnen der Versicherungsformulare zur Hand geht.« Hideto hatte gelächelt, als er das sagte, aber Haruko wußte, daß er es ernst meinte.

Die meisten hatten noch nicht so wie Haruko erkannt, daß die

Idee der Familie als Mittelpunkt und Stütze, auf die sich jeder berufen konnte, am Verschwinden war. Shobei Miwa, Harukos Großvater väterlicherseits, war zwar nicht gänzlich beruhigt aus dem Leben geschieden, aber trotz allem in dem Glauben, daß die Familie der Miwas ihren Status auch in Zukunft behalten würde. Tei-ichi Shirai, ihr Großvater mütterlicherseits, war bis zu seinem letzten Tag davon überzeugt, daß für seine Familie hinter der großen Mauer dank Masakazu alles unverändert bleiben würde. Masakazu hatte das in ihn gesetzte Vertrauen seines Vaters gerechtfertigt. Er hatte alle unterstützt, die sich in der Not an ihn gewandt hatten. Jetzt kümmerte er sich um seine Mutter und seine Schwester und unterhielt das teure Gebäude. Für die alten Bediensteten – Shige, Matabei und Kiyo und deren Familien – würde er bis zu ihrem Lebensende sorgen.

Vor der Bodenreform, als Masakazu noch geerbtes Pachtland und anderen Besitz sein eigen nannte, hätte man das große Haus in Kitani vielleicht wirklich noch als Zuhause der ganzen Familie betrachten können. Aber die Zeiten hatten sich geändert. Die Familien waren kleiner geworden. Das neue Familienrecht sah nicht mehr vor, daß die Kinder gesetzlich zur Pflege ihrer Eltern verpflichtet waren.

Würde Haruko wieder nach Kitani ziehen, wäre auch sie auf Masakazu angewiesen, dessen Pensionierung näherrückte. Masakazus einziger Sohn hatte den Krieg überlebt und arbeitete für ein expandierendes Import-Export-Unternehmen. Er wohnte in Osaka. Haruko konnte sich nicht vorstellen, daß das Haus der Shirais in der nächsten Generation noch die gleiche Funktion haben würde wie bisher, und ihr Platz war nicht mehr dort.

Kitani war ihr geliebtes Zuhause. Das war Kitani immer gewesen und würde es immer bleiben, allerdings nur in ihren Gedanken.

»Nein, ich werde nicht die letzte der alten Familie sein, die zusieht, wie die Sonne untergeht«, sagte sie leise.

Sie erinnerte sich an einen Tag im Frühling vor langer Zeit, als sie Großmutter Kei zum Familientempel der Shirais begleitet hatte. Kei besuchte den Tempel zweimal jährlich, um der Familie Respekt zu erweisen.

Kei, Haruko und der Priester hatten auf der Veranda gesessen und den Kirschbaum im Garten bewundert, der in voller Blüte stand.

»Herrlich.« Kei hielt ihre Augen halb geschlossen.

»Ihr kommt genau am richtigen Tag. Morgen ist er verblüht. Wenn die Zeit reif ist, bleiben die Blüten nicht länger.« Die Teeschale in beiden Händen, hatte der Priester Kei zugelächelt.

Kei nickte. Nach einer Weile sah sie den Priester an und sagte: »Ist es nicht ein Wunder, Osho-sama, wenn die Blüten verblühen, sind die jungen Blätter gerade soweit, sich zu entfalten.«

»Gewiß, gewiß.« Der Priester nippte an seinem Tee.

Dampf stieg vom Kessel auf.

Haruko dachte an den Frühlingsnebel über den fernen Bergen von Kitani.

# HARUKOS

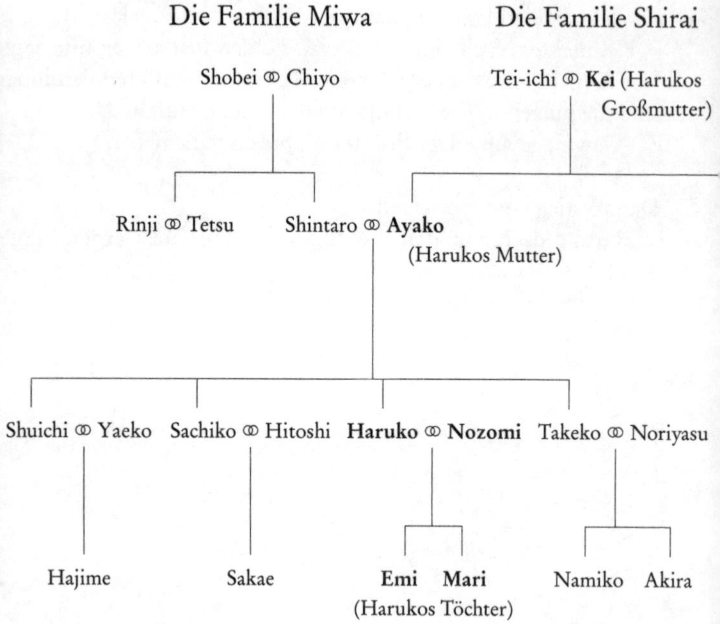
Die Familie Miwa
Die Familie Shirai
Shobei ∞ Chiyo
Tei-ichi ∞ Kei (Harukos Großmutter)
Rinji ∞ Tetsu
Shintaro ∞ Ayako (Harukos Mutter)
Shuichi ∞ Yaeko
Sachiko ∞ Hitoshi
Haruko ∞ Nozomi
Takeko ∞ Noriyasu
Hajime
Sakae
Emi
Mari
(Harukos Töchter)
Namiko
Akira

# STAMMBAUM

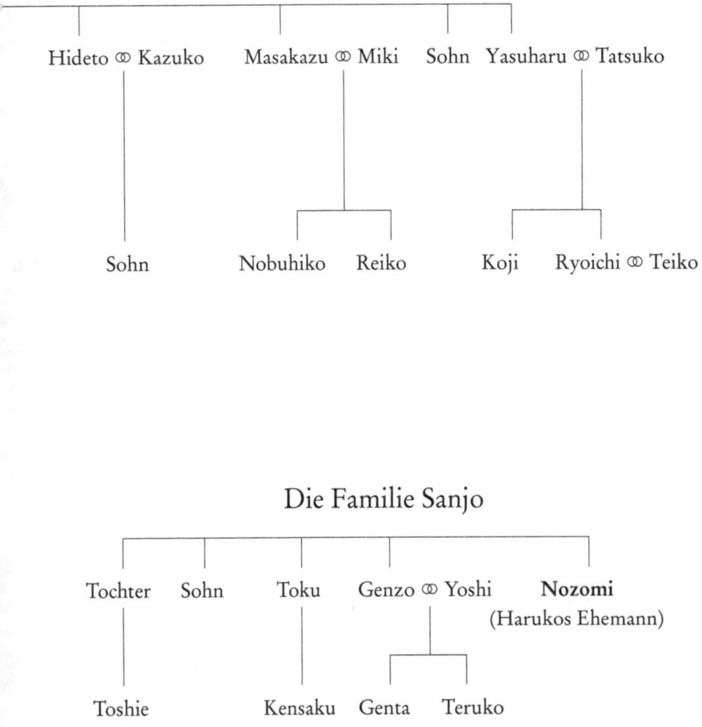
Hideto ⚭ Kazuko
Masakazu ⚭ Miki
Sohn
Yasuharu ⚭ Tatsuko
Sohn
Nobuhiko
Reiko
Koji
Ryoichi ⚭ Teiko
Die Familie Sanjo
Tochter
Sohn
Toku
Genzo ⚭ Yoshi
Nozomi
(Harukos Ehemann)
Toshie
Kensaku
Genta
Teruko

## *ANMERKUNG DER AUTORIN*

*Frühlingsnebel* basiert auf der Lebensgeschichte meiner Mutter. Mit diesem Buch habe ich meiner Familie gegenüber ein Versprechen eingelöst.

Nach dem Tod meines Vaters zog meine Mutter zu uns nach England. Sie war eine lebhafte und intelligente Frau, und wir bereisten mit ihr die ganze Welt. Obwohl sie in ihren Achtzigern zunehmend an Altersdemenz litt und ihre Pflege immer schwerer wurde, war sie stets freundlich und sanft, und sie lebte bis zu ihrem Tod bei uns. Mein Mann und meine Kinder erinnern sich gern an diese Frau, die sie geliebt hat und stolz auf sie war.

Sie baten mich, über meine Mutter und ihr Leben in Japan zu schreiben, wo schließlich auch meine Wurzeln sind. Doch ich war nach ihrem Tod lange Zeit nicht in der Lage, diese Aufgabe in Angriff zu nehmen, denn ich hatte das Gefühl, daß ich viel zuwenig über ihre Kindheit und Jugend wußte; außerdem wollte ich nur ungern in der Gefühlswelt eines so nahestehenden Menschen herumstochern. Bis eines Tages meine Tochter Sophie vorschlug, die Geschichte meiner Mutter doch in Form eines Romans zu schreiben. Ich machte mich noch am selben Tag an die Arbeit.

Als Beispiele hatte ich die Bücher zweier berühmter japanischer Schriftsteller vor Augen, Soseki und Tanizaki, wobei es mir selbstverständlich fernliegt, mich mit diesen beiden Meistern zu vergleichen.

Eines von Sosekis Büchern geht auf einen Abschnitt seines Lebens zurück, und Tanizakis Roman basiert auf dem Leben seiner Frau und deren Tochter sowie deren Beziehung zu ihrem ersten Ehemann und ihren drei Schwestern. Sosekis Buch wird häufig als »autobiographischer Roman« bezeichnet, Tanizakis einfach als Roman, doch wer mit seiner Biographie vertraut ist, weiß, daß er sich sehr stark auf die Charaktere und Erlebnisse dieser Frauen bezogen hat. Diese Bücher mußten in Romanform geschrieben werden, wie sonst hätten sie die Gedanken und Gefühle der Personen beschreiben können, wie sonst hätten sie lachende oder weinende Menschen zeigen können?

Bei einem Besuch in Japan suchte ich auch die Gegend auf, in der meine Mutter ihre Kindheit verlebte. Ich bemühte mich, die von ihr erwähnten Ortsnamen irgendwie einzuordnen, aber so viel hatte sich verändert, daß es in der kurzen Zeit unmöglich war, eine befriedigende Verbindung zur Vergangenheit zu knüpfen. Selbst bei Dingen, die plötzlich in greifbare Nähe gerückt schienen, war ich mir nicht sicher, ob mir meine Einbildung einen Streich spielte.

Als ich schließlich am Ufer der Setonaikai, der Inlandsee, stand, mir das warme Wasser um die Knöchel spülen ließ und dem Plätschern der Wellen lauschte, wurde mir klar, daß ich mich nicht für die Menschen in meinem Buch entschuldigen muß. Diese Geschichte ist wahr und schildert das Leben von Japanern und Japanerinnen, die zu der von mir beschriebenen Zeit gelebt haben.

# *GLOSSAR*

| | |
|---|---|
| *Anrede* | Großvater – Ojiisama<br>Großmutter – Obasama<br>Vater – Otosan<br>Mutter – Okasan<br>Onkel – Ojisan<br>Tante – Obasan<br>älterer Bruder – Niisan<br>ältere Schwester – Nesan<br>Ehemann oder Herr – Dannasama/Dansama<br>Ehefrau oder Frau – Okusama<br>Fräulein – Ojosama |
| *Endungen* | -sama (Höflichkeitsform, z. B. bei Ojisama)<br>-san (Normalform, wie z. B. bei Okasan)<br>-chan (Mari-chan, Oba-chan usw.; Verkleinerungsform, meistens für Kinder) |
| *butsuma* | Zimmer mit einem speziellen Schrank für die buddhistischen Namenstafeln der verstorbenen Familienmitglieder |
| *chanoma* | als Eß-und Wohnzimmer genutzter Raum |
| *chinu* | Meerbrasse, beliebter Speisefisch |
| *furoshiki* | viereckiges Tuch: groß und aus Baumwolle zum Einwickeln größerer Gegenstände; klein und aufwendig gearbeitet für kleinere Gegenstände |
| *geta* | Holzsandale |
| *hagi* | Buschklee |
| *hakama* | weite Hosen, die über dem Kimono getragen werden; ursprünglich ein Kleidungsstück für Männer, das zu Beginn des Jahrhunderts auch von Studentinnen getragen wurde |

| | |
|---|---|
| *haori* | offenes Oberteil, wird über einem Kimono getragen, Kimonojacke |
| *hibachi* | kunstvoll gearbeitetes Kohlebecken aus Porzellan, Bronze oder Holz |
| *katsuo* | Bonito (Thunfisch) |
| *kikyo* | chinesische Glockenblume |
| *kisu* | Halbschnabelhecht |
| *koi* | Zierkarpfen |
| *kotatsu* | kleiner Tisch mit einer Heizquelle darunter; zwischen die doppelte Tischplatte wird eine große Steppdecke eingeklemmt, unter die man die Beine steckt. Oft im Fußboden der *chanoma* eingelassen, in der die Familie sich aufhält |
| *obi* | Gürtel, der in vielfältiger Form zum Kimono getragen wird |
| *oshosama* | Anrede für einen Priester |
| *sensei* | Lehrer; die Anrede wird aber auch für Ärzte und andere Respektspersonen verwendet |
| *shinshi* | dünne Bambusstöckchen mit beidseitigen Nadeln; zum Aufspannen von gewaschenem Kimonostoff werden sie in dessen Webkante gesteckt |
| *Sobanudeln* | lange, dünne Nudeln aus Buchweizen |
| *sukiyaki* | Gericht, das direkt auf dem Tisch zubereitet wird; dünne Fleischstücke und diverse Gemüse in Sojasauce und Zucker gekocht |
| *shoji* | Schiebetüren aus dünnem Holzrahmen und Papier, die die Innenräume von der Veranda trennen |
| *tokonoma* | Wandnische für Zierobjekte, Blumen und eine Bilder- oder Schriftrolle |
| *yakitoriya* | kleines Lokal mit einer Theke und ein paar Stühlen, wo Sake getrunken und gegrilltes Huhn – *yakitori* – serviert wird |
| *yukata* | Baumwollkimono für den Sommer |
| *zabuton* | Kissen, wird auf Tatamimatten verwendet |
| *zori* | Sandalen für förmliche Anlässe |

# *DANKSAGUNG*


Folgenden Menschen möchte ich danken:

John Pilgrim, von dem ich Englisch gelernt habe, der mir ein treuer Gefährte und eine ständige Inspirationsquelle ist.

Sophie Pilgrim, die mich ermutigte, dieses Buch zu schreiben, das Manuskript redigiert hat und immer aufrichtige Kritik übte.

Anita, Tom, Nick, Roxanne und Adam, die mir – neben John und Sophie – eine stete Stütze sind und mit denen ich das Glück zu leben teile.

Joan Day, die sich meiner alltäglichen Sorgen annimmt und die letzten Tage meiner Mutter sehr glücklich gemacht hat.

Patrick Walsh, meinem hervorragenden und unermüdlichen Agenten, meinem inoffiziellen Patenkind.

Susan Watt, meiner wunderbaren Lektorin, in der ich eine gute Freundin gewonnen habe.

Janet Law, die das Manuskript mit größter Sorgfalt durchgekämmt hat.

Meiner geliebten Freundin Amanda Cornford und ihrer Tochter Frances.

Sebastian Secker Walker, einem der begabten Menschen, die uns unsere Kinder vermacht haben.

Christine Thompson, Louise Hartley Davies und allen anderen, die das Manuskript mit Verständnis gelesen haben und mir die europäische Sichtweise nahebrachten.

Martin Travers, einem langjährigen Verbündeten, der mich vor vielen computerbedingten Krisen bewahrt hat.

Toshio Kimura, der mir über die Jahre viele Bücher aus Japan geschickt hat und dessen freundliche Geschenke mir zu einem besseren Verständnis der großen japanischen Schriftsteller verhalfen.

Yoko Nakajima vom Kodansha Verlag, die zu mir sagte: »Warum schreiben Sie nicht, Sie können es doch?«

Yumi Tsuchida, die mich immer zuverlässig mit Material aus Japan versorgt.

Miyuki Ota, die nützliche Hilfsquellen für mich gefunden hat, und ihrer Tochter Kaori sowie ihrem Schwiegersohn Satoshi Yamane, dessen Mutter Haruko Yamane mich in ihr Haus an der Inlandsee eingeladen hat.